무등산과 고전문학

이 책은 2018년도 한국연구재단 대학 인문역량 강화사업(CORE) 지원에
의해 출판되었음

This study was financially supported by Initiative for College of Humanities'
Research and Education of National Research Foundation of Korea, 2018

전남대학교 한국어문학연구소 총서 8

무등산과 고전문학

박준규, 나경수, 송진한, 김신중, 김대현, 신해진,
표인주, 박명희, 조태성, 김아연, 백지민, 고성혜

국학자료원

머리말

광주를 말하자면, 우리는 으레 무등산을 떠올린다. 언제부턴가 무등산이 광주의 표상처럼 여겨졌기 때문이다. 보는 이에 따라 무등산은 '때로는 영험한 능력을 갖춘 신령의 화신으로, 때로는 의리와 명분에 충실한 선비의 자태로, 때로는 구도의 길을 걷는 수행자의 모습으로, 또 때로는 억압에 항거하는 민중의 몸짓으로', 다양하게 인식된다.

그러기에 오랜 세월 동안 무등산이 길러낸 문화 역시 다양하다. 무등산은 특히 문학의 보고이다. 멀리는 그곳에 기대어 살았던 사람들의 삶과 꿈이 담긴 옛 이야기를 비롯하여, 아름다운 풍광이 빚어낸 시와 노래는 물론, 마치 순례자와도 같은 발길로 그려낸 기행 체험, 계산 풍류의 산실이 되어 주었던 누정과 원림의 울림, 그리고 국난을 당해 일어선 사람들의 분연한 외침에 이르기까지, 실로 풍부한 유산이 전하고 있다. 뿐만 아니라, 지금도 여전히 시와 소설 등 여러 장르에 걸쳐 새로운 작품 창작의 원천으로 작용하고 있다.

이 책이 주목한 것은 그중에서도 특히 무등산의 고전문학이다. 분야별로는 누정원림시문을 비롯하여 가사, 한시, 유산기, 설화, 고소설, 실기를 망라하였다. 모두 12명의 필자가 참여하여 13편의 글을 이 책에 수록하였다. 부연하자면, 식영정과 소쇄원의 조영과 관련된 시문을 다룬 2편, 가사 작품인 <면앙정가>·<성산별곡>·<석촌별곡>을 다룬 3편, 적벽 공간과 무등산 유람을 노래한 한시를 다룬 2편, 무등산 유산기를 다룬 1편,

무등산과 김덕령 설화를 다룬 3편, 고소설 <김덕령전>을 다룬 1편, 무등산권역의 실기 문헌을 다룬 1편이 그것이다.

이 책의 집필에 참여한 필자들은 모두 전남대학교 국어국문학과에서 한국고전문학을 연구하였거나, 하고 있다는 공통점이 있다. 활동 시기는 반세기 이전부터 지금까지 몇 세대에 걸친다. 그러기에 당연히 같은 대상이나 현상을 대하는 태도에도 편차가 크다. 때문에 이 책을 통해 무등산의 고전문학에 대한 다양한 생각을 접할 수 있을 것이다. 수록된 글은 필자에 따라 예전의 것을 다시 고쳐쓰기도 하였지만, 모두 현재까지의 연구 성과를 충실히 반영하고자 노력하였다.

같은 대학에서 만나 같은 분야에 관심을 둔 소중한 인연으로 이 책은 기획되었다. 그래서 우리 모두에게 공통의 관심사인 '무등산과 고전문학'을 표제로 내걸었다. 이 기획에 기꺼이 참여한 모든 필자들에게 서로 감사의 마음을 전한다. 특히 구십에 가까운 고령에도 불구하고 옥고를 새롭게 다듬어주신 남경 박준규 교수님의 뜨거운 열정에 깊은 경의를 표한다. 아울러 이 책을 연구소의 총서로 발간하도록 도움을 준 전남대학교 한국어문학연구소에도 감사드린다.

2018년 12월
무등산을 바라보며 필자 일동

차 례

식영정의 창건과 〈식영정기〉*

1. 서언

식영정(息影亭)은 담양군(潭陽郡) 남면(南面) 지곡리(芝谷里)의 성산 (星山) 벼랑 위에 있는 정자의 이름이다. 예부터 이곳은 마주 바라보이 는 남쪽 건너편의 환벽당(環碧堂), 그리고 성산의 동북 편에 있는 지석 (支石) 마을의 소쇄원(瀟灑園)과 함께 일동삼승(一洞三勝)으로 알려진[1] 성산동 승지의 하나이다.

식영정이 세워진 당시부터 이 승지에는 여러 명류인사들이 출입하 여 많은 제영을 남겼다. 특히, 이곳에서 시 활동을 전개하였던 석천(石 川) 임억령(林億齡)을 비롯하여 서하(棲霞) 김성원(金成遠), 제봉(霽峰) 고경명(高敬命), 송강(松江) 정철(鄭澈) 등은 예부터 성산의 사선(四仙)

---

* 이 글은『호남문화연구』제14집(전남대학교 호남문화연구소, 1984)에 실린 같은 제 목의 논문을 수정 · 보완한 것이다.
1) 瀟灑園息影亭環碧堂 以一洞三勝稱之(『俛仰集』卷三,「詩」, 26張, <次金上舍成遠息 影亭韻 二首>의 註)

식영정의 창건과 <식영정기> | 9

이라 일컬어 왔다. 그 중 임석천(林石川)은 <식영정기(息影亭記)>를 위시하여 많은 성산동제영(星山洞題詠)을 남겼고, 정송강(鄭松江)은 국문학상 전원가사의 으뜸으로 손꼽는 <성산별곡(星山別曲)>을 제작하여 식영정에서 이루어진 문학 유산의 가치를 운위하는 데 중요시되는 인물로 지적되고 있다.

그런데 식영정과 <성산별곡>에 대한 기록은 문헌에 따라 다른 점이 많다. 이로 인해 첫째 식영정 창건의 시기, 둘째 식영정 창건자와 그 주인, 셋째 <성산별곡>의 창작 시기, 넷째 <성산별곡>의 작자 등이 문제시된다.

필자는 이 점에 유념하여, 여기서는 먼저 위에 든 둘째 문제에 대한 견해를 밝히고, 이어서 임석천이 쓴 <식영정기>의 내용 분석을 주안으로 하고자 한다.

그러나 이 글에서는 식영정 창건의 계기에 대해서도 예외로 할 수 없다. 그러므로 먼저 이의 창건의 시기와 창건자에 대하여 간단히 언급하고, 식영정과 임석천, 그리고 김서하, 정송강 등의 관계도 아울러 정리해 보기로 한다.

2. 식영정의 창건과 그 주인

2.1. 식영정의 창건

문헌의 기록을 보면, 식영정의 건립자는 (1) 임석천, (2) 김서하, (3) 정송강, (4) 임석천과 김서하 등으로 달리 나타난다.

현종 4년에 이루어진 <식영정중수기(息影亭重修記)>에 의하면,

식영정은 임석천이 살았던 유지(遺址)이다. 석천은 명종(明宗) 때의 을사년(乙巳年)의 사화가 일어날 것을 미리 알고, 벼슬을 버리고 남쪽으로 돌아와서 창평(昌平)에 있는 성산 아래 소정(小亭)을 짓고, 그 편제(扁題)에 '식영(息影)'이라 하였다.2)

고 하였으니, 이는 식영정의 창건자를 임석천으로 본 경우이다. 숙종 4년 김수항(金壽恒)이 쓴 석천의 「행적기략(行蹟紀略)」에도 임석천은 성산동 자연의 절승(絶勝)함을 사랑하여 그곳에 살 집을 짓고 '식영'이라 하였다는 기록이 있다.3) 그밖에 필자가 참고한 『석천집(石川集)』은 네 가지인데4), 식영정 건립자에 대한 기록은 대개 같은 취지로 되어 있다.5)

그런데 『석천집』(다)에 있는 석천의 「연보기략(年譜記略)」에서는 무신년(戊申年, 53세, 명종(明宗) 3년)에 임석천이 <성산별곡>을 제작하

---

2) 息影亭 卽故林石川遺址也 石川當明廟乙巳 知士禍將作 絶意游官 退歸南中 構一小亭 於昌平星山之下 扁之息影(『丈巖集』 卷24, 「記」, <息影亭重修記>, 崇禎後癸卯季春 上浣 薪島病累議)

3) 嘗愛昌平星山洞水石之勝 卜築就居 扁其堂 曰棲霞亭 曰息影 有記文及題詠諸詩(『石川集』(가), 「石川先生集附錄」, 다음 주 『石川集』 참조)

4) 인용의 편의상 『石川集』 네 가지를 『石川集』 (가), (나), (다), (라)로 구별하고, 그 주된 내용을 살펴보면 다음과 같다.
『石川集』(가): 7권에 共3册, 제1책은 目錄, 序, 後, 跋, 墓表, 行蹟紀略… 권1에 五言絶句 순으로 되었음. 제2책은 七言絶句, 권3에 五言律詩, 권4에 七言律詩로 되었음. 제3책은 권5에 五言排律, 권6에 四言, 五言古詩, 七言古詩, 권7에 雜著의 순으로 되었음.
『石川集』(나): 서울대학교 圖書館藏, 奎章閣圖書, 공5책, 제1책은 총 63장, 제2책은 총 124장, 제3책은 총 77장, 제4책은 총 64장, 제5책은 총 86장으로, 도합 414장에 석천의 詩文이 소개되어 있음.
『石川集』(다): 『石川先生文集』補遺錄. 이는 序, 跋, 年譜紀略, 五言絶句, 五言四律, 七言律詩, 跋의 순으로 되었음.
『石川集』(라): 『石川集』 序, 石川先生墓表, 石川集(詩), 息影亭記, 行蹟紀略, 諸賢酬唱, 石川先生年譜, 朝鮮王朝實錄要抄의 순으로 되어 있음(재단법인 세림장학회간, 『世林』 제7호 所載, 1977).

5) 『石川集』(다): 「年譜紀略」 명종 2년 丁未, 同, 명종 18년 癸亥.
『石川集』(라): 「石川先生年譜」, 52세, 丁未年 참조.

였다 하고, 그 주에서 "鄭松江卜築"이라 하였고, <기미년(己未年, 64세, 명종 14년)> 조에도 다시 이 문제가 되풀이되어 이에서는 "在星山洞 鄭相公澈所建"이라 하였다. 그리고 같은 해의 기록에는 또 임석천이 식영정을 지었는데, 식영정은 김서하와 함께 건립한 것으로 덧붙여 있다.6)

『석천집』에는 이처럼 식영정의 건립자가 임석천, 정송강, 김서하와 임석천 등 여러 가지로 나타나는데, 이는 일관성 없는 제시이므로 그대로 믿기가 어렵다. 특히, 『석천집』(다)의 내용은 여러 면에서 잘못된 점이 많으므로7), 식영정 창건자에 대해서는 이 문헌만을 근거로 삼을 수 없다.

실은 식영정의 창건자는 김서하로 봄이 타당하다. 임석천은 <식영정기(息影亭記)>에서 김서하가 식영정을 건립하였음을 구체적으로 제시하고 있어8) 이 기록이 가상 신빙성이 있게 생각되기 때문이다. 송순(宋純)이 계해년(癸亥年) 가을 <차김상사(성원)식영정운(次金上舍(成遠)息影亭韻> 2수를 짓고, 그 주에서 "식영주인(息影主人) 김서하는 임석천을 위해 정자를 신축하고 임석천은 그 편제를 '식영'이라 하였다."9) 함이 이를 두고 이르는 말이다. 어쨌든 식영정의 창건자는 김서하임이 확실하다.

한편, 식영정 건립 시기에 대해서도 주장에 따라 다르다. 이는 대개 을사(乙巳)~정미(丁未) 간의 창건과 기미(己未) 이후 창건의 두 가지로 나타난다.

---

6) 作息影亭記(在昌平, 與金剛叔竝建). 이에서 剛叔은 김서하의 字이다.
7) 『石川集』(다)는 그 내용에 오류가 많음을 이미 지적한 바 있다.
8) 다음의 <息影亭記>의 내용 참조.
9) 時嘉靖癸亥秋 主人金君爲林石川 新構此亭 石川扁以息影(『俛仰集』卷3, 「詩」, <次金上舍(成遠)息影亭韻 二首>의 주).
又構一小亭與林石川共處 石川名其亭曰息影(『棲霞遺稿』, 「行狀」)

이 중 전자의 경우는 명종 때의 을사사화(乙巳士禍)의 변(變)을 예측하고 남귀(南歸)하는 임석천을 위해 식영정을 건립한 것임을 강조한 데서 나온 견해라고 하겠다. 앞에 든 <식영정중수기>나 『석천집』들의 내용에도 마찬가지의 기록이 있음은 이미 아는 바이다. 일찍이 송강가사(松江歌辭)를 연구한 김사엽 교수의 논지10)에서도 이런 식의 견해를 엿볼 수 있다. 아울러 『석천집』(대)의 「연보기략」에는 을사년의 다음인 정미년에 식영정이 창건된 것으로 명시되어 있다.

그러나 을사년은 김서하의 21세 때요, 정송강과 성산동의 인연을 상상할 수 없는 그의 10세 때다. 일반적으로 중년 이후에야 많이 보이는 정자의 복축(卜築)을 김서하가 감히 추진할 수 있었을까 하는 점이 우선 문제시되려니와, 식영정이 건립되면서 그곳에서 사선(四仙)의 교유가 밀접하였다는데, 이 역시 연령적(年齡的)으로 상상하기 어려운 때다.

김서하가 임석천을 스승으로 모시고 질업(質業)한 것은 그의 33세(丁巳年) 때의 일이다. 그러니까 임석천이 62세 때 담양부사로 부임해 옴으로 인해 두 사람의 인연이 생긴 것이다.11) 그리고 임석천이 성산동에 머물기 시작한 것은 65세(庚申年) 때부터로 생각된다. 그는 시정(詩情)이 풍부하고 작시(作詩)의 역량이 뛰어나서 이르는 곳마다 시를 이루지 않음이 없었는데, 그의 성산동(星山洞) 시는 모두 경신년 이후의 작임이 주목된다. 경신년에 제작한 성산동제영(星山洞題詠)은 무려 180수 내외나 된다.12) 그러나 성산동제영으로서 그 이전의 작품은 전혀 찾아볼 수 없다. 그것은 임석천이 성산의 절승을 찾아 그곳의 생활을 한 것

---

10) 金思燁, 『松江歌辭』, 文豪社, 1959, 74~115쪽.
11) 丁巳(公三十三世) ○ 質業于石川林先生(億齡)先生許以忘年之交(石川時宰潭陽)(『棲霞遺稿』, 「年譜」)
12) 『石川集』(대), 第五册 참조.

은 주로 65세 때부터 임을 의미한다.

성산동제영 중 대표작이라 이를 <식영정이십영(息影亭二十詠)>이나 <서하당팔영(棲霞堂八詠)>은 계해년(68세)의 작품이다. 임석천이 장주(莊周)의 말을 빌어 식영론(息影論)을 전개한 <식영정기>도 같은 해의 작이다. 그러므로 식영정의 창건이 계해년 이전의 일임은 틀림없다.

그런데 『석천집』(대)의 「연보기략(年譜機略)」에도 식영정의 건립은 기미년(64세)이라 하였다. 아울러 『서하당유고(棲霞堂遺稿)』에 소개된 김서하의 연보를 보면, 또 식영정은 기미년의 바로 다음인 경신년의 건립으로 되어 있다. 이런 점 등으로 미루어 식영정의 건립 시기를 기미년 이후로 보는 것이 확실하다.

그러나 『석천집』(대)는 이미 지적한 바와 같이 그 정리가 여러 면에서 부실한 점이 많다. 기미년건립설(己未年建立說)에도 의문이 없지 않을 수 없다. 신빙성이 있는 또 다른 확증이 없는 한 기미년의 건립은 선뜻 수긍하기 어렵다. 『서하당유고』의 기록 및 성산동제영의 제작 시기 등으로 보아 식영정은 임석천이 성산동 생활을 시작한 경신년(65세)에 복축된 것으로 보는 것이 가장 타당하다. 그리고 이 정자에 대한 명명은 <식영정기>의 제작이 세인에게 알려진 계해년 무렵으로 생각된다.

2.2. 식영정의 주인

2.2.1. 문제의 제기

<성산별곡>을 보면, 그 허두에 다음과 같은 구절이 있다.

엇던 디날손이/星山의 머믈며서/棲霞堂 息影亭/主人아 내 말 듯소/

人生 世間의/조혼 일 하건마눈/엇디 흔 강산을/가디록 나이 녀겨/寂寞
山中의/들고 아니 나시눈고

<성산별곡>의 서술구조를 볼 때, 이에서의 과객[디날손]은 작자 자
신이고 "棲霞堂 息影亭 主人"은 작자로부터 기림을 받는 사람이다. 그
런데 지금까지 논의된 바에 의하면, <성산별곡>의 작자는 정송강이
라는 경우13)와 이를 부정하여 임석천이라는 경우14)의 두 가지이다. 그
리고 이는 김서하를 찬미하는 글이라는 경우15)와 이보다는 주로 임석
천을 찬미한 글이라는 견해16)가 엇갈리고 있다.

그러나 문헌상 <성산별곡>의 작자는 모두 정송강으로 밝혀져 있
다. 단지 『석천집』(대)에 실린 「석천연보」의 일부 기록에서 <성산별
곡>이 임석천의 작처럼 전한 예가 있기는 하나, 이는 작성자가 잘못
정리한 탓이다. 『석천집』(가)에서는 오히려 정송강이 <성산별곡>을 지
어 임석천을 찬미하였다고 되었는데17), 이를 보더라도 그 작자는 임석
천이 될 수 없다.

그밖에 <성산별곡>의 내용에는 임석천의 성산동제영과 유사한 점
이 많이 있다. 그렇다고 이 유사한 점만을 들어 또 <성산별곡>의 작자
를 임석천으로 속단하기는 어렵다. 이에서의 작품 내용의 유사성은 시
흥 발상의 의방(依倣)과 그 영향에 의한 결과로 생각되어 그 작자는 정
송강으로 보는 것이 타당하다. 따라서 <성산별곡>에 나오는 과객 역

---

13) 이는 학계에서 일반적으로 수용하고 있는 견해이다.
14) 姜銓燮, 「星山別曲 作者에 대한 存疑」, 『韓國古典文學研究』, 大旺社, 1982, 48~66쪽.
15) 金思燁, 앞의 책.
16) 林南炯, 「星山別曲 創作動機에 대한 再檢討」, 『鄕土文化報』, 光州日報鄕土文化硏
    究所, 1983, 12~13쪽.
17) 松江鄭相公作星山別曲以美之(石川)(『石川集』(가), 第1冊, 「石川先生集附錄」, 「行蹟
    紀略」)

시 정송강이 자기 자신을 말한 것으로 보인다.

한편, "棲霞堂 息影亭 主人"에 대해서는 (1) 임석천, (2) 김서하, (3) 임석천과 김서하 등 세 가지로 유추할 수 있다. <성산별곡>의 작자를 임석천으로 보면, 내용 분석에서 찬미되는 사람이 (1)과 (3)의 경우가 될 수 없지만, 여기서는 그 작자를 정송강으로 생각하기 때문에 위의 세 경우를 일단 염두하게 된다. 그러나 <성산별곡>에서 찬미된 인물은 직접적인 인물과 간접적인 인물의 두 가지로 볼 수 있다. 가사에서 이르는 "棲霞堂 息影亭 主人"은 바로 이 두 가지 중 전자를 말한다. 그러면 이 직접적인 인물과 간접적인 인물은 각각 누구로 보아야 하는가? 다음은 <성산별곡>에서 찬미된 두 인물을 들어, 직접적인 경우와 간접적인 경우의 이유를 찾아보기로 한다.

2.2.2. 김서하의 경우

건물의 주인은 원래 그 소유주를 말한다. 타인에게 완전히 이양된 경우가 아니면, 처음 건립한 사람을 소유주로 생각하는 것이 상식이다. 비록 임석천이 김서하의 권유에 의해 식영정을 휴식처로 삼고, 마치 그 주인처럼 살아왔지만, 김서하는 이를 건립한 장본인이므로, 그 소유주는 흔히 그 건립자로 여기게 된다. <성산별곡>을 제작한 정송강도 역시 같은 뜻에서 "棲霞堂 息影亭 主人"을 김서하로 생각했을 것이니, 그 이유를 몇 가지로 지적하면 다음과 같다.

첫째, 식영정이 건립되고, 임석천이 그곳에 살던 당시 식영정의 주인은 이미 이를 건립한 김서하로 널리 알려졌던 것이다. <식영정기>가 완성된 계해년 가을 송순은 <차김상사(성원)식영정운(次金上舍(成遠) 息影亭韻> 2수를 지었는데, 그 주에서 김서하를 식영정의 주인이라 하

였고, 고봉(高峯) 기대승(奇大升)이 <식영취후 여고제봉김상사경생호
운(김성원정)(息影醉後 與高霽峰金上舍景生呼韻(金成遠亭)> 오언사운
3수에서 "杯盤賓主共 談笑古今偕"[18]라 하여, 고제봉과 더불어 자신을
김서하와 빈주(賓主)의 관계로 운위함은 마찬가지의 생각에서 이른 말
이다. 6월 복일(伏日), 성산에 있었던 계류탁열(溪流濯熱)의 기록에서도
"霞仙指息影亭主人棲霞堂"[19]이라 하였다. 임석천이 성산에 머물면서
지은 시에 "主人情爛熳 勸酒玉東西"[20]라 한 시구가 있는데, 이에서의
주인 역시 임석천 자신이 김서하를 두고 이른 것으로 여겨진다. 이리하
여 후대의 문헌에서는 식영정을 석천의 유지(遺址)이니[21], 또는 구거(舊
居)[22] 혹은 서식처(棲息處)[23]로 전할 뿐이다. 이는 식영정을 임석천이
살았던 곳으로 지칭한 말이요, 그 주인이라는 뜻에서 한 말은 아니다.

둘째, <성산별곡>의 내용을 분석할 때, 직접적인 찬미의 대상은 한
사람이다. 이 가사에서는 한 사람을 "主人", "山翁", "仙翁"이란 말로 번
갈아 되풀이하면서 찬미하였다.[24] 이런 점에서 "棲霞堂 息影亭 主人"
도 한 사람을 가리키는 말인데, 혹시 "息影亭 主人"을 애매하게 여기어
염두하지 않더라도 "棲霞堂 主人"만은 김서하임이 분명하다. 그러므로

---

18) 『高峯先生續集』卷1,「詩」.
19) 이는 「萬曆庚寅」(1590, 선조 23년)에 있었다는 <星山溪流濯熱圖>와 그에 참여한
    인물을 전한 기록에 나오는 말이다. 『棲霞遺稿』上,「萬曆庚寅」은 식영정을 건립
    한 30년 뒤에 해당한다.
20) 『石川集』(나), 卷5, <星山雜詠>.
21) 앞의 주2 참조.
22) 『湖南邑誌』, 昌平縣, 樓亭, 息影亭.
    『湖南昌平誌』(全), 第1編, 樓亭, 息影亭.
23) 「息影亭重修記」(앞의 주2 참조).
    樓亭, 息影亭(『朝鮮寰輿勝覽』)
    亭在昌平縣南十里許 石川先生栖息之所(『竹林集』,「詩」, <息影亭>)
24) <성산별곡>에 "主人"이 5회, "山翁"이 1회, "仙翁"이 1회 쓰였다.

<성산별곡>에서 "棲霞堂 主人"인 김서하를 찬미의 대상에서 예외로 생각하는 논리는 성립되지 않는다. 김서하는 서하당과 식영정을 건립한 장본인이며, 주로 그곳에서 기거하고 있었기 때문에, 정송강도 전기(前記)한 첫째의 경우에서 보는 바와 같이 김서하를 그 주인으로 생각하여 "棲霞堂 息影亭 主人"이라 이르고, 이어서 "山翁", "仙翁"이라 하면서 그를 찬미한 것이다.

정송강의 한시에는 또 김서하를 "霞堂主人"[25], "霞堂丈"[26], "霞翁"[27], "霞老"[28]라 하여 그를 두고 지은 시가 많다. 임석천에 대한 시는 이에 비해 훨씬 적을 뿐만 아니라, 그를 "~主人"이라 호칭한 예는 찾지 못했다. 따라서 정송강이 김서하에게 "~主人"이라 함은 별로 부담 없이 쓰였던 것 같다.

셋째, 앞에 인용한 가사의 허두구(虛頭句)는 임석천이 김서하를 두고 지은 다음의 시(贈剛叔) 내용을 모방하여 환골(換骨)한 것이다.

> 江南有一叟　　醉臥竹林中
> 自得逍遙樂　　人間萬事慵[29]

---

25) 『松江原集』卷1, 「五言絶句」, <遙寄霞堂主人(金公成遠)>.
　　『松江續集』卷1, 「五言絶句」, <遙寄霞堂主人>.
26) 『松江原集』卷1, 「七言絶句」, <與霞堂丈步屧芳草洲還于霞堂小酌>.
　　『松江續集』卷1, 「七言絶句」, <與霞堂丈步屧芳草洲 還于霞堂小酌 三首>.
　　『松江續集』卷1, 「七言絶句」, <寒泉精舍有吟>(註: 歲在丙子初夏 與霞堂丈人聯榻此寺 講論近思錄 記其事).
27) 『松江原集』卷1, 「五言絶句」, <珍島舟中 奉呈霞翁求和>.
　　『松江原集』卷1, 「七言絶句」, <次霞翁韻>.
　　『松江續集』卷1, 「七言絶句」, <次霞翁韻>.
　　『松江續集』卷2, 「書」, <答霞翁書>.
　　『松江別集』卷1, 「五言律詩」, <霞翁以舊書出示>.
28) 霞老平生友 難忘夢寐間(『松江續集』卷1, 「五言絶句」, <遙寄霞堂主人>)
29) 『石川集』(나), 第五册, <贈剛叔>, 剛叔은 金成遠의 字임.

이에서 "一叟"는 물론 김서하를 가리킨다. <성산별곡>에서는 이 "一叟"를 "棲霞堂 息影亭 主人"으로 표현하였다. 두 작품의 내용이 흡사한 점을 들어 <성산별곡>의 작자를 심지어 임석천이라는 견해도 있다.30) 그러나 이는 정송강이 임석천의 시에 의방하여 우리말 가사체로 바꾸어 지은 결과로 보아야 할 것이다. 어쨌든 "一叟", 즉 "棲霞堂 息影亭 主人"은 김서하를 가리킨 것이요, 임석천으로 볼 수 없음은 자명하다.

그리고 <성산별곡>의 서술 형식을 볼 때, <성산별곡>은 과객이 비과객(非過客)을 기리어 제작한 가사이다. 임석천이 성산동 시인의 주인공 역할을 하고, 식영정의 주인처럼 지냈을망정, 그는 가사에 나오는 "엇던 디날손"과 같은 처지로서 성산의 과객이었다. 그에 반하여 김서하는 비과객의 처지이다. 물론, "엇던 디날손"은 가사 작자인 정송강 자신을 말한 것이지만, 정송강은 앞서 인용한 임석천의 시를 빌어다가 같은 과객의 처지에서 비과객인 김서하를 찬미하여 <성산별곡>의 허두(虛頭)를 이룬 것이다. 그러므로 가사에서의 "棲霞堂 息影亭 主人"은 자연히 비과객인 김서하로 여겨지기 마련이다.

넷째, <성산별곡>의 서술에서 "~ 棲霞堂 息影亭 主人아 내말 듯소"라는 반어법의 사용을 무심히 넘길 수 없다.

가사의 서법(敍法)에 반어법의 사용은 흔히 보는 예이다. 이 역시 그런 식으로 간주하면, 이를 특히 중요시할 필요가 없다. 그러나 이같은 표현은 윗사람이 연하에게나 아니면 평교간에 쓰는 예이다. 특히 정송강이 자기의 스승이요, 40세 연상의 어른에게 한 말씨라면 어딘지 어설프다. 한시에서는 이러한 어른과 화답 내지 차운할 때, 흔히 "봉화(奉

---

30) 앞의 주14 참조.

和)"이니 또는 "봉차(奉次)"라는 경어로써 표제를 삼는다. 이런 점으로 미루어 반어법의 사용은 오히려 사촌(沙村) 김윤제(金允悌)의 문하에서 다정한 시우(詩友)가 되어 같이 공부하던 김서하에게 한 말이라 함이 더 타당하다.

물론, 김서하도 정송강의 11세 연상이다. 정송강은 "霞丈" 또는 "霞老"라 하면서 그를 존칭했다. <성산별곡>에서 김서하를 찬미한 것도 이러한 존경심이 바탕이 된 그 한 표현이다. 그러나 정송강은 김서하와 관계된 시가 많지만, 봉차(奉次)이니 봉여(奉與) 등의 경어를 쓴 예는 드물다.[31] 그래서 "~主人아 내말 듯소"의 표현 역시 정송강이 임석천에 대하여 한 말이라기보다 김서하에게 한 표현이라 함이 더 납득이 된다.

이상 언급한 바를 종합할 때, <성산별곡>에 나오는 "主人", 또는 "仙翁", "山翁" 등은 두 사람이 아니라, 동일인을 지칭한 이칭이다. 그리고 그것은 임석천이 아니라 김서하이다. <성산별곡>은 결국 서하당은 물론 식영정까지 그 주인을 김서하로 전제하여, 그를 직접적으로 기리어 제작한 가사라고 하겠다.

2.2.3. 임석천의 경우

임석천이 식영정에 머물게 된 것은 그의 <식영정기>에서 밝힌 바와 같이, 이곳을 휴식처로 삼으라는 정자 건립자(김서하)의 권유에 의한 것이다.[32] 그런데 임석천과 김서하는 사제지간(師弟之間)이며, 옹서(翁婿)의 결연을 가진 사이다. 이러한 인연으로 보아 성산동 생활에서 차지하는 임석천의 위치는 식영정의 주인격이었던 것으로 상상할 만하다.

---

31) 『石川集』(나), 第五册 참조.
32) 이 글에서 후술할 "3. <식영정기>의 내용" 참조.

게다가 안식처에 임한 심정으로 자신의 식영론을 펴고, 그 편제(扁題)를 '식영'이라 한 것은 임석천이다.[33] 식영정은 임석천의 일시적 휴식처이라기보다 오히려 정신적 안주(安住)를 찾는 생활 근거지였던 것으로 생각된다. 그리고 이곳에 주로 출입한 인사는 임석천을 비롯하여, 고경명, 정송강, 김서하 등 성산의 사선(四仙)이다. 그 중 임석천은 최연장자일뿐만 아니라, 나머지 세 사람의 스승이다. 그의 시적 경지는 물론 사선의 시 생활(詩生活)에서 주축이 된 인물이 임석천임은 더 말할나위 없다.

사선들이 제작한 <식영정이십영>이나 <서하당팔영>의 경우만 보아도, 임석천이 먼저 시를 지으면 나머지 세 사람은 이를 두고 차운(次韻)하였다. 이리하여 제작된 성산동제영을 보면 임석천의 시가 그 주류를 이루고 있으니, 그의 시적 위치는 가히 짐작할 만하다.

따라서 임석천이 65세 이후 성산동에서 지은 시는 340수가 넘는다. 그것은 모두 주옥같은 가작(佳作)들이다. 임석천은 결국 성산의 풍미한 자연에서 시작 생활의 말년을 훌륭하게 장식한 셈이다. 때문에 고경명은 "내가 임석천을 사랑함은 그 문장이 세상에서 출중하기 때문이다."[34]라고 하고 "시 짓는 재주가 누가 임석천보다 뛰어나겠는가."[35]라고 하여 임석천의 시 능력을 극찬하였으며, 백광훈(白光勳)은 또 임석천은 호남(湖南)의 사종(詞宗)이라 하여 그의 시적 위치를 극명하게 천명하기도 했다.

뿐만 아니라 국문학상 수작(秀作)으로 여기는 정송강의 <성산별곡>은 결정적으로 임석천의 영향을 받아 이루어진 것이다. 이는 임석

---

33) 同上.
34) 我愛石川翁 文章雄九縣(『霽峯集』卷2, 「詩」, <用前韻 書石川題畫鷹詩後>)
35) 於詩誰似石川奇(『霽峯集』卷2, 「詩」, <擬題西湖亭二首>)

천의 시적 발상을 정송강이 우리말 가사체의 표현에 의해 다듬은 것이다. 정송강의 <성산별곡>에는 임석천의 성산동제영의 내용과 흡사한 점이 많은데, 이는 정송강이 스승인 임석천의 한시를 평소 애송하기도 하고, 이에서의 차운(次韻)을 즐긴 나머지 그의 시취를 자연스럽게 취하여 제작한 탓으로 여겨지기 때문이다.

따라서 임석천은 당시 성산동 시인의 대표적인 인물이라고 해도 과언이 아니다. 식영정에서의 시작 생활의 주인공이 되었다고도 하겠다. 그는 문학적 유산의 가치 면에서 식영정 주인의 으뜸이었다고 생각한다. 이런 점에서 성산의 식영정을 운위하는 데 흔히 임석천을 주인처럼 연상함은 결코 무리가 아니다.

그런데 견해에 따라서는 이 식영정 주인을 바로 임석천으로 단정하여 <성산별곡>은 전적으로 그를 찬미한 가사라고 하는 주장36)도 있다. 김수항(金壽恒)이 숙종 4년에 찬(撰)한 「석천행적기략(石川行蹟紀略)」에서 "송강은 <성산별곡>을 제작하여 임석천을 찬미하였다."37)라고 함이 이를 뒷받침하는 기록이 되고 있다. 그러나 앞에서 논증한 바와 같이, <성산별곡>에서 찬미된 직접적인 인물은 임석천이 아니라 김서하이다. 단지, 성산동에서의 시 활동과 <성산별곡>의 형성에 끼친 영향으로 보아, 임석천은 <성산별곡>에서 간접적으로 찬미된 인물로 이해되는 것이다.

생각건대, 김수항은 정송강과 임석천, 그리고 식영정, <성산별곡> 등의 관계를 염두하고, 임석천을 돋보이게 서술하려는 데서, 그와 같이 직접적으로 찬미된 인물인 것처럼 기술하지 않았는가 싶다. 사실 남의

---

36) 앞의 주16 참조.
37) 앞의 주17 참조.

행적에 대한 기술은 주로 찬탄(讚歎)을 위주로 하여 작성하는 것이 일반적 상식이다. 그로 인해 과장된 표현도 나올 수 있다. 김수항도 임석천의 행적을 찬탄한 나머지 임석천이 마치 서하당과 식영정을 복축한 것처럼 소개하는 오류까지 범하였다.[38] 이러한 오류의 문장에 연결되어 제시한 내용이 바로 앞에 든 임석천에 대한 찬미이다. 그러므로 이 기록의 정확성의 문제는 더 두고 검토되어야 할 일이고, <성산별곡>에서의 찬미는 간접적인 인물로밖에 생각되지 않는다.

그러나 임석천은 식영정에 기거하면서 시 활동의 주축이 되어 많은 걸작을 남겼고, 또 <성산별곡>의 제작에도 결정적인 영향을 끼쳤던 인물이므로, 그의 시문학상의 위치는 누구 못지않게 높이 평가되어, 특히 성산동 시인의 기념비적 존재인 점만은 강조되어야 할 것이다.

3. 〈식영정기〉의 내용

누정기(樓亭記)에는 대개 누정을 건립한 동기나 그 경위가 나타난다. 때문에 누정을 연구하는 데 필수적인 것은 이와 관계된 누정기이다.

식영정에도 <식영정기>가 있다. 처음 식영정을 건립하고서 제작된 것이 이미 말한 임석천의 <식영정기>이고, 다음에 식영정을 중즙(重葺)하고서 그 경위를 쓴 것이 현종 4년에 된 <식영정중수기>이다.

식영정 건립의 경위와 식영정 명명의 연유는 물론 이 <식영정기>에 밝혀 있다. 그리고 거기에는 임석천의 생활관이 담겨 있다. 이는 임

---

38) 嘗愛昌平星山洞水石之勝 卜築就居 扁其堂曰棲霞亭 曰息影(『石川集』(가), 第1册, 「石川先生集附錄」, <行蹟紀略>)

석천의 풍류 내지는 문학 배경을 이해하는 데 중요한 자료가 된다. 이런 점에서 본 항은 임석천의 <식영정기>를 대상으로 하여 그 내용을 분석하기로 한다. 따라서 <식영정기>의 내용을 보면, 이는 임석천이 <식영정기>를 쓰게 된 동기와 그의 식영론(息影論) 등 두 가지로 나누어진다. 전자는 (1) 임석천과 김서하와의 관계, (2) 정자의 복축과 우개화방(羽盖畵舫)의 형상, (3) 임석천이 이를 휴식처로 삼게 된 인연 등을 내용으로 하였고, 후자는 (1) 장주(莊周)의 외영론(畏影論), (2) 영천변(影千變)과 인천변론(人千變論), (3) 임석천의 경세(經世) 및 그의 운명론(運命論), (4) 임석천의 식영론, (5) 식영에 대한 김서하의 이해 등으로 마무리 짓고 있다. 다음은 이에 의해 <식영정기>의 내용을 들고, 여기에 담긴 임석천의 뜻을 밝혀 보기로 한다.

3.1. <식영정기>의 창작 동기

3.1.1. 임석천과 김서하의 관계

임석천은 김강숙(金剛叔)을 자신의 다정한 친교 관계의 벗이라 하였다.[39]

김성원의 자는 강숙(剛叔)이요, 서하는 그의 호이므로, <식영정기>에서 "金君剛叔"이라 함은 김서하를 가리킨다. 김서하는 임석천의 29세 연하요, 그의 문하에서 글을 배운 사제의 사이지만, 이미 언급한 바와 같이 33세 때에 임석천에게서 질업함으로부터 양자 사이에는 망년지교(忘年之交)의 친분이 생기게 되었다.[40] 임석천이 이처럼 김서하를

---

39) 金君剛叔 吾友也.
40) 앞의 주11 참조.

시적 관계의 벗이라고 이른 것은 서로의 교분이 얼마나 두터웠는지 상상할 만하다.

3.1.2. 정자의 복축(卜築)과 우개화방의 형상

김서하가 식영정을 세운 것은 성산의 중록(中麓)이다. 그곳은 창계 (滄溪)의 물가 언덕 위로서, 푸른 소나무 우거진 솔밭 한 중록인데, 김서하는 정대(亭坮)로서 절승인 이곳을 가려 식영정을 복축한 것이다. 이는 네 귀에 기둥을 세워 그 중간을 비게 한 소정이다. 띠풀로 지붕을 하고, 대발로 날개처럼 차양을 달았으니, 멀리서 바라보면 마치 포장을 한 놀잇배[畫舫]와 같다고 하였다.[41]

정자 앞에 푸른 시내가 흐르던 당시는, 창계에 접한 계당(溪堂)의 모습이 마치 물 위에 떠 있는 유람선(遊覽船)처럼 보였을 법하다. 임석천이 이곳에서 제작한 <雜詠> 시에서 "溪堂"은 마치 화방과 같고, 그 밑에 감도는 창계의 물은 휘돌아 유유히 흐르는구나."[42]라고 한 것도 자연의 시경(詩境)을 보고 느낀 심미감의 한 표현이라고 생각된다.

3.1.3. 휴식처로서의 인연

김서하는 식영정을 복축한 뒤 임석천에게 이곳을 휴식처로 삼을 것을 권하고, 정자의 이름을 지어줄 것을 청하였다.[43]

임석천이 성산동과 인연이 깊어지고 그의 성산동제영 중 식영정 제

---

41) 乃於滄溪之上 寒松之下 得一麓 搆小亭 柱其隅 空其中 苫以白茅 翼以凉簟望之如羽 盖畫舫(『石川集』(나), 第五册, 息影亭記)
42) 溪堂如畫舫 堂下水周兮 我亦幽居僻 松間鶴共栖(『石川集』(나), 第五册, 雜詠)
43) 以爲吾休息之所 請名於先生.

영이 많은 것은 김서하와의 이러한 인연 때문일 것이다. 그러므로 이 소정을 식영정이라 함은 이를 건립한 김서하의 발상이 아니요, 임석천이 관계를 버리고 탈속하여 자연에 우유(優遊)하고자 한 생활관에서 착상된 명명이다. 송순이 <식영정기>가 이루어지던 가을, 김서하의 식영정 시에 차운하여 쓴 시제(詩題)의 주에서 "식영정의 주인 김성원이 임석천을 위해 이 정자를 신축하였는데, 임석천이 그 편제(扁題)에 '식영(息影)'이라 하였다."[44] 함이 이를 말한다.

3.2. 임석천의 식영론

3.2.1. 장주(莊周)의 외영론(畏影論)

『석천집(石川集)』에 전하는 <식영정기(息影亭記)>에 의하면, 임석천은 김서하에게 이르기를 "그대는 장주의 말을 들었는가? 장주는 이르되, 옛날 외영자(畏影者)가 있었다. 그는 그림자가 두려워서 햇빛 아래서 도망을 가면서 이를 뿌리치고자 했다. 그러나 빠르면 빠를수록 그림자는 쉬지 않고 따라왔다. 하는 수 없이 나무 그늘 아래 들었더니 그림자는 보이지 않았다고 한다."[45]고 말한 취지의 글이 있다. 이는 『장자(莊子)』에 나오는 외영오적(畏影惡跡)의 이야기를 들어 한 말이다.

그림자를 두려워하고 발자취를 싫어하여, 이를 버리고자 도망가는 자는 마침내 기운이 다하여 죽게 된다. 그늘에 찾아들면 그림자는 자연히 없게 되고, 걸음을 멈추면 발자취는 들리지 아니함을 모르기 때

---

44) 앞의 주9 참조.
45) 先生日 汝聞莊氏之言乎 周之言日 昔有畏影者 走日下 其走愈急 而影終不息 乃就樹陰 下 影忽不見(『石川集』(나), 第五冊, 息影亭記) 참조.

문이다. 외영오적은 참으로 어리석은 일이다. 조용히 스스로를 수신
하고 진실된 성품을 지킬 따름이요, 속된 것은 남에게 돌려주어야 누
(累)가 없게 된다.[46)]

고 한 말의 뜻을 염두하고 인용한 글임을 주목하게 된다. 임석천은 이
정자를 휴식소로 삼으라고 한 김서하의 권유를 받고 이같은 식영에 대
한 착상을 갖게 되었다고 하겠는데, 이는 외영에만 급급하지 않고 심신
을 정(靜)히 하여 자연에 은둔하고자 한 뜻임을 알 수 있다.

3.2.2. 영천변(影千變)과 인천변론(人千變論)

　　무릇 그림자는 사람의 형체를 따르기만 하여 사람이 굽히면 따라서
굽히고 일어서면 따라서 일어서며 왕래(往來) 행지(行止) 등이 형체 움
직이는 대로 따른다. 그러나 이는 어두운 곳이나 밤이면 없어지고 불
빛이 있는 곳이나 낮에만 생겨난다.
　　사람이 처세하는 것도 이와 같다. 옛말에 인생은 몽(夢), 환(幻), 포
(泡), 영(影)이라 하였다. 사람은 태어날 때, 조물로부터 그 형체를 받
아 나왔다. 그러므로 조물주가 사람을 마음대로 희롱함은 사람의 형
체가 그림자를 부리는 것만 못할 리 없다. 그림자가 천변(千變)하는 것
은 형체의 움직임에 달려 있고, 사람이 천변하는 것은 주물주의 처분
에 달려 있다. 때문에 사람된 자는 마땅히 조물주의 시킴을 따를 뿐이
니, 사람된 내가 또 무엇을 바라겠는가? 아침에 부자였지만 저녁에 빈
자가 되기도 하고, 전에 귀인이었지만 지금은 천인이 되기도 하니, 이
는 모두 조물주의 처분에 달렸다 하겠다.[47)]

---

46) 客悽然變容曰甚矣 子之難悟也 人有畏影惡迹而去之走者 擧足愈數而跡愈多 走愈疾
而影不離身 自以爲尙遲 疾走不休 絶力而死 不知處陰以休影 處靜以息迹 愚亦甚矣
… 謹修而身 愼守其眞 還以物與人則無所累矣(『莊子』,「雜篇」, <漁父> 第31) 참조.
47) 夫影之爲物 一隨人形 人俯則俯 人仰則仰 其他往來行止 唯形之爲 然陰與夜則無 火
與晝則生 人之處世亦此類也 古語有之曰 夢幻泡影 人之生也 受形於造物 造物之弄戲

이는 그림자가 사람의 형체를 따라 수없이 변하는 바와 같이 조물주로부터 형체를 타고 난 사람이 천태만상(千態萬象)으로 변하는 것도 조물주의 처분에 의한 것임을 말한 내용이다. 즉 이는 인간의 영락성쇠(榮落盛衰)가 모두 조물주의 장난이라는 뜻인 것이다.

인간 만사가 이처럼 모두 조물의 뜻이라면, 인지천변(人之千變)이 영지천변(影之千變)과 같음은 부인할 수 없다. 때문에 임석천은 인생의 부귀영화(富貴榮華)도 한낱 꿈이요, 환영(幻影)에 불과하다고 하였다. 이 점은 사생을 초월하여 사생일여(死生一如)의 달관에 이른 장자(莊子)의 경지를 염두한 말이다. <식영정기>에 장자의 이러한 경지를 일부러 인용한 까닭은 인생의 영고 문제(榮枯問題)를 초탈해 보고자 한 그의 뜻이 담겨 있음을 알 수 있다.

3.2.3. 임석천의 경세(經世)와 운명론(運命論)

돌이켜 보건대, 나는 지난날 아관(峨冠)을 쓰고 대대(大帶)를 띠고 옥당(玉堂)을 출입하던 높은 관직에 있었지만, 지금은 죽장망혜(竹杖芒鞋)로 창송백석(蒼松白石)에 소요하면서 오정(五鼎)의 부귀를 싫다 하고 일표음(一瓢飮)에만 만족하여, 고관대작(高官大爵)들과 절연하고 자연의 미록(麋鹿)과 벗이 되어 지내니, 이는 다 무엇이 그 사이에서 희롱함이 있기 때문이요, 이는 내 스스로 알지 못함이니라. 그런데 어찌 그간의 일을 기뻐하고 슬퍼하겠는가?[48]

人 豈止形之使影 影之千變在形之處分 人之千變亦在造物之處分 爲人者當隨造物之使 於吾何與哉 朝富而暮貧 昔貴而今賤 皆造化兒爐錘中事也(『石川集』(나), 第五册, 息影亭記)

48) 以吾一身觀之 昔之峨冠大帶 出入金馬玉堂 今之竹杖芒鞋 逍遙蒼松白石 五鼎之棄 而一瓢之甘 皇夔之絶 而麋鹿之伴 此皆有物弄戲其間 而吾自不之知也 有何喜慍於其間哉(『石川集』(나), 第五册, 息影亭記)

이는 임석천이 고관(高官)에 있었던 과거를 회상하면서 "공명을 버리고 자연과 벗하여 임천(林泉)에서 우유하던 처지 역시 다 조물주의 시킴이니 어찌 자신의 숙명을 탓하겠는가?"라고 한 그의 운명론(運命論)을 편 글이다.

『조선왕조실록』에 의하면, 임석천은 홍문관(弘文館) 대제학(大提學)을 비롯하여 사간원(司諫院) 대사간(大司諫) 등을 거쳐 58세(명종 8년)에는 강원도(江原道) 관찰사(觀察使), 그리고 62세 때는 담양(潭陽) 부사(府使)를 역임하는 등 그의 관직은 화려했다. 그러나 그는 사람됨이 소탕(疏宕)하여 무슨 일에 얽매지 아니하고 영리를 좋아하지 않은 인물이다.49) 그러므로 을사년에는 동생 임백령(林百齡)의 일을 지탄하고 기관환향(棄官還鄕)하였으며50) 강원도백(江原道伯)을 지낼 때는 방 안에서 영시(詠詩)만 즐김으로써 백성들에게 폐가 된다고 하여 체임(遞任)되었던 풍류적인 인물이다.51) 그래서 그는 석천을 자신의 호로 삼다시피 자연의 석천(石川)에 탐닉하여 성산의 창계백석에 은둔하게 됨을 운명의 한 과정으로 생각하였던가 싶다. 이에서 역시 인생을 달관하여 현세에 초탈한 그 뜻이 담겨져 있음을 엿볼 수 있다.

---

49) 爲人疎不羈 且不好榮利(『明宗實錄』2卷, 명종 즉위년(1545) 11월 7일 丙寅 2번째 기사)

50) 史臣曰 億齡乃百齡之兄也 先是 百齡欲害柳灌等 以其謀告之 請與同事 億齡强止不聽 遂棄官還鄕 百齡追送漢江 億齡作詩贈之曰 好在漢江水 安流不起波(『明宗實錄』2卷, 명종 즉위년(1545) 11월 7일 丙寅 2번째 기사)

51) 諫院啓曰 江原道觀察使林億齡 自到界之後 不務職事 一道簿牒 專委於都事 日以調病爲事 長處深房 厚紙塗內 晝夜明燭 一道之民不得見其面目者 累朔 … 詠詩是務 其爲貽弊於民 取侮於人 不可勝言 請罷其職 答曰 遞之 再啓 依允(『明宗實錄』16卷, 명종 9년(1554) 6월 13일 壬午 1번째 기사)

3.2.4. 임석천의 식영론

김서하가 임석천에게 이르기를, "그림자는 진실로 어찌할 수 없다 하더라도 선생께서의 굴신(屈伸)은 스스로 연유케 한 것이니, 세상이 버린 것이 아닙니다. 그 공허함이 이와 같지 않습니까?"라고 하니, 임석천은 대답하여 이르되, "승류(乘流)에는 가고 구덩이에 이르면 멈추게 되니, 가고 멈추는 것은 사람이 마음대로 할 수 있는 것이 아니니라. 내가 이처럼 임천(林泉)에 드는 것도 천명이요, 다만 그림자를 사라지게 하려는 것[息影]도 아니니라. 그러나 내가 냉연(冷然)히 바람을 타고 조물주와 짝이 되어 대황지야(大荒之野)에 노닐게 되면 그림자도 없어지고, 남들은 무어라고 지목할 수 없을 것이니, 이 정자를 '식영(息影)'이라 함이 또한 어떠하겠는가?"라고 하였다.[52]

이 역시 임석천이 그의 숙명론(宿命論)을 전제한 내용이다. 이에서 우리는 소요무애(逍遙無礙)의 경지에서 그림자도 없는 선옹(仙翁)이 되어 신선처럼 살고자 한 임석천의 마음을 찾아볼 수 있다.

실제로 임석천은 관계에서 치사한 후 창계백석(滄溪白石)이 아름다운 성산동을 대황지야(大荒之野)로 여기고 이곳에 회적(晦迹)하여 잠광(潛光)하고 지냈다. 마침내 식영의 뜻을 이룬 셈이다. 그는 식영의 깊은 뜻을 터득하여 성산의 임천에서 신선 생활을 즐겼으니, 선옹으로서 표연했던 호연지기(浩然之氣)를 가히 짐작할 수 있다.

3.2.5. 식영에 대한 김서하의 이해

이 <식영정기>의 마지막은 임석천과 김서하의 대담에서 김서하의

---

52) 剛叔曰 影則固不能自爲 若先生屈伸 由我 非世之棄 遭聖明之時 潛光晦迹 無乃果乎 先生應之曰 乘流則行 得坎則止 行止非人所能 吾之入林天也 非徒息影 吾泠然御風 與造物爲徒 遊於大荒之野 滅沒倒影 人不得望而指之 名以息影 不亦可乎(<息影亭記>)

응답으로 마무리 짓는다. 김서하는 비로소 임석천의 식영론을 이해하고, 이를 기록해 줄 것을 청한 것이 이 <식영정기>의 결이다.[53]

임석천은 본래 남화경(南華經, 莊子)과 청련(靑蓮, 李白)을 본받아[54] 장주학(莊周學)을 자득한 시인이다.[55] 그리고 평생 산수를 사랑하여[56] 스스로 나이 든 임포(林逋)라고 하였다.[57] 임포는 중국 북송 시인으로서 벼슬을 마다하고, 고산(孤山)에 은거하여 특히 매화와 학을 사랑했던 사람인데, 임석천은 자신을 이러한 임포에 비유한 것이다. 그래서 자연의 풍성(風聲)과 죽림(竹林)을 다정한 반려로 삼고[58], 그가 머물던 곳을 선유동(仙遊洞)이니 또는 신선경(神仙境)이라 하였다.[59] 결국 임석천은 그늘에 들면 그림자는 자연히 없어진다는 장주의 식영론을 자득하고 성산의 산수 그늘을 찾아 선옹(仙翁)이 되고 그곳 시선(詩仙)의 멋을 즐긴 것이다.

그러나 그가 희구한 신선경은 선인불사(仙人不死)하는 이상을 말함은 아니다. 속박에서 벗어나 탈속하고, 자연에 순응하여 정신적으로 안주하고자 한 데서 희구하는 신선경(神仙境)이다. 이로써 우리는 성산의 자연에 소요자적(逍遙自適)하고자 하던 임석천의 마음을 엿볼 수 있다. 이런 점에서 이 <식영정기>는 임석천의 인생관을 이해하는 데도 중요한 자료가 된다.

<hr />

53) 剛叔曰 今始知先生之志 請書其言以爲誌(<息影亭記>)
54) 其爲文章雄肆豪逸 大抵原於南華靑蓮(『石川集』(가), 第1冊, 「石川先生墓表」)
55) 自得莊周學 榮枯一指齊(『石川集』(나), 第五冊, 「雜題」)
56) 平生愛山水 自笑我非廉(『石川集』(나), 「雜詠」)
57) 我本老林逋 知梅莫如我(『石川集』(나), 「羅君園中七詠」)
58) 衰年無伴侶 風竹是佳朋(『石川集』(나), 「偶吟」)
59) 此即 神仙境 誰言方丈遙(『石川集』(나), 「雜詠」)

4. 결어

문학을 연구하는 데에 누정이 중요시되는 때가 있다. 어느 지방이든 누정이 있으면 명류인사들이 그곳에 출입하여 많은 시와 노래를 남겼기 때문이다. 특히, 누정 생활을 즐기면서 그곳에서의 생활 체험과 시적 상상을 형상화한 작품들이 있는데, 이는 훌륭한 누정문학으로서 우리 국문학 연구에도 귀중한 자료가 된다.

성산의 식영정에서는 소위 당시의 사선(四仙)이라 일컫는 임석천, 김서하, 고제봉, 정송강 등이 주가 되어 많은 시작이 이루어졌다. 이들의 시 활동 무대를 식영정시단(息影亭詩壇)이라 한다. 식영정은 또 성산에 있는 정사이므로, 성산동 일대의 아름다운 자연이 시 소재가 되어 있다. 그러므로 <식영정제영>은 사선들이 영위한 성산동 생활에서의 시심을 바탕으로 한 시문학이다. 우리는 이러한 시 활동 무대를 또 성산시단(星山詩壇)이라 이를 수 있다.

그런데 성산의 식영정은 김서하가 건립하여 장인인 임석천에게 휴식처로 삼고 기거하도록 한 곳이다. 이 정자를 '식영'이라 명명하고 이의 누정기를 제작한 것은 임석천이다. 이곳에서 <성산별곡>을 비롯하여 <식영정이십영>, <서하당팔영> 등 많은 성산동제영이 이루어졌다. 그리고 정송강은 평소 사사(師事)하던 임석천의 시를 애송하고 즐긴 나머지, 임석천의 성산동제영의 영향을 받아 <성산별곡>을 제작하였다. 임석천과 같은 성산동 과객인 처지에서 그곳의 김서하를 기리어 노래한 것이 <성산별곡>이다.

이런 점에서 식영정과 <식영정기>에 대한 이 연구는, 식영정과 <성산별곡>, 그리고 임석천, 김서하, 정송강 등의 관계를 염두하여 논술하였다. 따라서 국문학상 쟁점이 되고 있는 <성산별곡>에 대한 제 문제는 식영정시단 중심의 누정문학 연구의 측면에서도 접근되어야 할 것임을 덧붙여 둔다.

1. 자료

『莊子』
『明宗實錄』
『朝鮮寰輿勝覽』
『湖南邑誌』
『湖南昌平誌』
『高峯先生續集』
『俛仰集』
『棲霞遺稿』
『石川集』
『松江原集』
『松江續集』
『松江別集』
『丈巖集』
『霽峯集』
『竹林集』

2. 논저

姜銓爕, 「星山別曲 作者에 대한 存疑」, 『韓國古典文學硏究』, 大旺社, 1982.
金思燁, 『松江歌辭』, 文豪社, 1959.

林南炯,「星山別曲 創作動機에 대한 再檢討」,『鄕土文化報』, 光州日報鄕土文化研
　　究所, 1983.

소쇄원 조영에 투영된 감성 구조와 공간의 미학*

조태성

1. 머리말

흔히 무등산 시가문화권이라고 일컫는 전라남도 담양군 남면에는 국가명승 40호로 지정된 소쇄원이 자리하고 있다. 소쇄원은 문학, 조영, 건축 등 여러 분야에서 주목받는 조선시대 전통 별서정원 가운데 하나로, 소쇄공(瀟灑公) 양산보(梁山甫, 1503~1557)가 조영한 원림이다. 그동안 소쇄원이 가진 이러한 문학적 · 건축적 가치로 인해 이를 통합하여 연구해 보려는 시도가 많았다. 그 결과 각 분야에서마다 특성화된 다양한 연구 성과를 내놓기도 하였다.

조영 분야의 경우 매우 드물기는 하지만 주로 작시의 기법과 원림 구성 요소 사이의 상관성에 대하여 연구하고자 한 시도도 있었다. 먼저 김용수 · 김재호[1]는 소쇄원 구성물의 命名과 詩吟이라고 하는 적극적

---

* 이 글은 『호남문화연구』 제44집(전남대학교 호남학연구원, 2009)에 게재된 내용을 본 책의 편집 의도에 맞게 수정 보충하였음.

행위 안에서 그 계획적 의미를 논구하고자 한 바 있다. 또한 천득염 · 한승훈[2]은 <소쇄원도>와 <사십팔영시>를 통해 소쇄원림을 구성하는 각 요소들을 명확히 구분하고 분석한 연구 성과를 내놓기도 하였다. 그러면서 이러한 관련성이 시문과 원림 조영 사이에서도 나타날 수 있다는 가능성을 열어두었다. 그리고 김영모는「시짓기와 園林 造營方法에 관한 연구」[3]에서 소쇄원 <사십팔영>을 통하여 소쇄원의 조영 방법에 대해 그 상관성을 고찰하기도 하였다.

문학에서 소쇄원에 관한 연구는 물론 <사십팔영>에 주목하는 편이다. 또한 일일이 열거할 수 없을 만큼 많은 연구 성과가 도출되었음도 이미 주지의 사실이다. 그러나 그것들이 대개 소쇄원을 매개로 한 당대 문인들의 교유적 측면과 시의 미학적 특질 분석 등에 치중되어 있다는 점이 연구의 한계가 되기도 한다. 그런 점에서 정경운[4]의 연구 성과는 그에 대한 문학적 성과를 넘어 문화 담론적 가치로까지 확대했다는 점에서 의미가 있다.

현재 구성된 소쇄원의 모습이 처음부터 그러한 것은 아니었다. 소쇄원은 소쇄정(지금의 대봉대)이라 불리는 초정을 건립한 데서부터 시작한다. 정철이 쓴 <소쇄원 초정에 제하다(瀟灑園題草亭)>라고 하는 시를 보면 이러한 사실을 짐작할 수 있다.[5] 또한 정원의 규모로 볼 때 사

---

1) 김용수 · 김재호,「瀟灑園에서 보는 命名과 詩吟의 計劃論的 意味」,『경북논문집』 제49집, 경북대학교, 1990.
2) 천득염 · 한승훈,「瀟灑園圖와 (瀟灑園)四十八詠을 통하여 본 瀟灑園의 構成要素」, 『건축역사연구』 제3권 2호, 한국건축역사학회, 1994.
3) 김영모,「시짓기와 園林 造營方法에 관한 연구」,『한국정원학회지』 제21권 2호, 한국전통조경학회, 2003.
4) 정경운,「심미적 경험 공간으로서의 소쇄원-시청각적 경험을 중심으로」,『호남문화연구』 제41집, 전남대학교 호남문화연구소, 2007.
5) 我生之歲立斯亭 / 人去人存四十齡 / 溪水冷冷碧梧下 / 客來須醉不須醒. 정철이 태어난 해는 1536년이다. 그런데 이 시에서는 그때 초정이라는 정자가 세워졌다고 했으

돈 간이었던 하서 김인후와 외종형인 면앙 송순의 도움이 있었던 것으로 알려져 있다.

여하튼 아직까지 소쇄원의 모습을 사실적으로 보여주는 것은 아무래도 김인후의 소쇄원 <사십팔영>이라고 할 수 있다. 이 작품은 소쇄원의 공간과 그 안의 경물, 그리고 그것들이 풍기는 소소한 감흥까지 시로 담아 표현한 것이다. 물론 지금은 존재하지 않는 경물이나 건축물, 공간 등을 노래한 것들도 있는 까닭에 지금의 소쇄원과는 분명 다름이 있어 보인다. 그러나 그가 작품을 통해 시선을 모아둔 그 공간을 따라가는 것만으로도 소쇄원을 알아가는 데는 부족함이 없을 것이다. 본고에서는 이러한 시선마다에 스며든 작가적 감성과 그것이 투사된 소쇄원 공간 구조 사이의 미학적 관계를 추론해보는 것을 주된 연구의 목적으로 삼는다.

이를 위해 이 글에서는 기왕의 연구 성과들이 차용한 방법론들에서 벗어나 우리의 전통 사상이라고 할 수 있는 음양설을 토대로 이러한 사상이 원림의 조영과 <사십팔영>의 작시에 있어 어떤 식으로 투영되었는지를 살펴보고자 한다. 사상은 작품을 이루게 하는 작가적 감성의 주요한 축이 되기 때문이다. 이를 해결하는 일은 결국 원림의 조영과 작가적 감성 투사 방식의 상관관계를 밝히고, 그것으로서의 감성 공유의 형상을 알아내는 작업일 것이다. 따라서 이 글에서는 소쇄원 <사십팔영>을 주된 연구 대상으로 삼아 작품에 투영된 작가적 감성과 원림 조영 방식 사이의 상관관계가 어떤 식으로 구현되는 지에 대해서도 자세히 살펴보고자 한다.

소쇄원은 당대 교유인들의 지성과 이성, 예술과 흥취가 소통하고 융

니, 이때 양산보의 나이는 34세로, 기묘년의 화를 피해 지곡리에 터를 잡은 지 17년이 지난 후이다.

합하는 공간이었고, 그러한 공간이 탄생되도록 만든 것은 소쇄원 조영에 있어서의 당대인들의 공간 미학이 스며든 감성 공간을 창출한 데 있었다고 할 수 있다. 소쇄원 조영을 통하여 구현된 감성 구조는 한 마디로 조영인과 그 주변 인물들의 작가적 감성이 공유된 까닭이었기 때문이다. 열려 있으면서도 닫혀 있고, 그 가운데에서 또다시 소통하는 밀접한 상호관련성을 확인하는 과정에서 이 점은 더욱 명확하게 확인될 수 있다고 여긴다.

2. 감성의 투영과 소쇄원 조영

감성은 사전적 정의에 의하면 외부로부터의 감각 자극에 대한 반응이라고 할 수 있다. 외부로부터의 감각 자극은 그것의 축적 형태로 개인의 다양한 생활 경험으로 발전할 수 있다. 생활 경험은 개인의 삶을 결정하는 모든 요소로부터 비롯한다. 이를테면 연령, 성별 등의 개인적 요소에서부터 가족, 자연환경, 사회 환경 등의 사회적 요소, 그리고 전통이나 풍습, 종교, 사상 등의 문화적 요소가 그것이다.[6] 따라서 감성은 인간 정신의 어느 한 요소로서만 이야기될 수 있는 것이 아니라 전체 삶의 모습으로서 조명되어야 할 것이다. 그런 까닭에 감성은 지극히 개인적인 문제가 될 수도 있고, 때에 따라 집단적인 문제가 될 수도 있겠다.

여기에서 작가로서의 개인이 가지는 감성을 작가적 감성이라고 말한다면, 이는 이 모든 요소들의 집합적 표현물이라고 할 수 있는 작품

6) 이구형, 「감성과 감정의 이해를 통한 감성의 체계적 측정 평가」, 『한국감성과학회지』 Vol. 1, 한국감성과학회, 1998, 118쪽 참조.

을 통해 파악하는 수밖에 없다. 따라서 소쇄원 <사십팔영>에 나타난 작가적 감성은 이러한 요소들의 분석, 특히 사상적 요소의 분석을 통해서도 밝혀질 수 있는 것이며, 그 결과물에 의해 소쇄원의 조영을 재조명해 볼 수도 있는 것이다.

<사십팔영>에 투영된 작가의 감성은 일단 긍정적이다. 소쇄원이 주는 감각 자극에 대해 작가는 그것을 위한 적극적 행위, 즉 작시를 행했다는 점에서 긍정적 감성이라고 볼 수 있는 것이다. 작가의 적극적 행위 또한 그의 사상에서 기인한다. 여기에서는 음양론이 해당한다. 이런 작가의 사상은 동시대 교유인들에게도 공통된 사상의 축이었다고 할 수 있다. 따라서 그것이 투영된 작품에 대해서도 모두 같은 감성으로 대할 수 있었던 것이다. 역으로 소쇄원 조영 당시 이미 그 방식에 이러한 사상이 원용되었음을 어렵지 않게 추측할 수도 있을 것이다.

<소쇄원도>에 나타난 소쇄원 구성물의 각 명칭은 이러한 점을 알 수 있게 하는 매우 유용한 도구가 된다. 그런 점에서 천득염 · 한승훈의 <소쇄원도>에 대한 진술은 시사하는 바가 크다.

　　담장 밖, 소위 外園의 영역에 대하여는 실제적인 거리에 관계하지 않고 담장의 외곽부분에 상징적으로 건물과 마을의 이름을 표현하고 있다. 정원의 그림은 평면과 입면이 혼합해 그려져 있어 그림을 4방향으로 돌려보면 시점에 따라 보이는 경관이 나타나게 표현되어 있다. 특히 시점을 주로 계곡의 양쪽에서 바라볼 수 있게 하였으며 이동하는 시점과 관련시켜 제작되었다.[7]

이러한 진술은 시점과 이동 거리에 따라 다르게 보이는 소쇄원의 조

---

7) 천득염 · 한승훈, 앞의 논문, 72쪽.

영 특성을 반영하는 것이며, 또한 그 시점이 계곡의 양쪽에서 바라볼 수 있게 하였다는 점은 그 양쪽 공간이 가지는 의미가 다를 수도 있다는 점을 의미한다고도 볼 수 있다. 바로 그 의미를 필자는 음양론에서 찾고자 하는 것이다.

또한 그 공간적 구성과는 별개로 소쇄원 원림 건물의 이름에도 음양적 사고가 반영되어 있지 않을까 하는 추측을 해볼 수 있다. 소쇄원을 구성하는 건물 중 당[堂, 제월당]이나 정사[精舍, 고암정사]는 내원 공간에 있으며, 닫힌 공간으로 음에 해당한다고 볼 수 있고, 각[閣, 광풍각]은 경계의 공간으로 음양의 소통 공간에 해당한다고 볼 수 있다. 또한 정[亭, 소쇄정], 단[壇, 애양단] 등은 외원 공간에 있으며, 열려진 공간이지 건축물이므로 양에 해당한다고 볼 수 있기 때문이다.[8]

소쇄원 <사십팔영> 또한 소쇄원 조영에 대한 제반 사항을 알 수 있게 하는 대표적인 매개체라고 할 수 있다. 소쇄원을 조영한 양산보의 관련 기록을 찾아볼 수 없는 현 상황을 고려한다면, 그것은 더욱 큰 의미를 가질 수밖에 없다. 조영물의 명칭, 계절의 순환, 이동의 순서, 소쇄원에 대한 작자의 인식 방법 등 소쇄원과 직·간접적으로 연관이 있다고 여겨지는 모든 것이 이 작품에 담겨 있다고 보기 때문이다. 김영모 역시 이와 관련하여, "시짓기가 궁극적으로는 단순히 경물의 묘사에만 머물지 않고 객관경물에 주관적 정의를 불어넣음으로써 정경이 융합

---

8) 일반적인 의미로 당(堂)이란 주거형식을 갖추는데, 방이나 대청이 있는 건물을 말한다. 본채가 아닌 별당을 말하기도 한다. 또한 정사(精舍)란 강학을 하기 위한 용도의 건물로 개인적인 서재나 사숙(私塾)의 경우도 있다. 따라서 이들은 모두 닫힌 공간, 즉 음의 공간으로 보는 것이 타당하다. 또한 각(閣)이란 석축이나 단상(壇上)에 높게 지은 집을 말하며, 정(亭)이란 정자의 약어로 사방이 뚫려 있다는 점이 일반적인 특성이다. 그리고 대(臺)란 높이 쌓아서 사방을 바라볼 수 있는 곳이나 그곳에 위치한 정자 형식의 건물을 뜻한다. 따라서 이들 공간의 경우 열려진 공간으로서 양의 공간이라고 볼 수 있으며, 소통의 공간으로 매우 적절하다고 여겨진다.

된 '의경'을 추구하고 원림조영도 객관 경물(자연적인 경물이든 인공적인 경물이든)을 통하여 의경을 지향하고 있다는 점에서 관련성을 찾을 수 있다."9)고 말한다.

그리하여 그는 소쇄원의 조영방법 중의 하나로 '대구적 구성 / 사시가경적 구성 / 실경과 허경의 결합 / 형태와 행위의 일치성 / 작은 것으로 큰 것을 나타냄' 등을 들고 있다. 보다 엄밀히 말하자면 이는 소쇄원 <사십팔영>의 각 작품에 소쇄원의 조영 방식을 대입시킨 것이라고 볼 수 있다. 따라서 일반화의 오류를 범할 가능성도 있을 수 있다. 예를 들어 그는 "대구적 시어를 사용하는 하서이기에 그의 소쇄원사십팔영에서도 빈번히 대구적 시어들의 사용은 가장 일반적이고도 공통적으로 나타나는 시짓기의 특성이기도 하며, 소쇄원 조성 방법이기도 하다"10)고 한 진술이 그것이다.

그렇다면 하서의 대구적 작시법이 소쇄원 조영 방식의 어떤 것에 해당하는가의 문제이다. 다시 말해 대구적 작시법과 조영 방식과의 상관관계가 밝혀져야 하는데 그 부분에 대한 설명이 보이지 않는다. 단지 우리 고시가의 관습적 표현론에 입각하여 설명을 덧댈 뿐이다. 물론 이러한 시도가 부정적이지만은 않다. 그의 말대로 관습적 표현이 대구적 작시법에 연결되고, 그것이 소쇄원의 조영에 영향을 끼쳤음을 부인할 수는 없다. 우리 시가에 표현된 관습적 표현에 대해 김신중은,

> 우리 고시가에 활용된 관습적 표현의 두드러진 예로는 산과 물의 대응을 들 수 있을 것이다. 정적이면서 변함이 없는 인자의 기품을 지닌 산. 이에 반해 동적이면서 즐거움을 찾는 지자의 품성이 깃든 물.

---

9) 김영모, 앞의 논문, 7쪽.
10) 김영모, 같은 논문, 9쪽.

산과 물은 '음과 양', '내면적 침잠과 외향적 발산' 등으로 서로 선명히 대비되면서도, 궁극적으로는 '산수(山水)'라는 하나의 이상적 합일체로 조화롭게 어울리는 동반자적 관계에 있다.

그런데 이 산과 물이 구체적 시어로 작품에 활용될 경우에는 여기에 다시 얼마간의 수사적 변용이 가해지기 마련이다. 대개의 경우 산은 '푸른 산'이어야 하고, 물도 '푸른 물'이어야 한다. '청산(靑山)'과 '녹수(綠水)'가 그것으로, 이 둘은 모두 조선시대 선비들의 성리학적 상상력이 빚어낸 푸른빛으로 채색되어 있다. 하서 김인후(河西 金麟厚 : 중종 5년, 1510~명종 15년, 1560)의 시조 <자연가(自然歌)>는 바로 이 청산과 녹수의 절묘한 짝짓기에서 오는 묘미가 돋보이는 작품이다.[11]

라고 말한 바 있다. 따라서 <자연가>에 녹아든 작가의 감성이 소쇄원 <사십팔영>에도 그대로 투영되리라는 점은 어렵지 않게 추측할 수 있을 것이다. 게다가 밑줄 친 문구들은 모두 '음양론'과 연결되어 있다고 추측할 수 있는 진술임은 부인할 수 없다. '선명히 대비'되면서도 '절묘한 짝짓기'로 인해 '이상적 합일체로 조화'한다는 것은 음양의 개별적 특성이자 궁극적 지향점이므로, 이러한 작시에 임하는 선비 작가들의 '성리학적 상상력'은 결국 음양론의 다른 이름이 될 수 있다. 따라서 대구적 구성이라는 측면에서 '대구'라는 용어, 그리고 '관습'이라는 용어 자체 또한 음양의 이론이 녹아든 것이라고 볼 수 있겠다.

그러나 이러한 점이 소쇄원 조영에 있어 의미를 갖기 위해서는 각 작품의 작시 의도가 공간의 설정과 배치 의도와 맞아 떨어지거나 혹은 최소한의 의미적 단서를 내포하고 있어야 할 것이다. 그런 점에서 정경운의 연구는 주목할 만하다. 그의 연구가 비록 어떤 특정 이론에 입각하여 공간을 재구조화한 것은 아니지만, 관람객의 심미적 경험공간이라

11) 김신중, 『은둔의 노래, 실존의 미학』, 도서출판 다지리, 2001, 29쪽.

는 관점에서 예술텍스트로서의 소쇄원이 구현될 가능성이 있는가라는 문제의식에서 출발하여, 소쇄원에 대해 '48영'의 '빛/소리' 기호를 접근 키워드로 삼아 그 가능성을 찾았다12)는 점은 매우 의미 있는 연구의 성과라고 하겠다.

필자는 소쇄원 조영에 있어서 최소한의 의미적 단서를『소쇄원사실』에서 찾을 수 있다고 본다. 이 책에는 그가 도연명, 주무숙을 사모하며 그들이 저술한 <귀거래사>, <오류선생전>, <산해경>, <통서>, <애련설>, <태극도설> 등을 문방 좌우에 열거해놓고13) 애독했다고 한다. <통서>나 <태극도설>을 애독했다는 사실에 주목하면 그가 원림을 조영하고자 할 때 음양설이 전혀 도외시되지는 않았을 것으로 생각된다. 마찬가지로 소쇄원 <사십팔영>의 작가인 하서 김인후의 작시 배경 또한 여기에 기초한 바 크다고 여겨진다.

따라서 바로 이 지점에서 소쇄원의 공간 조영과 작가적 감성이 공유된다고 할 수 있다. 소쇄원의 공간 구조와 그에 따른 작시는 소쇄원 경관으로부터 촉발된 감정(느낌)이 거기에서만 머무르지 않고, 공간과 감정에 대한 이성적 작용, 여기에서는 특히 음양론의 영향으로 말미암아 작가적 감성 혹은 공간적 감성으로 승화되기 때문이다.14) 그런 까닭에 소쇄원 <사십팔영>에 나타난 작가적 감성을 바탕으로 소쇄원의 공간 조영에 나타난 감성적 구조를 파악해 낼 수 있는 것이다.

---

12) 정경운, 앞의 논문, 315~316쪽.
13) 先生嘗慕陶淵明周茂叔列題歸去來辭五柳先生傳山海經通書愛蓮說太極圖等篇于文房左右(<實記>,『瀟灑園事實』卷之二)
14) 감성이란 감정의 초보 단계에서 주체의 경험이 축적되어 '정서'로 승화되고, 이러한 정서에 앎의 작용, 즉 지성이나 이성의 작용이 더해져 이루어진다는 가설 하에 이루어진 진술임을 미리 밝힌다.

3. 소쇄원 〈사십팔영〉으로 본 감성의 공간 미학

소쇄원의 모습을 가장 적실하게 보여주고 있는 것은 <소쇄원도>일 것이다. 이에 의하면 소쇄원은 크게 외원과 내원으로 구성되어 있다. 또 이를 구획하는 기준점은 일반적으로 오곡(五曲)의 바로 위쪽에 위치한 담장으로 삼는다. 담장 너머 산으로 향하는 쪽이 외원이요, 그 안쪽이 내원이 되겠다. 내원은 또 소쇄계(瀟灑溪)를 기준으로 하여 안팎으로 나눌 수 있다. 대표적으로 매대와 제월당은 '안'의 공간이요, 애양단과 소쇄정(대봉대)은 '밖'의 공간으로 볼 수 있으며, 소쇄계와 광풍각은 두 지점의 경계이자 소통의 공간으로 볼 수 있겠다.

이러한 구획은 음양론과도 밀접하다는 것이 필자의 생각이다. 음양은 우리가 살고 있는 이 광대한 우주 속의 생명법칙이자 도(道)라고 할 수 있다. 나아가 태극이 변한 후의 첫 단계라고도 할 수 있으며, 오행의 전 단계이기도 하다. 이러한 음양의 변화로 우주나 인간 사회의 모든 현상과 생성 · 소멸을 설명하려는 이론이 바로 음양론[15]이다. 이 장에서는 소쇄원에 대해 음의 공간과 양의 공간, 그리고 음양의 경계 혹은 소통의 공간으로 나누어 그것이 가지는 미학적 자질을 파악해보고자 한다.

---

15) 어원적으로 음은 우선 어둠이며, 언덕[丘]과 구름[雲]의 상형이 포함되어 있다. 또한 양은 밝음이며, 모든 빛의 원천인 하늘이 상징되고 있는데, 이 하늘에서 비스듬히 비치는 태양광선 또는 햇빛 속에서 나부끼는 깃발을 나타내고 있다. 결국 음은 고요함[靜], 닫힘[閉], 아래[下], 엎드림[伏], 감춤[藏], 부드러움[柔], 뒤[後], 땅[地], 여성[女], 밤[夜], 달[月] 등 소극성 또는 여성성의 의미를 가지고 있다고 하겠다. 그리고 양은 음과 반대로 움직임[動], 열림[開], 위[上], 나타남[顯], 굳셈[剛], 앞[前], 하늘[天], 남성[男], 낮[晝], 해[日] 등 적극성 또는 남성성의 의미를 가지고 있다. 이러한 음양사상은 너무나 심오하여 어느 한 측면에서만 생각할 수는 없는 일이다. 그렇기 때문에 음양과 오행, 음양과 도, 음양과 자연 등 여러 각도에서 살펴야 음양사상의 진수를 맛볼 수 있다고 하겠다.

3.1. 음, 사유의 공간

내원에서 음에 해당하는 공간은 오곡류를 지나 처음 맞는 매대와 제월당이다. 소쇄원 <사십팔영>에서 매대는 '요월(邀月)' 즉 달맞이 하는 공간이다. 오곡류를 건너 제월당에 이르는 길 사이에 축대를 쌓고, 그곳에 매화를 기르면서 밝은 달이 뜨는 밤이면 줄곧 달맞이를 했다고 알려진 그 공간이다. 시간적으로는 두말 할 나위 없이 밤이 된다. '달'과 '밤'은 음의 대표적인 표상이자 현상이다.

수풀 베어내니 매대는 더욱 트여
비스듬히 기울어 달 떠오는 때
구름 걷혀 너무도 사랑스럽게
차가운 밤 얼음 자태 비추네

제12영 매대요월(梅臺邀月)[16]

제12영은 한 겨울 매대에서 맞이하는 달을 노래한다. 소쇄원 공간에서 매대는 동쪽에 위치해 있다. 따라서 서쪽인 애양단의 담장 멀리 위쪽으로 떠오는 달을 감상하기에는 더없이 좋은 장소였을 것이다. 시간적 배경 역시 자연스럽게 밤이 된다. 따라서 이 작품에 등장하는 월(月), 한야(寒夜), 빙자(氷姿) 등의 주요 시어는 모두 음을 상징하는 것이며, 이들 시어는 매대를 당연히 음의 공간으로 지정하게 한다. 이 공간에서 이루어지는 행위에는 적극성이 보이지 않는다. 그저 감정이 충만하고, 사유를 불러일으키는 공간적 정서만을 엿볼 수 있을 뿐이다.

---

16) 林斷臺仍豁 偏宜月上時 最憐雲散盡 寒夜映氷姿.

이슬 맞으며 눕자니 하늘엔 맑은 달
너른 바위는 좋은 자리 되겠네
긴 숲에 맑은 그림자 드리우니
깊은 밤 잠 들 수가 없구나

제13영 광석와월(廣石臥月)17)

제13영에서 화자는 지금 '와석(臥石)'의 상태이다. 또한 그 옆엔 '와폭
(臥瀑)'이 있다. 그러면서 '와월(臥月)'한다. 너럭바위에 누워, 누운 폭포
의 물소리를 들으며, 맑은 밤 떠오는 달을 감상하는 흥취가 너무나 선
연하다. 이 작품은 계절적으로 가을을 추측하게 한다. 이슬[露]과 맑은
하늘[靑天]이라는 시어가 이러한 추측을 가능하게 한다. 따라서 양에서
음으로 진입하는 시기라고 하겠다. 게다가 밤이 되면 모든 공간은 음의
공간이 된다. 음과 양이 소통했던 공간 역시 밤이 되면 음이 지배한다.
광풍각 앞 너럭바위[廣石]는 그런 의미에서 음을 맞이하는 공간이 될
수도 있는 것이다.

복사꽃 언덕에 봄철이 찾아드니
만발한 꽃들 새벽안개에 묻혔구나
바윗골 안쪽이라 더더욱 미혹되니
무릉의 계곡을 거니는 듯

제36영 도오춘효(桃塢春曉)18)

'복사꽃 언덕에 깃드는 봄날 새벽'라는 이 시에 보이는 복사꽃 언덕
은 광풍각과 제월당의 사이에 위치해 있으면서, 음의 공간[제월당]에서
양의 기운[봄]을 맞아 조화를 이루게 하는 곳이다. 소쇄처사가 소쇄원

---

17) 露臥靑天月 端將石作筵 長林散淸影 深夜未能眠.
18) 春入桃花塢 繁紅曉霧低 依迷巖洞裏 如涉武陵溪.

곳곳에 사계화(四季花)를 조성한 연유도 여기에 있다. 사계화란 말 그대로 사계절에 맞게 각각 피어나는 꽃들로, 흔히 매란국죽(梅蘭菊竹)을 일컫는다. 이들은 각각 해당 계절의 마지막 달에 피는 꽃들이며, 그런 까닭에 각 계절의 대표적인 꽃이라 하여 월계화라 부르기도 한다. 따라서 이 시에는 사시(四時)의 조화 나아가 음양의 조화, 세상의 조화를 이루는 곳이 바로 소쇄원이라는 뜻을 함의하고 있기도 하다.

3.2. 양, 감성 공유의 공간

양의 공간은 말 그대로 역동적이다. 소쇄원에서 보자면 입구에 들어서서 처음 맞는 소쇄정(대봉대), 소당, 애월당, 장원 등에 걸쳐 구성된 공간이라고 할 수 있다. 이 공간은 손님을 맞고 시를 나누어 걸며, 담소를 나누는 그야말로 공유의 공간이라고 할 수 있다. 물론 이들의 공유는 공간의 공유뿐만 아니라 그 공간에서 행하여지는 그들의 주요한 행위 모두의 공유이다. 그 중 시를 통하여 나누는 작가적 감성 공유의 공간으로서의 역할이 빠지지 않는다.

> 소쇄원의 빼어난 경치
> 한데 어울려 소쇄정 이루었네
> 눈을 들면 시원한 바람이 불어오고
> 귓가엔 구슬 구르는 청아한 소리
>
> 제1영 소정빙란(小亭憑欄)[19]

이 작품은 소쇄원 조영의 핵심 축이라고 할 수 있는 소쇄정에서의 흥

---

19) 瀟灑園中景 渾成瀟灑亭 擡眸輪颯爽 側耳聽瓏玲.

취를 읊고 있다. 이곳은 소쇄원을 조영할 때 가장 먼저 지어진 곳이다. 원래 띠집으로 지었다고 해서 초정(草亭) 혹은 소정(小亭)으로 불리던 곳이다. 그런 이곳에서 소쇄원의 모든 곳을 조망할 수 있으며, 또한 경청할 수 있으니 과연 <사십팔영>의 제1영으로 손색이 없다. 소쇄정은 소쇄원으로 들어서는 과정에서 가장 먼저 만나는 건물이다. 내원 중에서도 바깥쪽에 애양단과 함께 위치해 있어 그대로 양의 공간이라고 할 수 있다. 주인은 이곳에서 손님을 기다리고, 손님은 여기에서 주인을 만난다. 주체와 주체가 결합을 시작하는 첫 공간인 것이다. 따라서 그들의 공유는 여기에서 시작된다고 할 수 있다.

> 한 이랑도 안 되는 네모난 연못
> 맑은 물 담기엔 넉넉하구나
> 주인의 그림자에 고기떼 뛰노는데
> 낚싯줄 드리울 마음은 전혀 없다네
>
> 제6영 소당어영(小塘魚泳)[20]

소당은 소정의 옆에 위치해 있다. 예로부터 정자를 조성하면 사정이 허락하는 한 연못을 두고자 하였다. 이러한 의도에서 제1영에서 노래한 소정과 더불어 네모난 연못[方塘]을 함께 조영하였다고 볼 수 있다. 소정 난간에 기대어 소당의 물고기 뛰노는 정경을 함께 바라보는 주인과 손님의 모습이 어렵지 않게 떠올릴 수 있다.

또한 감성의 공유적 측면에서 이 시의 결구와 관련하여 주목되는 부분이 있다. 박준규의 해석에 따르면 '무심(無心)'이라는 시구와 관련하여 "소당의 물고기는 주인의 그림자만 보아도 반가워서 찾아드는 다정

---

20) 方塘未一畝 聊足貯淸漪 魚戲主人影 無心垂釣絲.

한 벗이다. 거기에 무심히 던지는 낚시일망정 조어(釣魚)를 연상시키는 인간 행위는 톱니바퀴 서로 어긋나듯 시상의 전후에 서어(鉏鋙)함을 느끼게 한다. 시제에서 굳이 내세운 '어영'의 의미에 착안하고 보면 고기 낚는 데에 뜻을 두었다기보다 자연스럽게 물속에서 뛰노는 어약(魚躍)에 흥이 있음을 주목해야 한다. 때문에 시의 결행(結行)은 '낚싯줄 내던질 마음 전혀 없다'고 하여 종래에 일반화되어온 고기와 낚시와의 관념을 부정으로 묵살해버린 것으로 읽을 수 있다."21)고 하였다. 여기서 물고기와 주인을 주체와 주체의 관계로 보면 그들 간의 암묵적 관계는 마음을 주고받는 감성적 공유 관계로 치환되어 읽힐 수도 있는 것이다.

> 애양단 앞 시냇물 아직 얼어 있지만
> 애양단 위의 눈은 모두 녹았네
> 팔 베고 따뜻한 볕 맞이하다 보면
> 한낮 닭울음소리 타고 갈 가마에 들려 오네
>
> 제47영 陽壇冬午22)

이 시에 나타난 계절적 배경은 겨울이지만 그 계절이 벌써 봄으로 향하고 있음은 작품의 내용에서 어렵지 않게 짐작할 수 있다. 따라서 음의 기운이 이미 양의 기운으로 기울었다는 사실 또한 명백해진다. 시제에 보이는 애양단이라는 이름 자체만으로도 이곳은 이미 충분히 양의 공간이 된다. 소쇄원 내 단의 위치 또한 외원에 해당하는 곳에 있기에 이곳은 더 말할 것도 없이 양의 공간인 것이다.

결구에 보이는 '타고 갈 가마'는 물론 하서 자신의 것이다. 그 역시 이곳에서는 손님이었다. 그러나 소쇄원에 대한 그의 인상은 원주인과 다

---

21) 박준규 외, 『시와 그림으로 수놓은 소쇄원 사십팔경』, 태학사, 2006, 36쪽.
22) 壇前溪尙凍 壇上雪全消 枕臂延陽景 鷄聲到午橋.

를 바 없었다. '팔 베고 따뜻한 볕 맞이하'면서 그는 이미 소쇄원의 일부가 되었던 것이다. 다시 말해 소쇄원이 주는 인상과 작가의 인식은 합일화 되었고, 그것은 곧 감성의 공유라고도 할 수 있는 것이다. 계속해서 제48영을 보자.

> 긴 담은 옆으로 백 자나 뻗었는데
> 하나하나 옮겨 놓은 새로운 시
> 마치 병풍처럼 펼쳤는듯
> 비바람이여 업신여기지나 마시게
>
> 제48영 長垣題詠[23]

상원은 말 그대로 긴 담장이다. 소쇄원에 들어설 때 가장 먼저 만나는 공간으로, ㄷ자형 모양을 갖추고 소쇄정을 맞보고 있는 곳이기도 하다. 이 담장에서 남서쪽으로 향한 곳이 바로 애양단 쪽으로서 역시 양의 공간이라고 이야기할 수 있다. 백 자나 되는 담벼락에 수없이 걸려 있는 시편들이 바람에 저마다 나부끼는 양이 흡사 수많은 시인묵객들의 수창만큼이나 소란스러운 듯한 정경을 떠올리게 한다. 그것 자체로 활기찬 기운의 요동을 느끼게 하는 공간이라고 할 수 있겠다.

3.3. 음양의 경계, 혹은 소통의 공간

소쇄원, 특히 내원을 가르는 물은 '소쇄계'이다. 물이 일반적으로 어떤 '경계'를 함의한다면, 여기에서는 음과 양의 공간을 나누는 경계라고 상정할 수 있을 것이다. 그 경계를 읊은 작품으로는 '원규투류(垣竅

---

23) 長垣橫百尺 ——寫新詩 有似列屏障 勿爲風雨欺.

透流, 제14영) ― 행음곡규(杏陰曲流, 제15영) ― 위암전류(危巖展流, 제3영)'24)가 있다.

> 물을 보며 한 걸음씩 발길 옮기니
> 읊조리는 생각은 더욱 그윽해
> 사람들은 본래 근원 어디인지 찾지도 않고
> 담 밑에 흐르는 물만 부질없이 바라보네
>
> 제14영 원규투류(垣竅透流)25)

> 지척엔 졸졸 연못에 흐르는 물
> 분명코 다섯 구비 돌아 흘러드는 물
> 지난 날 川上意를
> 오늘은 행변에서 찾는다네
>
> 제15영 행음곡류(杏陰曲流)26)

> 시냇물 흘러내려 바위를 씻고
> 한 바위는 골짜기에 가득 통하네
> 그 사이 비단을 펼쳤는듯
> 누워있는 골짜기는 하늘이 깎았는가
>
> 제3영 위암전류(危巖展流)27)

애양단을 지나 장원을 따라 걷다보면 외원과 내원을 가르는 담장 밑으로 물이 유입되는 큼지막한 구멍 2개가 있다. 이곳을 원규(垣竅)라고 하고, 외원의 물이 여기를 통과하여 내원으로 들어오니 그것이 투류(透流)가 되겠다. 언뜻 보면 제14영은 화자가 물을 따라 그윽하게 발걸음

---

24) 작품의 순서대로 배열하지 않은 것은 물줄기의 흐름을 고려하였기 때문이다.
25) 步步看波去 行吟思轉幽 眞源人未沂 空見透墻流.
26) 咫尺潺湲池 分明五曲流 當年川上意 今日杏邊求.
27) 溪流漱石來 一石通全壑 匹練展中間 傾崖天所削.

옮기며 사색에 잠기는 듯한 풍광을 떠올리게 한다. 그러나 보다 깊은 의미는 '성찰'에 있다고 봄이 정확할 듯하다. 박준규의 지적대로 "공연히 투장하여 흐르는 물에만 흥미를 느끼고, 그 뜻깊은 진원에는 별다른 관심이 없어 그곳을 거슬러 올라가 보려 하지도 않는 사람들을 질타하는 표현 기법을 취"[28]한 것이다.

다시 이곳에 이르러 바라본 오곡(五曲)의 모습을 읊은 시가 제15영이다. 이 시의 전구에 사용된 '천상의(川上意)'란 『논어』의 <자한>편에 나오는 말로, 공자가 천상(川上)에서 세월은 물과 같아서 밤낮으로 쉬지 않고 흘러간다[29]고 한 데서 비롯한 시어다. 물론 학문을 닦는데 있어 그만두지 않도록 힘쓰게 한 말에 다름 아니다. 따라서 이 시에 대한 대부분의 해석은 공자의 가르침에 대한 화자의 학자적 관심이라고 말한다.

이러한 해석에 한 가지 덧붙이자면, 이 시는 학문에 대한 열린 욕망이라고도 할 수 있겠다. 욕망은 이루고자 하는 마음만을 의미하지는 않는다. 특히 '열린 욕망'이라고 한다면 그것은 곧 성취를 의미한다. 이러한 성취에 대해 당대의 도학자들은 소통과 조화를 그 매개로 삼았다. 그 대상이 책이든 사람이든, 옛 것이든 지금의 것이든 그것들과의 소통은 성취의 핵심 매개였던 것이다. 그런 이유로 이 시에서 물은 소쇄원의 오곡(五曲)과 주자의 무이구곡(武夷九曲)을 소통하게 하는 매개가 되는 것이다.

이들 작품에서 물이 음과 양의 공간을 구획하는 인위적 경계라는 의미는 물론 찾을 수 없다. 그러나 그것을 소통의 관점에서 본다면 소쇄계는 합일의 공간이 될 수 있다. 음과 양이 소통하는 공간이요, 물 흐르

---

28) 박준규 외, 앞의 책, 67쪽.
29) 子在川上曰逝者如斯夫不舍晝夜.

듯 상달해야 하는 학문 사이의 소통이 될 수 있는 곳이다. 근원이 어디인지 찾아보아야 한다는 다짐 혹은 채근의 공간, 그리고 지난 날 성현의 말씀을 되새기는 공간, 물과 바위의 관계처럼 씻고 씻기는 과정에 비유된 학문 담론의 공간이 소쇄계를 통해서 나타나고 있는 것이다. 소통은 필연적으로 상대를 전제한다. 그런 까닭에 소통은 본질적으로 경계를 함의한다. 따라서 소쇄원에서의 소쇄계는 그것의 의미를 보는 관점에 따라 소통의 공간이요, 경계의 지점이 될 수 있는 것이다.

> 첨축까지 맑게 하는 밝은 창
> 서책까지 비치는 물과 돌
> 세심히 생각하며 한가로이 따르노니
> 오묘한 인연은 조화의 작용이라
>
> 제2영 침계문방(枕溪文房)[30]

위 작품은 광풍각(光風閣)을 노래한 것이다. 시제의 침계는 말 그대로 시내를 베개 삼는다는 뜻이겠는데, 여기서는 소정에서 바라본 광풍각의 모습이 마치 소쇄계를 베고 있는 것처럼 보여 이른 말이다. 밝은 창을 통해 첨축까지 맑게 하는 바람[風]과, 물과 돌에 서책까지 비치게 하는 빛[光]은 그대로 이름이 되었다. '광풍각'은 본래 송나라의 명필이었던 황정견의 말에서 나왔다. 그가 주무숙의 인물됨을 평하면서 '흉중쇄락여광풍제월(胸中灑落如光風霽月)'[31]이라 하였는데, 이에서 차용한 이름이다.

또한 '연어(鳶魚)'는 그야말로 조화를 상징하는 대표적인 시어라고

---

30) 窓明籤軸淨 水石映圖書 精思隨偃仰 妙契入鳶魚.
31) 소쇄원의 주인이었던 양산보는 평소 주무숙을 흠모해마지 않았으니, 이에서 소쇄원을 물론이요, 광풍각, 제월당의 이름이 나왔음은 결코 우연히 아닐 것이다.

볼 수 있다. "원림에서 누리는 그들의 삶은 하늘에 솔개가 자연스럽게 날고, 물속에 고기 뛰노는 것과 같이 천지조화의 작용이 오묘함으로 해 득되기"[32] 때문에 광풍각은 곧 조화의 공간이 될 수 있었던 것이다. 따라서 소쇄원 <사십팔영>의 제2, 3, 14, 15영이 지향하는 바는 결국 소통과 조화였다고 할 수 있겠다. 소통의 모습을 흐르는 물의 모습에서 찾고자 하였고, 그것은 물의 심상이 갖는 항구성(恒久性)과도 관련이 있다. 학문의 추구, 도의 추구에 있어 변치 않아야 할 그 지향점이었던 것이다.

4. 맺음말

작가적 감성이란 일단 하나의 작품을 제작할 때 투영되는 작가의 포괄적 마음 상태라고 말할 수 있다. 여기서 포괄적이라고 함은 한 작품에 투영된 작가의 특정한 마음 상태뿐만 아니라 그러한 상태에 이르기까지 작가가 경험하고 학습하여 축적한 유무형의 지적, 심적 자산을 모두 염두에 둔다는 의미이다. 이는 미학적 관점에서의 감성의 일면을 파악하려는 본고의 의도와도 무관하지 않다.

문학에서 작가의 심적 정황과 관련해서는 '정서'라는 용어를 흔히 사용한다. 정서란 물론 감정의 상위 층위에서 논할 수 있는 마음 상태일 것이다. 감정이 인간이 느낄 수 있는 가장 기본적인 마음 상태라고 한다면, 정서는 이러한 마음 상태에 대해 그것에 대한 자신의 경험의 축적으로 구성된다고 생각한다. 또한 이러한 경험의 축적은 감수성과도

---

32) 박준규 외, 앞의 책, 20쪽.

무관하지 않을 것이다.

감수성이 주체의 경험을 미학적으로 받아들이는 능력이라면, 감성은 그러한 능력에 의해 축적된 주체의 경험에 이성 혹은 지성의 작용이 더해져 발현될 수 있는 문학적 자질이라고 할 수 있다. 따라서 작가적 감성은 어느 한 자질로서만 이야기될 수 있는 성질은 아니며, 작가가 포착한 시적 대상, 혹은 시적 감흥을 토대로 축적된 그의 경험적 작용과 학습된 이성에 의해 설명 가능한 것이 될 수 있는 것이다.

소쇄원의 '소쇄'는 한자 그대로 풀이하면, 맑고 깨끗하다는 의미를 지니고 있다. 또한 양산보가 가장 흠모했던 인물은 도잠(陶潛)과 주돈이(周敦頤)였다는 사실은 앞서 밝힌 바 있다. 『소쇄원사실』에는 그가 도연명, 주무숙을 사모하며 그들이 저술한 <귀거래사>, <오류선생전>, <산해경>, <통서>, <애련설>, <태극도설> 등을 문방 좌우에 열거해놓고 애독했다고 한다. <통서>나 <태극도설>을 애독했다는 사실에 주목하면 그가 원림을 조영하고자 했던 이유들을 충분히 미루어 짐작할 수 있는 것이다.

또한 소쇄원의 조영과 관련해서는 소쇄원 <사십팔영>의 작가인 김인후의 작가적 감성에 주목해보지 않을 수 없다. 앞서 이야기했다시피 그는 철저한 도학자였다. 따라서 그의 이성을 지배하는 사상은 그것에 기인할 수밖에 없었을 것이며, 이러한 사상이 그의 시작에 반영되는 것은 매우 당연한 결과일 것이다. 물론 소쇄원은 양산보가 조영하고 운영하였던 곳이다. 그러나 그와 양산보와의 교유관계를 전제한다면 조영에 있어서부터 이후 공간을 노래하기까지 그들의 사상이 스며들지 않은 곳이 없다고 보아도 무방할 것이다.

소쇄원을 읊은 노래는 비단 소쇄원 <사십팔영> 뿐만 아니다. 이곳을 다녀 간 수많은 시인묵객들은 너나 할 것 없이 소쇄원에 관한 무수한 시문을 남겼다. 소쇄원의 출입 인사들을 보면 당대의 명류라 일컫는 인물들이 총망라되어 있다고 보아도 무방하다. 고경명, 기대승, 김대기, 김선, 김성원, 김언거, 김인후, 백광훈, 백진남, 송순, 신필, 오겸, 유사, 윤인서, 임억령, 정철 등이 그 주인공 들이다. 당시 주인이었던 양산보를 중심으로, 그의 아들과 손자로 이어지는 인물과 많은 시인묵객들의 교유는 조선 중기 시문학의 활동의 핵이었다고도 볼 수 있다. 그런 까닭에 이곳의 활동을 묶어 소쇄원시단(瀟灑園詩壇)이라 부르는 것이다.

또한 이들이 남긴 시문에 보이는 소쇄원 공간은 다양한 방식의 시선이 투사되어 있다고 할 수 있다. 물론 이러한 시선이 그들의 교유를 가능하게 했던 사상적 끈으로부터 비롯되었음은 더 말할 나위 없다. 따라서 소쇄원 <사십팔영>을 비롯한 여타의 시문들은 모두 소쇄원이라는 조영물에 대한 교유인들의 긍정적 감성의 표출이었다고 볼 수 있다. 곧 소쇄원을 조영한 조영인과 동일한 감성의 표출이자 공유라고 할 수 있으며, 이러한 현상은 소쇄원의 공간 구조마다 그리고 각 조영물의 명칭마다 다양한 방식으로 표출되었음을 확인할 수도 있었다.

참고문헌

1. 자료

『論語』
『瀟灑園事實』

2. 논저

김신중, 『은둔의 노래, 실존의 미학』, 도서출판 다지리, 2001.
김영모, 「시짓기와 園林 造營方法에 관한 연구」, 『한국정원학회지』 제21권 2호,
　　　한국전통조경학회, 2003.
김용수 · 김재호, 「瀟灑園에서 보는 命名과 詩吟의 計劃論的 意味」, 『경북논문집』
　　　제49집, 경북대학교, 1990.
박준규 외, 『시와 그림으로 수놓은 소쇄원 사십팔경』, 태학사, 2006.
이구형, 「감성과 감정의 이해를 통한 감성의 체계적 측정 평가」, 『한국감성과학
　　　회지』 Vol. 1, 한국감성과학회, 1998.
정경운, 「심미적 경험 공간으로서의 소쇄원 – 시청각적 경험을 중심으로」, 『호
　　　남문화연구』 제41집, 전남대학교 호남문화연구소, 2007.
천득염 · 한승훈, 「瀟灑園圖와 (瀟灑園)四十八詠을 통하여 본 瀟灑園의 構成要素」,
　　　『건축역사연구』 제3권 2호, 한국건축역사학회, 1994.

무등산의 장소성과 그 의미*

송순의 〈면앙정가〉를 대상으로

고성혜

1. 들어가는 말

조선시대 시가는 대체로 자연을 주제로 한 작품이 많다. 조선의 통치
이념이었던 유교 사상의 영향이라고 할 수 있다. 물론 각 작품들을 살
펴보면 자연을 바라보는 관점은 다소 차이가 있다. 이는 작가들의 독특
한 내적 경험에서 기인하는 필연적인 사태이다.

경험은 인간의 인식과 관념에 일정한 틀과 형식을 부여한다. 인간은
특정 대상을 접하면서 사랑이나 증오와 같은 감정을 느끼는데, 그러한
감정은 경험 주체가 대상에 대해 갖게 되는 주관적이고 의도적인 특성
이다. 따라서 경험은 인식 주체가 내적으로 어떻게 대상으로부터 영향
을 받는지 드러내주기도 한다.1) 간단히 말해, 인간에게 경험이라는 것

---

* 이 글은 「송순의 <면앙정가>에 나타난 장소성과 그 의미」라는 제목으로 『한민족
어문학』 제70집(한민족어문학회, 2015)에 발표된 바 있으며, 책의 기획 의도에 맞게
제목과 내용을 수정 · 보완하였다.
1) 이-푸 투안, 구동회 · 심승희 역, 『공간과 장소』, 대윤, 1995, 23~24쪽.

이 이루어질 때에는 의도와 감정이 동시에 발생한다는 것이다.

처음에 사람은 무차별적인 공간에 놓이게 되지만 점진적으로 거기에 일정한 의미와 가치를 부여한다. 그럼으로써 공간은 비로소 장소가 된다.[2] 이러한 전제로부터 경험이라는 핵심어가 '지역'(혹은 '공간')이라는 주제와 맞물릴 때에 우리는 '장소'(혹은 '장소성')를 이야기할 수 있을 것이다.

달리 말하자면 특정한 공간에서 형성된 경험은 사람들에게 영향을 미치고 동시에, 그러한 영향 아래 이루어지는 행위는 특정 장소에 의미를 부여하는 연쇄 작용이 일어난다는 논의가 가능하다. 지역이란 당대의 역사와 사회를 반영하고, 아울러 인간의 정체성이 특정 장소와 연관되어 있다는[3] 주장 역시 같은 맥락이다.

기본적으로 보는 행위란 선별적이며 창조적인 과정이다. 보는 행위를 통해서 환경(Umwelt)은 유기체에 의미 있는 기호를 제공하는 유동적인 구조로 조직된다.[4] 특히 필자는 이러한 환경과 환경이 주는 자극들이 의미 있는 기호로 조직돼 구조화된 문학작품에 주목할 것이다. 아울러 그러한 구조화 과정이 작품 안에서 어떻게 이루어지고, 어떠한 관계 맺음을 통해 의미가 발생하는지 고찰할 것이다. 이에 필자는 호남 시가 문학의 중심에 위치하며, 아울러 자연시의 극치를 보여주고 있는 면앙 송순(俛仰 宋純, 1493~1582)의 <면앙정가(俛仰亭歌)>를 논하고자 한다.

이러한 논의를 위해서는 먼저, 작품의 배경이 된 공간에 대한 정리가 필요하다. 면앙정은 무등산에서 뻗어 내려온 산자락에 위치해 있다. 이

---

2) 이-푸 투안, 구동회·심승희 역, 같은 책, 19~20쪽.
3) 제프 말파스, 김지혜 역,『장소와 경험』, 에코리브르, 2014, 15쪽.
4) 이-푸 투안, 구동회·심승희 역, 같은 책, 26쪽.

때 이 산자락이 속한 행정구역이 담양이다.5) 때문에 면앙정이 위치한 곳을 무등산이나 담양으로 구분해서 이야기하려는 시도는 무의미해 보인다. 이에 이후 담양이라는 용어는 무등산 일대를 아우르는 장소를 지칭하는 것임을 밝힌다.

송순은 <면앙정가>에서 면앙정 일대의 지명을 통해 무등산을 아우르는 담양이라는 특정 지역이 갖는 '장소성'을 구현한 바 있다. 물론 이 점에 착안해서 송순의 전기적 삶과 작품을 대조 및 분석하여 작가의 장소적 인식과 의미에 대해 밝힌 연구도 이미 있다.6) 그러나 장소성에 초점을 맞춘 대개의 논의들이 그렇듯 특정 장소가 가질 수 있는 일반적인 의미나 의의들을 부여하는 데에 그치고 있고, 그러한 장소적 의미가 실제 텍스트 속에서 어떤 방식으로 조직되고 또는 심미적 자질을 드러내고 있는지는 효과적으로 밝히지 못하고 있다고 할 수 있다.

본고는 특히 장소와 장소의 접점 혹은 장소 안의 장소(대상)가 개별적으로 논의되어야 하는가에 대한 의문으로부터 출발한다. 이들은 분리된 것이 아니라 유기적인 관계망을 형성하며 끊임없이 서로 스미고 소통하는 특정한 경계를 갖는다고 할 수 있기 때문이다.

장소란 경험이 이루어지고 조직되는 공간이다. 이때의 장소는, 크게는 무등산 일대부터 담양 혹은 면앙정이 될 수 있다. 다만 그 크기와 작품 내에서 표현되는 집중도를 보자면, 면앙정은 담양이라는 장소 내에 있는 구체적인 대상이다. 여기서 면앙정을 이루는 경계와 이를 둘러싸고 있는 담양이라는 장소의 경계는 동일한 지점을 이룬다.7) 담양은 면

5) 작품 내에서 면앙정은 "동다히로 버더"있는 "霽月峯"에 위치한 것으로 되어 있으며 현재 행정구역 주소는 전라남도 담양군 봉산면 면앙정로 382-11(지번 제월리 402) 이다.
6) 김은희, 「송순 시가의 장소성에 대한 일고찰-자연시를 중심으로-」, 『한민족어문학』 제63집, 한민족어문학회, 2013.

앙정을 제약하는 곳이 아니라, 면앙정을 담양이라는 자연 안에서 보존하고 유지시킴으로써 또 다른 세계를 형성하는 것이다. 따라서 본고에서는 장소성에 좀 더 주목하는 입장을 견지하면서 송순이 인식한 공간 및 장소와 그를 바라보는 관점을 살펴보고 <면앙정가>와 담양이라는 장소가 형성하는 심미적 자질과 관계망에 대해 논의하고자 한다.

2. 삶의 이상으로서 무등산

송순은 누정을 문화 공간으로 삼아 문학 활동을 한 대표적 인물이자,[8] '강호기도의 선창자' 또는 '자연탄미의 시인'으로 불린다.[9] 따라서 자연을 배경으로 제작한 그의 작품은 오늘날에도 그 미적 가치와 예술적 성취를 인정받고 있다. 그렇다면 송순이 그렸던 자연은 무엇이며 어떠한 의미를 가지고 있는 것일까. 이를 살피기에 앞서 우리는 그가 사림(士林)이었다는 점을 간과할 수 없다.

송순이 활동했던 16세기의 문학에서 두드러진 특징은 사림이 주요한 작가층으로 대두하였다는 점이다. 작가로서 사림은 자연을 소재로 삼아 인간의 도덕적 심성을 작품 속에서 구현하고자 하였다. 즉 자연을 천인합일(天人合一)의 매개체로 인식하는 한편, 그 속에서 '참된 것(理)'을 추구한 것이다. 주지하다시피 이러한 경향은 사대부들이 성리학적 사유 체계를 사상적 기반으로 삼은 것에 따른다. 때문에 그러한 사유 체계를 기반으로 그들이 끊임없이 언급했던 자연이, 그들에게 과연 어

---

7) 이와 같은 논의는 아리스토텔레스의 『자연학』에 기초한다.
8) 고성혜, 「담양가사의 미의식」, 전남대학교 석사학위논문, 2012, 23쪽.
9) 김신중, 『은둔의 노래 실존의 미학』, 다지리, 2001, 23쪽.

떤 의미였는지에 대해 이해할 필요가 있다.

특히 본고에서 주목하는 16세기 후반은 사화와 당쟁의 후유증에 시달리던 시기로, 사화의 참상을 경험한 사람에게 자연은 무엇보다도 수신을 위한 은거지로 이해되었다.[10] 정도의 차이는 있겠지만 그들에게 자연은 공통적으로 세속(혹은 현실의 정치 세계)과 상반되는 개념으로서 존재하였다. 당시 당장 내일을 기약할 수 없었던 훈구파와의 끊임없는 경쟁 구도는 사림에게 현실을 혼돈 그 자체로 인식하게 만들었다. 그들이 정당하다고 생각하였던 것이 사화로 인하여 무너져 내리는 모습은, 적어도 그들에게는 이치에 합당하지 않은 것으로 여겨졌을 것이기 때문이다. 따라서 현실 정치에 염증을 느낀 이들에게 자연이란 그 자체로 어지러운 현실과 극명하게 대조되는 이상향의 의미를 갖는다.

본고에서 살펴볼 <면앙정가>의 작가 송순의 상황을 살펴보도록 하자. 기실 송순은 1519년(중종 14)부터 1569년(선조 2)에 이르기까지 약 50여 년 동안 관직 생활을 영위했다. 그러나 오랜 기간 관직을 유지했다고 하더라도 그 사이 몇 번의 파직과 유배를 경험해야만 했다. 그렇다면 그가 인식했던 현실은 평안한 곳이었을까. 아니었을 것이다. 다음의 시를 통해 그의 현실에 대한 인식의 일단을 엿보기로 한다.

> 風霜이 섯거 친 날에 叉 픠온 黃菊花를
> 金盆에 ㄱ득 다마 玉堂에 보내오니
> 桃李야 곳이온 양 마라 님의 뜻을 알괘라.[11]

위의 시는 바람과 서리가 뒤섞여 치는 매서운 계절 속에서 피어난 황

---

10) 김신중, 「사시가의 강호인식 — 16세기 후반 사림과 작품의 두 경우 — 」, 『호남문화연구』 제20집, 전남대학교 호남학연구원, 1991, 61쪽.
11) 박을수, 『한국시조대사전』 하, 아세아문화사, 1992, 4423번.

국화와 따뜻한 봄에 피어나는 도리를 대조시키고 있다. 전통적으로 지절을 표상하는 매화, 난, 국화, 대나무 중에서 "국화"를 끌어 왔다는 점, 그리고 간신의 은유인 "도리"를 내세우고 있다는 점에서 그가 평소 사대부로서 어떠한 기치를 지니고 있었는지 어렵지 않게 추측해 볼 수 있다. 임금에 대한 충성으로서 절개를 지키겠다는 결연한 의지를 한 편의 시조로 표현했던 것이다. 이를 염두에 두고 다음의 작품을 보도록 하자.

> 곳이 진다 ᄒ고 새들아 슬허 마라
> ᄇ람에 훗늘리니 곳의 탓 아니로다
> 가노라 희짓ᄂᆫ 봄을 싀와 므슴 ᄒ리오.[12]

위의 작품은 을사사화 당시 많은 이들이 사건에 연루되어 화를 당하는 것을 보고 제작한 시이다. 송순은 먼저 선비들을 "곳"으로 표현하고, 이 꽃들이 지는 정황을 노래한다. 그러나 단지 꽃이 져버린다는 사실을 보여주는 것에 그치지 않고, 그 이유가 바람 탓임을 역설한다. 무고한 자들이 자신의 의지와 상관없이 스러지고 마는 사태는 무척이나 안타까운 일이었을 것이다. 그리고 "ᄇ람"과 꽃이 흩날려 버린 "봄"은 을사사화 후에 기득권을 잡은 세력 즉, 윤원형을 위시한 집권 세력을 일컫는다.[13]

송순의 관직 생활은 비교적 평탄했다고 한다. 그러나 그의 인생에 생사를 넘나드는 난관이 없었다고 해서 그가 인식한 현실 역시 안온한 것

---

12) 박을수, 『한국시조대사전』 상, 아세아문화사, 1992, 286번.
13) 甲辰冬 遭內艱廬墓 其翌年 乃明廟乙巳也 文定垂簾 元衡益張 多殺耆舊善類 與謀者 盡策僞勳 公雖在苫堊 未嘗不悲憤也 及丁未禫闋 每歎傷諸賢 作歌曰 有鳥嘵嘵 傷彼 落花 春風無情 悲惜奈何(趙鐘永, 「右參贊企村宋公謚狀」, 『俛仰集』4)

이었다고 말하기는 곤란하다. 당시는 사화가 빈번하게 발생한 시기였다는 점, 그리고 송순 역시 사림 중 하나였던 점을 염두에 둘 때 수차례에 걸쳐 낙향하기를 청했던 것은 그의 현실 인식이 결코 안온하지 않았음을 입증한다.

이상의 사회성이 짙은 시들을 미루어 짐작하건대, 그에게 정치 현실이란 썩 긍정적인 것만은 아니었다고 할 수 있다. 그에게 현실이란 마냥 달가운 게 아니었다. 정쟁의 소용돌이에 직접적으로 휩쓸린 것은 아니지만, 그에게 정쟁의 현실이란 일종의 카오스 상태로 보였을 것이 틀림없다. 반면 그에게 고향(자연)은 정쟁의 현실을 초월해서 아름다움과 참된 것이 오롯이 유지되고 보전되는 코스모스와 같은 이상적인 공간으로 현현했으리라 추측된다.

송순이 자연을 어떻게 인식하고 있었는지를 알기 위해서, 우리는 <면앙정삼언가(俛仰亭三言歌)>를 살펴야 한다. 그 뒤의 <면앙정단가(俛仰亭短歌)>가 <면앙정삼언가>의 시상을 이으면서 보다 구체적으로 서술되었고, 가사 <면앙정가>로 더욱 확대되어 완성되었다고 했을 때, <면앙정삼언가>는 송순 자신의 삶에 대해 갖는 근원적인 이상과 의미를 응축해서 보여주고 있다고 할 수 있기 때문이다.[14]

굽어보니 땅이요
우러르니 하늘이라
그 사이 정자 있어
흥취가 호연하다
풍월을 불러들이고
산천을 둘러놓고

---

14) 김성기, 「송순의 면앙정삼언가 연구」, 『남명학연구』 제13집, 경상대학교 남명학연구소, 2002, 275쪽.

청려장에 의지하며
백 년을 누리리라15)

　위의 시를 지배하고 있는 시상은『맹자』의 "우러러 하늘에 부끄럽지
않고 굽어보아 인간에게 부끄럽지 않다"16)는 구절로부터 비롯된다. 이
러한 시상은 자연과 합일을 이루어 그 속에서 평생을 살고자 하는 자신
의 바람과 맞물려 있다.
　이와 같은 자연 인식을 가지고 송순이 선택한 곳은 무등산이었다. 주
지하듯이 송순은 16세기 호남에서 누정문화를 일으킨 중심적인 인물
이다. 그의 누정인 면앙정이 바로 이곳에 세워진 것이다. 무등산은 호
남의 진산(鎭山)이다. 산과 관련한 많은 기록들에서 공통적으로 언급되
는 평이다. 웅대하고 수려한 모습뿐만 아니라,17) 높고 험준하기까지 해
여러 산 중에서도 뛰어나18) 호남에서 제일가는 산이라고 표현된다. 물
론 해당 자료들은 무등산을 주제로 삼거나 이를 소재로 하여 기록된 것
이기 때문에 긍정적인 평가가 주를 이룬다. 하지만 모든 점을 염두에
두어도 주변의 다른 산들에 비해 많은 양의 시를 비롯한 유람기 등이
존재한다는 것과 작시와 유람의 동기를 미루어 보면 무등산은 호남의
특별한 곳이었음이 틀림없다.
　송순은 면앙정을 소재로 일찍이 많은 시가들을 창작한 바 있다. 무등
산이라는 큰 범주 안에 면앙정이라는 누정을 지어 자신의 이상을 펼치

---

15) 俛有地 仰有天 亭其中 興浩然 招風月 挹山川 扶藜杖 送百年(宋純, <俛仰亭歌 三
　　言>,『俛仰集』3), 번역은 김신중, 같은 책, 17쪽.
16) 仰不愧於天 俯不怍於人(「盡心」,『孟子』)
17) 湖南諸山 瑞石最雄特 以無等稱(宋秉璿,「瑞石山記」,『淵齋集』21)
18) 瑞石特以高峻雄湖南 而曹公獨知其可以長諸山 其山與人 盖亦偉矣(丁若鏞,「遊瑞石
　　山記」,『與猶堂全書』13)

고자 한 것이다. 누정을 중심으로 형성된 시단의 조건은 출입하는 시인들의 뛰어난 자질도 중요하지만 누정을 중심으로 펼쳐진 수려한 경관 역시 빼놓을 수 없다.[19] 면앙정은 호남의 중심 누정으로서 시단을 형성하기 위한 필요충분조건을 갖추었다고 할 수 있다. 면앙정은 많은 이들로부터 풍광의 아름다움을 인정받은 곳이었다. 물론 이곳이 지니는 아름다움은 비단 겉모습에만 그치는 것이 아니다. '세속과 다른', 그래서 '머물고 싶은' 곳이라는 정신적 의미를 동시에 내포하고 있기 때문이다. 따라서 그 공간 안에서 하늘과 땅에 부끄러움이 없이 살겠다는 뜻을 세웠다는 것은 세속과는 구별되는 삶의 이상을 지키겠다는 의미와도 상통하는 것이다.

코스모스란 질서이다. 이해 가능하고 이치에 맞는 것이기에 선하고 아름답다. 반면 불규칙하고 이치에 합당하지 않은 것은 선하지도, 아름답지도 않다. 이는 혼돈이고 카오스이다. 이러한 개념 위에서 사림 중 한 사람이었던 송순의 자연 인식은 펼쳐진다. 사림의 강호예찬의 기본 전제가 결국 성리학을 바탕으로 두고 있다는 점, 아울러 강호를 세속과 대비되는 세계로 극명하게 인식하고 작품을 제작함으로써 강호 인식의 전범을 보여 주었다는 점에서[20] 알 수 있듯이 송순의 자연은 가닿아야 할 이상으로서 코스모스였다고 할 것이다.

이는 <면앙정가>가 지어진 시기를 고려하면 이해하기 쉽다. 송순은 1550년에 사론(邪論)을 편다는 논란에 휩싸이고 그 여파로 평안도 순천에서 1년 정도 유배생활을 했다. 그 후 다시 수원으로 옮겨 지내다가 11월에 유배에서 풀려나게 된다.[21] 해배되어 담양으로 돌아온 송순

---

19) 김성기, 「송순의 면앙정단가 연구」, 『한국고시가문화연구』 제1집, 한국고시가문화학회, 1993, 6쪽.
20) 김신중, 같은 책, 24쪽.

은 1552년에 면앙정을 중즙(重葺)하였다. 이어 1553년 선산부사로 나갔다가 1555년에 담양으로 돌아온다. <면앙정가>가 이 시기부터 전주부윤으로 출사하게 되는 1558년 사이에 제작된[22] 것으로 본다면 유배 생활과 관직생활을 번갈아 겪은 지 얼마 되지 않은 시기라는 점을 고려해 보았을 때에, 자연은 더욱 그의 이상향이었을 가능성이 크다.

3. 무등산과 토포필리아

본고의 궁극적인 목적은 <면앙정가>에서 장소성이 어떻게 표현되고 있는지를 살피는 것이다. 이는 작품과 작품의 배경이 된 실제 공간과의 대조 작업을 하겠다는 말이 아니다. 대신 배경이 된 공간이 장소화되며 장소성이 제시되는 과정에서 작가의 의식은 과연 어떻게 작용하였는가 혹은, 그 과정은 어떤 식으로 이루어졌는가를 해명하고자 하는 것이다.

한편, 장소가 경험에 근거한다는 기본 전제 아래에서 장소는 시간과 무관하지 않다. 경험들은 반드시 끊임없는 변화의 연속성과 묶여져야 하기에 시간은 장소 경험의 일부이다. 곧 장소는 시간에 독립적일 수 없다.[23] 공간은, 그리고 우리는 항상 현재라는 시간성 속에 존재하기 때문이다. 이에 본 장에서는 <면앙정가>를 직접 살펴보면서 크게는 무등산 일대가, 좁게는 담양이라는 공간이 어떻게 장소화 되었는지, 그

---

21) 『명종실록』 참조.
22) 이상원, 「송순의 면앙정 구축과 <면앙정가> 창작 시기」, 『한국고시가문화연구』 제35집, 한국고시가문화학회, 2015, 262~273쪽.
23) 에드워드 렐프, 김덕현·김현주·심승희 역, 『장소와 장소상실』, 논형, 2005, 84~85쪽.

리고 공간이 장소로서 존재하게 하는 시간에 대해서 살펴볼 것이다.

3.1. 무등산의 산세와 비상(飛上)의 이미지

송순은 1533년(중종 28), 김안로의 세력이 횡포를 부리던 정계를 벗어나 담양에 지내면서 제월봉에 면앙정을 세웠다. 그리고 관직에서 물러나 세상을 떠나기 전까지 14년 간 이곳에 머물면서 생을 보냈다. 물론 담양은 그가 태어나고 자란 곳이면서 동시에 정계에서 잠시 멀어졌던 기간, 틈틈이 내려와 지내던 곳이기도 하다. 즉 담양은 그에게 '머무르는' 곳이었다.

머무름, 즉 거주의 문제는 인간 존재의 삶과 경험의 영역에 해당하는 생활 세계의 문제이다. 다시 말하자면 거주는 생활의 문제이고 그것은 필연적으로 장소와 연관된다는 말이다.[24] 나카노 하지무(中野肇)가 언급한 바대로 장소가 경험주체에게 어떤 의미로 한정되어 나타난다면,[25] 담양이라는 공간에서 오랜 시간동안 다양한 경험을 했던 송순에게 그곳은 특별한 의미를 지니는 장소로 부상한다. 그중에서도 면앙정은 그가 특별한 의미를 부여했던 장소로서, 관련 시가 작품이 부지기수이다.

<면앙정가>에서 그는 면앙정의 외관이라든가 또는 그것이 세워지게 된 이유나 배경에 대해서는 직접적으로 밝히지 않고 있다. 다만 다양하고 화려한 묘사와 표현법을 동원하여 누정과 그 주변의 경관을 시적으로 형상화함으로써, 시를 접하는 이로 하여금 감흥을 통해 그 이유

---

24) 노용무, 「백석 시와 토포필리아」, 『국어문학』 제56집, 국어문학회, 2014, 237쪽.
25) 나카노 하지무, 최재석 역, 『공간과 인간』, 국제, 1999, 44쪽.

와 배경 등을 유추할 수 있도록 하고 있다.

아래 인용문은 <면앙정가>의 1~18구인데,[26] 면앙정이 '위치'하고 있는 곳의 산세(山勢)와 지형을 소상히 밝히고 있다.

无等山	흔활기뫼히	동(東)다히로	버더이서
멀리	쎄쳐와	霽月峯의	되여거늘
無邊	大野의	므含짐쟉	흐노라
일곱구비	흔듸움쳐	믄득믄득	버러는듯
가온대	구비는	굼긔든	늘근뇽이
선줌을	굿씨야	머리룰	안쳐시니
너르바희	우히		
松竹을	헤혀고	亭子룰	안쳐시니
구름튼	靑鶴이	千里룰	가리라
두나나릭	버렷는듯		

면앙정이 자리한 제월봉은 무등산에서 동쪽으로 뻗어 나온 산줄기 이다. 넓게 펼쳐진 들에는 일곱 굽이 한데 뭉쳐 우뚝우뚝 펼쳐 놓은 듯 한 굽이진 능선들이 있는데 면앙정은 이 중 늙은 용이 선잠에서 깨어나 머리를 얹어 놓은 것처럼 생긴 널찍한 바위 위에 세워져 있다.

이는 고봉 기대승(高峰 奇大升, 1527~1572)이 "제월봉의 산자락이 건방(乾方)을 향하여 조금 아래로 내려가다가 갑자기 높이 솟아서 산세 가 마치 용이 머리를 들고 있는 듯하니, 정자는 바로 그 위에 지어져 있 다"[27]고 한 언급과, "거북이가 고개를 쳐든 듯"[28]하다고 표현한 내용과 일치한다. 그 위치에 초점을 맞추어 본다면, 면앙정은 높은 곳에 세워

---

26) 이하 원문은 『한국역대가사문학집성』(임기중, 누리미디어, 2005) 참조.
27) 峯支向乾方 稍迤而遽隆 勢如龍首之矯亭正直其上(奇大升,「俛仰亭記」,『高峰集』2), 이하 번역은 한국고전종합DB(한국고전번역원) 참조.
28) 勢如龍垂龜昻(기대승, 같은 글)

져 "장송(長松)과 무성한 숲이 영롱하게 서로 어우러져 있어 인간 세상과 서로 접하지 않으므로 아득하여 마치 별천지와 같다".29) 산세가 가지는 이러한 높고 낮음의 변화는 면앙정이 마치 비상하는 듯한 느낌을 줬을 것이고 구름을 탄 푸른 학이 천 리를 날기 위해 날개를 펼친 모습이라는 표현을 가능하게 했다.

玉泉山	龍泉山	느린	믈히
亭子압	너븐들히	兀兀히	펴진드시
넙쎄든	기노라	프르거든	희지마나
雙龍이	뒤트는듯	긴깁을	치폇는듯
어드러로	가노라	므슴일	비얏바
닷는듯	딴로는듯	밤낫즈로	흐르는듯
므조친	沙汀은	눈굿치	펴젓거든
어즈러은	기럭기는	므스거슬	어르노라
안즈락	느리락	모드락	훗트락
蘆花을	사이두고	우러곰	좃니는뇨
너븐길	밧기요	긴하늘	아릭
두르고	쇼준거슨		
모힌가	屛風인가	그림가	아닌가
노픈듯	느즌듯	긋는듯	닛는듯
숨거니	뵈거니	가거니	머물거니
어즈러온	가온딕	일홈는	양ㅎ야
하늘도	젓치아녀	웃독이	셧는거시
秋月山	머리짓고		
龍龜山	夢仙山	佛臺山	魚登山
湧珍山	錦城山이	虛空의	버려거든
遠近	蒼崖의	머믄짓도	하도할샤

---

29) 長松茂樹 惹瓏以交加 與人煙不相接 逈然若異境焉(기대승, 같은 글)

이상은 19~58구의 내용으로 면앙정에서 바라본 승경을 묘사하고 있는 부분이다. 시선은 점차 근경에서 원경으로 옮겨간다. 면앙정에서 내려다보이는 넓은 들에는 옥천산과 용천산에서 내린 물이 끊임없이 흐르고 있다. 비록 지금은 그 모습을 찾을 수 없으나 당시에는 마치 쌍룡이 몸을 뒤트는 듯하고 긴 비단을 펼쳐 놓은 듯이 밤낮으로 흐르는 모양이 아름다웠던 것으로 보인다. 이어 물가의 모래밭은 눈같이 펼쳐진 듯하고 이를 뒤로하여 갈대꽃 사이를 날아다니는 기러기의 모습을 이야기 한다.

다시 고개를 들어 시선을 멀리하니, 넓은 길 밖, 긴 하늘 아래 둘려 있어 산인지 병풍인지 알 수가 없다. 추월산을 머리로 삼아 여러 산들이 펼쳐져 있는 것인데, 이는 정자 앞으로 넓게 펼쳐진 들을 에워싸는 형국이다. 전체적으로 이러한 산세는 "인간은 남들에게 들키지 않고 바깥을 내다볼 수 있는 곳을 선호하도록 진화하였다"는 제이 애플턴(Jay Appleton)의 '조망과 은신 이론'을 연상케 한다.[30] 곧 면앙정을 창건할 때에 보기에 아름답고 좋은 곳을 택했을 뿐만 아니라, 송순의 코스모스를 완성시켜줄 만한 위치가 고려되었다는 것을 보여주기 때문이다. 다시 말하자면, 송순이 면앙정이라는 공간을 장소화 시키는 것은 그 위치에 자신의 이념을 투사시켜 반영한 것으로부터 시작된다고 할 수 있다. 그것이 작품에서 산세와 지형을 통한 위치를 드러냄으로 표현되었던 것이다.

또한, 송순은 이러한 승경을 이야기하며 끊임없이 구체적 지명을 언급하고 있다. 여기에서 주목해야 할 점은 고유명이 환기시키는 것이 무엇인지 생각해 보아야 한다는 것이다. "자연경관을 노래한 제영의 앞부

---

30) 진경환, 「누정가사의 공간과 풍경 - <면앙정가>를 중심으로」, 『우리어문연구』 제38집, 우리어문학회, 2010, 120~121쪽.

분에 제시된 구체적인 지명들도 그것 나름의 의미를 갖"31)는다는 식의 지적으로는 부족하다. 일련의 과정은 구체적 지명을 제시함으로써 작품의 공간이 상상의 공간이 아니라 작자가 실제로 생활하였던 곳임을 담보해준다. 즉, 화자의 경험을 수반시키며 그 구체성을 부여하는 작업인 것이다. 작품을 접하는 이는 자칫 면앙정 자체가 차지하는 일대만을 장소로 인식할 수 있다. 그러나 조망을 통하여 확인이 가능한 실재하는 풍광을 제시해서 그 범위를 넓혀 주며 범위에 대한 인식을 재구하여 준다.

구체적 지명으로는, "무등산", "제월봉", "추월산" 등을 비롯하여 10여 차례에 걸쳐 등장하고 있는 산 이름들이 있다. 또한 구체적 지명은 아니지만 면앙정 주변의 형세를 이야기하면서 담양이라는 장소를 실체화 시키는 용어도 역시 11여 개가 등장하고 있다. 무등산은, <면앙정가>를 <무등곡(無等曲)>이라고 불리게 할 만큼, 그리고 담양이라는 공간과 밀접하게 연관이 되어 있을 수밖에 없는 고유 지명이다. 이어 무등산에서 뻗어 나와 면앙정이 우뚝 선 제월봉과 그곳을 둘러싸고 있는 추월산,32) 용구산,33) 몽선산,34) 불대산,35) 어등산,36) 용진산,37) 금성산38) 등은 좁게는 7.5km에서 넓게는 34km의 반경 내에39) 위치하

---

31) 박연호, 「문화코드 읽기와 문학교육」, 『문학교육학』 제22집, 한국문학교육학회, 2007, 71쪽.
32) 전라남도 담양군의 용면과 전라북도 순창군 복흥면에 걸쳐 있는 산이다.
33) 전라남도 담양군 수북면과 월산면에 걸쳐 있는 산으로, 병풍산(屏風山)이라고도 한다.
34) 전라남도 담양군 대전면 행성리와 수북면 오정리에 걸쳐 있는 산으로, 삼인산(三人山), 몽선암(夢仙巖), 몽성산(夢聖山)이라고도 한다.
35) 전라남도 장성군 남동면에 위치하며 진원면과 담양군 대전면에 걸쳐 있는 산으로, 불태산(佛台山)이라고도 한다.
36) 광주광역시 광산구에 위치하는 산이다.
37) 광주광역시 광산구에 위치하는 산이다.
38) 전라남도 나주시 경현동 및 대호동에 걸쳐 있는 산이다.
39) 진경환, 같은 논문, 119쪽.

면서 장소 범위를 확대 및 재설정해 주는 역할을 하고 있다. 역시 담양의 넓은 들인 "무변대야", "정자 앞 너븐 들", "너븐 길" 등과 산세의 절경을 그려주는 "천암 만학", "솔 아릭 구븐 길", "백척 난간" 등은 면앙정에서 조망할 수 있는 모습이다. 이는 면앙정이라는 장소가 향유하는 넓은 의미의 장소를 형상화 시킨 것이다.

이렇게 고유 지명과 주변 풍광을 표현한 용어들은 작품 안의 장소를 구체적으로 제한함과 동시에 확대하는 역할을 하고 있다. 일련의 과정들을 통하여 화자는 면앙정이라는 대상을 의미화 시키고 있음이다. 즉 구체적 지명을 분명하게 제시하면서, 이미 존재하던 혹은 이미 경험한 대상이라는 의식을 전제한 채로 장소화 시키고 있다는 것이다.

3.2 무등산의 사계에 펼쳐진 영원성의 관념

동서양을 막론하고 고대인들은 자연이 순환적으로 움직인다고 믿었다. 지구의 자전과 공전 등을 예로 들 수 있는데, 현대인들도 이런 반복적인 국면을 인식하고 있다. 다만, 그것은 고대인들의 다시 되풀이하여 돌아옴이 아니라 일정한 방향으로의 흐름일 뿐이다.[40] 여기서 살피고자 하는 것은 <면앙정가>에 드러나는 시간적 요소이다. 장소성이라는 개념과 밀접하게 관련되어 있는 시간이, 작품 속에 어떻게 드러나며 어떠한 역할을 하고 있는지 살펴보자.

<면앙정가>를 지배하는 시간적 요소는 '사계의 흐름'이다. 사계절의 흐름에 따라 면앙정 주위 모습을 그림으로써 면앙정이라는 장소는 인지되고 통합된다. 아래는 <면앙정가> 중 사시가경을 나타낸 59~

---

40) 이-푸 투안, 이옥진 역, 『토포필리아』, 에코리브르, 2011, 225쪽.

99구에 해당하는 부분이다.

흰구름	브흰煙霞	프르니는	山嵐이라
千巖	萬壑을	제집을	삼아두고
나명성	들명셩	일히도	구는지고
오르거니	느리거니		
長空의	써나거니	廣野로	거너가니
프르락	불그락	여토락	디트락
斜陽과	서거지어	細雨조초	샐리는다
藍輿를	비야투고	솔아릭	구븐길노
오며가며	흐는적의		
綠楊의	우는黃鶯	嬌態겨워	흐는괴야
나모새	즈즈지어	樹陰이	얼릔적의
百尺	欄干의	긴조으름	내여펴니
水面	涼風이야	긋칠줄	모르는가
즌서리	싸진후의	산(山)빗치	금슈(錦繡)로다
黃雲은	쏘엇지	萬頃의	펀거지요
漁笛도	흥을계워	둘롤쏘라	브니는다
草木	다진후의	江山이	미몰커늘
造物이	헌스흐야	氷雪로	쑤며내니
瓊宮	瑤臺와	玉海	銀山이
眼底에	버러세라		
乾坤도	가음열샤	간대마다	경이로다

59구에서 73구는 면앙정의 봄을 보여주고 있다. 흰 구름이 깔린 산에는 아지랑이가 일렁이고 석양에 지는 해와 섞여 이슬비마저 흩뿌린다. 아지랑이로 찾아온 봄은 화자의 코스모스인 장소를 설레게 만들고 보슬보슬 내리는 봄비는 그를 촉촉하게 적셨을 것이다. 이어 74구부터 화자는 남여를 타고 녹음이 짙어진 소나무 아래를 지난다. 지루한 더위에 몰려오는 졸음은 백 척 난간에 기대어 몰아내고 간간히 불어오는 서

늘한 바람에 여름을 만끽한다. 85구에서 시작하여 90구에서 맺는 가을 풍경은, 서리가 걷힌 후 산 빛이 비단과 같다는 표현으로 시작된다. 단 풍으로 물든 모습을 노래한 것이다. 또한 앞에서 등장하였던 발아래 펼 쳐진 넓은 들에서 화자는 금빛으로 흔들리는 곡식들을 바라본다. 그리 고 가을의 커다란 달과 피리로 흥취를 돋고 있다. 이후 나뭇잎이 다 진 모습에 황량한 마음을 가누지 못하다가 곧 얼음과 눈으로 아름답게 꾸 며진 경관을 "경궁요대"와 "옥해은산"으로 비유하며 감탄한다.

시가 작품에서 사계의 제시는 순환적 의식 세계의 반영이다. 순환적 구조는, 순환이란 말에 이미 그 뜻이 내포되어 있듯이, 결코 끝나지 않 는다. 끊임없이 반복되는 시간을 통해서 화자는 자신의 고유한 장소가 유지될 것을 염원한다. "개인이나 문화에 의해 정의되는 장소들은 그 위치 · 활동 · 건물들이 의미를 가지고 또 잃어버리면서 성장 번영하고 쇠퇴"[41]한다. 이 말에서 전제하는 시간의 흐름은 '일정한 방향'으로의 그것이다. 때문에 작품에서 이야기하는 순환적 시간 관념과는 다르다. 따라서 <면앙정가>에서 노래된 사계의 순환 개념은 시간이 흘러 장 소가 상실되어 버릴 것을 염려한 일종의 염원이라 하겠다. 과거, 특히 사시가를 향유하였던 작가들의 성향이 "사시순응관을 바탕으로 성립 되어 사시순에 따른 순차적 순환성을 가진 시상 구조를 통해 유한한 삶 속에서 무한을 추구"[42]하고 있다는 것을 염두에 둔다면, 화자 역시 이 를 바라고 있었고 그러한 열망이 사시의 순환으로 작품에 구현되었음 을 알 수 있다.

송순에게 면앙정은 완벽한 장소이다. 이는 개인의 시간을 방해 받지 않는 장소라는 전제 하에, 특별한 장소 혹은 특별한 사람과 함께 보내

---

41) 에드워드 렐프, 김덕현 · 김현주 · 심승희 역, 같은 책, 82쪽.
42) 김신중, 같은 논문, 56쪽.

는 시간을 의미하는 '안전한 공간'과도 상통한다.[43] 시에서 알 수 있듯이 면앙정은 높은 곳에 위치하며 주변을 조망한다. 자연을 제외한 모든 것으로부터 간섭을 받지 않는 지리적 특성을 보유하고 있는 곳이다. 따라서 면앙정은 외부의 카오스와는 차단된 완벽한 공간으로서, 오롯이 화자의 이상적 시간을 담보하는 장소로서 존재하는 것이다. 이러한 장소는 순환적 시간을 만나 오랜 세월이 지나 닥쳐올 변화 속에서도 특별한 장소로서 지속될 수 있게 된다.

4. 탈속의 경지에서 피어난 흥취

주지하다시피 담양은 송순의 고향이다. 또한 관직 생활이나 유배 생활을 하지 않을 때에 지냈던 곳이자 수차례에 걸쳐 돌아가고자 했던 곳이기도 하다. 그런 그가 담양에 세운 누정이 면앙정이다.

누정이란, 『표준대국어사전』에 따르면 누각과 정자를 아우르는 말로서 경치가 좋은 곳에 놀거나 쉬기 위하여 지은 집이다. 다만 집 위에 활연히 툭 틔게 지은 것이라는[44] 언급과 사방의 경관을 직접 향유할 수 있는 건축 양식을 고려해 보았을 때에 누정은 계절이나 시간에 얽매이지 않고 주변 경관을 조망하기 위하여 높은 곳에 지은 건축물이라고 정리할 수 있을 것이다. 같은 맥락에서, 누정은 폐쇄적이며 '일상'의 생활이 영위되는 집과는 다르다. 누정이 세워진 목적을 살펴보면 그것은 자명해진다.

누정의 이러한 조건은 조망과 체험을 동시에 가능하게 한다. 여기에

---

43) 이-푸 투안, 구동회 · 심승희 역, 같은 책, 194쪽.
44) 構屋於屋謂之樓 作軫然虛敞者謂之亭(李奎報, 「四輪亭記」, 『東國李相國集』23)

16세기 이후 사대부들의 사정(私亭)을 통한 문화적 활동이 보편화됨으로써 누정가사의 세계 역시 실제 공간을 끌어안을 수 있는 가능성을 확보하게 되었다. 따라서 누정가사의 공간은 누정에서 출발하여 주변의 경승지를 살피는 것으로 끝나는 것이 아니라 그 안에서 즐기는 개인적 소유의 공간으로까지 확장될 수 있었다.[45] 호남지역에서 누정을 중심으로 가단을 형성하는 데 효시의 역할을 해낸 면앙정도 예외는 아니다. 오히려 조망과 경험이 동시에 일어나는 가사의 전범이라고 할 수 있을 것이다.

풍경은 보통 정관(靜觀)의 미학과 유관(遊觀)의 미학으로 나누어 설명된다.[46] 이때 면앙정은 시선으로써 생성된 풍경인 정관에서 시작하여, 풍경을 느끼며 그 안에서 직접 행동하는 유관으로 옮겨가며 둘을 동시에 겸하고 있다.

人間을	써나와도	내몸이	겨를업다
니것도	보려ᄒ고	져것도	드르려코
ᄇ람도	혀려ᄒ고	ᄃ도	마즈려코
봄으란	언제줍고	고기란	언제낙고
柴扉란	뉘다드며	딘곳츠란	뉘쓸려료
아ᄎ이	낫브거니	나조히라	슬흘소냐
오ᄂ리	不足거니	來日이라	有餘ᄒ랴
이뫼ᄒ	안ᄌ보고	져뫼ᄒ	거러보니
煩勞ᄒ	ᄆ음의	ᄇ릴일리	아조업다
쉴ᄉ이	업거든	길히나	젼ᄒ리야
다만ᄒ	靑藜杖이	다뫼되여	가노ᄆ라
술리	닉어거니	벗지라	업슬소냐

45) 권정은, 「누정가사의 공간인식과 미적 체험」, 『한국시가연구』 제13집, 한국시가학회, 2003, 218쪽.
46) 나카무라 요시오, 강영조 역, 『풍경의 쾌락』, 효형, 2007, 58쪽.

블닉며	틔이며	혀이며	이아며
온가짓	소릭로	醉興을	빅야거니
근심이라	이시며	시름이라	브터시라
누으락	안즈락	구부락	져츠락
을프락	프람ㅎ락	노혜로	노거니
天地도	넙고넙고	日月도	흔가(閑暇)ㅎ다
羲皇	모을너니	니적이야	긔로괴야
神仙이	엇더턴지	이몸이야	긔로고야
강산풍월(江山風月)	거놀리고	내百年을	다누리면
岳陽樓	상의	李太白이	사라오다
浩蕩	情懷야	이예서	더홀소냐

이상은 세속을 떠나온 것으로 운을 띄운 후, 자연에서의 생활을 직접적으로 제시하고 있는 부분이다. 작품 안에서 제시된 화자의 일상은 무척이나 바빠 한 가지에 집중하기가 어려워 보인다. 왜냐하면 이것도 보려 하고, 저것도 들으려 하고, 바람도 쐬려 하고, 달도 맞으려 하기 때문이다. 이에 밤을 주울 시간도, 고기를 낚을 시간도, 사립문을 닫을 시간도, 떨어진 꽃을 쓸어 낼 시간도 없다. 자연을 완상하느라 아침이 부족하다고 이야기하고 있는 것이다. 아침에 주어진 시간도 부족한데 저녁이라고 넉넉할 리 없다. 이 산에 앉아 보고 저 산을 걸어 본다. 쉴 틈이 없기 때문에 지팡이만 다 닳아질 뿐이다. 이렇게 자연을 즐기는 풍류생활은 자연 안에서의 자족적인 삶을 여실히 드러내고 있다. 동시에 송순이 지속적으로 행하였던 많은 행위들은, "장소간의 지속적인 관계를 재확인함으로써 장소에 대한 애착을 강화"[47]시키는 것이다.

이어 술과 벗이 있어 노래를 부르고 악기를 타며 취흥을 돋운다. 이러한 행동 속에 근심이나 시름은 전혀 보이지 않는 듯하다. 누웠다가

---

47) 에드워드 렐프, 김덕현 · 김현주 · 심승희 역, 같은 책, 84쪽.

앉았다가 시를 읊었다가 휘파람을 불며 노니는 시간은 최고의 태평성세를 구가했던 희황의 시대를 방불케 하고, 시선(詩仙)으로 일컬어지는 이태백이 즐겼던 흥취의 나날을 연상시킨다.

면앙정을 중심으로 이루어지는 전원의 삶을 구체적으로 나열함으로써 면앙정은 여가 안에서 흥취를 만끽할 수 있는 장소로 그 기능을 확보하고 있다. 여기에서 볼 수 있는 그의 삶은 일반 백성들의 지난한 일상과는 사뭇 다르며 사대부 계층이 가지는 특유의 여유가 느껴진다. 그에게 있어, 앞서 구체적인 지명을 통하여 제시된 무등산을 비롯한 많은 명산과 넓은 들판은 먹고 살기 위한 터전이라고 보기는 어렵다. 물론 어떤 모습이 더 가치 있는지에 대한 판단 따위는 의미가 없다. 중요한 것은 무등산 일대에서 이루어지는 작자 자신의 생활을 진솔하게 제시하며 담양과 면앙정을 동시에 아울러 장소화 시키고 있음을 볼 수 있다는 점이다. 즉 무등산이 갖는 여러 이미지와 의미 위에서 담양과 면앙정에 대하여, 직접 주변으로 나가고 몸소 겪는 행동으로 그 공간에 교감하고 이를 통해 유대감을 형성하며 그 장소의 일부가 된 듯한 소속감을48) 느끼고 있다는 말이다.

이상에서 살펴본 바와 같이 송순 개인에게 있어서나 <면앙정가>에 있어서 매우 중요한 역할을 수행해 내고 있는 면앙정은 어떤 의미로 파악될 수 있는 것인지 질문을 던져본다. 실제 생활이 이루어졌던 담양이라는 장소 안의 특별한 대상으로 보아야 하는지 혹은 면앙정 역시 경험의 실제 공간이었던 점을 염두에 두어 담양에 존재하는 또 하나의 장소로 인지해야 하는지 따위다.49)

---

48) 에드워드 렐프, 김덕현 · 김현주 · 심승희 역, 같은 책, 127~128쪽.
49) 실제로 가사 작품 안에 구체적인 공간적 배경이 드러나고 그로 인해 장소성을 추출해 내어 논의를 진행시킨 연구들 사이에서조차 그 차이가 보이고 있다. 김성은(「소

본고에서 논의하고 있는 <면앙정가>의 장소성은 송순이 이미 면앙정을 세우고 그 곳에서 풍류를 즐기는 다양한 경험이 이루어진 것을 전제로 하고 있다. 자연 그대로의 공간과 구분되는 송순이 인식하는 장소가 된 것이다. 그러한 경험들이 <면앙정가>에서 조망과 구체적인 지명 등의 제시로 표현되었다. 일련의 과정을 통하여 장소화된 면앙정을 보여주고 동시에 그에 대한 토포필리아를 지속의 바람으로써 드러내었다. 그리고 이와 같은 기술은 뒷부분의 체험적 서술로 이어졌고 이로써 면앙정으로 초점화 시켰다고 본다.

일반적으로 사람들이 인지하는 공간의 크기에 초점을 맞추어 본다면, 면앙정은 담양이라는 장소에 속하는 특정한 대상에 불과하게 된다. 그러나 송순의 삶 그리고 <면앙정가>라는 작품에서 차지하는 비중을 따져 보았을 때에 면앙정은, 담양과는 별개의 장소가 될 수 있다. 이렇듯 면앙정과 담양을 개별적으로 분류해내는 것은 별 의미가 없어 보인다. 여기서 중요한 것은 이 두 장소의 실제적인 범위가 아니라 그 경계를 공유하고 있다는 점이다. 다시 말하자면, 면앙정이라는 장소를 형성하는 범위의 경계를 담양이 둘러싸고 있으며 면앙정이 구성하고 있는 장소의 표피는 담양의 그것과 분리해낼 수 없다는 뜻이다.

담양은 지역으로서 담양 자체로 게니우스 로키(genius loci)[50]를 가지고 있다. 송순은 그러한 곳에서의 경험을 바탕으로, 자신의 의식을 반

유정가>의 장소재현과 장소성」, 『어문논총』 제55집, 한국문학언어학회, 2011)은 대구라는 '공간'에 실재했던 '장소'인 소유정을 가사의 형식으로 재현한 작품이라 말하고 있다. 이는 소유정이라는 대상을 장소화 한 것으로 대구를 공간이라고 인식하는 데 그친다. 그리고 김은희(같은 논문)는 담양과 면앙정을 각각의 장소로 인식하였다. 그리고 개별적 장소가 지니는 의미를 파악하여 연관 관계에 대해 논의하고 있다.

50) "각자의 토지가 갖고 있는 고유한 분위기로, 역사를 배경으로 각자의 장소가 갖고 있는 양상"(나카무라 유지로, 박철은 역, 『토포스』, 그린비, 2012, 5쪽)

영한 하나의 세계(면앙정)를 만들었다. 이렇게 주체의 의식이 반영된 면앙정이라는 장소는 주체로 하여금 다시 어떠한 일체감을 얻게 한다. 여기서 얻어진 일체감은 담양과의 일체를 동시에 담보한다고 할 수 있다. 언급한 대로 사람의 인식과 관념은 경험에 의해 영향을 받는데 담양에서 비롯된 의식으로 만들어진 면앙정은 담양으로부터 뿌리하기 때문이다. 그러나 그렇다고 해서 담양이 면앙정을 제약하는 것은 아니다. 다만 면앙정을 담양이라는 자연 안에서 보존하고 유지시킴으로써 또 다른 장소로 존재할 수 있게 하는 역할을 하고 있는 것이다.

정리하자면, 당대의 상황은 자연을 일종의 유토피아적인 코스모스로 의미 짓게 하였다. 이러한 의식이 담양 및 면앙정과 맞물려 장소화되었고 이러한 장소는 <면앙정가>라는 작품을 제작하게 하였다. 역으로 송순이 <면앙정가> 안에서 그리고자 했던 장소는, 공간을 구체화 시켜 그의 코스모스로써 구현되었다. 그 중심에 면앙정이 있다. 면앙정은 누정의 입지가 보여주는 특징인 높은 곳에서의 '보는 행위'로, 그리고 그 안에서 이루어졌던 경험의 제시로써 누정의 주변 풍광을, 즉 무등산을 코스모스라는 이상적인 장소로 재조직 시켰다. 둘은 유기적인 관계망을 형성하며 서로에게 끊임없이 스며들고 소통하는 존재로서 재조직되어 있는 것이다.

공간에서 이루어지는 경험과, 경험에 수반되는 감정들은 그 공간을 장소화 시킨다. 이에 공간은 지역이라고 할 수 있으며 지역은 이로써 장소가 된다. 면앙정은 담양의 장소성을 담보하고 있다. 면앙정을 구체화 하면 할수록 담양 역시 그 지역적 의미가 선명해진다. 이렇게 면앙정과 담양은 서로 밀접한 관계를 맺고 있다고 할 수 있다.

5. 나가며

지금까지 송순의 <면앙정가>에서 읽어낼 수 있는 무등산의 장소성과 그 의미에 대해서 살펴보았다. 본고는 작품을 분석하기에 앞서, 송순이 <면앙정가>에서 노래한 자연이 과연 어떤 인식을 통하여 그려진 대상인지를 살피고자 하였다. 때문에 조선시대 시가 작품들 중 상당수가 자연을 주제로 하였다는 점에 착안하여 당시 작가층을 담당하였던 사림의 사상을 살피는 작업을 거쳤다. 그 결과 성리학적 사유체계를 바탕으로 하면서도 개인이 겪었던 경험에 따라 자연을 대하는 태도가 달랐음을 알 수 있었다. 그리고 정쟁이라는 원인 때문에 자연은 결국 이상향, 즉 코스모스가 될 수밖에 없었고 이는 송순의 경우에도 마찬가지였음을 확인하였다. 그리하여 그의 누정이 위치한다는 점과 관련 시가 작품 또한 다수라는 점을 근거로 하여 송순이 끊임없이 그렸던 이상향의 자연이 무등산임을 밝혔다.

작품 분석에 들어가서는 <면앙정가>에서 느껴지는 토포필리아에 초점을 맞추었다. 이에 먼저 장소성을 드러내기 위하여 작품에서 끊임없이 구체적 지명과 장소를 구상(具象)화 시키는 표현들을 검토했다. 그 결과 면앙정이 자리하고 있는 무등산의 산세가 다양하고 화려한 묘사와 표현법을 통해 그려지고 있었고 누정을 중심으로 펼쳐진 많은 산들과 주변 경관을 구체적으로 명시하고 있었음을 알 수 있었다. 이를 바탕으로 특정한 고유 지명들이 공간에 대해 작가의 경험을 전제하며 장소화 시킨다는 것을 논의하였다.

그리고 작품 안에서 묘사된, 무등산이 보여주는 사계절의 흐름을 분석하였다. 이러한 과정을 통해 장소화를 지속시키려는 바람이 순환적 시간관념을 통하여 이루어졌다는 점 역시 살폈다.

본고는 장소성에 초점을 맞춘 논의들이 특정 장소가 지니는 일반적인 의미나 의의들을 부여하는 데 그치고 있다는 점을 반성하며 실제 텍스트 속에서 어떤 방식으로 조직되고 있는지 밝히고자 하였다. 이에 무등산 일대를 아우르는 담양과 면앙정이라는 장소는 유기적인 관계망을 형성하고 있음을 알 수 있었으며 <면앙정가>와 담양이라는 장소가 형성하는 심미적 자질과 관계망에 대하여 논의할 수 있었다.

참고문헌

1. 자료

『高峰集』
『東國李相國集』
『孟子』
『俛仰集』
『明宗實錄』
『與猶堂全書』
『淵齋集』
박을수, 『한국시조대사전』상·하, 아세아문화사, 1992.
임기중, 『한국역대가사문학집성』, 누리미디어, 2005.
한국고전종합DB, 한국고전번역원.

2. 논저

고성혜, 「담양가사의 미의식」, 전남대학교 석사학위논문, 2012.
권정은, 「누정가사의 공간인식과 미적 체험」, 『한국시가연구』제13집, 한국시가
    학회, 2003.
김성기, 「송순의 면앙정단가 연구」, 『한국고시가문화연구』제1집, 한국고시가
    문학회, 1993.
김성기, 「송순의 면앙정삼언가 연구」, 『남명학연구』제13집, 경상대학교 남명학
    연구소, 2002.

김성은, 「<소유정가>의 장소재현과 장소성」, 『어문논총』제55집, 한국문학언어학회, 2011.

김신중, 「사시가의 강호인식-16세기 후반 사림과 작품의 두 경우-」, 『호남문화연구』제20집, 전남대학교 호남학연구원, 1991.

김신중, 『은둔의 노래 실존의 미학』, 다지리, 2001.

김은희, 「송순 시가의 장소성에 대한 일고찰-자연시를 중심으로-」, 『한민족어문학』제63집, 한민족어문학회, 2013.

나카노 하지무, 최재석 역, 『공간과 인간』, 국제, 1999.

나카무라 요시오, 강영조 역, 『풍경의 쾌락』, 효형, 2007.

나카무라 유지로, 박철은 역, 『토포스』, 그린비, 2012.

노용무, 「백석 시와 토포필리아」, 『국어문학』제56집, 국어문학회, 2014.

문영숙 · 김용기, 「『면앙집』분석을 통한 면앙정 경관에 관한 연구」, 『한국전통조경학회지』제20권, 한국정원학회, 2002.

박연호, 「문화코드 읽기와 문학교육」, 『문학교육학』제22집, 한국문학교육학회, 2007.

나카노 하지무, 최재석 역, 『공간과 인간』, 국제, 1999.

나카무라 요시오, 강영조 역, 『풍경의 쾌락』, 효형, 2007.

나카무라 유지로, 박철은 역, 『토포스』, 그린비, 2012.

이상원, 「송순의 면앙정 구축과 <면앙정가> 창작 시기」, 『한국고시가문화연구』제35집, 한국고시가문화학회, 2015.

이-푸 투안, 구동회 · 심승희 역, 『공간과 장소』, 대윤, 1995.

이-푸 투안, 이옥진 역, 『토포필리아』, 에코리브르, 2011.

제프 말파스, 김지혜 역, 『장소와 경험』, 에코리브르, 2014.

진경환, 「누정가사의 공간과 풍경-<면앙정가>를 중심으로」, 『우리어문연구』제38집, 우리어문학회, 2010.

정철 〈성산별곡〉에 나타난 성산 공간의 표상

김아연

1. 머리말

무등산 북서쪽의 한 줄기인 장원봉으로부터 남쪽으로 뻗어 내린 산의 이름은 성산(星山, 별뫼)이다. 성산은 행정구역상 전라남도 담양군 남면 가사문학로에 속하는데, 이곳에는 식영정(息影亭), 서하당(棲霞堂)이 있다. 식영정은 김성원(金成遠, 1525~1597)이 자신의 스승이자 장인인 임억령(林億齡, 1496~1568)을 위해 1560년에 건립한 정자로 성산 일대에 위치한 김윤제(金允悌)의 환벽당(環碧堂), 양산보(梁山甫)의 소쇄원(瀟灑園)과 더불어 일동삼승(一洞三勝)[1]으로 알려져 있다. 서하당은 김성원이 거처하기 위해 1560년에 식영정 곁에 구축한 정자이다.

임억령은 정철(鄭澈, 1536~1593)보다 40살 연상인데, 정철의 스승이었다. 정철의 나이 23세 때 임억령은 담양부사로 부임하였는데, 이

---

[1] 瀟灑園息影亭環碧堂 以一洞三勝稱之(『俛仰集』권3,「詩」, <次金上舍(註: 成遠)息影亭韻 二首>의 註)

무렵부터 정철은 임억령의 문하에서 한시를 배웠다. 또한 김성원은 정철보다 11살 연상인데, 정철과 동문수학한 사이이자 정철의 처외재당숙이었다. 정철은 '요기하당주인(遙寄霞堂主人)'이라는 동일 제목의 한시 2수를 지어 각각의 작품에서 "머리가 하얗게 세도록 내내 정을 나누고 있는 사람은 오직 서하뿐이다."2), "서하 당신은 평생의 벗이라 꿈결에도 잊지 못한다오."3)라고 표현함으로써, 김성원과의 두터운 친분을 드러내기도 하였다. 이처럼 정철과 임억령, 김성원의 관계는 각별하고 긴밀한 까닭에, 정철은 식영정, 서하당을 자주 출입하였다. 정철이 강호은일가사 <성산별곡(星山別曲)>을 지어 성산의 아름다운 사계절 절경과 "棲霞堂 息影亭 主人"(이하 주인)의 산중 생활을 찬미한 일도 이와 밀접한 관련을 맺는다고 할 수 있다.

<성산별곡>에 관한 초기 연구 성과는 <성산별곡>의 작자, 제작 시기, 식영정 주인(息影亭 主人)에 관한 문제 등에 논의의 초점이 맞추어져 있다. 먼저, <성산별곡>의 작자는 임억령 설4)과 정철 설5) 등 두 가지로 대별된다. 다음으로, <성산별곡>의 제작 시기에 관한 문제는 25세 제작설6), 30세 전후(28세~33세) 제작설7), 40대 이후 제작설8),

---

2) 交情保白首 海內獨斯人(『松江原集』권1,「詩」, <遙寄霞堂主人(註: 金公成遠)>)
3) 霞老平生友 難忘夢寐間(『松江續集』권1,「詩」, <遙寄霞堂主人>)
4) 강전섭,「「성산별곡」의 작품 재론−석천제작설의 시시비비」,『어문학』제59집, 한국어문학회, 1996, 12~17쪽.
5) 김사엽,「송강가사 신고−새로 발견된 문헌을 중심으로 해서」,『논문집』제2집, 경북대학교, 1958, 14쪽.
  정익섭,「호남가단연구−면앙가단과 성산가단을 중심으로」, 동국대학교 박사학위논문, 1974, 108쪽.
6) 김사엽, 위의 논문, 14쪽.
7) 박준규,「성산의 식영정과 성산별곡」,『국어국문학』제94호, 국어국문학회, 1985, 16쪽.
8) 조윤제,『조선시가사강』, 동광당, 1937, 286쪽.
  서수생,「송강의 성산별곡의 창작연대시비」,『어문학』제24집, 경북대학교 사범대학 지리교육과, 1971, 7쪽.

50대 제작설[9] 등 네 가지로 나뉜다. 끝으로, 식영정 주인에 관한 문제는 임억령 주인설[10], 김성원 주인설[11] 등 두 가지로 구별된다. 현재 학계에서 식영정 주인에 관한 의견은 김성원으로 모아지고 있는 한편, <성산별곡>의 제작 시기에 관한 입장은 여전히 분분하다.

<성산별곡>에 관한 초기 연구 성과에 대해 최규수는 "작품 독자적 측면에서 면밀한 검토를 행한 연구는 많지 않은 편이다. 이러한 연구 배경에는 우선적으로 문학성에 있어 성산별곡이 정철의 여타 작품보다 월등한 그 무엇이 없다는 선입견이 크게 작용했을 수 있다. 그리고, 김성원과의 두터운 교분상 성산을 찾아가 그를 위해 지었다는 다소 현실적인 창작배경 내지 제작동기가 작품의 심층적 이해를 방해했으리

정익섭, 앞의 논문, 112~114쪽.
박영주, 「자미탄 언덕 위의 별뫼사계도」, 『가사─담양의 가사기행』, 담양문화원, 2009, 44쪽.
정병헌, 「가사문학의 일인자, 정철」, 『고전문학의 향기를 찾아서』, 돌베개, 2012, 264쪽.
9) 이병기 · 백철, 『국문학전사』, 신구문화사, 1960, 131쪽.
김선기, 「<성산별곡>의 세 가지 정점에 대하여」, 『고시가연구』 제5집, 한국고시가문학회, 1998, 98쪽.
최한선, 「성산별곡과 송강 정철」, 『고시가연구』 제5집, 한국고시가문학회, 1998, 700쪽.
10) 정익섭, 「『석천집』과 「성산별곡」」, 『한국문학연구』 제12집, 동국대학교 한국문학연구소, 1989, 215쪽.
권혁명, 『석천 임억령과 식영정 시단』, 월인, 2010, 21쪽.
11) 김사엽, 앞의 논문, 14쪽.
정익섭, 위의 논문, 108쪽.
서수생, 앞의 논문, 29쪽.
김선기, 위의 논문, 99~102쪽.
박준규, 「식영정의 창건과 식영정기」, 『호남문화연구』 제14집, 전남대학교 호남문화연구소, 1985.
박준규, 「송강 정철의 식영정제영」, 『호남시단의 연구─조선전기시단을 중심으로』, 전남대학교출판부, 2007, 417~423쪽.

라는 면도 무시할 수 없을 것이다."[12]라고 언급함으로써, <성산별곡>
에 관한 초기 연구 성과의 한계를 지적하였다. 최규수의 이러한 문제
제기 이후, 학계에서는 1990년대 후반부터 <성산별곡>의 문학성에
비중을 두고 <성산별곡>의 대화체 구성 방식에 관한 연구[13], 정철의
출처관에 입각한 <성산별곡>의 대화 내용에 관한 연구[14], 여행자의
관점에서 본 <성산별곡>에 관한 연구[15] 등 <성산별곡>을 다각도로
고찰하는 연구가 진행되었다.

이상에서 이 글의 논의를 마련하는 데 도움을 준 그간의 연구 성과를
살펴보았다. 그런데 전술한 바와 같이 <성산별곡>의 제작 시기에 관
한 문제, 식영정 주인에 관한 문제는 그 결론이 학계에 아직 제출되지
않은 실정이다. 또한 <성산별곡>에 등장하는 "엇던 디날 손"(이하 손)
과 주인은 작자의 미학적 감각에 의해 재창조된 인물이나.[16] 이러한 점

---

12) 최규수,「<성산별곡>의 작품 구조적 특성과 자연관의 문제」,『이화어문논집』제
  12집, 이화여자대학교 이화어문학회, 1992, 551쪽.
13) 최규수, 위의 논문.
  서영숙,「<속미인곡>과 <성산별곡>의 대화양상 분석」,『고시가연구』제2집,
  한국고시가문학회, 1995.
  김신중,「문답체 문학의 성격과 <성산별곡>」,『고시가연구』제8집, 한국고시가
  문학회, 2001.
14) 정대림,「성산별곡과 사대부의 삶」,『한국고전시가작품론 2』, 집문당, 1992.
  이승남,「<성산별곡>의 갈등 표출 양상」,『한국문학연구』제20집, 동국대학교
  한국문학연구소, 1998.
  박연호,「사대부의 현실에 대한 관심과 세속적 욕망」,『한민족문화연구』제36집,
  한민족문화학회, 2011.
15) 이혜경,「여행자의 관점에서 본 <성산별곡(星山別曲)>」,『동서인문학』제50집,
  계명대학교 인문과학연구소, 2015.
16) <성산별곡>의 손과 주인에 대해 최상은은 "송강의 두 마음을 객관화한 허구적 인
  물"(최상은,「송강가사에 있어서의 자연과 현실」,『모산학보』제4·5집, 동아인문
  학회, 1993, 381쪽)로 파악하였다. 여기에서 "송강의 두 마음"에 대해 최상은은 "정
  치현실로 진출하고자 하는 마음과 자연으로 돌아가고자 하는 마음"(최상은, 위의
  논문, 382쪽)으로 분석하였다. 아울러 김신중은 "당시의 성산과 관련된 실제 인물

에서 <성산별곡>의 제작 시기를 특정 시기로, <성산별곡>의 주인을 특정 인물로 전제하여 <성산별곡>을 논구하는 일은 도리어 <성산별곡>에 대한 온당한 이해와 거리가 멀다고 할 수 있다. 따라서 이 글은 <성산별곡>에 관한 연구 성과와 달리 <성산별곡>의 제작 시기와 식영정 주인에 관한 문제는 논의에서 제외하고자 한다.

이러한 전제하에 이 글은 <성산별곡>에 나타난 성산 공간의 표상에 대해 논구하고자 한다. 에드워드 렐프(Edward Relph)가 공간(장소)[17]의 이미지와 정체성에 대해 "장소의 이미지가 곧 그 정체성"[18]이라고 규정하고 "장소의 이미지는 개인 혹은 집단의 경험 및 그들의 장소에 대한 의도와 관련된 모든 요소들로 구성되어 있다."[19]라고 부연 설명한 바 있는데, 이 글은 에드워드 렐프의 이러한 언술에 의거하여 <성산별곡>을 성산 공간에 대한 정철의 총체적 경험이 <성산별곡>

을 모델로 재창조된 가공적 인물"(김신중, 「송강가사(松江歌辭)의 시공상 대비적 양상」, 『고시가연구』 제3집, 한국고시가문학회, 1995, 73쪽)로 해석하였다.

17) 권혁래는 "지리학 연구자들은 문학작품에 그려진 공간에 대해 '장소(place)'와 '장소성(placeness)'이란 개념으로 접근한다. 이에 대해 문학자들은 장소란 개념을 쓰지 않고 '공간(space)', 또는 '배경'이란 용어를 사용한다. …… (중략) …… 문학 연구에서 '장소'는 아무런 개념어가 아닌데, 지리학에서는 '인간에 의해 사용되고 경험되며, 가치 있는 지리 영역'으로 설명된다. 공간에 대한 정의도 지리학과 문학은 상이하다. 문학에서 공간이 '인물이 활약하고 사건이 전개되는 배경'이라면, 지리학에서는 '비어 있는 지리 영역'이다. 이렇듯 상이하게 이해되고 쓰이고 있는 문학작품의 공간·장소에 어떠한 개념을 사용할지 학계에서 심층적으로 논의하고, 합당한 용어를 사용해야 할 것이다."(권혁래, 「문학지리학 연구의 정체성과 연구방법론 고찰」, 『우리문학연구』 제51집, 우리문학회, 2016, 185쪽 및 186~187쪽)라고 언급함으로써, 문학 분야에서 장소의 개념과 공간의 개념을 정립하지 못함을 지적한 바 있다. 이 글은 권혁래의 이러한 견해에 동의하며, 장소의 개념과 공간의 개념을 구분하지 않고 논의를 전개에 따라 '공간(장소)'으로 표현함을 미리 밝힌다.

18) 에드워드 렐프 지음, 김덕현·김현주·심승희 옮김, 『장소와 장소상실』, 논형, 2017, 129쪽.

19) 에드워드 렐프 지음, 김덕현·김현주·심승희 옮김, 위의 책, 129쪽.

창작의 토대를 이룬 것으로 이해하고, 성산 공간의 표상, 곧 성산 공간의 정체성을 밝히고자 한다.

이러한 목적을 실현하기 위해 이 글은 논의의 예비 단계로서 <성산별곡>의 구성과 내용, <성산별곡>에 등장하는 손의 정체성, 임억령의 「식영정기(息影亭記)」를 통해 식영정 편제의 유래를 개략적으로 검토할 것이다. 이를 토대로 이 글은 <성산별곡>에 나타난 성산 공간의 표상을 주인의 일상 공간, 손과 주인의 열린 공간, 진선의 선계 공간, 손과 자연의 불화 공간으로 대별하여 고구할 것이다.[20] 이로써 이 글은 <성산별곡>을 깊이 있게 이해하고, 성산의 이미지를 면밀하게 밝힐 수 있을 것으로 기대한다. 한편, 이 글은 논의의 전개를 위해 국가지식DB 한국가사문학 누리집에서 제공하는 『송강가사(松江歌辭)』 성주본 <성산별곡>[21]을 주 자료로 활용할 것이다.

---

20) <성산별곡>은 손이 인생 세간(人生 世間), 곧 현실을 벗어난 이후에 성산에서 머물면서 경험한 일을 재현하고 있다. 그런데 <성산별곡>의 제8단에서 손은 주인이 이끄는 풍류에 동화되면서 진선의 경지를 체험하지만, 종국에는 현실을 인식하고 진선이 아닌 손으로 남는다. 여기에서 알 수 있듯이, 성산은 손의 온전한 현실 도피 공간으로 보기 어렵다. 이에 의거하여, 이 글은 손의 현실 도피 공간으로서의 성산을 논의로 함을 미리 밝힌다. 한편, <성산별곡>의 서술 단락은 이 글의 2장에서 후술하기로 한다.

21) 국가지식DB 한국가사문학 <성산별곡>, http://www.gasa.go.kr/WService/Gasa/Bibliograph/OrgnImageViewer.aspx?Image=../../../contentfiles/dataorgnimage/verseinfodir/aa00363/182_%uC1A1%uAC15%uAC00%uC0AC%20%uC0C1%283%uBCF4%29_021.jpg&VerseID=V00005847&PageNum=46&EndNum=59&StartNum=46(검색일: 2018.10.15.). 한편, 국가지식DB 한국가사문학 누리집에서 제공하는 『송강가사』 성주본 <성산별곡>의 원문은 『영인 송강가사-성주본』(통문관, 1959)에 수록된 <성산별곡>을 마이크로필름화(microfilm化)한 것이며, 국가지식DB 한국가사문학 누리집에 접속하면 웹(web)상에서 성주본 <성산별곡> 마이크로필름을 열람할 수 있다.

2. 논의를 위한 예비적 검토

이 글의 2장에서는 논의의 예비 단계로서 <성산별곡>의 구성과 내용, <성산별곡>에 등장하는 손의 정체성 및 <성산별곡> 거점인 식영정의 편제에 얽힌 유래를 검토하기로 한다.

<성산별곡>은 총 84행으로 이루어져 있다. <성산별곡>의 서술 단락은 다음의 <도표 1>과 같이 대별할 수 있다.

<도표 1> <성산별곡(星山別曲)>의 구성과 내용[22]

서술 단락		해당 구절	내용
서사	제1단	제1행~제5행	손이 주인에게 성산에 은거하는 이유에 대한 질문
	제2단	제6행~제15행	식영정 주변의 절경과 주인의 기상
본사	춘사	제3단	제16행~제25행	손이 관찰한 주인의 봄 산중 생활과 성산의 봄 절경

22) 최한선은 <성산별곡>의 서술 단락을 8단으로 나눈 바 있다. 다음에서 제시하는 <성산별곡>의 서술 단락은 최한선 앞의 논문, 679~680쪽을 발췌한 것이다.

제1단: 棲霞堂 · 息影亭 主人에게 지나가는 나그네가 묻는 내용
제2단: 息影亭의 자연경관과 주인의 기상
제3단: 星山의 春景과 주인의 생활
제4단: 星山의 閑暇한 夏景
제5단: 星山의 月光과 秋景
제6단: 星山의 冬景과 山翁의 모습
제7단: 古今聖賢에 대한 흠모와 豪傑들의 興亡과 志操
제8단: 眞仙으로 자처하는 主人과 손님

그런데 위를 통해 알 수 있듯이, 최한선이 제시한 8개의 서술 단락에는 <성산별곡>의 행 번호가 기재되어 있지 않다. 이에 따라 이 글은 '해당 구절' 항목을 설정하고 <성산별곡>의 행 번호를 추가로 기재하여 <도표 1>을 작성함으로써, 최한선의 논의를 보완하고자 한다.

하사	제4단	제26행~제41행	손이 관찰한 주인의 여름 산중 생활과 성산의 여름 절경
추사	제5단	제42행~제58행	손이 관찰한 주인의 가을 산중 생활과 성산의 가을 절경
동사	제6단	제59행~제66행	손이 관찰한 주인의 겨울 산중 생활과 성산의 겨울 절경, 막대 멘 늙은 중에게 주인의 풍류를 소문 내지 말 것을 당부
결사	제7단	제67행~제74행	성현에 대한 흠모, 호걸의 흥망, 세상사에서 기인한 시름 및 허유(許由)의 지조
	제8단	제75행~제84행	세속을 떠난 주인을 성산의 진선으로 인정

위의 <도표 1>과 같이, <성산별곡>은 총 8단으로 구성되어 있다. <성산별곡>의 제1단에서 성산에 머무는 손이 주인에게 성산에 은거하는 이유를 묻는다. 제2단에서 손은 무등산 서석대를 드나드는 구름을 바라보면서 주인의 자유로운 전원생활을 떠올리고, 식영정 앞 창계의 흰 물결과 철마다 아름답게 변화하는 성산의 절경이 눈 아래 펼쳐져 있으므로 성산을 선간(仙間), 곧 선계에 빗댄다. 제3단~제6단은 손이 주인과 더불어 성산의 춘경(春景), 하경(夏景), 추경(秋景), 동경(冬景)을 완상하고, 주인의 사계절 산중 생활을 관찰한다. 제7단에서 고금 성현을 흠모하고, 호걸의 흥망을 떠올리고, 세상사를 탓하면서 시름에 잠기며, 허유(許由)의 곧은 지조를 높게 여긴다. 제8단에서 손은 주인과 한데 어울려 술과 거문고로 세상사의 시름을 달래고, 주인을 진선으로 인정하지만 자신은 손으로 남는다. 이처럼 <성산별곡>은 성산에서 전원생활을 누리는 가운데 곧은 지조를 지키려는 이른바 도연명(陶淵明)의 귀거래(歸去來)를 표방하는 주인의 삶을 재현하고 있다. 다음의 (가)는 <성산별곡>의 제1단이고, (나)는 <성산별곡>의 제8단이다.

(가) 엇던 디날 손이 星山의 머믈며셔
  棲霞堂 息影亭 主人아 내 말 듯소
  人生 世間의 됴흔 일 하건마는
  엇디흔 江山을 가디록 나이 녀겨
  寂寞 山中의 들고 아니 나시는고

(나) 人心이 놋 フ투야 보도록 새롭거늘
  世事는 구롬이라 머흐도 머흘시고
  엇그제 비즌 술이 어도록 니건느니
  잡거니 밀거니 슬크장 거후로니
  무음의 미친 시름 져그나 흐리느다
  거믄고 시욹 언저 風入松 이야고야
  손인동 主人동 다 니저 브려셰라
  長空의 떳는 鶴이 이 골의 眞仙이라
  瑤臺 月下의 힝여 아니 만나신가
  손이셔 主人 두려 닐오딕 그딕 귄가 흐노라.

  <성산별곡>은 손과 주인이 등장하고, 그들의 문답으로 구성되어
있다. 위의 인용문 (가), (나)에서 알 수 있듯이, 손은 인심이 낮과 같이 새
롭게 변하고 세상사가 구름같이 험한 인생 세간(人生 世間)을 벗어나서
주인이 은거하는 성산에 머무는 인물이고, 주인은 적막 산중인 성산에
서 살며 손과 술잔을 기울이고 <풍입송(風入松)>을 거문고로 연주하
며 손으로 하여금 자신이 손인지 주인인지를 잊어버리도록 풍류를 이
끄는 인물이다.
  손은 자신의 임시 은둔지인 성산에서 사계절을 머물면서 주인의 산
중 생활을 관찰하고 주인의 주도 아래 주인의 삶과 풍류에 동화되지만,
<성산별곡>의 마지막 구절에서 진선의 경지에 오른 이를 주인으로

돌리는 동시에 자신은 한결같이 손임을 언지한다. 이것은 손이 성산에 온전히 정착하지 못하고, 일정한 때가 되면 자신이 벗어나고 싶어 했던 인생 세간에 돌아가야 함을 의미한다.

이러한 점에서 <성산별곡>의 시적화자 손은 정극인(丁克仁)의 <상춘곡(賞春曲)>, 송순(宋純)의 <면앙정가(俛仰亭歌)>의 시적화자 '나'와 그 성격과 기능에서 차이가 있다고 하겠다. <성산별곡>에 앞서 창작된 <상춘곡>, <면앙정가>는 작자가 시적화자 '나'라는 가면[persona]을 쓰고, 자연과 합일된 시적화자 '나'의 모습을 작품에 담아내며, <상춘곡>의 공간적 배경인 전라북도 태인(지금의 정읍) 일대의 자연을, <면앙정가>의 공간적 배경인 전라남도 담양군 면앙정 일대의 자연을 상호가도(江湖歌道)를 구현하는 공간, 귀거래를 실천하는 공간, 자아 중심의 세계관이 투영된 공간으로 그리고 있다. 그런데 <성산별곡>은 작자가 시적화자 '손'이라는 가면을 쓰고 작품에서 성산의 외부자로 존재하고, 철저하게 외부자의 시선을 견지하면서 주인이 자연과 합일된 상태를 담아내고, 손의 관찰을 통해 주인이 은거하는 성산을 사실적이고 현장감 있게 묘사하며, 손과 주인의 문답을 통해 성산에 은일하는 주인의 풍류를 입체적으로 드러내고 있다. 따라서 <성산별곡>의 손은 성산이 인생 세간인 세속 공간과 변별됨을 보여주기 위해 작자가 의도적으로 설정한 인물이라고 할 수 있다.

한편, <성산별곡>에서 주인의 거점은 성산에 소재한 식영정이다. 주지의 사실과 같이, 식영정의 편제인 '식영(息影)'은 그림자를 쉬게 한다는 뜻인데, 이것은 임억령이 『장자(莊子)』「잡편(雜篇)」<어부(漁父)>의 외영오적자(畏影惡迹者) 우화23)를 인용한 것이다. 다음은「식

---

23) 人有畏影惡跡而去之走者 擧足愈數而跡愈多 走愈疾而影不離身 自以為尚遲 疾走不
休 絕力而死 不知處陰以休影 處靜以息跡 愚亦甚矣 子審仁義之間 察同異之際 觀動

영정기」의 일부를 제시한 것이다.

　선생(나)에게 (정자의) 이름을 청하니, 선생(나)이 이르기를 "그대는
장주(莊周)의 말을 들어보았는가? 장주의 말에 '옛날에 그림자를 두려
워하는 자가 햇빛 아래서 뛰어다녔다. 그가 점점 빨리 달렸지만, 그림
자는 쉬지 않고 따라왔다. 그러다가 나무 그늘 아래에 이르자 그림자
가 홀연히 없어졌다.'고 한다. 무릇 그림자의 성질은 한결같이 사람의
형상을 따르니, 사람이 구부리면 구부리고 우러르면 우러른다. 그 외
에 가고 오며 움직이고 정지함에 사람과 오직 형상을 같게 하니, 그늘
과 밤에는 없어지고 불빛과 낮에는 생긴다. 사람의 처세도 또한 이와
같다. …… (중략) …… 내가 임천(林天)에 들어온 것은 다만 그림자를
없애려는 것이 아니다. 내가 시원하게 바람을 타고 조물주와 더불어
무리를 이루어 세속을 초월한 경계에서 놀면, 그림자도 없어지고 사
람들도 바라보며 지목하지 못할 것이니, 정자의 이름을 가리켜 '식영
(息影)'이라 하는 것이 또한 어떠한가?"[24)]

　위의 인용문을 통해 알 수 있듯이, 그림자가 두려운 사람이 그림자를
지우기 위해 나무 그늘로 들어간 것처럼 번잡하고 어수선한 속세를 벗
어나서 임천(林天), 곧 산수 간에 몰입하면 자연스레 그림자도 사라진
다. 이처럼 식영정의 편제에는 도가적 색채가 짙은 은둔의 정서가 담겨
있다.

　靜之變 適受與之度 理好惡之情 和喜怒之節 而幾於不免矣 謹修而身 愼守其眞 還以
物與人 則無所累矣 今不修之身而求之人 不亦外乎(諸子百家: 中國哲學書電子化計
劃『莊子』,「雜篇」, <漁父>, https://ctext.org/zhuangzi/old−fisherman(검색일: 2018.
10.30.))
24) 請名於先生 先生曰 汝聞莊氏之言乎 周之言曰 昔者畏影者 走日下 其走愈急 而影終
不息 及就樹陰下 影忽不見 夫影之爲物 一隨人形 人府則府 人仰則仰 其他往來行止
唯形之爲然 陰與夜則無 火與晝則生 人之處世亦此類也 …… (중략) …… 吾之入林天
也 非徒息影 吾冷然御風 與造物爲徒遊於大荒之野 滅沒倒影 人不得望 而指之名而息
影 亦不可乎(임억령,「息影亭記」,『石川集』제5책, 여강출판사, 1989, 263~264쪽)

이상에서 <성산별곡>의 구성과 내용, 손의 정체, <성산별곡>의 거점인 식영정의 편제를 검토하였다. 이를 토대로 이 글의 3장에서는 성산 공간 표상의 표상을 구체적으로 살펴보기로 한다.

3. 〈성산별곡〉에 나타난 성산 공간의 표상

3.1. 주인의 일상 공간

<성산별곡>의 제1단에서 손이 호명하는 주인은 성산에 거주하는 산옹(山翁)이다. '식영정 서하당 주인(棲霞堂 息影亭 主人)'에서 알 수 있듯이, 성산에 소재한 서하당, 식영정은 주인이 경영하는 누정의 이름이자 주인의 정체성을 밝혀주는 공간이기도 하다. 여기에서 성산, 서하당, 식영정은 주인의 일상 공간임을 알 수 있다. <성산별곡>의 본사에 재현된 주인의 사계절 산중 생활과 풍류는 이를 입증해 준다. 다음의 <도표 2>는 성산에 은거하는 주인의 산중 생활과 풍류를 정리하여 제시한 것이다.

<도표 2> <성산별곡(星山別曲)>의 본사에 재현된 주인의 성산 산중 생활과 풍류

<성산별곡> 본사의 서술 단락		주인의 성산 산중 생활과 풍류
춘사(春詞)	제3단	– 아침에 매화 향기에 잠을 깸 – 울 밑 양지에 오이씨를 뿌려 가꿈 – 망혜를 신고 죽장을 짚고 도화가 핀 시냇가로 나감
하사(夏詞)	제4단	– 남풍이 불어 녹음을 헤쳐 내는 사이로 모습을 보이는 꾀꼬리를 반김 – 풋잠을 얼핏 깬 이후, 마의를 입고 갈건을 기울여 쓰고 식

		영정의 난간 아래로 흐르는 자미탄으로 나와 몸을 구부리거나 기대면서 자미탄을 헤엄치는 물고기를 바라봄
추사(秋詞)	제5단	- 사경(四更)이 되도록 잠들지 않은 채, 오동나무 사이로 떠오른 새벽달이 수많은 바위와 골짜기를 비추는 광경을 봄
동사(冬詞)	제6단	- 눈으로 덮인 성산에서 산중 생활을 영위

위의 <도표 2>와 같이, 주인은 성산에 거처 공간인 서하당, 식영정을 마련하고, 식영정을 거점으로 울 밑 양지에 오이씨를 뿌려 가꾸는 전원생활을 하며, 사계절의 변화에 순응하면서 성산의 사계절 풍광을 완상하는 풍류를 즐기고 있다. 이것은 식영정과 성산의 자연은 주인이 "息影을 수행할 수 있는 완전한 공간"[25]임을 말해 준다.

그런데 주인의 이러한 전원생활과 풍류는 <성산별곡>에 사계절, 곧 1년이 재현되어 있지만, 손이 성산에 머물기 전에도, 그 후에도 지속되었을 것이다.[26] 이러한 점에서 성산은 지속성을 지닌 공간으로 이해할 수 있고, 나아가 성산은 주인에게 존재의 토대가 되고 '처사(處士)'라는 정체성을 제공한다고 할 수 있다.

또한 성산에서 식영의 의미와 처사의 삶을 실천하는 주인은 인생 세간에서 '경국제민(經國濟民)'이라는 유가적 이상을 펼치는 동시에 귀거

25) 박연호, 「식영정 원림의 공간 특성과 <성산별곡>」, 『한국문학논총』 제40집, 한국문학회, 2005, 40쪽.
26) 에드워드 렐프(Edward Relph)는 "일상 생활은 보잘것없고, 평범하고, 당연하게 여겨지는 모든 것들로 구성되어 있다. 다시 말해서 일상 생활은 반복적이고 조그마한 몸짓과 별 의미 없는 행위들로 이루어져 있다. 이런 일상 생활의 모든 요소들은, 그 의미들을 결코 따져 볼 필요 없는, 규칙적인 순서나 패턴으로 서로 관련되어 있다. …… (중략) …… 일상 생활은 대부분의 사람들이 대부분의 시간을 보내게 되는 생활을 말한다."(에드워드 렐프 지음, 김덕현·김현주·심승희 옮김, 앞의 책, 266~267쪽)라고 진술함으로써, 일상생활의 특징을 설명한 바 있다. 에드워드 렐프의 이러한 진술을 미루어 볼 때, 성산은 주인의 평범한 일상생활이 반복되는 일상 공간이라고 할 수 있다.

래를 동경하는 정철 시대의 사대부들에게 현실적인 롤 모델(role model)
이 될 수 있다. 이것은 <성산별곡>의 제2단에서 손이 서산에 머물면
서 주인의 사계절 산중 생활을 관찰하고, 주인의 일상 공간인 성산에서
"松根을 다시 쓸고 竹床의 자리 보와/져근덧 올라 안자 엇던고 다시 보
니/天邊의 썬는 구름 瑞石을 집을 사마/나는 듯 드는 양이 主人과 엇더
흔고" 하고 발화함으로써 구름이 서석(瑞石), 곧 무등산 서석대를 드나
드는 모양이 인생 세간에 얽매이지 않고 자유롭게 사는 주인과 닮아 있
다고 여기며, <성산별곡>의 제4단에서 여름에 "淸江의 썻는 올히 白
沙의 올마 안자/白鷗를 벗을 삼고 좀씰 줄 모르나니/無心코 閑暇흐미
主人과 엇더흔고" 하고 발화함으로써 한가하게 낮잠을 자는 오리의 모
습이 주인과 닮아 표현하는 것을 통해 확인할 수 있다. 여기에서 주인
이 성산의 자연과 더불어 하나가 되는 물아일체(物我一體)의 경지에 이
르렀음을 알 수 있는데, 물아일체의 경지는 사대부들이 심미적 · 정서
적 가치의 최고로 표방하였던 것이다.[27] 따라서 성산은 손이 동경하는
주인의 일상 공간이라고 할 수 있다. 이러한 맥락에서 <성산별곡>의
제6단에서 손이 겨울에 "압 여흘 ㄱ리 어러 獨木橋 빗겻는 뒤/막대 멘
늘근 즁이 어늬 뎔로 간닷말고/山翁의 이 富貴를 눔 ᄃ려 헌ᄉ마오"라
고 발화하는 행위는 눈 덮인 아름다운 성산에서 유유자적한 산중 생활
을 하는 즐거움, 곧 부귀(富貴)를 성산 외부에 존재하는 남으로부터 방
해 받지 않고, 손이 동경하고 자신의 롤 모델인 주인이 실천하는 귀거
래 의식을 지키고 싶은 의도를 드러낸 것으로 이해할 수 있다.

　한편, 주인의 성산 산중 생활을 목도한 손은 <성산별곡>의 제7단에
서 주인이 "山中의 벗이 업서 黃卷를 싸하두고/萬古 人物을 거스리 혜

---

27) 김학성, 「가사의 장르성격 재론」, 『국문학의 탐구』, 성균관대학교출판부, 1987,
　　126쪽.

허ᄒ니/聖賢은 크니와 豪傑도 하도 할샤/하늘 삼기실 제 곳 無心 홀가
마ᄂ/엇디 흔 時運이 일락배락 ᄒ얏ᄂ고/모롤 일도 하거니와 애ᄃᆯ옴
도 그지업다/箕山의 늘근 고블 귀ᄂ 엇디 싯돗던고/一瓢롤 썰틴 後의
조장이 더옥 놉다"라고 발화함으로써, 표주박이 소리가 난다는 핑계로
표주박을 버리고 지조가 가장 높다고 알려진 허유의 고사를 인용하여
성산을 일상에서 올곧은 자세로 몸을 깨끗이 하고 자연과의 조화를 통
해 도덕적 성정을 양성할 수 있는 곳으로 재현한다. 이것은 성산이 주
인이 일상에서 사대부 처사로서 분수를 지키고 지조를 잃지 않으며 귀
거래를 실천하는 공간임을 말해 준다.

3.2. 손과 주인의 열린 공간

　박준규가 "선비들이 누정을 건립하고 나면 동료 사족이나 후학들이
학문의 도를 익히고자 하여 모여들기 마련이다. 그리고 이같은 선비들
의 교유에는 흔히 뜻을 같이하는 동지들의 모임이 이루어진다."[28]라고
언술한 바와 같이, 16세기 중반에 <성산별곡>의 중심 공간인 식영정
에서 임억령은 김성원, 정철과 같은 후학을 양성하였고, 송순, 김윤제,
양산보, 김성원, 정철, 김인후(金麟厚), 기대승(奇大升), 송익필(宋翼弼),
고경명(高敬命), 백광훈(白光勳) 등 정철 시대의 시인묵객들이 성산, 식
영정을 찾아와서 성산동 제영(星山洞題詠)을 짓는 등 작시 풍류를 누렸
다. 이처럼 주인의 일상 공간인 성산과 식영정은 당대에 교육 공간이자
시인묵객의 교류의 장으로서 기능하였다. 성산과 식영정의 이러한 기

---

28) 박준규, 「누정의 건립과 시단의 발전」, 『호남시단의 연구－조선전기시단을 중심
　　으로』, 전남대학교출판부, 2007, 117쪽.

능은 식영정 주인과 당대의 시인묵객들에 의해 합의된 것이라고 할 수 있다.

정철은 식영정에서 자신의 스승인 임억령으로부터 시문과 신선의 기백을 배웠고, 임억령, 김성원, 고경명과 더불어 '성산사선(星山四仙)'으로 일컬을 만큼 당대의 시인묵객들과 활발하게 교유하였다. 이러한 점에서 정철의 <성산별곡>은 식영정에서 행해진 교육의 산물이자 정철 시대 시인묵객의 교유의 산물이라고 할 수 있다.

정철이 "仙間", "桃源", "武陵", "太乙 眞人", "廣寒殿", "鶴", "謫仙", "瓊瑤窟", "眞仙" 등 신선, 선계에 관련된 시어를 <성산별곡>에 활용하고 식영정을 <성산별곡>의 중심 공간으로 선정하여 <성산별곡>을 창작하였는데, 이것은 '그림자를 쉬게 한다'는 식영정의 편제와 관련 있는 것으로 보인다. 도가저 음영이 깃든 식영정의 편제로 미루어 볼 때, 식영정은 사대부 처사인 주인이 은일하는 유가적 현실 공간인 동시에 도가적 이상 공간이라고 할 수 있다. 곧 식영정은 주인과 인생 세간의 질곡으로부터 벗어나 식영정을 찾아온 손 및 손과 같은 당대의 시인묵객들이 유가, 도가를 동등한 층위에서 이야기할 수 있는 열린 공간인 것이다.

<성산별곡>의 제4단에서 손이 여름에 "흥 ᄅ 밤 비 쒸운의 紅白蓮이 섯거 픠니/ᄇ람의 업서셔 萬山이 향긔로다/濂溪를 마조 보와 太極을 뭇줍ᄂ 듯/太乙 眞人이 玉字를 헤혓ᄂ 듯"하다고 발화한 바와 같이, 손은 간밤에 내린 비로 부용당(芙蓉塘)에 홍련과 백련이 섞어 피어나서 그 향기가 성산에 가득한 것을 느끼면서 주인을 통해 염계(濂溪)와 태을진인(太乙 眞人)을 연상한다. 주지의 사실과 같이, 염계는 태극(太極), 곧 우주만물의 근원을 밝히고자 한 송(宋)의 성리학자 주돈이

(周敦頤)로 <애련설(愛蓮說)>을 썼으며, 태을 진인은 우(禹)임금으로 천지의 도를 터득한 신선이다. 곧 염계와 태을 진인은 각각 유가적 인물, 도가적 인물인 것이다. 이처럼 염계와 태을 진인에 대한 손의 연상은 <성산별곡>에 형상화된 성산이 유가, 도가를 아우르는 열린 공간이며, 식영정이 표상하는 열린 공간의 스펙트럼(spectrum)이 <성산별곡>에서는 식영정이 소재한 성산에까지 확장되었음을 알 수 있다.

3.3. 진선의 선계 공간

<성산별곡>은 주인의 일상 공간인 서하당, 식영정, 성산 및 그곳의 천지(天地), 곧 자연을 형상화하고 있다. 이것은 다음에서 제시하는 <도표 3>와 같이 도식화할 수 있다.

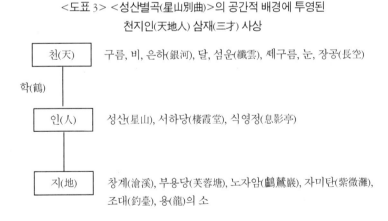

<도표 3> <성산별곡(星山別曲)>의 공간적 배경에 투영된
천지인(天地人) 삼재(三才) 사상

| 천(天) | 구름, 비, 은하(銀河), 달, 섬운(纖雲), 쎼구름, 눈, 장공(長空) |

학(鶴)

| 인(人) | 성산(星山), 서하당(棲霞堂), 식영정(息影亭) |

| 지(地) | 창계(滄溪), 부용당(芙蓉塘), 노자암(鸕鷀巖), 자미탄(紫微灘), 조대(釣臺), 용(龍)의 소 |

위의 <도표 3>를 통해 알 수 있듯이, 천의 영역에는 '구름', '은하(銀河)', '달', '섬운(纖雲)', '쎼구름', '장공(長空)', 지의 영역에는 '창계(滄

溪)', '부용당(芙蓉塘)', '노자암(鸕鶿巖)', '자미탄(紫微灘)', '조대(釣臺)', '용(龍)의 소', 천지 사이에 존재하는 인의 영역에는 '성산', '서하당', '식영정' 등을 각각 배치하고 있다.29) 이를 통해 <성산별곡>의 작자는 천지인(天地人) 삼재(三才), 곧 삼태극(三太極)의 질서정연한 조화를 지향하고 있다. 특히, 인의 영역 중 '식영정'은 정자의 이름과 같이 인생 세간에서 온 손이 자신의 그림자를 이곳에서 쉬게 함으로써, 주인의 처사적 삶에 일시적으로나마 동화되어 안정감을 얻을 수 있는 장소라고 할수 있다.

    <성산별곡>의 제2단에서 인의 영역인 성산과 식영정에 머문 손은 "滄溪 흰 믈결이 亭子 알픠 둘러시니/天孫 雲錦을 뉘라서 버혀내여/닛는 듯 펴티는 듯 헌亽토 헌亽홀샤/山中의 册曆 업서 四時를 모弖더니/눈 아래 헤틴 景이 철철이 절로 나니/듯거니 보거니 일마다 仙間이라" 하고 발화함으로써, 식영정 앞 햇빛에 반사된 창계의 흰 물결은 천손운금(天孫 雲錦), 곧 하늘의 은하수를 옮겨놓은 듯하고, 책력을 보며 사계절을 구분할 필요가 없는 만큼 철따라 풍경이 절로 변하니 성산에서 보고 듣는 일마다 모두 선계와 같다고 표현한다. 또한 <성산별곡>의 제3단에서 손은 봄에는 물가에 떠 있는 도화와 방초주를 보며 무릉도원(武陵桃源)을 연상하고, 제4단에서 여름에는 간밤에 비가 내려 부용당에 홍련과 백련이 섞어 피여 향기가 온 산에 가득할 때 손은 염계와

---

29) 이-푸 투안(Yi-Fu Tuan)은 "신화적 공간은 세계관이 공간적 구성요소이며 국지화된 가치(사람들은 이에 따라 실천적인 활동을 수행한다) 개념이다."(이-푸 투안 지음, 구동희 · 심승희 옮김, 『공간과 장소』, 대윤, 2011, 142쪽)라고 정의하면서 "정향된 신화적 공간은 문화에 따라 세부적으로 매우 다르다."(이-푸 투안 지음, 구동희 · 심승희 옮김, 위의 책, 152쪽)라고 언급한 바 있다. 이-푸 투안의 이러한 견해에 의거하여, 이 글의 <도표 3>는 정향된 신화적 공간을 동양문화권의 천지인(天地人) 삼재(三才) 사상을 활용하여 제시한 것임을 미리 밝힌다.

태을 진인을 떠올리고, 장송을 차일 삼아 석경에 앉아 노자암(鸕鷀巖)을 바라보며 자미탄(紫微灘)을 곁에 두면서 성산과 식영정에서 맞이하는 6월이 삼추(三秋)와 같이 서늘하다[30]고 노래하고, 제5단에서 가을에는 식영정을 수정궁(水晶宮), 광한전(廣寒殿)에 비유하기도 하며, 소나무 사이에 걸린 달을 보며 적선(謫仙), 곧 이태백(李太白)을 연상하며, 제6단에서 겨울에는 주인의 은거지인 성산이 눈으로 덮이자 이곳을 경요굴(瓊瑤窟) 은세계(隱世界)에 비유하여 비밀스러운 장소[31]로 설정하고 창계 위 독목교를 지나가는 막대 멘 늙은 중에게 이곳을 소문내지 말 것을 당부하기도 한다. 이와 같이 <성산별곡>의 작자는 식영정 주변의 성산의 사계절 변화에 기대어 <성산별곡>의 제2단에서 주인의 일상 공간인 성산을 선계 공간으로 상정하고[32], <성산별곡>의 제3

---

30) <성산별곡>의 제4단 하사에서 "人間 六月이 여긔는 三秋로다"라는 구절은 여름철 선비들의 땀들이와 관련 있는 것으로 보인다. 박준규·최한선은 <식영정이십영(息影亭二十詠)> 중 제11영 <석정납량(石亭納涼)>을 설명하는 과정에서 납량(納涼), 곧 땀들이의 과정에 대해 "관(冠)을 벗어서 벽에다 걸어 두고, 깃털로 만든 부채 하나를 손에 들고 흩부치면서 그늘 속에 들어가 가볍게 한 잔하고 편평한 곳, 솔바람이 솔솔 부는 곳에 드러누워 머리에 바람을 쏘이는 순서가 아닐까?"(박준규·최한선 글, 박행보 그림, 『호남의 누정문학 3 – 속세를 털어버린 식영정』, 태학사, 2001, 67쪽) 하고 추정한 바 있다.

31) 『황제내경 소문(黃帝內經 素問)』「사기조신대론편제이(四氣調神大論篇第二)」에서 겨울 석 달, 곧 10월, 11월, 12월은 폐장(閉藏)이라고 한다(冬三月. 此為閉藏(諸子百家: 中國哲學書電子化計劃『黃帝內經 素問』, 「四氣調神大論篇第二」, https://ctext.org/wiki.pl?if=en&chapter=316631(검색일: 2018.10.30.)). 폐장은 겨울은 양기(陽氣)가 폐하여 만물이 움직이지 않는 때, 곧 만물이 생명력을 안으로 저장하는 때를 의미한다. <성산별곡>의 제6단에서 성산과 얼어버린 식영정 앞 여울은 눈에 덮여 있지만[압 여흘 ᄀ리 어러], 새봄에 성산의 만물을 소생시킬 잠재력을 간직하고 있다. 이에 따라 <성산별곡>의 손은 겨울 성산의 아름다운 설경을 성산 외부에 알리고 싶지 않은, 비밀스러운 장소로 의미를 부여한다.

32) 주인의 일상 공간으로 존재하는 성산의 위에 하늘[天]이, 그 아래에 땅[地]이 있어 성산을 진선의 선계로 표상하는 것은, 가스통 바슐라르(Gaston Bachelard)식의 표현에 따라 "원형의 통일성을 깨뜨리"(가스통 바슐라르, 곽경수 옮김, 『공간의 시학』,

단~제6단에서 선계의 환상적인 이미지를 구체화하고 있다.

한편, 누정제영(樓亭題詠)과 같이 누정을 소재로 하는 문학 작품에서 누정의 주인은 찬미 대상이다. <성산별곡>의 제8단에서 손은 성산에서 주인과 술잔을 기울이고 <풍입송>을 거문고로 연주하면서 주인의 풍류에 동화된다. 이때 술과 거문고 연주는 손 자신과 주인을 진선의 경지에 이르게 한다.33) 또한 <성산별곡>의 제8단에서 "長空의 썟ᄂᆞᆫ 鶴이 이 골의 眞仙이라"는 구절과 같이, 손은 장공에 떠 있는 학을 매개로 진선을 상상하고 있다. 곧 학은 <도표 3>와 같이 성산, 곧 인의 영역과 진선이 사는 선계 공간, 곧 천의 영역을 연결하는 매개물인 것이다. 아울러 주인은 신선적 풍류를 경험하였음에도 불구하고 손에게 "瑤臺 月下의 힝여 아니 만나신가" 하고 질문함으로써, 자신이 이 골의 진선임을 확인하고자 한다. 종국에는 "손이셔 主人ᄃᆞ려 닐오디 그디 긘가 ᄒᆞ노라" 하고 발화함으로써, 손은 주인을 진선으로 인정한다. 여기에서 진선은 <성산별곡>의 작자가 식영의 의미, 처사의 삶을 실천하는 주인을 찬미한 결과이며, <성산별곡>의 제8단에서 손이 주인의 신선적 풍류에 동화된 일을 투영한 결과라고 할 수 있다.

동문선, 2003, 142쪽)는 것으로 이해할 수 있다. 가스통 바슐라르는 "집의 이미지의 높이는 고체적인 표상 속에서는 접혀 있다. 그 접혀 있는 높이를 시인이 펴고 늘일 때, 그것은 아주 순수한 현상학적인 국면 가운데 스스로를 드러낸다. 이 경우 의식은 보통은 '휴식'적인 이미지인 집의 이미지를 계기로 하여 '고양'되는 것이다." (가스통 바슐라르, 곽경수 옮김, 위의 책, 142~143쪽)라고 언술한 바 있다. 가스통 바슐라르의 이러한 표현에 의거하여 '휴식'적인 이미지인 집'은 주인의 일상 공간인 성산이 되고, 성산의 물리적인 높이, 곧 '접혀 있는 높이'를 <성산별곡>의 작자가 펴고 늘인 것이 선계가 되며, 이때 '의식'은 귀거래 의식으로 해석할 수 있다.
33) 박연호, 앞의 논문, 50~51쪽.

3.4. 손과 자연의 불화 공간

<성산별곡>의 제8단에서 손은 이 골의 진선을 주인에게 돌리고, 자신은 시종일관 손으로 남는다. 이것은 손은 진선의 선계 공간으로 표상되는 성산에 동화되지 못함을 의미한다. 이는 <성산별곡>의 제1단, 제8단에서 확인할 수 있다.

<성산별곡>의 제1단에서 손이 떠나온 곳은 인생 세간으로 명시되어 있다. 사대부에게 있어 인생 세간은 경국제민의 이상을 펼쳐야 하는 유가적 현실 공간이다. 그런데 <성산별곡>의 제7단에 언술된 바와 같이 인생 세간은 "時運이 일락배락 ㅎ"고 "모를 일도 하거니와 애둘 옴도 그지업"는 곳이다. 이에 따라 김신중의 논의와 같이 손, 곧 "화자의 은일 행위가 순수한 樂山樂水의 동기에서가 아닌 避世隱遁의 방편으로 이루어졌"[34]고 할 수 있다.

한편, <성산별곡>의 제8단에서 성산에 머무는 손은 인생 세간의 시름을 잊고자 주인과 더불어 술잔을 기울이고, 거문고로 <풍입송>을 연주한다. 『고려사(高麗史)』권 71, 「악지(樂誌)」, <속악(俗樂)>조에 "풍입송(風入松)은 칭송하고 축수하는 뜻이 있고 야심사(夜深詞)는 군신이 서로 즐기는 뜻이 있는 바, 이 노래는 모두 연회가 끝날 무렵에 부르는 노래이다. 그러나 어느 때 지은 것인지 알 수 없다."[35]라고 기록되어 있다. 이 기록을 통해 다음의 두 가지를 알 수 있다. 첫째, <풍입송>은 연회를 마무리하는 시점에서 임금의 덕(德)을 송축하고 태평성대(太平聖代)를 기원하는 노래로 고려 시대와 조선 시대에 유행하였다.

---

34) 김신중, 앞의 논문, 70쪽.
35) 風入松有頌禱之意 夜深詞言君臣相樂之意 皆於終宴而歌之也 然未知何時所作(『高麗史』권71, 「志」25, <樂> 2, '俗樂', 夜深詞)

둘째, 파연을 장식할 때 <풍입송>을 연주하므로, <풍입송>은 연회를 마친 이후에 현실로 되돌아오는 기능을 한다.

이로 미루어 볼 때, 취흥이 한껏 오른 손과 주인은 <풍입송>을 거문고로 연주하면서 신선적 풍류를 누리고 "손인동 主人동 다 니저 ᄇ려" 진선의 경지에 이르고, <풍입송> 연주가 절정에 이르는 순간에 식영정 위의 장공에 학이 뜨며, <풍입송> 연주가 끝날 무렵에 손은 인생세간에 있을 때처럼 관습적으로 파연 이후의 현실을 인식한다고 할 수 있다.36) 여기에서 손이 현실을 인식한다는 것은 손이 성산 일대의 자연에 침잠하지 못함을 의미한다. 한편, 귀거래를 실천하는 주인은 자신의

---

36) 최상은은 <성산별곡>에서 "풍입송을 연주하면서 흥이 고조되어 손과 주인이 분별이 없을 정도로 無我之境에 이르렀다고 했다. 태평성대의 풍류로써 현재의 흥취를 돋구어 본 것이다. 이 대목은 일단 'ᄆ 음의 미친 시름'을 접어두고 오로지 흥취에 빠져 드는 송강의 모습을 보여 준다."(최상은, 앞의 논문, 385쪽)라고 논의한 바 있다. 최상은의 이러한 논의를 통해 최상은이 연회의 흥을 고조시키는 <풍입송>의 기능에 주목하였음을 알 수 있다. 그런데 이 글은 <풍입송>이 연회의 마지막 곡으로 연주된 사실에 의거하여, 손이 <풍입송> 연주로 흥취에 빠졌지만 <풍입송>의 연주가 끝날 무렵에 흥취가 반감되면서 자신이 '손'이라는 현실을 인식한 것으로 해석한다. 이처럼 이 글은 최상은의 논의와 달리 <풍입송>의 두 가지 기능, 곧 연회의 흥을 고조시키는 기능과 연회를 마무리하는 기능에 주목한다. 아울러 이 글은 <풍입송>의 이러한 두 가지 기능이 손이 누리는 흥취의 변화, 곧 손의 흥취가 고조되었다가 반감되는 데 영향을 미치는 것으로 해석한다. 한편, 『송강별집(松江別集)』권2, 「부록(附錄)」<연보상(年譜上)>에 "丁丑五年(註: 公四十二歲) 五月 除掌樂院正(『松江別集』권2, 「附錄」, <年譜上>)", "戊寅六年(註: 公四十三歲) 正月 除掌樂院正(『松江別集』권2, 「附錄」, <年譜上>)"이라고 기록된 바와 같이, 정철은 42세 5월에, 43세 정월에 장악원정(掌樂院正)에 제수되었다. 또한 윤덕진은 정철의 "<장진주사>는 평탄한 악조 구성에 기반하는 시조시와 복합적인 악조의 결합태인 가사 양식 사이의 거리를 정확히 파악하고 있었던 악률에 정통한 송강이 중간 형식으로 계발한 작품이라고 볼 수 있다."(윤덕진, 「송강가사 전승사실의 맥락」, 『열상고전연구』제26집, 열상고전연구회, 2007, 414~415쪽)라고 언술한 바 있다. 이 두 가지를 통해 정철이 음악에 조예가 깊었음을 확인할 수 있다. 이에 비추어 볼 때, 정철이 <풍입송>의 연행 순서, 내용 및 기능 등을 알고 있었으며, 이를 <성산별곡>에 재현했음을 추정할 수 있다.

일상 공간인 성산에서 물아일체의 경지를 경험하는 까닭에, <풍입송> 연주가 끝날지라도 주인의 신선적 풍류는 지속된다고 하겠다. 이상과 같이, 성산은 손이 자연에 온전히 동화되기 어려운, 불화의 공간으로 이해할 수 있다.

4. 맺음말

<성산별곡>은 정철이 20대 초반부터 출입한 성산과 식영정을 배경으로 한다. 따라서 <성산별곡>은 정철의 체험과 성산의 이미지가 만들어 낸 문학적 소산이라고 할 수 있다. 이러한 <성산별곡>은 무등산권 고전문학을 대표하는 작품 중 하나로서 현전하고 있다.

이 글은 <성산별곡>에 재현된 성산 공간의 표상을 살펴보았다. 그 결과, 손이 "時運이 일락배락 ᄒᆞ"고 "모를 일도 하거니와 애들 옴도 그지업"는 인생 세간을 잠시 떠나 찾아온 성산은, 손의 롤 모델로 식영의 의미와 귀거래를 실천하며 물아일체의 경지에 이른 주인의 일상 공간, 손과 같은 시인 묵객들이 출입하면서 주인과 더불어 유가, 도가를 이야기하는 열린 공간, 손이 주인을 진선으로 여기고 주인의 신선적 풍류를 누리면서 일시적 안정감을 얻을 수 있는 선계 공간, <풍입송> 연주가 끝날 무렵에 손이 인생 세간에서처럼 관습적으로 파연 이후의 현실을 인식하는 까닭에 손과 자연의 불화 공간을 표상함을 고구하였다. 이 글에서 논의한 성산 공간의 네 가지 표상은, '성산'이라는 특정 공간, 성산 경험의 주체인 주인 및 성산의 외부자인 손의 상호작용을 통해 만들어지는 '성산'이라는 고유한 특성을 보여준다고 할 수 있다.

이상의 논의를 통해 다음과 같이 몇 가지 결론을 얻을 수 있다. 첫째,

성산은 유가적 현실 공간과 도가적 이상 공간의 접점에 존재한다. 둘째, 손은 <성산별곡>의 제8단과 같이 인생 세간, 곧 현실과 완전히 단절하지도 못하고 동시에 새로운 현실 공간을 찾지도 않는 채, <성산별곡>의 제8단에서 환상 공간인 선계를 그린다. 셋째, 손은 인생 세간에서 기인한 시름을 잊으려는 기대감으로 성산에 찾아와서 귀거래 의식을 실천하는 주인의 삶을 예찬하지만, 자신을 여전히 성산에 머무는 손으로 인식하고 있으므로 성산을 손의 현실 도피 공간으로 보기 어렵다. 이상의 결론을 통해 성산이 인생 세간과 변별됨을 확인시켜 주는 손이 성산이 위치하는 접점에 서서 유가적 현실 공간과 도가적 이상 공간을 갈마드는 존재임을 알 수 있다. 손의 이러한 정체성은 정철이 낙향과 복직을 반복한 일이 투영된 결과라고 하겠다.

참고문헌

1. 자료

『莊子』, 諸子百家: 中國哲學書電子化計劃(http://ctext.org/)

『黃帝內經 素問』, 諸子百家: 中國哲學書電子化計劃(http://ctext.org/)

『高麗史』 권71, 한국의 지식콘텐츠 KRpia(http://www.krpia.co.kr/)

『俛仰集』 권3, 한국고전번역원 한국고전종합DB(http://db.itkc.or.kr/)

『松江別集』 권2, 한국고전번역원 한국고전종합DB(http://db.itkc.or.kr/)

『松江續集』 권1, 한국고전번역원 한국고전종합DB(http://db.itkc.or.kr/)

『松江原集』 권1, 한국고전번역원 한국고전종합DB(http://db.itkc.or.kr/)

『영인 송강가사 – 성주본』, 통문관, 1959, 국가지식DB 한국가사문학(http://www.
    gasa.go.kr)

임억령, 『石川集』 제5책, 여강출판사, 1989.

2. 논저

가스통 바슐라르, 곽경수 옮김, 『공간의 시학』, 동문선, 2003.

강전섭, 「「성산별곡」의 작품 재론 – 석천제작설의 시시비비」, 『어문학』 제59집,
    한국어문학회, 1996.

권혁래, 「문학지리학 연구의 정체성과 연구방법론 고찰」, 『우리문학연구』 제51
    집, 우리문학회, 2016.

권혁명, 『석천 임억령과 식영정 시단』, 월인, 2010.

김사엽, 「송강가사 신고 – 새로 발견된 문헌을 중심으로 해서」, 『논문집』 제2집,

경북대학교, 1958.

김선기, 「<성산별곡>의 세 가지 정점에 대하여」, 『고시가연구』 제5집, 한국고시가문학회, 1998.

김신중, 「송강가사(松江歌辭)의 시공상 대비적 양상」, 『고시가연구』 제3집, 한국고시가문학회, 1995.

김신중, 「문답체 문학의 성격과 <성산별곡>」, 『고시가연구』 제8집, 한국고시가문학회, 2001.

김학성, 「가사의 장르성격 재론」, 『국문학의 탐구』, 성균관대학교출판부, 1987.

박연호, 「식영정 원림의 공간 특성과 <성산별곡>」, 『한국문학논총』 제40집, 한국문학회, 2005.

박연호, 「사대부의 현실에 대한 관심과 세속적 욕망」, 『한민족문화연구』 제36집, 한민족문화학회, 2011.

박영주, 「자미탄 언덕 위의 별뫼사계도」, 『가사─담양의 가사기행』, 담양문화원, 2009.

박준규, 「식영정의 창건과 식영정기」, 『호남문화연구』 제14집, 전남대학교 호남학연구원, 1985.

박준규, 「성산의 식영정과 성산별곡」, 『국어국문학』 제94호, 국어국문학회, 1985.

박준규·최한선 글, 박행보 그림, 『호남의 누정문학 3─속세를 털어버린 식영정』, 태학사, 2001.

박준규, 「누정의 건립과 시단의 발전」, 『호남시단의 연구─조선전기시단을 중심으로』, 전남대학교출판부, 2007.

박준규, 「송강 정철의 식영정제영」, 『호남시단의 연구─조선전기시단을 중심으로』, 전남대학교출판부, 2007.

서수생, 「송강의 성산별곡의 창작연대시비」, 『어문학』 제24집, 경북대학교 사범대학 지리교육과, 1971.

서영숙, 「<속미인곡>과 <성산별곡>의 대화양상 분석」, 『고시가연구』 제2집, 한국고시가문학회, 1995.

에드워드 렐프 지음, 김덕현·김현주·심승희 옮김, 『장소와 장소상실』, 논형, 2017.

윤덕진, 「송강가사 전승사실의 맥락」, 『열상고전연구』 제26집, 열상고전연구회, 2007.

이병기·백철, 『국문학전사』, 신구문화사, 1960.

이승남, 「<성산별곡>의 갈등 표출 양상」, 『한국문학연구』 제20집, 동국대학교 한국문학연구소, 1998.

이-푸 투안 지음, 구동회·심승희 옮김, 『공간과 장소』, 대윤, 2011.

이혜경, 「여행자의 관점에서 본 <성산별곡(星山別曲)>」, 『동서인문학』 제50집, 계명대학교 인문과학연구소, 2015.

정대림, 「성산별곡과 사대부의 삶」, 『한국고전시가작품론 2』, 집문당, 1992.

정병헌, 「가사문학의 일인자, 정철」, 『고전문학의 향기를 찾아서』, 돌베개, 2012.

정익섭, 「호남가단연구 – 면앙가단과 성산가단을 중심으로」, 동국대학교 박사학위논문, 1974.

정익섭, 「『석천집』과 「성산별곡」」, 『한국문학연구』 제12집, 동국대학교 한국문학연구소, 1989.

조윤제, 『조선시가사강』, 동광당, 1937.

최규수, 「<성산별곡>의 작품 구조적 특성과 자연관의 문제」, 『이화어문논집』 제12집, 이화여자대학교 이화어문학회, 1992.

최상은, 「송강가사에 있어서의 자연과 현실」, 『모산학보』 제4·5집, 동아인문학회, 1993.

최한선, 「성산별곡과 송강 정철」, 『고시가연구』 제5집, 한국고시가문학회, 1998.

무등산 기행가사 〈석촌별곡〉의 배경과 서정*

김신중

1. 머리말

<석촌별곡(石村別曲)>은 정해정(鄭海鼎:1850~1923)이 지은, 무등산과 적벽 일대를 배경으로 한 가사 작품이다. 정해정은 근대의 인물로, <석촌별곡> 외에도 또 다른 가사 <민농가(憫農歌)>를 지었다. 하지만 이 글은 다음 두 가지 이유에서 <민농가>를 제외하고, 정해정과 <석촌별곡>에 대해 논의를 집중하기로 한다. 첫째는 <석촌별곡>이 근대의 기행가사로서 작자의 향토 기행과 더불어 시대적 감성을 내용에 담았고, 둘째는 정철의 후예인 작자가 이 작품을 통해 송강가사의 맥을 잇고 있기 때문이다. 이런 점에 주목하며 정해정과 <석촌별곡> 이해의 기본적인 배경 사실과 더불어, <석촌별곡>에 표현된 내용 및

---

* 이 글은 『국학연구론총』 제12집(택민국학연구원, 2013)에 실린 필자의 논문 「정해정 <석촌별곡>의 배경과 서정」을 고쳐 쓰고, 여기에다 <석촌별곡>의 필사 원문을 판독하여 첨부한 것이다.

서정 양상을 살펴보는 것이 이 글의 목적이다.

정해정과 그가 남긴 가사의 존재는 1980년 이상보의「정해정의 석촌가사 연구」1)를 통해 처음으로 세상에 알려졌다. 이상보는 이 글에서 정해정과 그의 작품 및 서지에 대해 개괄적으로 정리하고, 마지막에 <석촌별곡>과 <민농가>의 원문을 주석과 함께 소개하였다. 이후 '석촌가사'는 임기중이 역대의 가사를 집대성한『역대가사문학전집』과『한국가사문학주해연구』에도 수록되었으며,2) 담양이나 호남의 가사를 말하는 자리에서도 항상 함께 거론되었다.3) 또 최근에는 1870년대부터 1910년 사이의 가사를 모은『개화기 가사 자료집』에 실린 바 있다.4) 하지만 이렇게 알려졌음에도 불구하고, 정작 그에 대한 연구는 지금까지 이상보의 논의에서 별로 진척되지 않았다. 그것은 무엇보다도 정해정과 석촌가사 연구의 가장 기본적 자료인 유고가 세상에 공개되지 않았기 때문이다.5) 따라서 이 글은 이상보의 논문에 소개된 내용을 바탕으로, 관련 주변 자료들을 활용하면서 논의를 진행할 것이다.

---

1) 이상보,「정해정의 석촌가사 연구」,『명지대학교 논문집』제12집, 1980.(1993년 이 회문화사에서 나온 같은 필자의 저서『조선시대 시 · 가의 연구』에 재수록 됨)
2) 임기중 편,『역대가사문학전집』제38 · 40권, 아세아문화사, 1998.
   임기중 편저,『한국가사문학주해연구』제7 · 10권, 아세아문화사, 2005.
3) 박준규 · 최한선,『담양의 가사문학』, 담양군, 2001.
   김신중 · 박영주 외,『담양의 가사기행』, 담양문화원, 2009.
4) 신지연 · 최혜진 · 강연임 엮음,『개화기 가사 자료집』6, 보고사, 2011.
5) 정해정의 유고로는『石村謾興』2책,『懷明臺漫草』1책,『石村未定草』2책,『석촌별곡』1책이 있다고 한다. 모두 작자가 친필로 적은 초고본이다. 이 중『석촌별곡』에 가사 <석촌별곡>과 <민농가>가 실려 있고, 나머지에는 모두 한시문이 수록되어 있다. 그의 유고는 1970년대 후반 당시 부안여고 교감이었던 김형주(2013년 당시 84세)가 고물상의 폐지 더미에서 발견해 구입하였다가, 이상보 교수에게 제공하여 학계에 소개되었다. 하지만 지금은 이 유고가 어디에 있는지 소재를 알지 못한다.

2. 작자 정해정과 그의 시대

먼저 정해정의 생애에 대해 알려진 바를 간략히 정리한다. 그는 전라남도 담양 사람으로, 자가 장일(章一)이고, 석촌(石村) 외에도 석당(石堂)·방촌(放村)·방실(放室)이라는 호를 사용하였다. 석촌과 방촌이라는 호는 그의 향촌 이름에서 연유된 듯하나, 그곳이 지금의 어디인지는 분명하지 않다.6) 1850년(철종1)에 태어나 1923년 74세로 세상을 떠났다.

그의 집안은 영일정씨 운붕공파에 속한다. 그런데 운붕공은 정철의 3남 정진명(鄭振溟)이고, 정해정은 정진명의 10세손이다. 여기서 정해정이 곧 정철의 후예임을 알 수 있다.

『영일정씨세보』에 실린 정해정에 관한 기록을 그대로 옮기면 다음과 같다.

> 정해정의 초명은 해걸이고, 자는 장일이며, 호는 방실이다. 철종 경술년(1850)에 태어나, 계해년(1923) 11월 2일 세상을 떠났다. 수명은 74세이다. 묘는 동복의 이서면 상촌 전록 유좌에 있다. 아내는 제주양씨로, 임자년(1852)에 태어났다. 아버지는 양상술인데, 고암 양자징의 후손이다. 외할아버지는 함양 박계현이다. 계묘년(1903) 9월 6일에 세상을 떠났다. 묘는 건위 우록 폭포 위 축좌에 있다. 1남1녀를 두었다.7)

---

6) 정해정이 <석촌별곡>을 지은 갑신년(1884) 늦봄에 초한 『석촌만홍』의 기록에 의하면, 석촌과 석당이란 호는 그가 묘령부터 사용하던 것으로 오랜 친구들이 붙여 주었고, 방촌은 그때 이미 고인이 된 친구 朴海陽이 정해 주었다고 한다. 하지만 그것들이 어디에서 유래하였는지는 밝혀놓지 않았다(이상보, 「정해정의 석촌가사 연구」, 『조선시대 시·가의 연구』, 이회문화사, 1993, 521쪽의 인용문 참고).

7) 海鼎 初諱海杰 字章一 號放室 哲宗庚戌生 癸亥十一月二日終 壽七十四 墓同福二西面 上村前麓酉坐 配濟州梁氏 壬子生 父相述 鼓巖子澂后 外祖咸陽朴啓鉉 忌癸卯九月六日 墓乾位右麓 瀑布上丑坐 育一男一女(『迎日鄭氏世譜』, 卷十八, 利編二上, 十二.)

세보의 내용으로 보아 정해정은 평생 동안 향촌을 지키며 살았으며, 그밖에 특별히 거론할 만한 두드러진 활동을 펼친 것으로는 보이지 않는다. 시종 향리에서 시문을 벗 삼아 산수 간을 오가며 생활하였다. 담양과 화순과 광주에 걸친 서석산, 즉 무등산 자락 일대가 그가 주로 노닌 곳이었다. 그의 학문과 사승에 대해서도 특별히 밝혀진 바 없다.

여기서 먼저 검토해야 할 문제가 '석촌'이 과연 지금의 어디인가이다. 정해정의 호이면서 향촌이기도 한 석촌의 위치가 분명하지 않다는 사실은 이미 앞에서 말하였다. 그런데도 다시 이 문제를 꺼내는 것은 석촌이 작품의 제목으로 쓰였을 뿐만 아니라, 서두와 말미의 공간적 배경이 되고 있기 때문이다. 특히 <석촌별곡>이 어떤 전형화된 공간을 배경으로 갖는 은일가사가 아니라, 실제적인 공간을 배경으로 하는 기행가사라는 점에서 더욱 그렇다. 석촌이 기행의 출발지와 귀착지가 되므로, 분명한 위치의 파악이 작품 이해의 선결 과제이다.

그런데 이 문제에 대해 필자는 이미 수년 전 다른 글에서 당시의 생각을 밝힌 바 있다.8) 따라서 먼저 그때 말한 내용을 다시 정리해 본 다음, 이번에 새롭게 확인한 사실을 더하여 그 위치를 따져보기로 한다. 지난번 논의는 다음 두 가지로 요약된다.

하나는 석촌을 무등산 자락 광주호 상류의 광주시 충효동 '석저촌(石底村)'으로 보는 것이다. 무엇보다도 석촌과 석저촌이란 지명이 흡사하기 때문이다. 또 작자가 '서석산중 종산하(瑞石山中 鍾山下)'에 살면서 이 작품을 지었다고 하는 것9)도 이런 추정과 관련이 있다. 석촌의 뜻을 '서석산 자락의 마을'이라고 본다면, 석저촌 역시 서석산 자락에 있기 때문이다. 하지만 그럴 경우 작품 서두의 '동산으로의 등정 출발'과 말

---

8) 김신중, 「정해정의 석촌별곡」, 『담양의 가사기행』, 담양문화원, 2009, 221~222쪽.
9) 이상보, 「정해정의 석촌가사 연구」, 『조선시대 시·가의 연구』, 528쪽.

미의 '망월의 깊은 골짝으로의 귀가'를 석저촌과 연관시키기에 지리적
인 위치가 적절치 않다는 문제가 있다.

또 하나는 석촌을 서석산 자락 중에서도 지금의 담양군 남면 정곡리
와 무동리의 어느 마을로 보는 것이다. 이 역시 '서석산중 종산하'라는
말과 관련이 있는데, 특히 '종산(鍾山)'의 위치를 고려한 것이다. 종산이
란 이름을 지금은 잘 사용하지 않아 생소하나, 그것이 다름 아닌 정곡
리의 사봉실과 무동리의 무동촌 뒤편에 있는 '북산'의 다른 이름이기
때문이다. 북산을 달리 소무등산(小無等山)이라고도 하는데,[10] 무등산
쪽에서 보자면 꼬막재에서 규봉암 사이의 북동쪽으로 펼쳐진 억새평
전 너머에 위치한다. 그 모양이 마치 북처럼 생겼다고 하여 '고산(鼓山)'
이라고도 하나,[11] 사실 그 모양은 북이 아니라 종을 엎어놓은 형상이
다. 그러므로 북산은 곧 고산이 아니라, '쇠북산[鍾山]'임을 알 수 있다.
이 산의 이마에 기암괴석이 아름다워 옛날 신선들이 모여 바둑을 두었
다는 신선대가 있는데, 그곳이 바로 <석촌별곡>의 주요한 배경이다.
따라서 서석산 자락 중에서도, 종산 아래에 있는 정곡리와 무동리 또는
그 인근 어딘가에서 정해정이 살았을 것으로 추정된다. 특히 작품의 제
1단과 제4단에 보이는 '동산(東山)'과 '망월(望月)'이 무동리와 인접한
지명이라는 점에서 무동리 쪽에 무게가 실린다.

여기서 필자가 최근 확인한 정해정 묘소의 위치는 두 번째 생각을 보
다 구체적으로 확신시켜 준다. 앞에서 본『영일정씨세보』에는 정해정
의 묘가 '동복의 이서면 상촌'에 있다고 적혀 있다. 그런데 이 상촌이 바
로 무동리와 접한 담양군 남면 만월리(望月村)의 지명으로 확인되기 때
문이다. 즉『한국지명총람』에 상촌은 만월리의 구룡촌 서쪽에 있던 마

---

10)『담양군지』하, 담양군, 2002, 1343쪽 참고.
11)『한국지명총람』제14권, 한글학회, 1982, 89쪽·91쪽 참고.

을로, 구룡촌과 함께 1950년에 일어난 한국전쟁을 겪으며 폐동되었다고 기록되어 있다.[12] 뿐만 아니라, 현장 답사를 통해서도 옛 상촌마을에 당시 수채의 민가와 서당이 있었다는 주민들의 증언을 들을 수 있었다. 현재의 자동차 도로를 동선으로 하면, 그 위치는 무동리와 화순군 이서면 인계리 송계마을 사이로 송계마을에 보다 가깝다.

이런 사실들을 종합해 볼 때, 정해정의 석촌은 지금은 없어진 만월리 상촌마을이었음이 거의 분명하다. 상촌은 뒤로 서석산과 종산, 좌우로 무동촌과 송계마을, 그리고 앞으로는 망월촌과 접한 지역이다. 그곳이 바로 <석촌별곡> 제4단 머리에 나오는 '望月의 깁픈 골착'이었다. 옛날 정해정이 올랐듯 지금도 여기에 국립공원 무등산에 오르는 등산로가 개설되어 있으며, 북산까지의 거리는 3km가 조금 넘는다. 그런데 정해정의 사후 그가 살았던 마을도 전쟁을 겪으며 없어지고, 그를 기억하는 사람들까지 모두 흩어져버린 채 오늘에 이른다.

한편 정해정은 그의 나이 35세이던 1884년(고종21)에 <석촌별곡>을 지었다. 이때가 그의 인생 중반의 가장 활기찬 시기였다. 반면에 이 시기는 또한 우리나라가 외세의 침탈로 인해 많은 수난과 변화를 겪던 때이기도 하였다. 1866년의 병인양요와 1871년의 신미양요에 이어, 1876년에는 일본이 침략하는 발판이 된 강화도조약이 체결되었다. 또 1882년에는 임오군란이 있었고, 이를 빌미로 청나라와 일본의 군대가 우리나라에 들어와 주둔하며 서로 대치하는 상황이 발생하였다.

<석촌별곡>을 지은 1884년 10월에는 우리 근대사의 큰 사건으로 김옥균과 박영효 등 개화당에 의해 갑신정변이 일어났고, 그보다 앞서 같은 해 6월에는 복제개혁이 반포되었다. 복제개혁의 요지는 기존 복

---

12) 『한국지명총람』 제14권, 88쪽.

식을 간소화하여, 소매가 넓은 광수의(廣袖衣) 대신 소매가 좁은 착수
의(窄袖衣)를 입도록 한 것이었다. 그런데 이러한 정책은 당시 조야의
큰 반발을 불러왔다.

황현의 『매천야록』에는 복제개혁의 내용과 파장이 다음과 같이 기
록되어 있다.

> 6월에 의복 제도를 개혁하여 공사귀천(公私貴賤)에게 다같이 새로
> 운 법식을 반포하였다. 박영효 등은 서양 제도를 사모하며 미친 사람
> 처럼 좋아하였다. 임금께 의복 제도를 바꾸라고 권하면서, 한가지로
> 간편하게 하는 것이 나라를 부강하게 만드는 첫 번째 일이라고 하였
> 다. 민영익이 청나라에서 돌아와 의논하고는 합당하다고 하여, 윤5월
> 에 비로소 절목(節目)을 정하였다.
>
> 공복(公服)은 소매가 넓은 홍단령(紅團領)을 없애고 위아래의 관리
> 들이 모두 소매가 좁은 흑단령을 입기로 하였다. 사복도 도포 · 직령
> (直領) · 창의(氅衣)처럼 소매가 넓은 옷들은 다 없애고 양반 천민이 모
> 두 소매가 좁은 두루마기를 입도록 하였다. 벼슬하는 사람은 전복(戰
> 服)을 더하고, 그 밖의 자세한 조목들은 대략 넓은 소매를 금하는 원칙
> 을 따르며, 지나친 장식도 없앴다. 그러자 나라 안이 발칵 뒤집히고 사
> 람들이 이 절목을 받아들이지 않았다.[13]

윤5월에 복제개혁의 절목이 정해지자, 그에 대한 반발이 매우 심했
다는 것이다. 그래서 조정의 관리들과 성균관 유생 및 재야의 선비들이
다투어 상소하였다. 정해정이 석촌가사 발문에서 언급한 송병선도 그
중의 한 사람이었다. 이 일로 인해 조정이 한참 시끄럽다가 차츰 조용
해지자, 6월에 복제개혁이 정식으로 반포되었다.

이런 일들을 겪으며 일어난 것이 정학과 정도를 지키고 사학과 이단

---

13) 황현 지음 · 허경진 옮김, 『매천야록』, 한양출판, 1995, 100~101쪽.

을 물리치자는 위정척사운동이었다. 이 운동은 1860년대부터 외세와의 통상수교 및 개항을 반대하고, 정부의 개화정책을 비판하며 진행되었다. 이항로·기정진·최익현 등 보수적인 유학자들이 그 중심에 있었다.

정해정도 위정척사운동의 영향권 아래 있었다. 다음 장에서 논의하겠지만, 그는 자신의 시대에 있었던 많은 일들 중에서도 특히 복제개혁에 민감하게 반응하였다. <석촌별곡>은 바로 이런 개항과 개화로 대변되는 시대적 배경 속에서 창작되었다.

3. 〈석촌별곡〉의 창작 동기

정해정이 <석촌별곡>을 지은 동기는 무엇인가? 여기서 그것을 시대적 측면과 문학적 측면으로 나누어 살펴보기로 한다. 먼저 시대적 측면과 관련하여 작자는 마치 이런 물음을 예견이라도 한 듯, 작품의 발문을 통해 창작 동기를 직접 밝혀 놓았다. 다음이 발문의 전문이다. <민농가>에 관한 부분은 <석촌별곡>과 직접 관련되지는 않지만, 작자의 작품과 현실에 대한 인식을 보여준다는 점에서 함께 인용하였다.

> <석촌별곡>은 불우함에서 나왔으며, 또한 나의 뜻을 의탁한 것이다. 가사의 뜻은 지극히 간절하나 조법이 고르지 않아, 필시 고명한 사람의 웃음거리가 됨이 있다. 하지만 어찌 마음을 달래는 바탕이 되지 않겠는가? 무릇 노래라는 것은 본디 불평에서 말미암으니, 이런 끝이 곧 지금 나의 <석촌별곡>이다. 이것을 어찌 우연히 지었겠는가? 결계를 돌아보면, 곧 혜탄의 무리를 이루 말할 수가 없다. 감개를 금치 못하는 자가 유독 나뿐이 아닐 따름이라!

생각건대 우리나라의 훌륭한 옛 제도로 다만 의정이 있는데, 이 갑신년을 다시 당하여 일체를 변혁시키니 이것이 통곡처요, 연재가 이른바 '산에 들고 바다를 건너도 어디에 몸을 두어야 할지 모르겠다'고 함이 어찌 통읍처가 아니겠는가! 이제부터 이후로 문을 닫아 자취를 숨기고, 운림에 숨어 인사를 폐하고, 실낱같은 목숨을 스스로 보전할 것이다. 나를 아는 사람은 내가 지나치게 상했다고 이르고, 나를 모르는 사람은 내가 스스로를 버렸다고 비웃을 것이니, 더욱 이것이 걱정이다.

이즈음 간신이 권력을 제멋대로 휘둘러, 소인을 올리고 군자를 물리치며, 하늘의 해를 어둡게 가리고 성스러운 조정을 어지럽히니, 심간이 찢어지려 하고 눈물 콧물이 턱으로 흘러내려, 슬픈 마음이 몹시 심하였다. 지금 세정이 날로 사치함을 일삼고, 재물을 써서 탕진하고, 도적이 더욱 성행하고, 곳집은 비고, 세금에다 세금을 더하여, 생사람의 도탄일 따름이다. 하물며 또한 왜구와 청병이 해마다 늘어나 서울에 두루 머물고, 금년에 이르러서는 곧 지방에도 횡행하니, 이천의 탄식이 이미 목전에 닥쳤다.

<민농사>를 지음에 이르러서도, 역시 시사를 끌어들여 우매한 마음을 드러내었다. 비록 참망한 죄가 혹 있을지라도, 또한 미쳐 퍼지 못한 뜻을 다했으니, 사사로운 것이 어찌 망령되지 않겠는가! 마음속이 끓어올라 도리를 알지 못하겠도다!

갑신년 칠월 이십구일 석촌이 취하여 쓴다.[14]

14) 右石村別曲 出於不遇 而亦寓己意 詞旨至切 調法不均 必有高明之貼哂 然豈不爲遣懷之姿耶 夫歌也者 素由於不平 這端則今余此曲 是豈偶爾而作歟 回視缺界 則蕙嘆之徒 不可覼縷說去矣 不禁感慨者 非獨余而已哉 惟我東壤 皇明古制 只有衣政 而値此洤灘重回之歲 一切變革 寔是痛哭處也 淵齋所謂 入山渡海 不知置身於何地 豈不痛泣處哉 自今伊後 杜門裏蹤 蟄於雲林 以廢人事 自保縷命 知我者 謂我過傷 不知我者 哂我自棄 尤是忡悒也 際此 奸臣擅權 陟小人 黜君子 昏蔽天日 亂濁聖朝 心肝欲裂 涕泗交頤 哀愴之心 不無切至矣 目今世情 日事奢靡 財用蕩析 盜賊滋熾 倉廩乏空 稅外加稅 生民之塗炭已矣 況又倭寇與淸兵 年年增益 彌留長安 至於今年則 橫行郡國 伊川之嘆 已迫目前矣 暨作憫農詞 亦控時事 以露愚昧之情 雖或有譖妄之罪 亦盡未伸之情 私者何不狂妄也哉 衷赤沸熱 不知所哉 甲申七月二十九日 石村醉毫(정해정, <跋文>. 원문은 이상보, 「정해정의 석촌가사 연구」, 『조선시대 시·가의 연구』,

이 발문의 전반부는 <석촌별곡>에 대한 언급이고, 후반부는 <민
농가>에 대한 언급이다. 정해정은 전반부에서 먼저 <석촌별곡>을
가리켜 자신의 불우함과 현실에 대한 불평에서 비롯된 노래라고 하였
다. 또 이를 통해 스스로 마음을 달래고자 하였으니, <석촌별곡>이 우
연히 이루어진 노래가 아니라고도 하였다. 그렇다면 작자를 이처럼 상
심케 한 것은 무엇이었을까? 그 가장 큰 이유는 갑신년(1884) 6월에 반
포된 복제개혁에 있었다. 정해정은 당시의 여느 선비들처럼 전통 복제
를 매우 훌륭하다고 생각하였기에 복제개혁 조치에 크게 상심하였다.
때문에 복제개혁에 반대하여 상소하였던 송병선의 말에 공감하면서,
자신도 이제는 세상을 피해 산수 간에 숨어 지내겠다고 하였다. 그러면
서 계속 당시의 어지러운 정치와 세정, 그리고 외세의 침탈을 비판하였
으니, 이 역시 그가 세상을 등지게 한 요인들이었다. <민농가>[15]의 제
작도 이런 현실비판의식을 바탕으로 이루어졌다.

여기서 <석촌별곡>의 창작 동기가 현실에 대한 불평, 특히 복제개
혁에 대한 반발과 상심에 있었음을 알 수 있다. 그것이 곧 작자를 산수
간에 침잠하게 하였으며, 그 결과로 남은 것이 바로 <석촌별곡>이다.
작자가 작품의 한 세주에서 "개복조령을 보고 중심이 취한 듯 감회를
금치 못하였다. 때문에 손에는 낚싯대 하나 들고, 머리에는 삿갓 하나

530~531쪽에서 재인용.)
15) <민농사>는 곧 <민농가>이다. <민농가>의 제작 시기에 대해 이상보는 필사본
의 작품 제목 아래에 적힌 '甲申至月日'이라는 기록을 근거로 <석촌별곡>보다 늦
은 갑신년 동짓달로 추정하였고, 지금까지 그 견해가 그대로 받아들여져 왔다(이
상보, 「정해정의 석촌가사 연구」, 『조선시대 시·가의 연구』, 528·530쪽 참고).
필자 역시 마찬가지였다. 하지만 이 발문을 통해 <석촌별곡>과 <민농가> 모두
갑신년(1884) 6월의 복제개혁 이후부터 이 글을 쓴 7월 29일 사이에 이루어졌음을
알 수 있다. 필사본에 적힌 '甲申至月日'이라는 기록은 <민농가>의 창작이 아닌
필사 시기로 보아야 할 것이다.

쓰고, 산수 간에서 마음을 풀었다"16)고 한 것 역시 같은 맥락의 발언이다. 창작 동기가 현실에 대한 반발과 상심에 있었기에 기행가사로서 <석촌별곡>에 나타난 서정은 명승 탐방의 순수한 동기에서 이루어진 일반 작품들과는 그 성격이 다르다. 이 점에 대해서는 다음 장에서 다시 논의할 것이다.

다음은 문학적 측면에서의 창작 동기이다. 정해정은 복제개혁에 대한 자신의 불편한 심사를 풀기 위해 왜 굳이, 다른 장르가 아닌 가사 양식을 선택하였을까? 그것은 곧 송강가사의 계승이라는 말로 설명할 수 있다. 정철의 후예였던 작자가 평소 송강의 가사를 좋아하여 심취하였음은 여러 경로를 통해 확인된다. 그의 한시에 <취독관동별곡여사미인곡(醉讀關東別曲與思美人曲)> · <청관동곡(聽關東曲)> · <가관동곡(歌關東曲)>이 있는데,17) 작품 제목만 보아도 그가 송강가사를 좋아하여 읽고 듣는 것은 물론 직접 부르기까지 하였음을 알 수 있다. 또 <석촌별곡>을 보면 <성산별곡>이나 <관동별곡>과 유사한 표현들을 쉽게 볼 수 있는데, 이것 역시 송강가사를 애호한 결과였다.

그런 한편 정해정은 <석촌별곡>의 문면에서 특히 <성산별곡>과 함께 식영정 주변 유적들을 일일이 거명하며 노래하기도 하였다.

041 더긔가는 六七詩隊 星山別曲 불의면서
042 息影亭 올의야고 瀟灑園 즙간쉬코
043 環碧堂 竹林밧긔 釣臺의 올나서서
044 鸕鷀嵓 紫薇灘을 有意쿼 귀경흔가
045 어와 뎌君子야 뉘긔뉘긔 왓단물고
046 긔노림 죠쿼이와 언의졔나 춤예홀가18)

---

16) 見改服詔令 中心如醉 不禁感懷 故手持一竿竹 頭戴一笠子 放懷山水之間
17) 이상보, 「정해정의 석촌가사 연구」, 『조선시대 시 · 가의 연구』, 527~528쪽 참고.

신선대를 거쳐 종산의 정상에 올라 지금의 광주호 일대를 바라보며 느낀 감흥을 기술한 부분이다. 멀리 보이는 육칠 명 시객들의 노랫소리가 귀에 들릴 리 만무하지만, 작자는 그것을 당연히 <성산별곡>으로 듣는다. 시객들의 발과 눈이 머무는 식영정, 소쇄원, 환벽당, 조대, 노자암, 자미탄을 대하는 태도에는 자부심이 넘친다.

이렇듯 정해정은 자신의 선조가 남긴 가사를 좋아하였다. 따라서 당연히 그 맥을 잇고자 하였을 것이며, 그런 마음이 <석촌별곡>과 같은 가사 작품을 짓게 한 동기가 되었을 것이다. 송강가사 중에서도 <석촌별곡>과 공간적 배경이 겹치는 <성산별곡>의 영향이 컸던 것으로 보인다.

예로부터 무등산을 유람하고 그 사실을 기록한 문학 작품은 많다. 한시는 말할 것도 없고, 한문으로 된 유산기만 하디라도 고경명의 <유서석록>을 비롯하여 20편 가량이나 된다. 하지만 가사 작품으로는 <석촌별곡>이 유일한데, 그 문면에 송강가사 특히 <성산별곡>의 유풍이 실려 있다.

4. 〈석촌별곡〉의 서정 양상

<석촌별곡>은 석촌 정해정의 노래이자 서석산 자락의 노래이다. 율격은 4음보 1행 구성이 매우 정연하다. 전체 길이는 141행으로, 비교적 긴 편이다. 그런데 작자는 이 노래에 과연 어떤 마음을 담았을까? 여기서 살피고자 하는 것은 기행가사로서 <석촌별곡>에 펼쳐진 서정의

---

18) 이하 작품 인용은 임기중이 편한 『역대가사문학전집』 제40권에 영인된 필사본에 의한다. 각 행 앞의 순서를 나타내는 번호는 필자가 표시한 것이다.

모습이다. 이를 위해 먼저 작품의 내용부터 검토하기로 한다.

<석촌별곡>은 내용상 크게 전반부와 후반부로 구분된다. 전반부에서는 무등산의 일부인 종산 등정의 감흥 및 사모암을 찾아 선옹과 나눈 대화를 기술하였다. 또 후반부에서는 무등산 동편에 있는 적벽 일대 유람의 감흥 및 귀가 후의 소회를 기술하였다. 따라서 전반부와 후반부는 다시 각각 두 단락으로 나누어지고, 전체적으로는 4단 구성을 이룬다. 그런데 전반부와 후반부를 이루는 종산과 적벽 기행은 한 차례에 연속적으로 행해진 것이 아니고, 서로 다른 기회에 별도로 이루어졌다는 데 특징이 있다. 이 두 차례의 기행 체험을 한 작품으로 엮은 것이 <석촌별곡>이다.

여기서 <석촌별곡>의 구성 및 내용을 정리하면 다음과 같다.

[전반부]
　　제1단(제1행~제48행); 종산 등정과 그 감흥
　　　↳노정:석촌→동산→용추지→폭포대→신선대→종산 정상
　　제2단(제49행~제89행); 사모암에서 선옹과의 대화
[후반부]
　　제3단(제90행~제125행); 적벽 일대 유람과 그 감흥
　　　↳노정:고소대→진외정[적벽정]→청정재[창랑정]유지→태수대
　　　　　→창옹정[물염정]
　　제4단(제126행~제141행); 석촌 귀가와 남은 소회

<석촌별곡> 제1단의 종산 등정은 무등산의 대표적 절경인 서석과 입석에 대한 호기심에서 비롯된다. 노정은 석촌의 뒷산인 동산(東山)에서 시작하여 종산의 정상에 이른다. 먼저 동산을 지나면서는 그곳의 경치를 중국의 구양수가 쓴 <취옹정기>의 배경이 된 저산(滁山)에 견주

고, 다시 용추지(龍湫池)와 폭포대(瀑布臺)를 지나면서는 그곳의 경치를 여산(廬山)에 비견하며, 여산에서 살았던 백낙천과 동봉과 이백을 떠올린다. 이윽고 가파른 석벽을 지나 신선대(神仙臺)에 오르니, 전해오는 말처럼 마치 신선들이 모여 바둑 두는 소리가 들리는 듯하다. 그래서 여기서는 소동파가 노닐며 바둑을 두었다는 백학관(白鶴觀)을 생각한다.

031 鷗峰은란 저만두고 嵓上의 ᄌᆞ리보아
032 저근덧 안ᄌᆞ씨니 松間의 우ᄂᆞᆫ물셜
033 完然ᄒᆞᆫ 바돌솔릐 丁丁ᄒᆞᆫ 落子로다
034 白鶴觀이 어듸관듸 바돌솔릐 무슨일고
035 고쳐올나 안즌말리 수世間의 靈境이라
036 登東皐而 舒嘯ᄒᆞ고 臨淸流而 賦詩ᄒᆞ여
037 多事이 好古ᄒᆞᆯ졔 이닉心懷 어이ᄒᆞᆯ가

그리고 마침내 종산의 정상에 오르니, 발아래 호수와 산이 광원하게 펼쳐져 있다. 저 멀리 <성산별곡>을 부르며 가는 듯한 시객들을 비롯하여 식영정, 소쇄원, 환벽당, 조대, 노자암, 자미탄은 물론이고, 이미 없어져버린 서봉사의 옛터까지 한눈에 들어온다. 그런데 쓸쓸한 서봉사의 옛터를 대하자, 지금까지의 고양된 감흥이 가라앉으면서 어두운 쪽으로 분위기의 반전이 예고된다.

이어 제2단은 사모암(思慕庵)의 선옹을 방문하여 선옹과 나누는 대화로 이루어져 있다. 사모암은 서봉사의 남쪽 기슭에 있었다. 작자의 족숙 진사공이 세웠다고 하였으니, 그가 곧 작품 속의 선옹이다. 취면(醉眠)을 즐기고 백발창안(白髮蒼顔)을 가진 선옹은 기리옹(綺里翁)에 비견된다. 대화는 어찌하여 세상을 피해 종산에 숨어 사느냐는 선옹의 물음과 뒤를 이은 작자의 답변으로 이루어진다.

077 어와뎌 神仙翁아 이늬말 즈세듯쇼
078 朋友親戚 다발리고 故園兄弟 멀리ᄒ니
079 이늬마음 믜친실음 긔뉘르셔 알올손가
080 退翁의 闕里귀경 이제와 거더두고
081 陶山景 써어늬여 외로안즈 본노라니
082 어듸셔 오는벗님 辨誣疏 외온말리
083 크거나 뎌큰經綸 月翁의 度略이라
084 北征ᄒ존 大老의논 긔아니 壯홀손가
085 於焉星霜 二百年의 寒潭秋月 혼젹업늬

<쿌리가>와 <도산십이곡>으로 유명한 이황을 거론하다, 1598년
(선조31) <무술변무주(戊戌辨誣奏)>를 지어 명나라 정응태의 무고사
건 해결에 기여한 이정구의 도략과, 병자호란의 치욕을 씻고자 북벌 계
획을 세운 송시열의 기상을 칭송하였다. 당시의 어려운 나라 현실을 적
극적으로 돌파하고자 하였던 노력과 의지를 높이 샀기 때문이다. 그러
면서 이백 년이 지난 지금 또 다시 어려운 현실에 직면하였건만, 이를
돌파할 도략과 기상을 지닌 인물이 없음을 한탄하였다. 이어 근일에 들
리는 불운한 소식을 호소할 데 없어 산수 간에 들었다고 하였다. 앞에
서 본 시대적 측면의 창작 동기가 반영된 내용이다. 전반적인 서정의
분위기는 무겁고 침울하다.

제3단에서는 다시 새로운 기행이 시작된다. 일단 시간과 공간이 전
반부와 전혀 다르게 설정되어 있다. "엊그제 風雨 中의 일 업시 行裝 썰
쳐/靑篛笠 綠簑衣로 漁父 쭐아 가노나니/姑蘇臺 어듸메요 臨皐亭이 여
긔로다"라는 서두를 보면, 장면이 바뀌면서 '엊그제'라는 새로운 시점

이 제시된다. 공간 역시 산중에서 물가로 바뀌어져 있다. 구체적으로 적벽강과 창랑강이 흐르는 화순군 이서면의 적벽 일대이다. 예전에 명승으로 이름이 높았지만, 1983년의 동복댐 건설로 인해 지금은 대부분 수몰되어버린 지역이다. 첫 번째 유람지는 낚시터였던 고소대(姑蘇臺)이고, 그 다음이 적벽정이라고도 하였던 진외정(塵外亭)이다. 둘 다 지금은 없는 유적이다.[19] 이곳이 소동파의 적벽과 이름이 같기 때문에 전후 <적벽부> 내용이 많이 언급된다. 이어 창랑강을 찾아 청정재(淸淨齋)의 유지를 보고, 태수대(太守臺)에 오른다.[20] 그리고 찾은 것이 창옹정(滄翁亭) 즉 물염정(勿染亭)이다. 여기에서 창옹정의 흰칠한 모습과 주변의 아름다운 경관에 감탄하는 모습이 크게 부각된다. 창옹정이 왕마힐의 별장보다 낫다고 하였다.

114 滄翁亭 가난길로 石程의   倦步ᄒ여
115 松林을 헤뎌가니 죠흘시고 더精榭
116 거동도 그지업고 景物도   ᄒ도홀샤
117 輞川의 別業인달 여와엇지 건돌손가
118 죠흠도 됴흘씨고 前後의   두른翠屛
119 天孫의 雲錦紋을 뉘나셔   가자다가
120 구비구비 베혀늬여 八疊雲屛 민가난고

19) 고소대는 동복댐 건설로 수몰되었다. 진외정은 언제 어떻게 세워져 없어졌는지 알 수 없으나, 이때까지는 있었음이 확인된다.
20) 청정재는 원래 丁岩壽가 선조 때의 기축옥사 후에 세운 滄浪亭인데, 나중에 宋時烈이 청정재로 이름을 바꾸어 바위에 새겨놓았다고 한다. 또 태수대는 鄭逑가 동복현감으로 있으면서 정암수의 창랑정에 대응하여 1590년(선조23)에 세웠다(김동수 편, 「누정관계 자료」, 『호남문화연구』 제15집, 전남대학교 호남문화연구소, 1985, 432~433 · 448쪽 참고). 그런데 이때 이미 청정재도 사라지고 없었으니, 작자는 바위에 새겨진 '淸淨齋'라는 세 글자를 본 것이다.

마지막 제4단은 망월의 깊은 골짜기에 자리한 석촌으로의 귀가와 남
은 소회이다. 유람을 마치고 석양에 집에 돌아오니, 꽃과 새들이 반겨
맞아 준다. 그러나 기쁜 마음도 잠시, 산창에 기대니 다시금 서글픈 마
음이 밀려든다.

130 遭變흔 더曆數은 渭濱이 重回로다
131 嗚乎라 小大興情 風泉悲感 아닐손가
132 我東偏壤 저긴封疆 僅存遺物 무서신고
133 廣袖麗帶 죠흰거동 皇明舊制 긔아닌가
134 이제와 불러두니 羅麗陋俗 어이흘가
135 燦然흔 先王法服 어듸가 쏘볼손가
136 雙明律 갈마두고 憫農詩 외오고져

전변하는 운세 속에서 다시 맞은 이 갑신년에 생각해 보니, 강토가
좁은 조선에서 내세울 만한 옛 제도로는 '광수여대'를 착용한 복식이
남아있을 뿐이다. 그런데 찬연한 선왕의 법복을 버리고, 천한 신라나
고려의 풍속을 따르게 된 것이 못내 통탄스럽다. 때문에 이제는 쓸모없
게 된『대명률』과 같은 법전은 접어두고, 농사를 걱정하는 <민농시>
나 외우겠다는 것이다. 이어 바람에 구름이 걷히자 태고 적 모습을 드
러낸 서석을 자신과 동일시하며 작품을 마무리하였다. 제2단에서 선옹
과 대화하는 방식을 취한 것과는 달리, 여기서는 서석을 향해 혼잣말을
하는 방식을 취하였다.
 지금까지 <석촌별곡>의 내용을 네 개의 단락으로 나누어 살펴보았
다. 그 결과를 정리하면 다음과 같다. 먼저 ①(제1단과 제3단)과 ②(제2
단과 제4단)의 내용이 크게 대비된다는 점이다. ①에서는 각각 산과 물
을 배경으로 일정한 노정에 따른 기행을 펼쳐보았고, ②에서는 각각 사

모암과 자택이라는 정지된 공간에서 선옹과 서석을 향해 심정을 토로하는 방식을 취하였다. 또 ①이 전반적으로 유람 기행의 감흥에서 오는 밝은 분위기를 유지하였다면, ②는 시절에 대한 상심에서 오는 어두운 분위기를 유지하였다. 작품 전체로 보아서는 제1단에서 제4단에 이르기까지 명과 암이 차례로 반복되는 짜임을 보인다. 다음 표는 이런 내용을 요약한 것이다.

단락	공간적 배경	내용	정서
제1단	서석산 중의 종산	유람 기행의 감흥	밝음
제2단	족숙의 사모암	시절에 대한 상심	어두움
제3단	적벽 일대	유람 기행의 감흥	밝음
제4단	석촌의 자택	시절에 대한 상심	어두움

그런데 <석촌별곡>은 단락에 따라 부분적으로 밝고 어두운 정서가 반복되어 있기는 하나, 전체적으로는 시종 무겁고 어두운 분위기가 지배한다. 그것을 단적으로 짐작케 하는 것이 작품 서두와 말미에 나오는 서석의 모습이다.

001 뎌 순의 셧눈돌이 瑞石인가 立石인가
002 悠然이 보눈눈이 주셰도 몰올씨고
003 夕日이 曚曨훈듸 구름은 무순일고
004 긔뉘르셔 주셰알아 눌 두려 일알손가(서두)

137 어듸셔 부난狂飆 瑞石의 쓰난구름
138 一時의 거더가니 太古顔面 긔아닌가
139 分明훈다 뎌瑞石아 긔아니 불벌손야
140 말업고 是非업시 啞昔聾수 훈여닛다
141 나도엇지 너와갓치 脫屣수世 훈여셔라(말미)

보다시피 <석촌별곡>은 무등산의 서석으로 시작하여 서석으로 마무리된다. 그런데 서두에 그려진 서석은 몽롱한 석일에 구름까지 끼어 잔뜩 흐려진 모습으로 서 있다. 이것이 곧 이 작품이 이루어질 당시의 시대상이었다. 이에 비해 말미의 서석은 사나운 바람으로 구름을 걷어내고 비로소 태고의 깨끗한 모습을 드러내었다. 이것 역시 서석에 보이는 자연 현상이면서, 좋은 시절이 오기를 바라는 작자의 소망이자, 현실을 피해 산수 간에 든 자신의 행적에 대한 합리화이기도 하였다. 따라서 작품의 서두에서 말미에 이르기까지 서석은 구름이 끼어 잔뜩 흐려진 모습으로 남아있게 된다. 이것이 어둡고 무거운 분위기가 <석촌별곡>을 지배하는 이유이다.

여기서 정해정의 현실인식과 대응방식을 생각해 본다. 정해정은 복제개혁을 비롯한 당시의 어두운 현실에 크게 실망하고, 그에 대한 대응으로 산수 간을 지향하였다. 같은 시대에 위정척사운동의 전면에 섰던 사람들이 상소 등을 통해 격렬히 저항했던 것과는 달리, 소극적인 도피의 방식을 택하였다. 때문에 그의 유람에는 현실에 대한 비감 또는 자신의 무력감에서 비롯된 우울하고 서글픈 정서가 수반될 수밖에 없었다. 또 이런 시대적 감성의 영향으로 유람의 감흥 또한 끝내는 어둡게 채색될 수밖에 없었다. 이것이 곧 일상적인 삶의 공간과는 다른 명승을 탐방하고 느낀 감흥을 경이로운 눈으로 기록한 보통의 기행가사들과는 다른, <석촌별곡>의 서정이다.

때문에 <석촌별곡>은 기행가사로서 유람의 감흥을 선명하게 잘 드러내 보이지 않는다는 특성이 있다. 그것은 다름 아닌 작자가 살았던 특수한 시대, 즉 국운이 쇠락해가는 근대의 시대감성이 작용한 결과였다. 하지만 <석촌별곡>은 어떤 전형화된 시간과 공간이 아닌 실제의 시간과 공간을 배경으로 하였고, 시간의 경과에 따른 노정을 구체적으로 기술하였다는 점에서 분명한 기행가사이다. 기행이 이루어진 때는 복제개혁이 반포된 갑신년(1884) 6월부터 발문을 쓴 7월 29일 사이로, 특히 7월의 어느 날들이었을 것이다.

그런데 <석촌별곡>은 처음 학계에 소개될 당시 기행가사가 아닌 은일가사로 인식되었다. 아마도 앞에서 말한 바와 같이 유람의 감흥이 선명하게 잘 드러나지 않았기 때문이었을 것이다. 그 여파로 지금까지 이 작품을 소개하거나 거론하는 자리에서 늘 은일가사로 취급되어 왔다. 하지만 작품 진행이 구체적인 시간과 노정을 따라 이루어진다는 점에서 이제 기행가사로 분류되어야 할 것이다.

5. 맺음말

<석촌별곡>은 정해정이 무등산과 적벽 일대를 유람하고 남긴, 이 지역을 노래한 유일한 옛 기행가사이다. 특히 무등산이 2013년에 국립공원으로 지정되었고, 적벽 일대가 1983년 동복댐 건설로 인해 상당 부분 이미 수몰되어 버렸다는 점에서도 관심을 끄는 작품이다. 그 속에 지금의 우리에겐 생소한 소중한 지역 정보가 많이 들어있기 때문이다.

또 순탄하지 않았던 작품의 전승 과정도 흥미롭다. <석촌별곡>이 제작된 것은 지금부터 약 130여 년 전이며, 작자 정해정이 세상을 뜬 것은 불과 90여 년 전의 일이다. 그런데 그의 사후 많은 변화가 있었다. 작자가 살았던 마을은 한국전쟁을 겪으며 이미 기억 속으로 사라져 버렸고, 이제는 향촌 인근 어디에서도 그를 기억하는 사람조차 찾을 수가

없게 되었다. 다만 그의 작품만이 우여곡절 끝에 살아남아 지금 우리 앞에 있다.

따지고 보면 정해정은 위대한 문인도 아니고, 그렇다고 저명한 애국 지사도 아니다. 다만 우리 역사의 어두운 시대를 살아가면서 자신의 나라와 향토를 사랑하였던, 이름 없는 한 선비였을 따름이다. <석촌별곡>은 기행가사로서 정해정의 행적과 생각을 통해, 특수한 시대를 살았던 한 인물의 현실인식과 대응방식을 구체적으로 보여준다는 점에서 그 의의가 있다. 여느 기행가사들과 달리 이 작품에 유람의 감흥이 선명하게 드러나지 않고, 시종 우울하고 서글픈 정서가 주조를 이루는 것은 국운이 기울어간 이 시대의 독특한 감성이 작용한 결과였다.

1. 자료

『담양군지』하, 담양군, 2002.

『영일정씨세보』, 1931.

『한국지명총람』제14권, 한글학회, 1982.

신지연 · 최혜진 · 강연임 엮음, 『개화기 가사 사료집』6, 보고사, 2011.

임기중 편, 『역대가사문학전집』제38 · 40권, 아세아문화사, 1998.

임기중 편저, 『한국가사문학주해연구』제7 · 10권, 아세아문화사, 2005.

황현 지음 · 허경진 옮김, 『매천야록』, 한양출판, 1995.

2. 논저

김동수 편, 「누정관계 자료」, 『호남문화연구』제15집, 전남대학교 호남문화연구
　　소, 1985.

김신중 · 박영주 외, 『담양의 가사기행』, 담양문화원, 2009.

박준규 · 최한선, 『담양의 가사문학』, 담양군, 2001.

이상보, 「정해정의 석촌가사 연구」, 『조선시대 시 · 가의 연구』, 이회문화사, 1993.

001 뎌손의 셧ᄂᆞᆫ돌이 瑞石인가 立石인가
002 悠然이 보ᄂᆞᆫ눈이 ᄌᆞ셰도 몰올씨고
003 夕日이 曨曨ᄒᆞᄃᆡ 구름은 무ᄉᆞᆷ일고
004 긔뉘ᄅᆞᆨ서 ᄌᆞ셰알아 늘ᄃᆞ려 일알손가
005 葛巾을 기우씨고 芒鞋를 뵈야신어
006 樵路을 겻틔놋코 溪石를 볼바올나
007 歐公의 行跡으로 東山의 彳亍2)ᄒᆞ니
008 山人은 偏搜ᄒᆞ고 林鳥ᄂᆞᆫ 間關ᄒᆞᄃᆡ
009 完然ᄒᆞᆫ 潺潺水가 六七里를 빗겨시니
010 아ᄆᆡ도 몰올씨고 峰回路轉 分明ᄒᆞ다
011 滁山의 六六洞이 여긔런가 져긔런가
012 林壑은 蔚然ᄒᆞᄃᆡ 景槪도 가툴씨고
013 今韓愈3)ᄂᆞᆫ 어ᄃᆡ가고 山林만 닌ᄂᆞᆫ고야
014 醉亭은 말아두고 石逕의 막ᄃᆡ집퍼
015 鍾山의 고든길로 屛嵓를 마죠보와
016 龍湫池 돌아들어 瀑布臺 올나ᄒᆞ니4)
017 廬山의 眞面目이 가툴씨고 여긔로다
018 이도곤 가즌景이 ᄯᅩ어ᄃᆡ 닛ᄃᆞᆺ말가
019 卜居ᄒᆞ던 白樂天은 어ᄃᆡ가 消息업고5)
020 種杏ᄒᆞ던 董奉이ᄂᆞᆫ 仙跡만 나마닛다6)

---

1) 임기중 편 『역대가사문학전집』 제40권(아세아문화사, 1998)에 영인된 필사본에는 줄글로 적혀 있으며, 2음보 단위의 각 구마다 뒤에는 'ㅇ'표시가 되어 있다. 또 행 사이에 군데군데 세주가 붙어있는데, 여기서는 그것을 각주로 옮겨 적었다. 세주는 기록된 모습과 내용으로 보아 나중에 첨기된 것으로 보인다. 또 작품의 앞부분에서 한자에 한글을 병기하다 그만두었는데, 이 병기는 세주보다 더 뒤에 이루어진 것으로 보인다.
2) 小步 음척촉 左步曰彳 右步曰亍
3) 歐陽脩也
4) 鍾山下 有龍湫池 下有瀑布臺
5) ㅇ天卜居於廬山 故云云

021 醉興을　　못다이겨　　以今視昔　　ㅎ올져긔
022 廬山謠7)을　불러넌니　謫仙詩　　아닐런가
023 披閱古蹟　ㅎ온후의　져景槪　　글를지여
024 거문고로　튼아녀여　쎅파의　　올니고져
025 神仙臺8)　ㅊㅈ고져　泉石를　　길을사마
026 次第로　　발바올나　樹陰으로　가ㅈ하니
027 巫峽가튼　뎌絶頂의　三聲猿　　슬을씨고
028 긔아이　　石壁우의　接鶺鳥　　놀리ᄂᆞᆫ다
029 松檜은　　森鬱ᄒᆞ듸　藤蘿만　　얼커닛다
030 雲山은　　疊疊ᄒᆞ고　万壑른　　谷谷이라
031 鷗峰9)은란　저만두고　崙上의　　ㅈ리보아
032 저근덧　　안ㅈ씨니　松間의　　우ᄂᆞᆫ물썰
033 完然ᄒᆞᆫ　바돌솔릭　丁丁ᄒᆞᆫ　落子로다
034 白鶴觀10)이 어듸관듸　바돌솔릭　무ᄉᆞᆫ일고
035 고쳐올나　안ᄌᆞᆫ말리　今世間의　靈境이라
036 登東皐而　舒嘯ᄒᆞ고　臨淸流而　賦詩ᄒᆞ여
037 多事이　　好古ᄒᆞᆯ제　이ᄂᆡ心懷　어이ᄒᆞᆯ가
038 뎌鍾岳　　미웃층의　翩翩裙屐　언듯올나
039 ᄒᆞᆫ정업시　ᄇᆞᆯ익오니　曠遠ᄒᆞ다　뎌湖山니
040 여긔와　　다뵈ᄂᆞᆫ다　듸일너　무슴ᄒᆞᆯ가
041 뎌긔가ᄂᆞᆫ　六七詩隊　星山別曲　불의면셔
042 息影亭　　올의야고　瀟灑園　　좀간취코
043 環碧堂　　竹林밧긔　釣臺의　　올나셔셔
044 麟鷺崙　　紫薇灘11)을　有意퀴　　귀경ᄒᆞᆫ가
045 어와　　뎌君子야　뉘긔뉘긔　왓단몰고

---

6) 董奉居於廬山 種杏樹而 名種杏塢 作種杏仙 家近〇〇之句
7) 李太白遊廬山 唱廬山謠
8) 鍾山上臺 有石臺 名曰神仙坮
9) 鍾山下 第二峯也
10) 東坡往遊白鶴觀所基
11) 息影亭下 有此崙此灘也

046 긔노림   죠쿼이와   언의제나   츰예홀가

047 靑眸을   다시쯧고   瑞鳳옛터   슬퍼보니

048 雲林은   慘淡흔듸   層嵓만   헛터닛다

049 어듸셔   부는발음   璇風이   아닐런가

050 思慕庵[12]   건너보니   仙人臺   일어세라

051 松壇의   徘徊타가   鳥枝峰   반겨보아

052 雲門의   通刺ᄒ여   仙翁를   츳지오니

053 靑厖은   吠雲ᄒ고   童子른   出門흔다

054 松下의   갓가이셔   殷懃이   물르오니

055 더童子   일ᄂ말리   仙翁이야   게시오나

056 술취ᄒ여   ᄌ시오니   줌간지졍   ᄒ옵쇼셔

057 돌썰고   누어씨니   나도쏘한   곤하고야

058 ᄯ줌을   얼픗드니   碧霞帳이   玲瓏흔듸

059 어듸셔   오난仙翁   白髮蒼顔   도흰威儀

060 헌ᄉ토[13]   헌ᄉ홀샤   이ᄂ꿈   씬와닌가

061 甚偉흔   더衣冠이   綺里翁과   엇더흔고

062 늘다려   닐온말리   엇지ᄒ야   이江山을

063 가지록   나히녀겨   들고아니   나ᄂ고야

064 昇平聖世   더뎌두고   靑雲를   下直ᄒ야

065 樂夫天命   ᄒ올더긔   彷徨코   捿遲ᄒ여

066 날곳식면   ᄒᄂ닐리   采藥ᄒ여   療饑ᄒ고

067 飮水ᄒ고   著書ᄒ며   즁긔바돌   무슨일고

068 雲山의   主人도여   管領ᄒ니   헌ᄉ롭다

069 董生의   桐栢이며   李愿의   盤谷인가

070 考槃歌을   닐을ᄉ마   叢桂曲   울픠오니

071 徐孺子의   持操런가   韓伯休[14]의   淸標로다

072 蜀道詩   외오면셔   獨樂園   됴히녀겨

---

12) 瑞鳳南麓 族叔進士 作此閣

13) 多事也

14) 韓康 遯入霸陵山中

073 綠竹으로　울를슴고　黃花로　　버슬흔가

074 無情ᄒ다　뎌歲月아　이네白髮　무슨일고

075 城市囂塵　멀리ᄒ고　鍾山月의　지피들여

076 是非피코　遯跡흔가　그일ᄂᆡ　알아고져

077 어와뎌　　神仙翁아　이ᄂᆡ말　　ᄌ셰듯쇼

078 朋友親戚　다발리고　故園兄弟　멀리ᄒ니

079 이ᄂᆡ마음　미친실음　긔뉘ᄅ셔　알을손가

080 退翁15)의　闕里귀경　이졔와　　거더두고

081 陶山景　　써어ᄂᆡ여　외로안ᄌ　본노라니

082 어듸셔　　오ᄂᆞᆫ벗님　辨誣疏16)　외온말리

083 크거나　　뎌큰經綸　月翁의　　度略이라

084 北征ᄒᄌᆞᆫ　大老의논17)　긔아니　　壯홀손가

085 於焉星霜　二百年의　寒潭秋月　흔젹업ᄂᆡ

086 昏衢의　　後生들은　群賢論難　어듸볼고

087 紛紜ᄒ나　近日消息　날다려ᄂᆞᆫ　말치마오

088 太白山이　어듸ᄆᆡ오　處士詩나　외오고져18)

089 控訴홀듸　전히업셔　山水間의　부치고져19)

090 엇그졔　　風雨中의　일업시　　行裝썰쳐

091 靑翁笠　　綠簑衣로　漁父쓸아　가노나니

092 姑蘇臺20)　어듸메요　臨皐亭21)이　여긔로다

093 黃精圃　　구버보니　學心堂이　거긔런가

094 窈窕庵　　ᄎ자랴고　碧落洞　　들어가니

095 春夢婆은　간듸업고　塵外亭22)만　셧난고야

---

15) 李退溪滉 作闕里歌行于世 自嘆聖道之遠 又有陶山十二咏

16) 李月沙廷龜 作辨誣疏 行于世

17) 宋尤庵時烈 論北征大義

18) 大明將亡 處士公諱普衍 入太白山作詩曰 大明天地無家客 太白山中有髮僧 號太白處士 事實亦載於中國史記

19) 見改服詔令 中心如醉 不禁感懷 故手持一竿竹 頭戴一笠子 放懷山水之間

20) 寶崗南 有此坮

21) 東坡亭也

22) 赤壁亭也

096 孤舟을   解纜ᄒᆞ여   中流의   ᄯᅴ워ᄂᆞ니
097 江우의   ᄯᅥ난白鷗   鶴가치   오난고야
098 못노라   져白鷗야   天地間의   壯ᄒᆞᆫ긔별
099 英雄蹤跡   ᄎᆞ즈야고   星稀月明   ᄇᆞᆯ이보니
100 浮雲가탄   三國일력   더옥닐너   무슴ᄒᆞᆯ니
101 滿江舳艫   간ᄃᆡ업고   橫槊賦詩   나마닛ᄂᆡ
102 寂寂ᄒᆞᆫ   武昌비의23)   烏鵲만   지지괸다
103 烏林腥塵   시치야고   謫下文章   긔뉘런가
104 前後賦   ᄡᅥ어닐제   水調歌   불너ᄒᆞ니
105 忠誠은   카니와   辭意도   간절ᄻᅥ라
106 엇지ᄒᆞ야   畏口ᄒᆞᆫ고   不畏文字   불법쏘다
107 長公24)은   어ᄃᆡ가고   東山月만   걸여고야
108 二客25)의   부ᄂᆞᆫ洞簫   婺婦만   우돗ᄯᅥᆫ가
109 千年往蹟   못노나니   긔아니   슬를손야
110 간ᄂᆞᆫᄃᆡ로   ᄇᆡ를노와   滄浪江26)   ᄃᆞ리달라
111 淸流의   ᄭᅳᆫ을싯고   濁流의   ᄇᆞᆯ를씻쳐27)
112 太守臺28)   고쳐올나   孺子歌   불르오니
113 물결은   치ᄌᆞ난ᄃᆡ   心神도   漠然ᄒᆞ다
114 滄翁亭29)   가난길로   石程의   倦步ᄒᆞ여
115 松林을   혜텨가니   죠흘시고   더精榭
116 거동도   그지업고   景物도   ᄒᆞ도홀샤
117 輞川의   別業30)인달   여와엇지   건돌손가
118 죠흠도   됴흘씨고   前後의   두른翠屛31)

---

23) 武昌○雨
24) 東坡也
25) 李萎 楊世昌
26) 昌原丁滄浪巖壽 杖屨所也
27) 至今猶有淸淨齋遺址 石留淸淨齋三字
28) 滄浪江上 至今猶有太守坮 寒崗出宰時 所築也
29) 羅滄洲茂松 杖屨所也
30) 王摩詰 別庄也
31) 山也

119 天孫의　　雲錦紋을　뉘나셔　　가자다가
120 구빈구빈　베혀닌여　八疊雲屛　민가난고
121 눈아픤　　혜친景을　歷歷히　　혜여고져
122 엇던고　　다시보니　天公의　　호ᄉ로다
123 일어틋　　됴흔世界　남딕도　　뵈오고져
124 奚囊을　　퍼혀닌여　到處景　　써어너니
125 一部山川　아닐런가　ᄀ지록　　호ᄉ롭다
126 望月의　　집픈골착　樵童불너　길을물어
127 鼈山은　　외로두고　夕陽의　　집의되니
128 庭花은　　向笑ᄒ고　廳鳥른　　解嘲ᄒ다
129 山窓을　　비겨시니　怊悵흠도　怊悵ᄒ다
130 遭變ᄒ　　더曆數은　湣灘이　　重回로다32)
131 嗚乎라　　小大興情　風泉悲感　아닐숀가33)
132 我東偏壤　저긘封疆　僅存遺物　무셔신고
133 廣袖麗帶　죠흰거동　皇明舊制　긔아닌가
134 이제와　　볼려두니　羅麗陋俗　어이흘가
135 燦然ᄒ　　先王法服　어딕가　　쏘볼숀가
136 雙明律34)　갈마두고　憫農詩　　외오고져
137 어딕셔　　부난狂飆　瑞石의　　쓰난구름
138 一時의　　거더가니　太古顔面　긔아닌가
139 分明ᄒ다　더瑞石아　긔아니　　불벌숀야
140 말업고　　是非업시　啞昔聾今　ᄒ여닛다
141 나도엇지　너와갓치　脫屣今世　ᄒ여셔라

---

32) 大明皇帝毅宗 甲申三月十七日崩 在位十七年
33) 汝風下泉詩 尊周思○○○○
34) 大明律

'무등산권 적벽' 공간의 조선시대 문학작품 연구

김대현

1. 머리말

이 글은 필자가 기존에 발표하였던 무등산권 화순 적벽 관련 두 편의
논문을 묶어서 편집한 것이다.[1] 무등산은 예로부터 많은 문학 작품을
지니고 있다. 필자는 약 25년 전에 무등산 유산기를 번역하는 것을 시
작으로 지금까지 무등산권의 문학을 연구하고 있다. 당시 1994년 광주
일보에서 발행하던『예향』이라는 월간지에 무등산 유산기를 번역하여
연재를 시작하였다. 그런데 그 월간지는 그 후 얼마 되지 않아서 폐간
되는 바람에, 그만두고 말았다. 그 후 무등산 유산기를 계속하여 조사
하고 번역하여 오다가, 2010년 광주 민속박물관에서 한 권의 책자로 만

---

[1] 적벽 관련 두 편의 논문은 다음과 같다.
김대현,「조선전기 '무등산권 赤壁' 공간의 문학작품 연구」,『한국고시가문화연구』
제34집, 한국고시가문화학회, 2014.
김대현,「조선후기 '무등산권 赤壁' 공간의 문학작품 연구」,『한국시가문화연구』제
40집, 한국시가문화학회, 2017.

들어서 출판하였다. 그 책에는 무등산 유산기가 한문 작품이 18편, 근대 국한문 작품이 2편, 모두 20편이 번역되어 실려 있다. 그 후에 지금까지 약 5편 내외의 무등산 유산기가 더 발견되어서, 번역 작업이 마무리 되고 있는 중이다.

무등산의 한문학은 유산기라는 산문 작품이 남아 있는 외에, 수많은 한시 작품이 남아 있다. 필자는 전남대에 부임한 이후 지금까지 20여 년간 이들 한시 작품을 찾으면서, 수집하여 번역하고 있었다. 그래서 2016년에 그 중 일부를 번역하여, 『무등산 한시선』이라는 무등산 한시 번역 시집을 전남대학교 출판부에서 출판하였다. 이 시집은 무등산 자체에 관련된 작품들만 다루었다.

그런데 무등산은 무등산 자체의 문학만을 이야기하는 것이 아니다. 무등산권이라고 하여 좀 넓은 범위의 포괄적인 무등산권 문학을 다루어 나가야 할 것이다. 넓은 의미의 무등산권 문학은 무등산을 다루는 문학, 소쇄원을 비롯한 원효계곡의 여러 누정들을 다루는 문학, 그리고 화순 적벽 공간을 다루는 문학 등 그 범위가 매우 넓다. 앞으로는 이들 모든 문학 현장의 문학을 포괄적으로 무등산권 문학이라고 불러야 한다. 그 가운데 화순 적벽이라는 명승은 예로부터 매우 유명하였던 문학의 현장이었지만, 그 연구가 거의 이루어지지 않았다.

이 글은 '문학 공간'으로서의 '무등산권 화순 적벽(赤壁) 문학'을 다루고자 한다.[2] 무등산권 적벽 문학은 수많은 문학 작품이 남아 있어서, 이 글에서는 조선시대 적벽 문학의 한 모습을 통사적으로 살펴보고자 한다.[3] 그런데 이 '적벽'이라는 말은 중요한 역사적인 문화적인 뜻이 담

---

2) '문학 공간'이란 어느 지역에서 문학 작품이 특별히 창작되었거나, 혹은 문학 작품 속에 등장하는 특별한 지역 등 문학과 관련된 공간으로서의 '어느 한 지역의 공간적 현장'을 가리키는 말이다.

겨져 있는 어휘이다. 동아시아의 대표적인 문학공간의 하나가 바로 '적벽(赤壁)'이기 때문이다. 일찍이 중국의 적벽에서 기원한 이 공간은 한국이나 일본에도 여러 군데 문학공간으로서의 적벽(赤壁)을 만들어냈다. 그런데 지금까지 필자가 검토한 결과, 한국과 일본의 적벽 가운데, 비교적 많은 문학 작품 활동이 이루어진 곳이 한국의 무등산권 화순(和順) 적벽(赤壁) 공간이 아닌가 여겨진다. 그렇게 된 여러 가지 이유가 있겠지만, 문학공간의 한 핵심요소인 누정이 잇따라 건립되었다는 점도 매우 중요한 일이었다고 볼 수 있다.[4] 따라서 무등산권 화순 적벽은 한국의 어느 적벽보다 더 중요한 문학공간으로 발전하여 나갔다고 할 수 있다.

적벽(赤壁)은 잘 알다시피 중국의 삼국시대(三國時代)『삼국지(三國志)』의 무대였던 양자강 유역의 적벽 공간에서 비롯되었다. 송대(宋代)에 이르러 소동파의「적벽부(赤壁賦)」라는 유명한 적벽 문학이 형성되면서, 또 이 작품이 널리 퍼지면서 적벽은 동아시아의 대표적인 문학공간으로 성장하여 나간다.[5] 한국에서는 15세기 한강(漢江) 유역의 잠

---

3) 최근에 우리나라 적벽과 관련된 논문이 두어 편 발표되었다. 김재현,「한중 '적벽'공간 이미지와 예술작품 비교 고찰 – 한국 내 '적벽'답사를 중심으로」,『비교문화연구』제19집, 경희대학교 비교문화연구소, 2010. 그리고 적벽 물염정의 문학활동에 대하여 연구된 논문으로 권수용,「화순 물염정과 적벽문화」,『역사학연구』제44집, 호남사학회, 2011 등이 있다.
4) 옛 동복현을 포함한 화순 지역은 200여 곳이 넘는 누정이 있었다. 호남지방문헌연구소 편,『호남누정기초목록』, 전남대학교출판부, 2015 참조.
5) 최근 정세진,「14–16세기 조선과 일본의 蘇軾 관련 詩會와 그들이 공유한 蘇仙의 의미」,『중국문학』제86집, 중국문학회, 2016에 한국과 일본의 소동파 관련 문학 활동이 잘 설명되어 있다. 한국에서는 고려시대 이미 들어와서,『白雲小說』,『破閑集』 등 여러 문헌에 그 수용 모습이 나타나 있다. 조선시대에 들어서는 1455년(세종1)에 조맹부가 쓴 赤壁賦 楷書 교본이 인쇄되어서 널리 퍼지기도 하였다. 조규백,「고려시대 문인의 소동파 시문 수용 및 그 의의(1)」,『퇴계학과 한국문화』제39호, 경북대학교 퇴계연구소, 2006; 조규백,「고려시대 문인의 소동파 시문 수용 및 그 의의(2)」,

두봉(竇頭峰)을 적벽 문학공간으로 인식하는 것으로부터 시작하여 여러 적벽 문학공간이 만들어지고 있었다. 현재 알려지기로는 한국에는 약 7, 8 군데 적벽공간이 남아 있다. 그러나 그 중에서도 문학적인 성과가 비교적 크게 이루어진 곳은 필자의 생각으로는 앞서 말한 바처럼 바로 '무등산권 적벽(和順)의 적벽 공간'이라고 여겨진다.

조선시대 무등산권 화순의 적벽 문학은 매우 풍성하게 발전하여 나간다. 그 작품은 이름난 문인의 작품부터, 현재는 이름이 잘 알려져 있지 않은 문인의 작품에 이르기까지 넓게 나타나고 있다. 이 글은 이를 통시적으로 살펴보고자 한 것이다.

2. 무등산권 적벽과 그 문학적 인식

2.1. '무등산권 적벽'이라는 이름

오늘날 전라남도 화순군 이서면에 주로 소재한 적벽은 그 이름을 '화순 적벽'으로 부르고 있다. 1979년에 전라남도 기념물 60호로 등록되면서 붙인 이름이다. 그러나 역사적으로 볼 때는 여러 가지로 부를 수 있다. 첫째로 '동복(同福) 적벽'이라고 부르는 것이다. 예전의 여러 기록에는 적벽은 동복에 있다거나 동복 적벽이라고 지칭하는 경우가 일반적이다.6) 조선시대에는 적벽이 '동복현'이라는 행정구역에 속하였기

『퇴계학과 한국문화』제40호, 경북대학교 퇴계연구소, 2007 및 김주순, 「蘇東坡 <赤壁賦>對朝鮮漢詩的影響」, 『중국문화연구』제16집, 중국문화연구학회, 2010 등에 잘 나타나 있다.
6) 1896년 행정구역 개편으로 동복현은 동복군이 된다. 그러다가 1914년 봄에 동복군이 화순군에 편입되었다. 이에 1914년『동복지』의 편찬에 착수하여, 1915년에 목활자본으로 2권 1책의『동복지』를 간행하였다.

때문이다.[7] 다음으로는 '화순(和順) 적벽'으로 부르는 경우이다. 이제 동복면은 화순군의 일부가 되었기에 물론 '화순 적벽'이라고 부르는 것도 당연한 일이다. 이러한 이름은 현재 앞서 말한 바처럼 전라남도 기념물의 이름이기 때문이기도 하다. 그런데 마지막으로 더 넓은 공간을 가리켜서 '무등산권 적벽'으로도 부를 수 있다. 이처럼 적벽이 위치한 공간은 현재 여러 가지로 부를 수 있다. 말하자면 적벽은 '무등산권 화순 적벽'이라는 말이 모든 것을 포괄하는 말이다. 그런데 이를 줄여서 부를 때는, 가장 넓은 공간인 무등산권의 한 유람 공간이었음으로, '무등산권 적벽'이라고 넓은 의미로 부르는 것이 필요하다고 생각한다. 따라서 이 글에서는 '무등산권 적벽'이라는 말을 주로 사용하고자 한다.

필자는 무등산권이라는 이름으로 현재 광주를 비롯하여 담양, 화순, 나주, 장성 등을 포괄적으로 가리키며 사용하고 있다. 모든 지역에서 무등산이 다 잘 보이고, 하나의 지역문화권으로 불러야 된다고 여기고 있다. 최근에 무등산은 국립공원으로 지정되었는데,[8] 이러한 무등산 국립공원을 중심으로 한 무등산권의 인문학적 연구를 좀더 적극적으로 하여 나갈 필요가 있다고 본다. 현재로는 무등산의 자연유산으로의 연구에 치중하여, 역사적으로 문화적으로 지니고 있던 수많은 인문학적 자산들을 놓치고 있다. 이러한 면에서도 화순 지역의 적벽 공간을 무등산권 문화 공간의 하나로 파악하여, 좀 더 집중적으로 연구하여 나갈 필요가 있다고 여겨진다.

---

7) 『여지도서』 동복현 조에는 '관아의 서쪽 10리 옹성산 서쪽 기슭에 있다. 강가에 절벽이 서 있는데, 돌의 색깔이 모두 붉다.'고 하였다. 변주승 역주, 『여지도서 45』, 전라도 2, 전주대학교 고전국역총서1, 45쪽.
8) 무등산(無等山)은 광주광역시 및 전라남도 화순군과 담양군에 걸쳐 있는 해발 1,187m의 산이다. 1972년에 도립공원으로 지정되었으며, 2012년 12월 27일에, 21번째 국립공원으로 지정되었다.

오늘날 무등산권 적벽은 상류로부터 살피자면 '물염적벽', '창랑적벽', '장항적벽', '보산적벽' 등 네 군데의 적벽이 있다. 그런데 오늘날의 경관은 옛날의 모습과 판이하게 다른 모습이 되었다. 그 옛날 실 같은 무등산 골짜기의 물이 원류가 되어 흘러, 여러 골의 물과 합하여 흐르던 적벽강의 물이 지금은 수심이 수십 미터에 달하는 거대한 호수로 변해버렸기 때문이다.9) 그 호수에는 댐이 만들어져 있는데, 호수의 대부분은 이서면이지만 댐의 위치가 동복면에 자리 잡고 있어서 동복댐이라고 불리고 있다고들 말한다.10) 그러나 지금 동복면에 있다는 말도 되지만, 옛날부터 적벽은 동복현에 속하였으므로 동복댐이라는 이름이 역사적으로 자연스레 불리게 되었다고도 할 수 있다.

이러한 무등산권 적벽, 지리적으로 화순 지역, 무등산의 물줄기가 동쪽으로 흘러가는 화순 달천(達川)의 한 편을 '적벽(赤壁)'이라 이름 붙인 사람은 누구인가? 바로 신재 최산두(崔山斗, 1483~1536)라고 알려져 있다.11) 신재 선생은 1513년 문과에 급제하여 의정부 사인으로 있다가, 1519년 기묘사화를 당하게 된다. 그래서 그해 12월 전라도 동복현으로 귀양을 오게 되었다. 신재 선생은 유배 15년 만에 자유의 몸이 되었으나, 돌아가지 않고 적거지에서 지내다가 3년 후인 1536년 53세를

---

9) 적벽 부근의 지명은 여러 이명들이 있었다. 지금은 적벽강이라고 부르는 곳이 『여지승람』에는 물염연, 창랑연 등으로 기록되기도 한다. 하류에는 '달천'이란 이름으로 불리기도 하는데, 지금 동복댐 부근에 그 이름이 남아 있다.

10) 필자는 화순 적벽에 관한 이 논문을 쓰고자, 광주광역시의 허가를 받아서 2010년 경 적벽에 들어가 두어 번 답사를 할 수 있었다. 적벽은 그 중앙에 실향민의 아픔과 애환을 달래주는 망향정 등이 세워져 있어서 오늘날 적벽 지역의 사회적 의미를 보여주고 있다. 그렇지만 그 마을의 실향민들은 대개 적벽 공간에서 문학 활동을 하던 훌륭한 선조들의 후손들이다. 이제는 좀 더 역사적인 공간으로서의 '적벽' 연구로 나아가야 할 때라고 여겨진다.

11) 이러한 기록은 『여지도서』에 실려 있다. '석벽(石壁)이라고 불러오던 것을 최산두가 지금의 이름인 적벽으로 바꾸었다.' 앞의 책, 45쪽.

일기로 눈을 감았다.[12]

　신재는 스스로 나복산인(蘿葍山人)이라고 불렀다. 이 나복산은 동복의 진산인 모후산(母后山)을 가리키는 말이다. 또한 나복(蘿葍)이란 옹성(甕城) 구성(龜城) 등과 함께 동복(同福)의 이칭으로 사용되기도 하였다. 그만큼 신재는 동복의 산수 자연에 마음을 붙이며 생을 마감하였던 것으로 보인다. 그러면서 신재는 그곳 달천의 깎아지른 바위를 '적벽'이라고 명명하고, 그 아름다운 경치를 유람하였다고 한다. 그러나 사실 '적벽'이란 일반명사이기에, 고유명사로 적벽이란 이름을 붙였다고 말하기는 어려운 일이 아닌가 한다. 우리나라에 여러 적벽이 있음을 이미 알고 있었을 것이고, 화순에도 이러한 적벽이 있었다는 것을 아는 사람이 상당수 있었을 것이다. 다만 신재는 적벽 공간을 새로운 관점에서 발견하였으며, 적벽의 자연공간에 대하여 문학적인 인식을 하게 되었다는 점에서 큰 역할을 하였다고 할 수 있다.

2.2. 적벽 공간의 문학적 인식

　말하자면 무엇보다 중요한 점은 이러한 '자연공간으로서의 적벽'을 신재가 '인문공간으로서의 적벽'으로 인식하였다는 것이다. 따라서 현전하는 문학 작품을 통하여 그 공간의 문학적 인식과 그 내용이 어떠한가를 살펴보는 일이 중요하다. 이러한 적벽의 문학공간화를 알려주는 중요한 기록 가운데 한 가지가, 16세기 제봉 고경명의 <유서석록(遊瑞

---

12) 한편 선생이 돌아가신 후인 1578년 현 광양읍 우산리에 '봉양사'가 세워져 그의 위패를 모셨으며 그 후 동복면 연월리에도 '도원서원'이 세워졌다. '도원서원'에는 신재 최산두를 비롯하여 석천 임억령, 한강 정구, 우산 안방준 등이 모셔져 있다. 묘소는 광양의 봉강면 부저리에 있다.

石錄)>이다. 잘 알려져 있다시피 제봉 선생은 1574년 음력 4월에 무등산을 5일간 유람한 후에 기행문을 남긴다. 여기서 보는 바처럼 적벽은 <유서석록>에 제시된 무등산 기행공간의 일부로 여겨지고 있었으므로, 적벽이란 무등산권의 이름으로 포함될 이유가 있다. 이 <유서석록>에 바로 적벽에 대한 기록이 있는데, 그 가운데 일부가 다음처럼 되어 있다. 이 글은 여러 가지 중요한 사실을 알려주고 있는데, 편의상 세 대목으로 나누어서 그 의미를 좀 더 살펴보도록 하겠다.

2.2.1. 장원(長源)이 한 번 자취를 끊은 후에 뒤를 이은자가 없으니, 풍류와 회포를 알아 줄 이가 없게 된 지 거의 수백 년이 되었다.[13)

먼저 '장원(長源)'이란 인물이 한 번 자취를 끊은 후에 이은 자가 없었다고 하였다. 이 말은 중요한 내용으로, 제봉은 적벽을 유람하고 적벽에 자취를 남긴 최초의 인물은 '장원'이라는 사람이었다는 것을 말하고 있다. 장원은 이름이 김도(金濤)로 호는 나복산인(羅葍山人)이며 고려 말 공민왕 때의 사람이다.[14) 여기의 기록에 의한다면 적벽 공간에 대하여 처음으로 자연공간에 대한 풍류적 인식을 한 사람으로는 고려 말의 김도로부터 시작된다고 하였다. 김도가 호를 나복산인이라고 한 것은 화순 동복에 은거하였기 때문인 것 같다. 동복의 별칭이 나복이기 때문이다. 따라서 나복산은 자연스럽게 동복의 진산이었던 지금의 모후산을 가리키는 옛 이름으로 사용되었다. 그러니 이 글에서 적벽을 특별한

---

13) 이하 <유서석록>의 번역문은 다음 책을 참고한다. 김대현 외 역주, 『국역 무등산 유산기』 광주시립민속박물관, 2010, 50쪽.
14) 『여지도서』에 비교적 자세하게 실려 있다. 『여지도서』, 앞의 책 52쪽. 본관은 연안 김씨로, 공민왕 때 관직에 나아갔다가, 우왕 때에는 이색이 탄핵을 받는 등, 어려운 때를 맞이하여 벼슬을 버리고 나복산 아래로 거처를 옮겨 살았다고 한다.

자연공간으로 인식하는 것은 여말선초에 이미 시작되었다는 것을 알려주고 있다.

2.2.2. 그러다 사인(舍人) 최신재(崔新齋)가 중종 때 기묘사화에 연루되어 이 고을로 유배되었는데, 하루는 손님과 동반하여 달천(達川)에서부터 물의 원류를 더듬어 이 명승을 찾게 되었다.

여말 선초 이후 수백 년이 지나서 사인 최산두가 기묘사화에 연루되어 이 고을에 유배되었다는 사실을 말하고 있다. 신재는 의정부 사인의 벼슬에 있다가 1519년 12월 동복현으로 귀양을 오게 된다. 그가 손님과 함께 이 명승을 찾게 되었다고 하였는데, 그때 적벽을 함께 찾은 손님은 누구를 말하는 것인지 분명하지 않다.

신재는 1519년에 동복으로 귀양을 와서 1536년에 운명하게 된다. 그러면 약 18년간 동복에 살았던 셈이고, 그 동안에 동복현 관아에서 약 10리 길인 적벽을 여러 번 유람하였으리라 여겨진다. 그 해가 구체적으로 밝혀져 있지는 않지만, 시기적으로 1520년대에는 신재가 여러 문인들과 적벽을 찾았다고 볼 수 있다. 그렇다면 신재는 그때 1520년대부터는 적벽을 문학 공간으로 인식하고 바꾸어 나갔다고 할 수 있다.

그러나 현재 『신재선생문집(新齋先生文集)』에는 작품이 충분하지 않아서 그 흔적이 잘 남아있지 않다. 다만 적벽 관련 작품으로는 <제물염정(題勿染亭)> 시구만 일부 남아 있다. 만약 문집에 실린 이 기록이 맞으면, 현재까지 살펴본 바로는 적벽 관련 최초의 문학 작품은 운명하던 때인 1536년 이전 어느 시점에 지어진 이 <제물염정> 시가 될 것으로 여겨진다.15)

---

15) 이는 물염정의 건립 과정을 밝히는 점에서도 중요하다. 물염정의 건립자에 여러 이

2.2.3. 이에 남방 사람들이 비로소 적벽을 알게 되어 시인 묵객의 노는 자취가 잇달게 되었으니 임석천(林石川)이 명(銘)을 짓고 김하서(金河西)가 시를 지어 드디어 남국의 명승지가 되었다.

신재의 유람에 따라 비로소 남방 사람들이 적벽을 알게 되었다고 한다. 그 동안 오랫동안 잊고 있던 적벽을 신재가 다시 유람의 장소로 문학 창작의 공간으로 만들어 간 것이다. 그러한 문학 창작의 예로 임석천이 명을 짓고, 김하서가 시를 지어서 남국의 명승지가 되었다고 하였다. 그러나 오늘날 석천 임억령의 명(銘)은 발견되지 않고 있다. 다만 하서 김인후의 적벽 관련 시는 남아서, 그 무렵 유람의 흔적을 보여주고 있다. 그러나 그 시기가 언제인지 분명하지는 않다. 다만 하서는 1527년 무렵에 신재에게 찾아가서 제자 되기를 청하고, 굴원의 <초사>도 배웠다는 기록이 남아 있다. 그렇다면 그 무렵에 아마 하서도 적벽을 유람하였을 것으로 추정된다.

이처럼 여러 가지 사실을 알려주는 제봉 고경명의 <유서석록>은 1574년 작이지만, 약 50년 전인 1520년대 신재 최산두와 관련된 적벽의 기사를 기록으로 남기고 있음을 알 수 있다. 따라서 제봉의 이 <유서석록>은 무등산권 적벽 공간이 문학공간으로 변해가는 당시의 모습을 알 수 있게 해주는 중요한 가치가 있다.

설이 있기 때문이다. 따라서 신재의 작품이 맞으면, 물염정의 최초 건립 과정을 시사하는 것이기 때문이다. 그러면 건립자는 송구(宋駒, 1483?~1550?)설이 더욱 가깝다고 여겨진다. 또한 동복현감을 지낸 이가 송구였기에, 그럴 개연성이 더욱 높다는 의견도 있다. 권수용, 앞의 논문, 136쪽.

3. 16세기 무등산권 적벽 문학

위에서 말한 바처럼, 무등산권의 적벽은 조선전기 16세기에 들어서 자연공간에서 문학공간으로 더해지고 있었다. 따라서 조선전기의 적벽 문학 작품이란 임란 이전의 바로 16세기 문학 작품을 가리키는 말이다. 화순 적벽에 대하여 남아있는 최초의 시 작품은 위에서 말하였듯이, 『신재선생문집』의 기록이 맞으면, 신재 최산두의 <제물염정> 시일 것이다.16) 그 무렵 신재는 문장으로 이름이 높아서 호남 삼걸로 불리웠고, 눌재 박상, 석천 임억령 등 이름난 호남의 문인들과 교유하게 되었다. 아마도 그 무렵 석천 임억령의 적벽 관련 작품들도 창작되었으리라 보인다. 그 뒤에는 제봉 고경명 등 여러 호남 문인들의 한시가 뒤따랐다. 산문으로는 앞에서 거론한 1574년에 지은 제봉의 <유서석록>에 적벽 관련 내용이 구체적으로 들어 있어서 매우 중요하다. 다음으로 적벽 공간에 매우 중요한 산문 작품인 학봉 김성일의 <유적벽기>도 1586년에 이루어진다. 이들 조선 전기 적벽 문학작품을 한시와 산문으로 나누어서 간단하게 살펴보겠다.

3.1. 한시 작품을 통해 본 적벽 문학

화순 적벽 관련 한시 작품은 가장 최초의 작품은 무언인가?17) 이에

---

16) 이 물염정은 원운시의 문제로도 여러 이설이 있다. 현재 송구라는 설, 송정순이라는 설, 나무송이라는 설 등이 있다. 그러나 이 원운시의 차운시들이 조선 후기에 나오는 것으로 미루어 나무송의 손자 대인 18세기에나 원운시가 창작되었으리라는 의견도 있다. 권수용, 앞의 논문, 156쪽.

17) 물론 동복 전체로는 응취루(凝翠樓)가 1474년(성종5)에 건립되었고, 김종직 등의 시가 남아있어서, 매우 이른 시기의 작품이 많다. 여기서는 적벽 공간에 한하여, 이

대답하는 것은 자료의 부족 때문에 쉬운 일은 아닌 것 같다. 현재까지 맨 처음의 작품은 앞서 말하였던 신재 최산두의 <제물염정(題勿染 亭)> 시이다. 네 군데 적벽 가운데 하나인 물염적벽이 있고, 그 적벽을 바라보면서 물염정이 있었다. 신재는 1519년부터 1536년 운명할 때까지 동복에 있었으므로, 그 어느 시점엔가 지어진 작품일 것이다.[18] 실전되고 일부가 남은 그의 <제물염정> 시구이다.

江含白玉窺魚鷺　강이 백옥을 품은 것은 고기 엿보는 백로이고
山吐黃金進蝶鶯　산이 황금을 토하는 것은 나비를 쫓는 꾀꼬리라네
(후반은 실전)

적벽 공간의 맨 처음 시로 여겨지는 이 시구에서 백로는 백옥에 비유하고 꾀꼬리를 황금에 비유하는 등 매우 아름다운 비유와 시각적인 표현이 돋보인다.[19] 추측컨대 신재의 적벽 관련 작품이 상당수 있었을 것인데, 현재 남아서 문집에 전하는 작품들이 거의 없다. 그렇다면 신재의 적벽 문학 이후의 상황은 어떠할까? 현재는 그 무렵에 신재와 자주 교유하였던 석천 임억령의 적벽 작품들이 있다.

앞서 말하였듯이 제봉의 <유서석록>에는 적벽에 '석천의 명'과 '하서의 시'가 지어져서, 적벽이 남국의 명승지가 되었다고 하였다. 그런데 현재까지 이들 작품이 잘 드러나지 않는다. '석천의 명(銘)'이란 작품은 현재까지 파악되지 않고 있고, '하서의 시(詩)'도 지방지에 실린 물염

물염정 관련 시가 가장 이른 것으로 남아 있다는 뜻이다.
18) 물염정의 건립은 이설이 있지만, 송정순의 부친이었던 宋騶(1483?~1550?)가 동복 현감 재직 시 이루어졌다는 쪽이 유력하게 여겨지고 있다. 권수용, 앞의 글에서도 확인되고 있다. 135쪽.
19) 이 시는 하서가 편찬한『백련초해』의 시풍과도 유사하여, 좀 더 면밀한 고찰이 필요할 것이다.

정 적벽에 대한 시가 남아 있다. 석천 임억령의 적벽 시는 응제(應製) 시로 지어진 고풍(古風) 한시가 남아 있다. 그런데 이 시도 시기가 어느 때인지 구체적으로 밝혀져 있지는 않다.

赤壁 적벽

良馬得伯樂　　좋은 말이 백락을 만나니
一顧增高價　　한번 돌아보면 값이 더 높아진다
我嘗評江山　　내가 일찍이 강산을 평하기를
逢時亦類馬　　때를 만나는 것이 또한 말과 같아라
此地開闢有　　이 땅이 개벽하며 있었지만
千秋瘴煙鎖　　천추토록 장연에 잠겨 있었네
勃興得二雄　　갑자기 두 영웅을 만나고 보니
天地爭其下20)　천지도 그 아래를 다툰다네
(하략)

이 시는 26구의 오언장편 시이다. 시의 내용으로 보아 중국의 적벽을 읊고 있어서, 두 영웅은 바로 조조와 소식을 만나서 그 적벽의 모습이 세상에 알려졌다고 하였다. 여기까지에서도 화순의 적벽에 대한 언급이 없는 것으로 보아, 석천의 화순 적벽은 문학 공간으로서의 '적벽'이 아직 구체적으로 확인되지 않는다. 이미 신재가 적벽강의 바위들에 대하여 '적벽'이라는 말을 붙였다고 하는데, 현재 석천의 시 가운데는 무등산권 화순 '적벽'이란 이름을 구체적으로 남기고 있지 않는 것 같다.

그러나 적벽을 대상으로 읊은 시로 석천의 시 <달천의 돌 여울(獺川石灘)>이란 시를 주목할 만하다. '맑고 상쾌하여 들을 만하여 고체시로

---

20)『石川詩集』卷一, <赤壁>

최경앙 선생에게 바치다(蕭爽可聽, 以古詩呈崔景仰先生).'라고 부기되어 있다. 경앙(景仰)은 신재 선생의 자인데, 바로 이 시 달천 즉 지금의 적벽의 돌 여울에 대한 시를 지어서 신재 선생에게 바친다고 하였다.[21] 이 시는 적벽 문학 관련하여 완전한 한시로 기록된 남아있는 맨 처음의 작품으로 추정된다.

林子將釋奠　임자가 석전을 지내려고
中秋學舍宿　중추에 학사에서 묵었다
缺月可庭院　조각달이 정원에 비치는데
枡坐南床獨　좌선하는 것처럼 홀로 의자에 앉았네
有聲中夜來　밤중에 소리가 들려오는데
颯然膚起粟　갑자기 피부에 소름이 돋네
(중략)
朝起遠望之　아침에 일어나 멀리 바라보니
下有澄江淥　아래로 맑은 강이 흐르고 있었다
源于無等山　무등산에서 근원이 되어
百里至同福　백리를 흘러 동복에 이르네
(중략)
六年對此灘　육년 동안 이 여울을 대하였으니
於良亦云足　장량이라도 또한 족하다고 말하겠지
雖云十室監　비록 십실의 현감이라지만
不換九州牧　구주의 수령과도 바꾸지 않고 싶다

　석천 임억령은 1533년에 동복현감으로 부임한다. 그러다가 1538년인 6년 후에 홍문관 부교리가 되어 내직으로 들어간다. 시구 가운데 남상(南床)은 어사(御使)를 가리키는 말이었는데, 일반적으로 관리를 의

---

21) 제봉의 <유서석록>에는 달천(達川)으로 표기되어 있는데, 이 시에는 달천(獺川)으로 되어 있다.

미한다. 이는 석천 자신을 뜻하는 말이 아닐까 하는데, 다음의 6년간 여울을 대하였다는 것은 6년째 동복현감을 한다는 말이다. 장량(張良)은 한나라의 개국공신인데, 열후의 지위에 올랐지만 인간 세상의 일을 버리고 적송자를 따라서 노닐고 싶다고 하였다. 석천도 벼슬을 그만두고 자연 속으로 들어가고 싶은 마음을 비유적으로 말하였다. 그러니 이 시는 1538년 이전에 어느 때인가 창작되어진 것으로 보인다. 시에서 적벽이라고 일컬은 것은 아니지만, 달천의 석탄이란 바로 적벽을 두고 이른 말이다.

석천은 신재와 많은 교유가 있었다. 특히 1519년에 동복으로 귀양 온 신재를 이어, 거의 15년 후인 1533년에 동복현감이 되어 온 석천은 신재가 운명할 때까지 삼사년 동안 많은 교유를 하였음은, 석천의 문집에서 여러 작품을 주고받은 것을 통하여 확인할 수 있다. 당연히 석천과 신재는 함께 어울리며 화순 적벽을 유람하였을 것이다.

그렇다면 제봉이 <유서석록>에서 언급한 '하서의 시'는 어떠한가? 제봉의 앞선 <유서석록>에 의하면, 하서 또한 화순 적벽 시를 남겨서, 그 때문에 화순 적벽이 남국의 명승지가 되었다고 하였다. 그러나 현재 『하서전집』에는 화순 적벽에 대한 시가 구체적으로 남아있지 않다. 적벽 관련 시가 두어 수 있지만, 먼저 소동파의 <적벽부>에 대한 시가 눈에 띈다.

讀東坡赤壁賦   소동파의 <적벽부>를 읽으며

滄波萬頃秋色早 만경 창파에 가을이 일찍 드니
淨洗玉宇無纖塵 맑게 씻은 저 하늘엔 먼지 하나 없구나
氷輪輾上桂花明 밝은 달이 솟아나자 계수나무 꽃이 밝아

影落九地窮崖濱　그림자 땅에 떨어져 어디건 다 비추네

(이하 생략)

　이 시는 40구의 7언 장편 시로, 동파의 <적벽부>를 읽으면서 그 흥을 빌어 읊은 시이다. 시구의 사이사이 <적벽부>의 시구와 연상되는 대목이 많다. 하서가 화순 적벽에 대한 시를 남겼다는 제봉의 기록이 있는데, 아직까지 문집에는 구체적인 내용이 없다는 것도 아쉬운 일이다. 문집에는 하서가 화순 적벽을 유람하였는지에 대한 언급도 자세하지 않다. 다만 하서는 적벽을 유람하였을 것으로 추측되는 시구들이 남아있어서, 그 편린을 알 수 있을 따름이다. 하서의 한시 <영이상사학사미정(詠李上舍鶴 四美亭)>의 한 구절인 "언뜻 적벽의 유람이 생각나니(翻思赤壁遊)/빙그레 웃음 일어 마음이 기뻐진다(宛爾同襟期)."[22]가 있다. 이에 의하면 적벽의 유람을 기억하고 있는데, 이때 적벽은 물론 동복 적벽을 말하는 것이라고 여겨진다. 그렇지만 하서의 문집 『하서전집』에는 실려 있지 않지만, 물염정 시에 하서의 작품이 남아 있어서 주목된다. 이 시는 <물염정>이라는 제목의 시인데, 또한 <백년빈(百年賓)>이라는 이름으로도 알려져 있다.

　　大醉鳴陽酒　명양의 술에 크게 취하여
　　歸來三月春　삼월 봄에 돌아 와보니
　　江山千古主　강과 산은 옛날의 주인이요
　　人物百年賓[23]　사람은 백년의 손님이더라

　명양은 흔히 창평을 가리키는 말이므로, 아마도 하서가 소쇄원에서

---

22) 하서의 한시 <詠李上舍鶴 四美亭>의 한 구절이다.
23) 현재 물염정에 현판으로 되어 있고, 1915년 간행된 『동복지』에 실려 있다.

머물다가 이곳 적벽으로 넘어 온 것이 아닐까 여겨진다. 만약 이러한 사실이 맞는다면, 제봉이 <유서석록>에서 말한 하서의 시란 바로 이 시를 두고 한 말이 아닐까 여겨진다.

호남의 문인들은 대개 적벽 유람을 하였을 것이다. 그러나 그 어느 누구보다 화순 적벽에 대한 시를 구체적으로 남긴 이는 제봉 고경명(1533~1592)이라고 여겨진다. 그는 1574년에 무등산을 유람하고 <유서석록>을 창작하였던 바, 그 무렵 창작되어진 무등산권 적벽 관련 시가 여러 수 남아 있다.

赤壁 次葛川先生韻　적벽, 갈천선생 운을 따라

鐵壁環姿兩絶奇　깎아지른 절벽 옥같은 모습 모두 기이하여
蒼然鬚髮鑑淪漪　푸른 머리털은 물결 위에 비치네
江山已足添詩興　강산은 이미 시흥을 더하기에 족한데
更被先生鼓舞之[24]　다시 선생의 시는 더욱 더 북돋우네

이 시는 제봉이 1574년 무등산을 유람할 당시에, 갈천 임훈 선생의 운을 따라 지은 시이다. 깎아지른 절벽이 있고, 그 위에 난 소나무를 기발하게도 푸른 머리털로 비유하였던 것이다. 이는 갈천 선생의 모습을 비유하기도 한 듯하여, 중의적인 표현이라고도 보인다.

遊赤壁 次剛叔韻　적벽에 노닐며, 강숙의 운을 따라

人物蘇仙兩　인물은 소선이 둘인 듯

---

24) 이하 제봉 고경명의 시는 『국역 제봉전서』, 한국정신문화연구원, 2004 재간행본을 참조하였다. 상권, <赤壁>, 289쪽.

江山赤壁雙　　강산은 적벽과 쌍인 듯
參差吹欲徹　　퉁소 불기를 다 하니
孤鶴定橫江25)　한 마리 학은 강을 가로 지르네

　이 시도 당시 1574년에 적벽을 유람할 당시 서하당 김성원의 시에
대하여 차운한 것이다. 서하당을 소선, 즉 소동파에 빗대어 말하고 화
순 적벽을 동파의 적벽과 나란하다는 말을 한 것이다. 퉁소를 불면 학
이 날아간다는 시구에서도 음악과 그림 같은 강의 모습이 잘 어울리고
있다. 시각과 청각의 이미지가 교차하는 아름다운 시이다.

　　寄意赤壁 次太白韻　적벽에 뜻을 부치다, 태백의 운을 따라

　　問此赤壁水　묻노니 적벽의 물이여
　　何如武昌縣　무창현과 어찌 다른가
　　惜哉在遐荒　아쉬워라 멀고멀어서
　　不令東坡見　동파로 하여금 보지 못하게 하다니
　　新齋能具眼　신재가 능히 눈이 있어서
　　奧境開生面　깊은 경치를 보게 하였구나
　　石川飛鳥鳧　석천은 물오리처럼 날아서
　　澄江吟謝練26)　맑은 강위에 사련을 읊었구나
　　(하략)

　제봉 고경명의 화순 적벽 관련 시는 16세기 무등산권 적벽 시의 주요
한 작품들이라고 여겨진다. 제봉의 시를 통하여 보면 당시 호남의 문인
들 사이에는 적벽을 유람하는 것이 자주 이루어졌던 것 같다. 제봉의

---

25)『국역 제봉전서 중』, <遊赤壁>, 72쪽.
26)『국역 제봉전서 중』, <寄意赤壁>, 87쪽.

시 가운데, 고봉 기대승이 적벽에 놀러간다는 말을 듣고 시를 부쳐서 축하해주는 내용이 있다. <기고봉이 적벽에 놀러간다는 말을 듣고 시를 부쳐서 축하하며(聞奇高峯 遊赤壁 寄詩賀之)>라는 시이다.

寒水石稜生　차가운 강물에 바위가 드러나고
半邊山雨響　한 쪽 강변엔 산비 소리 울리네
預知子當歸　그대 돌아올 줄 미리 알고서
淸風藤獨杖　청풍 속에 등나무 넝쿨 지팡이 되었네

이 시는 <제봉연보>에 실린 시이다.[27] 1570년 경오년에 기고봉이 적벽에 놀러 간다는 말을 듣고서 시를 부쳐서 축하한다고 되어 있다. 제봉이 38세 때의 일이다. 당시 제봉은 확실하지는 않지만 서울에 있었던 것 같다. 이러한 시를 통하여도 이미 1570년대에도 여러 유람객들은 적벽을 유람하고 있음을 알려주고 있다. 그러나 적벽에 관련된 고봉의 시는 실전되었는지 구체적으로 보이지 않는다. 위의 시를 살펴보면 전반부에는 적벽의 모습을 읊고 있다. 후반부는 적벽을 의인화하여, 고봉이 돌아올 것을 알고 등나무 넝쿨로 의지하는 지팡이를 만들어 두었다는 표현을 하였는데, 무척 아름다운 시구이다. 1574년에 지은 <유서석록>에서도, 무등산권의 여러 곳을 가지 않은 곳이 없었다고 하였으니, 제봉은 일찍부터 적벽을 유람하였으며 자연 경관 또한 소상하게 잘 알고 있었음을 알 수 있다.

제봉은 여러 편의 적벽 문학 한시를 남겼는데, <환학당(喚鶴堂)> 시도 적벽강 위의 모습을 그리고 있다. 또한 <창랑육영(滄浪六詠)>이라는 시 여섯 수는 적벽 공간의 모습을 매우 아름답게 그린 시이다.[28] 당

---

27) 『국역 제봉전서 중권』, 앞의 책, 102쪽.

시 16세기 적벽은 물염정(勿染亭), 환학당(喚鶴堂) 등이 있어서 누정문학의 근거지가 되었을 것이다. 또한 물염정(滄浪亭)이라는 창랑 정암수(丁巖壽, 1534~1594)의 누정도 있었다. 창랑은 기축옥사를 당하여 세상에 뜻을 잃고 이곳 적벽의 자연에 의탁하였다고 하였다. 여기서도 많은 시 작품이 창작되었으리라 여겨진다.

이처럼 16세기 호남 문인들은 많은 적벽 관련 시들을 남기고 있다. 그 가운데서 제봉 고경명의 적벽관련 시는 약 10여수나 되어서, 조선 전기 적벽 한시의 중요한 부분을 이루고 있다. 이들 문인들의 적벽 관련 시 외에도, 학봉 김성일, 설월당 김부륜, 오음 윤두수, 청계 양대박, 현곡 조위한 등 많은 문인들이 16세기에 무등산권 적벽을 문학공간으로 삼아 시를 남기고 있음을 알 수 있다.

3.2. 산문 작품을 통해 본 적벽 문학

현재 무등산권 적벽에 관련된 조선시대 유기(遊記) 작품은 16세기부터 시작하여 조선후기 송병선의 <유적벽기(遊赤壁記)>에 이르기까지 여러 편 남아 있다. 여기서는 조선 전기 16세기의 화순 적벽 관련 산문 작품을 살펴보고자 한다. 먼저 무엇보다 제봉 고경명의 적벽 유람 내용을 다룬 <유서석록>을 먼저 들 수 있다. 이 작품은 무등산권의 세 영역인 무등산, 그리고 적벽 지역, 다시 소쇄원 지역 등 무등산권의 세 영역을 모두 잘 다루고 있어서 시사하는 바가 많은 매우 중요한 작품이

---

28) 『국역 제봉전서 상권』, 앞의 책, 298~299쪽. <滄浪六詠－창랑의 여섯 가지 경치>은 赤壁晨霞 적벽의 새벽안개, 蒼楠暮煙 창남의 저문 연기, 夢橋釣雪 몽교의 겨울 낚시, 滄浪泛月 창랑에 뜬 달, 圭峯落照 규봉의 낙조, 甕城秋色 옹성의 가을빛을 가리킨다.

다. 여기에 실린 <유서석록> 가운데 적벽 관련 부분을 크게 세 군데 단락으로 나눌 수 있다.[29]

1) 적벽에 도착하여 자연 경관을 그리고 있다.
2) 적벽의 인문 문화 공간을 다룬 부분을 다루고 있다. 퉁소를 불게 한다거나, 이리 호랑이 등이 우굴거리고 있고, 산골 늙은이가 그 사이에서 살고 있다고 하였다. 그리고 앞에서 언급한 신재 최산두, 석천 임억령, 하서 김인후 선생의 작품으로 남국의 명승지가 되었다는 말을 하였다. 중국의 무창 적벽도 소동파를 만나서 그렇게 되었다는 말을 하고 있다.
3) 오봉사와 창랑과 무염(無鹽) 공간의 기록을 설명하고 있다. 여기서 인근에 있는 창랑(滄浪)의 유정(柳亭)과 무염(無鹽)의 석탄(石灘)을 관상하지 못했으니 참으로 이번 유람길의 한 가지 아쉬움이었다.[30]고 말하고 있다.

여기에 의하면 먼저 자연공간으로서의 적벽, 다음에 인문공간으로서의 적벽 문화를 다루고 있다. 마지막으로는 주변의 공간을 함께 다루면서 결말을 맺고 있다. 이 <유서석록>에 의하여 당시 16세기 후반의 무등산권 적벽 모습을 잘 살필 수 있게 된 것은 무척 다행스런 일이다. 제봉은 앞에서 들었던 많은 한시를 비롯하여, 이처럼 <유서석록>의 한 부분에 적벽 유람을 포함시킴으로서 무등산 문화권의 일부분으로

---

29) 이하 번역문은 위에서 말한 김대현 외역, 『국역 무등산유산기』, 광주민속박물관, 2010의 번역본에 실린 <유서석록>의 내용이다.
30) 유정(柳亭)은 진사 정암수(丁嵓壽)의 별장이고, 석탄(石灘)은 현감 송정순(宋庭筍)이 이곳에 서재를 세웠다고 하였다. 정암수의 누정을 유정이라고 부르고 있어서 주목되고, 특히 물염정에 대하여 지금은 물염(勿染)이라고 하지만, 당시에는 '무염(無鹽)'이라고도 하지 않았나 여겨진다. 아울러 물염정과 관련하여 송정순이 이곳에 정자를 세웠다는 기록이 주목된다.

서의 적벽을 확실하게 자리잡게 하였다고 생각한다.

　조선 전기에는 또한 학봉 김성일의 <유적벽기(遊赤壁記)>가 있어서 매우 중요한 작품으로 남아 있다. 화순 적벽에 대한 독립적인 산문 작품이자, 16세기 후반의 화순 적벽의 모습을 잘 알려주고 있어서 매우 중요하다. 이 작품은 제봉의 <유서석록>보다 12년 후인 1586년에 기록된 내용이다. 이제 이 작품 학봉 선생의 <유적벽기>를 몇 군데 의미 단락으로 나누어서 순서대로 살펴보기로 하겠다.31)

3.2.1. 유람의 동기를 서술하다

　'동복(同福)은 호남(湖南)에서 풍광이 아름다운 곳으로 손꼽히는데, 기이하면서도 아주 뛰어나 온 경내에서 으뜸가는 명승지로는 적벽(赤壁)이 있을 뿐이다.' 라고 시작하고 있다. 이미 벌써 적벽이 유명한 명승지로 알려지고 있음을 알 수 있다. 아울러 유람의 동기를 서술하고 있는데, 거의 모든 유기의 서두 부분은 흔히 그 유람의 동기를 적으면서부터 시작한다. 학봉은 1583년에 나주목사로 부임 받아, 공무에 쫓긴 여가에 적벽 유람을 하지 못하였음을 아쉬워하고 있다. 여기서 <북산이문(北山移文)>을 받은 것처럼 부끄러워하였다고 하였다.32) 이 <북산이문>은 퇴계 이황(李滉, 1501~1570) 선생도 즐겨 읽었던 듯, 임자년(1552) 중양절에 창작한 <유청량산록>에도 언급되어 있다.33) 벼슬

31) 이하 <유적벽기> 번역문은 『학봉전집』 번역문을 참고하였다. 한국고전번역원 홈페이지상에 한국고전종합 DB 고전번역서의 鶴峰全集 내에 鶴峰續集 제5권 참조.
32) 이는 중국 남북조 때의 문인으로, 뛰어난 문장가로 유명했던 공치규(孔稚圭)의 작품이다. 이 글 북산이문은 벼슬에 좇아가는 속된 선비인 주옹이 북산에 들어오는 것을 막아야 한다는 내용이다.
33) '조용한 가운데 경전을 궁구하여 깊이 깨닫지는 못하였지만 가볍게 세속을 벗어나 부지런히 왕래하는 동안 심경지(沈慶之), 공치규(孔稚圭) 등은 곁에서 조용히 웃으

살이에 지친 자신의 모습이 지방관리로 바쁘게 살아가는 자신은 북산 이문의 주옹처럼 북산에도 못 오르게 되었다는 것이 부끄럽기도 하다 는 뜻이다.

이어 동복 현감 설월당 김부륜의 초청을 받고 채비를 하고 유람을 떠 나는 모습을 다루고 있다. 16세기 무렵 적벽과 관련하여 많은 영남의 문 인들이 유람을 하며 시를 남기고 있다. 그 문인들은 먼저 광주목사를 하 였던 갈천 임훈(1500~1584), 동복현감을 하였던 설월당 김부륜(1531~ 1598), 나주목사를 하였던 학봉 김성일(1538~1593), 동복현감을 하였 던 한강 정구(1543~1620) 선생 등이 대표적이다. 이들은 모두 경상도 의 문인이면서, 화순 동복 등에 관련된 많은 문학 작품을 남기고 있다. 이 가운데 이 학봉의 <유적벽기>는 중요한 기문이다. 여기에서 설월 당 김부륜이 1585년에 동복 현감으로 부임하여, 이듬 해 당시 나주 목 사로 있었던 학봉을 동복 적벽으로 초청하는 글을 보냈다는 것을 이 기 문을 통하여 알 수 있다.

3.2.2. 화순 경내 입경 과정과 적벽 자연을 대하는 모습

화순현(和順縣)의 치소(治所)가 있는 강학루(降鶴樓)에 올라가 시원 한 바람을 맞이하는 모습, 적벽을 마주한 모습이 다음처럼 기록되어 있 다. '선경(仙境)을 10여 리 정도 남겨 두고 산달이 비로소 얼굴을 내밀었 는데, 홀연히 동쪽 편에서 맑은 기운이 자욱하게 끼인 가운데 마치 여 름날에 뭉게구름이 피어나 기이한 산봉우리 모양새가 된 것 같은 것이 나타났다. 그러자 촌백성이 말하기를 "여기가 적벽이다." 하였다.' 이처

면서 기록하였다.' 이황, <유청량산록> 부분.

럼 적벽을 대하는 첫 순간, 가을바람과 흰 이슬, 하늘과 땅의 모습 등 적벽 자연공간의 모습이 매우 사실적으로 아름답게 그려져 있다.

3.2.3. 적벽의 야유연(夜遊宴) 등 인문 문화를 그리는 부분이다

이 부분에서 여러 가지 재미있는 사실들을 알려주는데, 설월당이 사람들에게 채릉가(采菱歌)와 백빈가(白蘋歌)를 노래하게 하니, 학봉은 소동파(蘇東坡)의 적벽가(赤壁歌)가 아니면 귀만 시끄러울 뿐이라고 한다. 그리고 말하기를, "읊어서 노래하는 것은 남자들이 하는 것이다. 어찌 아녀자들의 재잘대는 입을 빌려 맑은 노래를 더럽히겠는가." 하였다. 그리고 <전적벽부>를 노래하고 퉁소를 불고, 또 거문고 <아양곡(峨洋曲)>으로 화답하는 모습을 나태내고 있다. 놀이문화의 한 모습을 보여주는 재미있는 대목이다. 그리고 퇴계 선생에 대한 추억을 기억하고 있다.

3.2.4. 다시 적벽의 자연 공간의 아름다움을 묘사하고 있다

놀이가 끝나고 심야의 모습과 날이 밝은 아침의 적벽, 泛舟의 상황, 그리고 적벽의 자연공간을 그리고 있다. '술에 취한 눈으로 바라보니 보이는 건 오직 피어오르는 물안개와 흐릿한 달빛뿐, 사람들의 모습은 안개에 싸여 있었으며, 상하 사방을 분간할 수가 없었다.' 고 하였다. 새벽에는 '붉은 언덕과 푸른 절벽은 물속에 뒤섞여 있고 금빛 모래와 하얀 자갈은 물속까지 하나하나 셀 수 있었다.'고 하였다. 이어서 적벽의 자연경관을 설명하고 있다. 서석산(瑞石山)과 옥산(玉山)의 두 줄기의 물이 합류하여 꺾어지고 휘어지는 제2곡에 적벽이 있다는 것을 말하고 있다.

이 아름다운 적벽의 모습은 '아무리 여산(廬山)의 구첩(九疊)이나 무이(武夷)의 구곡(九曲)일지라도 이보다는 못할 것이다.'는 말로 극도의 찬사를 하고 있다. 협선루(挾仙樓)와 포월대(抱月臺) 누대에 대한 언급도 되어 있다. 보통 자연공간을 그리는 것은 전반부에 그치는 경우가 많다고 할 수 있다. 그러나 이 작품에서는 적벽에 도착한 시간이 밤 시간이어서, 다음 날 날이 밝은 적벽 자연공간의 모습을 다시 한 번 그리게 되었다고 보인다. 그리고 다른 누정 등 주변의 공간을 적는 것도 어느 한 공간의 유람에 대한 완결성을 높이는 방법이라고 할 수 있다.

3.2.5. 결말 부분은 소동파와 최산두의 문장을 거론하여 경계와 충고를 하고 있다

소선의 문장이 아니었으면 오림(烏林)의 적벽이 알려지지 않았듯이, 최사인(崔舍人)이 아니었으면 알려지지 못하였을 것이다. 그리고 설월당이 적벽을 꾸민 일에 대하여, '지금 또 주인이 꾸며서 장식한 것이 이와 같으니, 이곳 적벽이 다시 사람을 만났다고 이를 만하다.'고 말하고 있다. 설월당은 누각을 새로 짓고, 적벽의 경관을 아름답게 만든 일을 기록하고 있다. 그러나 최사인 이후 적벽을 유람한 자 수없이 많지만, 이름난 문장이 남아있지 않다는 말을 하고 있다. 그리하여 경계와 충고의 말을 남기고 있다.

요는 문장을 남긴다고 애쓸 일이 아니라, 쉼 없는 공부를 하여야 영원토록 전해지는 것을 이룰 수 있다고 하였다. 그리하여 훌륭한 학자가된다면, 그 자취가 적벽에 남게 될 것이고, 아울러 적벽이 오래도록 전해질 것이라는 말을 하고 있다. 경계하고 여러 사람들에게 말하고자 하는 결말부분이다. 이 학봉의 <유적벽기>는 현재까지 알려진 화순 적벽 유람의 전말을 단독으로 기록한 조선전기의 대표적인 산문 문학이라고 할 수 있다. 적벽 유람 계기의 기록, 그리고 자연공간과 인문공간으로서의 적벽의 모습, 마지막에는 경계의 말까지, 두루 갖춘 적벽 遊記문학의 백미라고 할 만하다.

우리나라 어느 곳이건 적벽 문학은 당연하게도 소동파의 <적벽부>를 연상하지 않을 수 없다. <적벽부>는『고문진보』에 실려 널리 읽혔을 뿐만 아니라, 15세기에 벌써 <적벽부> 서예 작품 자체가 인쇄되어 널리 퍼지고 있었다. 무등산권 적벽 문학 또한 소동파의 이러한 <적벽부>의 세계에서 완전히 별개로 존재하지는 않을 것이다. 소동파의 불교 취향이나 도교 취향의 사상이 어지러운 사회에서 현실도피를 꿈꾸었던 문인들에게 널리 환영 받았다고도 할 수 있다. 그러나 무등산권 적벽 문학 가운데는 자연경관에서도 중국의 적벽보다 훨씬 낫다는 언급을 하기도 한다. 그러면서 수없는 시문을 창작한 일이야말로, 조선전기 무등산권의 문인들이 인문공간으로서의 적벽을 잘 인식하고 있었다는 점을 알려준다.

4. 17세기 무등산권 적벽 문학

임란 이전의 적벽과 임란 이후의 적벽, 그 산천의 모습은 달라진 바가 없었을 것이다. 그런데 사람들은 자연공간으로서의 적벽에 좀 더 다가가서 생활을 하였던 것으로 보인다. 적벽은 일찍이 임란 이전 16세기에 이미 유람의 명소가 되었다. 제봉 고경명의 「유서석록(遊瑞石錄)」에서 보이는 것처럼, 또 나주 목사로 있었던 학봉 김성일이 1586년에 적벽을 유람하고 남긴 「유적벽기(遊赤壁記)」에서 보이는 것처럼, 이미

16세기 후반 적벽 공간이 널리 알려지고 있었다.

그랬던 적벽은 임란 이후에 산천 유람 공간뿐만 아니라, 생활공간으로서 다가갔던 일이 특기할 만하다. 그 곳에 바로 창원 정씨(昌原 丁氏)들의 생활 현장이 있었다. 여기에서 파생된 적벽 문학이 17세기 적벽 문학을 열어가는 중요한 부분이다. 아울러 17세기 후반에는 농암 김창협의 적벽 작품이 있어서, 후인들에게 오랫동안 차운되어 대표적인 적벽 문학으로 널리 발전하여 나간다.

물론 17세기에는 이들 외에도 현곡(玄谷) 조위한(趙緯韓), 현주(玄洲) 조찬한(趙纘韓) 형제의 적벽시들, 동복 현감을 하였던 설월당 김부륜의 아들인 계암(溪巖) 김령(金坽)의 적벽시, 지촌(芝村) 김방걸(金邦杰) 등 여러 문인들의 적벽시가 남아 있다. 여기서는 우선 적송과 농암의 적벽시를 통하여 17세기 적벽 문학의 일단을 살펴보기로 하겠다.

4.1. 적송 정지준의 적벽 문학

앞서도 말했지만 창원 정씨는 적벽 문학과 관련되어 매우 중요하다. 그 이유는 적벽에 가장 가까운 곳에서 살던 문중이었기 때문이다. 조선 초 태종대에 정인례(丁仁禮)가 화순군 북면(北面)으로 낙남하였는데, 그가 곧 창원 정씨 동복(同福) 입향조이다. 그는 백아산에서 발원한 남치[藍川] 가에 월영정(月迎亭)을 짓고 은거하였다고 한다. 현재 그의 문집은 남아 있지 않아서 그의 문학에 대하여는 자세하게 살필 수 없지만, 그 후 창원 정씨 문중에는 많은 문학가들이 이어진다.[34]

---

34) 16세기에 이르러 창랑 정암수(1534~1594), 17세기의 적송 정지준(1592~1663), 19세기의 용암 정혁(1824~1883), 20세기의 지암 정만용(1881~1952) 등은 이 문

여기서는 17세기 전반 적벽 문학을 열어간 赤松의 문학에 대하여 살펴보고자 한다. 임란 이후 적벽 문학의 서막을 연 이는 바로 적송(赤松) 정지준(丁之寯, 1592~1663)이었다. 그는 1636년 병자호란 당시에 동복, 옥과, 화순에서 의병을 모집하여 남한산성으로 진군하였다.[35]

그는 본래 압해 정씨에서 나와서 창원군 관(寬)의 11세손이 되었다. 적송의 조부인 창랑 정암수는 임진왜란 당시 고경명과 함께 금산의 전투에 참여하였다. 적송의 부친 정유성은 정유재란 당시 의곡(義穀)을 모아서 군량에 충당하였다고 한다. 이를 보면 임진왜란도 당시에 의병 활동에 적극적으로 나선 집안이었음을 알 수 있다.

그의 가장(家狀)에 의하면 1636년에 병자호란 당시 옥과현감 이흥발, 순창현감 최온, 한림 양만용 등 여러 사람들과 김종지, 하윤구, 족제인 정호민 등과 함께 뜻을 모아서 의병을 이끌고 북진하였다고 한다. 그러나 청주에 이르러 남한산성 아래서 인조의 항복 소식을 듣고, 북향 통곡하고는 돌아와서 아주 숨었다.

병자호란이 지난 후에 고향에 돌아 온 적송은 거처를 동복(同福)의 노루목 적벽 부근으로 완전하게 옮긴 것 같다. 그 전에는 노루목 적벽과는 약 4백여 미터 정도 떨어진 창랑 적벽에 살고 있었다. 그의 가장(家狀)을 보면 이미 창랑공이 남녘땅이 소란스러워지자 赤壁으로 들어갔다고 되어 있는데, 적송 대 이전에는 노루목 적벽에서 십여 리 떨어

중의 대표적인 문인들이었다. 특히 지암은 20세기 '赤壁吟社'를 이끌어 문학공간으로서의 적벽 문학을 마지막까지 발전시켜나갔다. 이런 내용은 정규철의 『역사앞에서』(심미안, 2013)에서 잘 알 수 있다.

35) 그런데 그 구체적인 모습은 『湖南節義錄』에는 나타나 있지 않다. 다만 이 책의 「壬辰義跡」에 그의 부친인 정유성의 조에 세주로 '아들 지준이 병자란 때 창의하였다'고만 적혀져 있다. 『湖南節義錄』에는 적송의 조부인 창랑공과 적송의 부친인 정유성의 기사만 다루어져 남아 있다.

진 창랑(滄浪) 적벽에 살고 있었다. 창랑에서는 조부인 정암수가 창랑
정(滄浪亭)을 짓고 살았다.[36]

적송은 동복현 내서면 학탄, 즉 학여울에 거처를 정하였다. 지금 대
표적인 적벽인 노루목 적벽[장항적벽] 인근이다. 그 후 약 10여년 후
1646년에는 강가에 망미정(望美亭)이라는 누정을 세웠다.[37] 그는 적벽
공간에 은거하면서 문학 활동에 전념하였는데, 그가 남긴 많은 수의 문
학 작품에서 잘 알 수 있다.

그의 문집에는 상당수의 한시가 실려 있다. 아울러「우국가(憂國歌)」,
「충효가(忠孝歌)」등의 작품도 남아 있었는데 1669년 기사년에 일어난
宗家의 화재로 소실되었다고 한다.[38] 이 두 작품은 아마도 시조나 가사
체 작품이 아닌가 여겨지기도 한다.

그의 문집『적송유집』에는 현재 60여수가 넘는 그의 한시가 남아 있
다. 오언절구, 오언율시, 칠언절구, 칠언율시 등 시체별로 분류되어 있
는데, 절구가 50여 수, 율시가 14수 정도 된다. 그 시들은 대체로 적벽
공간에서 지어진 것이 많아서, 당시 적벽의 분위기가 물씬 남아 있다.
그의 문집에는 적벽의 사계를 읊은 네 편의 오언절구가 가장 앞에 실려
있다. 다음은 그 중 첫 번째 시이다.[39]

---

36) 적송 정지준은「赤松遺集」이라는 문집이 남아 있는데, 조부인 창랑 정암수의 문집
인『滄浪遺集』의 부록에 합편되어 있다. 현재 적송의 일대기나 문장은 이「적송유
집」을 통하여 살펴볼 수 있다.
37) 그 누정의 네 벽에는 각각 그림을 그렸는데, 동쪽 벽에는 노중련이 바다를 건너는
모습을, 남쪽은 문천상이 하늘을 쳐드는 모습을, 서쪽에는 형가가 소매 속을 더듬
는 모습을, 북쪽에는 도연명이 취하여 누워있는 모습을 그렸다고 한다. 네 벽의 그
림에서 각각 상징하고 추구하는 것들을 알 수 있다.
38) 정규철, 앞의 책, 111쪽,「망미정 사실」에 실려 있다.
39)『滄浪集』의 부록으로「赤松遺集」이 실려 있다. 그 곳에 실린 첫 번째 시이다.

봄 春

獨坐幽篁裏 깊숙한 대숲 속 홀로 앉으니
芽籜欲二更 띠 풀 처마 집도 어두워가네
春庭恒寂寂 봄의 뜰은 늘 적적하여
惟有山禽鳴 오직 산새 소리뿐이라네

이 시는 적벽의 사계를 읊은 시이다. 그런데 이 시의 기구(起句)는 알다시피 유명한 王維의 시 구절이다. 그 시구를 빌려와서 시작을 하면서 깊숙한 적벽의 봄 풍경을 그리고 있다. 적적하지만 산새들의 울음소리가 들리는 듯하여 자연스러운 의경을 잘 나타내고 있다.

또한 적송은 망미정(望美亭)을 짓고서, 문학 활동을 하였다. 1964년 봄에 편찬된 『동복지(同福誌)』에 의하면, 적벽에는 '적벽팔경(赤壁八景)'이란 이름이 있었다고 전한다. 이는 지방지에만 실려 있는 말인데, 그의 문집 『적송유집』에는 그 작품이 실려 있지 않다.[40] 여기서 적벽 팔경은 강선명월(降仙明月), 환학청풍(喚鶴淸風), 금사어화(金沙漁火), 한암효종(寒庵曉鐘), 한산폭포(寒山瀑布), 화표귀운(華表歸雲), 고소낙조(姑蘇落照), 황니설경(黃泥雪景) 등의 여덟 군데의 경치를 가리킨다. 아울러 적벽이 있었던 동복(同福)에는 이른바 '복천팔경(福川八景)'이라고 하여 여덟 군데의 명승을 거론하고 있다.[41]

17세기 전반의 적벽 문학은 적송 정지준의 문학 활동이 큰 족적을 남

---

40) 이는 팔경시의 전통을 이어서, 적벽 공간의 팔경을 만들어 나간 것으로 보인다. 16세기에는 제봉 고경명의 「滄浪六詠」이라는 연작시가 있어서, 창랑의 여섯 경치를 읊고 있었다. 적벽 공간으로 하면 '赤壁八景'은 이 '滄浪六詠'의 전통을 발전시킨 것이지만, 팔경 문학으로 말하자면 송강 정철의 '關東八景'을 이어 받아서, 적벽 팔경 문학을 성립시켰다고 할 만하다. 그러나 그 구체적인 작품들이 아직 발견되지 않고 있다.

41) 『同福誌』, 연활자본 1책, 同福鄕校刊. 1964.

겼다. 물론 적송보다 약간 윗세대인 하금사(河錦沙)와 나창주(羅滄洲) 등 여러 작가들도 작품을 남기고 있어서, 적벽 문학이 크게 발전하여 나가는 기틀을 잘 마련하고 있었다.[42]

4.2. 농암 김창협의 적벽 문학

17세기 전반에 창원 정씨들의 주요 작품에 이어서, 17세기 후반에는 문곡 김수항을 비롯한 안동 김씨 가문의 적벽 문학을 특히 주목할 만하다. 이 가운데 농암 김창협의 적벽 문학은 매우 중요한 위치를 차지하고 있다. 농암을 비롯한 안동 김씨 인물들에 의하여 무등산권 화순 적벽이 경향(京鄕)에 널리 알려지게 되었다고 할 수 있기 때문이다.

잘 알다시피 문곡 김수항은 전라도와 매우 관련이 깊은 인물이다. 그는 육조의 판서를 역임하는 등 요직에 있었다. 그러다가 1689년 태조어용(太祖御容)을 전주에 모셔놓고 돌아오는 길에 기사환국이 일어나 南人이 재집권하게 되었다. 그 과정에서 김수항은 탄핵을 당하여, 위리안치 되었던 유배지 나주를 거쳐 다시 진도로 유배를 갔다. 그리고 그곳에서 운명하였다.[43]

문곡은 많은 작품을 남겼는데, 적벽(赤壁)과 관련하여서도 몇 편이 남아 있다.[44] 처음 그의 적벽 시는 중국의 적벽을 대상으로 하였다.

---

42) 하윤구(河潤九, 1570~1646)의『錦沙集』에, 나무송(羅茂松, 1577~1653)의『滄洲先生遺稿』에 적벽 관련 여러 작품이 실려 있다. 17세기에도 이미 문학 공간으로서 적벽이 널리 확대되고 있었음을 알 수 있다.
43) 호남지방문헌연구소 편,『호남유배인 기초목록』, 전남대학교출판부, 2017, 49쪽.
44) 그러나 문곡은 직접 무등산권 화순 적벽을 가지 못하였다고 생각되었지만, 적벽을 방문하였다는 기록도 남아 있다.「與金文谷相酬於赤壁」이라는 시가 적송의「적송유집」에 실려 있다. 좀 더 자세하게 살펴 볼 필요가 있다.

다음이 그 시이다.

赤壁泛舟 課作 적벽에서 배를 띄우다 과작[45]

萬里黃州客 만리 황주로 귀양 온 유배객
三年赤壁秋 적벽에서 삼 년을 지냈다네
湘潭漁父問 상담에서는 어부가 물었고
采石謫仙遊 채석강에선 적선이 노닐었지
夢罷人疑鶴 꿈 깨어 도사가 학인 줄 의심하니
江空月在舟 강엔 달빛 실은 빈 배만 떠 있네
涼風起天末 서늘한 바람이 하늘가에서 불어오니
先憶鳳凰樓 먼저 봉황루 생각이 나네

이 시는 황주(黃州)로 귀양 온 소식(蘇軾)이 적벽에서 배를 띄우면서 유람하였던 내용을 지은 「적벽부(赤壁賦)」와 굴원(屈原)이 소요하고 이 태백(李太白)이 노닐었던 장소 등을 읊은 시이다. 전라도 적벽을 그리고 있는 작품은 아니다. 이처럼 누구에게나 적벽은 소동파가 귀양을 갔던 중국의 황주 적벽을 가리키는 말이었다. 그러나 물론 무등산권 동복에도 적벽이 있다는 것은 그도 잘 알고 있었다.[46] 다음의 시는 전라도 적벽을 상상하며 지었지만, 실경을 다루고 있는 것은 아니다.

오래전부터 동복의 적벽에 자못 아름다운 경치가 있다는 말을 듣고 도 그곳에 직접 찾아가 소동파의 놀이를 이어 갈 길이 없었다. 재미삼 아 절구 한 수를 지어 흥을 부쳐 보다가 운로 사또에게 보내 화답을 구

---

45) 『文谷集』권2에 실려 있다. 이하 번역은 한국고전번역원 번역문을 참조하였다.
46) 이는 안동 김문의 대표 인물이자 문곡의 종조부인 金尙容의 시가 남아있는 것으로 도 이미 안동 김문에 무등산권 적벽이 알려져 있었음을 보여주고 있다. 「赤松遺集」에 김상용의 「赤壁題詠」 시가 실려 있다.

하였다 久聞同福赤壁, 頗有勝槩. 無由致身其間, 以續坡仙之遊. 漫吟一
絶寄興. 仍奉雲老使君要和[47]

水落山高赤壁秋　물이 줄어서 산이 높은 적벽의 가을이여
福川何似舊黃州　동복천은 어떻게 옛 황주 땅과 비슷할까
騷人不及橫江鶴　문인들은 강을 가르는 학에는 못 미치지만
飛度臨皐十月舟　시월의 배를 타고 임고에 날듯이 건넌다지

　이처럼 문곡은 화순 적벽에는 직접 가지 못하였지만, 그 이름을 익히
알고 있었다. 안동 김씨 가문의 적벽 문학은 대 문장가이자, 문곡의 아
들인 농암, 삼연 대에 와서 활짝 피어나게 되었다. 그들은 1677년 겨울
영암에서 부친을 뵙고 귀향하는 길에 적벽에 들른다. 당시 무등산권 화
순 적벽은 서울의 문인들에게도 어느 정도 알려져 있었다. 다음은 그들
의 적벽시 가운데 대표적인 한 수이다.

赤壁 적벽[48]

連峯無數上靑天　연이은 봉우리 수없이 푸른 하늘에 치솟고
下有滄浪一道川　그 아래 한 줄기 쪽빛 물결 감아도네
削出層巖類神鬼　깎아지른 험한 바위 신기한 모습 영락없고
結爲空翠似雲煙　맺혀 서린 산 안개 구름 연기 흡사하네
松杉盡向潭中寫　소나무 전나무들 못 속에 다 비쳐 있고
日月疑從石上懸　해와 달은 그야말로 돌 위에 매달린 듯
見說陰厓有巢鶴　높은 비탈 저 위에 학의 둥지 있다 하니

---

47) 『文谷集』권4에 실려 있다. 雲老 사또는 趙景望(1629~1694)이다. 그의 호는 奇窩
　　이고, 雲老는 그의 자이다. 본관은 林川이며, 1677년(숙종 3) 6월 22일 同福縣監에
　　임명되었다. 『農岩集』에는 「送趙使君宰同福序」라는 작품이 남아있기도 하다. 한
　　국고전번역원 번역문을 참조하였다.
48) 『農岩集』권1에 실려 있다. 이하 한국고전번역원 번역문을 참조하였다.

夜深應夢羽衣仙　깊은 밤 잠자리에 신선의 꿈을 꾸리

이 적벽 시 마지막 구는 학창의를 입고 꿈속에 나타났다는 적벽고사(赤壁故事)를 읊은 것이다. 이 시는 그 후에 많은 사람들이 차운을 하는 대표적인 적벽시가 되었다. 이 시는 실경을 아름답게 읊고 있다. 그러면서 마지막 구에서는 '신선의 꿈'이라는 도가적 의경을 그리고 있다. 신선과 같은 도가적인 색채는 적벽 문학의 한 특징이라고 할 수 있다. 그 밖에도 농암은 적벽 지구에서 여러 편의 한시를 남기고 있다.[49] 농암의 이 시는 적벽을 찾았던 삼연 김창흡에 의하여 또다시 차운된다.[50]

赤壁次仲氏韻　적벽, 중형의 시에 차운하며[51]

馬上看看壁到天　말 위에서 보니 절벽은 하늘에 닿았는데
幾尋長影臥晴川　몇 길이나 되는 긴 그림자는 푸른 물에 누워있네
層層負勢排蒼木　층층히 쌓인 곳에 푸른 나무들이 가지런하고
隱隱橫紋起紫烟　은은한 가로 무늬 위에 붉은 연기 피어나네
恍惚天台橋上望　황홀하구나 천태교 위에서 바라다보니
依俙巫峽障中懸　아마도 무협의 벼랑 속에 걸려 있는 듯
雲根側畔樽罍滿　구름 내려서 기울어져 술잔에 가득차고
句漏南昌坐列仙　남창에는 여러 신선들이 앉아 있는 듯하네

이 시에서도 마지막 구절에 남창에는 여러 신선들이 앉아 있는 듯하

---

49) 『農岩集』권1에 「勿染亭」 등 여러 편의 시가 남아 있다. 이 시도 앞의 시 「赤壁」과 마찬가지로 귀향길에 들러 지은 것이다.
50) 농암의 年譜에는 1677년 농암이 27세 때, 적벽을 찾은 것으로 되어 있다. 그때 동생인 夢窩 金昌集, 圃陰 金昌緝과 함께 하였다고 되어 있다. 따라서 三淵은 그 후 다른 시기에 찾아간 것으로 보인다.
51) 『三淵集拾遺』권10에 실려 있다.

다고 하였다. 도가적인 신선의 세계를 잘 이어받아 묘사하고 있다. 이
처럼 안동 김씨 가문의 적벽 관련 시들, 특히 농암의 적벽 시는 그 후 많
은 시인들의 차운을 이어지게 하였다. 이로 인해 전라도 동복(同福)의
적벽(赤壁)이 경향에 더욱 더 널리 알려지게 되는 계기가 되었다.

5. 18세기 무등산권 적벽 문학

무등산권 화순 적벽은 18세기에도 여러 문인들에 의하여 문학 활동
이 이어진다. 특히 서울 근기(近畿)의 문인으로 호남을 여행하면서, 적
벽 문학을 남긴 사람들이 늘어났다. 그 대표적인 사람이 18세기 전기에
호남을 여행하였던 담헌 이하곤, 18세기 후반에 호남을 여행하였던 다
산 정약용이었다.

물론 18세기에는 노촌(老村) 임상덕(林象德), 춘주(春洲) 김도수(金道
洙), 오재(寤齋) 조정만(趙正萬) 등 많은 시인들이 무등산권 적벽을 유람
하면서 그에 대한 시를 남기고 있다. 특히 오재(寤齋)는 「복천동유기(福
川同遊記)」라는 여행기를 남기고 있기도 하다. 여기서는 담헌과 다산
의 호남 여행에 따른 적벽 작품을 간단하게 살펴보기로 하겠다.

5.1. 담헌 이하곤의 적벽 문학

담헌 이하곤은 경주 이씨로 서인 소론계 학자였지만, 노론계와 매우
가까웠으며, 특히 남인들과도 당색을 초월하여 교유하였다. 그는 관직
에 나아가는 것보다는 학문과 예술에 힘썼으며, 장서루(藏書樓)를 만들

어 많은 서책(書冊)을 모으기도 하였다. 또한 1722년에 남쪽인 호남을 여행하면서 「냄행집(南行集)」과 「남유록(南遊錄)」이라는 중요한 호남 기행작품을 남긴다.

널리 알려진 이야기지만, 그가 남쪽을 여행한 것은 장인의 유배지에 찾아가는 여정 때문이었다. 담헌의 부인 은진 송씨는 옥오재(玉吾齋) 송상기(宋相琦, 1657~1723)의 딸이었는데, 옥오재는 1722년 신임사화에 강진으로 유배를 가게 되었다.[52] 또 담헌의 처조부는 송규렴이었는데, 그의 처남이 바로 문곡 김수항이었다. 담헌은 그러한 연유로 말미암아 젊어서 농암 김창협의 문하에서 공부를 하게 된다. 그러면서 담헌은 김창협, 김창흡으로부터 적벽 관련 많은 내용을 들었다고 한다.[53]

담헌은 3개월간의 호남여행을 하면서, 많은 시분과 함께 12월 5일의 적벽 유람일기, 그리고 「적벽가(赤壁歌)」를 남겼다.[54] 특히 이 적벽가는 57구에 이르는 장편의 작품으로 주목되는 노래이다.

> 昔者蘇子瞻　옛날에 소자첨이
> 秋月游赤壁　가을에 적벽을 유람할 때
> 擊楫溯空明　밝은 달 아래 노 저어 올라가면서

---

52) 호남지방문헌연구소 편, 『호남유배인 기초목록』, 전남대학교출판부, 2017, 130쪽.
53) 담헌 이하곤에 대한 첫 연구는 이선옥의 「담헌 이하곤의 회화관 연구」, (서울대학교 석사학위논문, 1987)에서 이루어졌다. 그 후 지금까지 10여명 내외의 연구자들이 이 연구 논문을 썼다. 그 가운데 이상주는 「담헌 이하곤 문학의 연구」로 박사학위 논문을 받았으며, 담헌의 「南行集」과 「南遊錄」을 번역하여, 『18세기 초 호남기행』(이화문화출판사, 2003)이라는 책을 출판하면서, 담헌 연구에 큰 업적을 이루기도 하였다. 최근에 담헌의 호남여행과 관련되어서도 여러 편의 논문이 나왔는데, 김덕진의 「이하곤의 호남유람과 소쇄원 방문」(『지역과 역사』제26호, 부경역사연구소, 2010)이 있고, 이경순의 「18세기 전반 이하곤의 호남 여행과 사족연망」(『동국사학』제53집, 동국사학회, 2012) 등이 있다.
54) 『頭陀草』册十, 詩, 南行集[下], 「赤壁歌」

吹簫江月白 달 밝은 강에선 퉁소를 불었다네
歸來仍作赤壁賦 돌아와서 적벽부를 지었는데
至今讀之爽心魄 지금 읽으니 마음이 상쾌하여
怳如抱明月挾飛仙 밝은 달을 안고 나는 신선을 옆에 끼고
翶翔游戲於三島十洲之側 신선의 세계로 날아가서 노닌 듯 황홀하
였네
(이하 절선)

적벽은 늘 선경(仙境), 신선(神仙)의 공간이 되었다. 이처럼 하나의 문학 공간이 도가적 색채를 짙게 드리운 곳도 무척 드문 일이다. 바로 적벽(赤壁)은 늘 신선 공간으로 인식되고 있었음을 보여주고 있다. 담헌은 「적벽가」 외에도 농암의 적벽 시에 차운시를 남긴다.

赤壁, 奉次農巖先生韻[55] 적벽, 농암선생의 운에 삼가 차운을 하면서

巉岩危壁上參天 뾰족한 바위 깎아지른 절벽 하늘에 닿았는데
爲有深根直揷川 깊은 바위 뿌리는 시냇물에 밝힌 듯하네
勢已削成難着樹 깎아지른 절벽엔 나무가 붙어 있기 어렵고
色如浣淨自無烟 빛깔은 아주 맑아서 뿌옇지가 않다네
未具扁舟能夜泛 작은 배 갖추어 한 밤 중에 띄우지도 못하면서
空敎明月只秋懸 공연히 밝은 달만 가을 하늘에 달려있게 하였네
萬里黃岡疑在此 만리 황주 땅이 여기에 있는 것 같으니
長吟二賦憶蘓仙 길게 두 부를 읊으면서 소동파를 생각하네

이 시는 농암의 적벽시를 차운한 시이다. 농암의 적벽시는 많은 문인들에 의하여 차운되었는데, 담헌의 시도 그 중 대표적인 차운시라고 할 수

---

55) 『頭陀草』 册十, 詩, 南行集[下], 이상주, 앞의 책에서 참조.

있다. 담헌은 이 밖에도 농암의 「물염정(勿染亭)」 시에도 차운을 한다.

아울러 그의 호남 기행문인 「남행록(南行錄)」의 12월 5일자 기록은 적벽을 여행한 기록이 남아 있다. 그 기록은 고을의 원인 이현경 효백을 위로한 일, 이두경 웅칠을 만난 일 등을 적었는데 모두 소시적의 친구였다고 하였다. 웅성산, 강선대를 구경하고 적벽에 나아가서 회포를 읊은 이야기, 신보와 술을 한잔 한 이야기, 소자첨이 노닌 것처럼 적벽에서 논 이야기를 적었다. 창랑정, 물염정을 거쳐서 서봉사로 간일까지 적고 있다.56)

적벽의 산문 기록은 한시 작품에 비하여 적게 남아 있는 편이다. 임란 이전에는 고경명의 「유서석록(遊瑞石錄)」에 있는 적벽 관련 기록이 있으며, 다음으로는 학봉 김성일의 「유적벽기(遊赤壁記)」가 남아 있었다. 조선 후기에 이르러는 이들 산문에 이어진 첫 번째 작품으로는 담헌 이하곤의 「남행록」 속의 적벽(赤壁) 기록을 들 수 있다. 비록 이 담헌의 유람기는 짧은 일기이지만, 중요한 기록이라고 할 수 있다.

5.2. 다산 정약용의 적벽 문학

18세기 후반이 되면 다산 정약용의 적벽 관련 작품들이 주목할 만하다. 다산은 화순 현감으로 있던 부친을 따라서 화순에 오게 된다. 다산은 그 당시 화순의 동림사(東林寺)에서 학업을 하던 중에 무등산을 등정하는 등, 인근의 여러 명소들을 찾아간다. 그 한 경우로 적벽 지역을 유람하였고, 몇 작품들을 남기고 있다. 먼저 그의 작품으로 물염정(勿染亭)에 대한 시가 남아 있다.

---

56) 이상주, 앞의 책, 259쪽 참조.

遊赤壁亭子 적벽강 정자에서 노닐며57)

歷歷秋沙細逕分 해맑은 가을 모래에 가는 길이 나 있고
洞門靑翠欲生雲 동문의 푸른 산엔 구름이 피어나네
溪潭曉浸臙脂色 새벽녘 시냇물엔 연지 빛이 잠기었고
石壁晴搖錦繡文 깨끗한 돌벼랑에 비단무늬 흔들린다
刺史燕游誰得趣 수령의 한가한 놀이 누가 흥취 즐기나
野人耕釣自成群 시골 사람 무리지어 밭 갈고 낚시하네
獨憐山水安孤僻 사랑스러워라 고운 산수 외진 곳에 자리잡아
不放名聲與世聞 명성 함부로 흘려 세상에 드러나지 않는다네
(절선)

물염정(勿染亭)에 대한 다산의 시는 아름다운 경치를 그리는 것부터 시작하고 있다. 그러면서 이 고운 산수가 외진 곳에 있어서, 아직 세상에 널리 드러나지 않았음을 알려주고 있다. 또 시골 사람들이 무리 지어, 밭 갈고 낚시를 한다고 하였는데, 다산이 생각한 태평성대의 농촌 모습을 나타내고 있는 것 같기도 하다.

적벽의 물염정에 대한 작품은 이와 같은 한시 외에도, 「유물염정기(遊勿染亭記)」라는 기문(記文)이 남아 있다.58) 1778년에 물염정을 다녀와서 지은 기문이다. 기문은 처음 누정의 위치, 여행 일시에 대한 설명으로 이어진다. 물염정에 대한 평가와, 사람이 마음을 먹으면 여행을 바로 시도 하여야 된다는 말을 적고 있다. 드디어 물염정에 올라 적벽을 얼굴로 한 적벽 경관 설명이 이어지고 있다.59)

---

57) 『다산시문선』권1에 실려 있다. 이 시는 '勿染亭으로 同福縣에 있다'라는 주가 붙어 있다. 한국고전번역원의 번역문을 참조하였다.
58) 『다산시문집』권13에 「遊勿染亭記」, 「遊瑞石山記」, 「東林寺讀書記」 등 관련 기문이 실려 있다.
59) 물염정(勿染亭) 문학에 대하여는 권수용의 「화순 勿染亭과 적벽문화」(『역사학연구』제44집, 호남사학회, 2011)에 비교적 자세한 연구가 이루어지고 있다.

이처럼 다산의 적벽 문학은 18세기 후반의 적벽 풍경을 그리고 있으며, 특히 물염정을 여행한 기록을 남기고 있어서 매우 중요하다고 할수 있다. 특히 사람들의 삶의 생활 현장이라는 인식을 가지고, 그 모습을 나타내기도 하여서 실학자다운 면모가 보이기도 함을 알 수 있다.

6. 19세기 무등산권 적벽 문학

18세기 적벽 문학에 이어서, 19세기에도 물론 여러 적벽 작품들이 나타나고 있다. 특히 적벽 지역에서 생애 후반을 보냈던 김삿갓, 그리고 매천 황현의 시들이 주목할 만하다. 물론 이 밖에도 농암의 적벽시에 차운을 한 연천(淵泉) 홍석주(洪奭周)나 사애(沙厓) 민주현(閔胄顯), 용암(蓉巖) 정혁(丁爀) 등의 적벽시들이 있다. 또 고경명의 후손인 회운(晦雲) 고제림(高濟琳)은「적벽부(赤壁賦)」를 남기기도 하였고, 연천(淵泉) 홍석주(洪奭周)의 외손인 미산(眉山) 한장석(韓章錫)은「강남간사록(江南幹事錄)」이라는 적벽 기행문을 남기기도 하였다.

말하자면 19세기에도 여러 많은 문인들에 의하여 무등산권 적벽 관련 시문이 창작되고 있었다. 여기에서는 난고 김립 즉 김삿갓의 작품과 매천 황현의 작품을 간단하게 들면서, 19세기 무등산권 적벽 문학의 흐름을 살펴보기로 하겠다.

6.1. 난고 김립의 적벽 문학

흔히 김삿갓으로 알려진 김병연(金炳淵), 김립(金笠)은 1807년(순조

7)에 태어나 1863년(철종14)에 운명한 방랑시인이다. 19세기 중엽에 화순 동복으로 들어와서 소요하다가, 창원 정씨 종가집 사랑채에서 운명하였다고 여러 구전을 통하여 알려져 있었다. 이러한 구전들은 이응수 선생이나, 그 이후의 여러 문인들의 책에 수록되었다. 그리고 화순의 향토사학자인 문제선 선생이 일찍이 이를 정리하여 그의 초분지에 대하여 발표하기도 하였다.[60]

그런데 그가 동복으로 들어온 일도 실은 무등산권 화순 적벽이라는 문학 공간이 그를 이끌었던 것이라고 여겨진다. 그러나 지금까지는 김삿갓의 화순관련 적벽 관련 시가 남아있지 않았다.[61]

몇 해 전에 필자는 여러 필사 시집 가운데서 「장유적벽탄유객무주(將遊赤壁歎有客無酒)」라는 김삿갓의 시를 발견하였다. 그 시의 창작연대는 구체적으로 알 수 없지만, 시 제목 아래 '김병연의 「유적벽(遊赤壁)」 시는 옛날 자첨[蘇東坡]의 유람을 본뜬 것이다(金炳淵遊赤壁擬古子瞻遊).'라고 기록되어 있어서, 김삿갓의 적벽 유람시 임을 알 수 있다.

「적벽을 유람하려는데 나그네만 있고 술이 없는 것을 한탄하다(將遊赤壁歎有客無酒)」라는 동시(東詩)이다. 이 시는 다섯 부분으로 나누어지는데, 다음은 그 첫 번째 단락이다.

古跡田間籬歌夜 옛 자취를 돌아보니 퉁소 노래하는 밤인데
鳧飛鳥去蒼茫洲 참새와 까마귀 날아가는 푸르고 아득한 물 섬이네.
秋風岳陽上詩杜 가을바람 부는 악양루에 시 올린 두보이고
夕陽滁亭歸醉歐 석양의 저정에서 취해 돌아간 구양수라네.

---

60) 문제선, 「김삿갓 初墳地에 대한 고찰」, 전남향토문화연구논문발표, 제1회, 1999.
61) 기존에 화순에서 발견된 김삿갓의 시라고 일부 연구자들에게 알려진 시들은 부분적으로 중국 唐代의 錢起, 韓愈의 시를 적어 놓은 것이다. 그래서 본격적인 김삿갓의 동복 적벽 관련 시는 몇 편의 동시자료들이라고 할 수 있다.

虛汀八月不見人 빈 물가는 팔월이지만 사람을 볼 수 없고
露葭蒼蒼江水悠 이슬 맞은 갈대만 푸릇푸릇 강물은 유유히 흐르네.

위는 시의 첫 번째 부분이다. 흔히 첫구, 첫구 받침, 입제(立題) 등으로 불리는 데, 이 부분에서는 시제(詩題)와 관련된 내용을 만들어 나간다는 뜻이다. 여기에서는 팔월의 밤에 유람을 하는 모습을 잘 나타내고 있다. 일찍이 두보가 악양루에서 시를 짓듯, 구양수가 저정에서 취하였던 기분으로 유람을 시작하는 모습을 그리고 있다. 다음은 이 시의 마지막 부분이다.

蘭槳已斷望美歌 목란의 삿대엔 이미 망미가가 끊어지고
斗酒全空歸婦謀 한 말 술이 다 떨어져 부인에게 가서 상의를 하네.
江亭勿染亦無聊 강가 징자 물염징 또한 무료하니
主去多年花木幽 주인이 떠나간 지 여러 해인데 꽃나무만 우거졌네.
浮雲萬里浪跡通 뜬 구름은 만 리에 낭자한 자취를 통하고
明月千年虛影留 밝은 달은 천 년에 허공의 그림자만 남겼네.

이 시에서 망미가(望美歌)는 17세기 적송 정지준이 지었던 망미정(望美亭)이라는 적벽의 정자에서 들리는 노래와도 연관이 있는 말이다. 또한 적벽에는 물염정(勿染亭)이 있는데, 주인이 떠나간 물염정은 무료하기만 하다고 하였다. 모두 지나간 옛 일에 대한 회고의 정이 나타나있다. 마지막 구절 '뜬 구름은 만 리에 낭자한 자취를 통하고, 밝은 달은 천년에 허공의 그림자만 남겼네.'라는 웅혼한 시구를 남겨서 대미를 장식하였다.[62]

---

62) 김립은 일반 한시 약 250여 수가 남아 있는데, 그의 東詩 작품들도 대략 그 정도의
   분량이 남아 있다. 다만 그가 적벽에서의 문학 활동이 東詩로만 남아 있어서, 이 작

김삿갓은 조선 후기 19세기의 대표적인 한시인이다. 그런데 아직은 그의 일생에 대하여 전기적인 면에서나, 혹은 작품 자체의 자료학적인 면에서나 불분명한 부분들이 많이 남아 있다.[63] 앞으로 더욱 더 완전한 연구가 계속 이루어져 나가야만 할 것이다.

6.2. 매천 황현의 적벽 문학

19세기 후반에도 많은 무등산권 적벽 관련 시가 이어지고 있었다. 그 가운데서 매천 황현의 적벽 관련 작품들이 주목할 만하다. 매천은 1895년 그의 나이 41세 때에 적벽을 유람하고 나서, 관련되는 작품들을 여러 편 남겼다. 먼저 농암의 적벽시에 차운을 하여서, 농암 적벽시가 계속하여 차운되는 모습을 잘 보여주고 있다.

赤壁亭謹次金農巖先生韻 적벽정에서 삼가 김농암 선생의 시에 차운하다[64]

壁勢盤盤欲引天 암벽 모양은 판판하지만 하늘을 끌어당기듯
雲根環鎖一灣川 안개구름은 빙 둘러 한 구비 냇물에 잠기는 듯
隔江人語答淸響 강 건너 사람 소리는 메아리로 맑게 울리고
終古夕陽生紫烟 예로부터 석양빛은 붉은 놀을 만들었겠지
楓氣橫秋無際上 가을 하늘 가득한 단풍 기운은 끝이 없는데

품들이 주목되는 이유이다.
63) 호남지방문헌연구소에서는 2007년 광주 아시아문화의 전당 홍보관에서 김삿갓 탄생 200주년 기념 전시회를 하였다. 당시 김삿갓의 위의 적벽 시를 공개하였고, 새롭게 발견된 김삿갓의 많은 동시 자료를 전시하기도 하였다.
64)「乙未稿」(1895, 고종 32) 매천의 나이 41세 때 지은 시고이다. 한국고전번역원 번역문을 참조하였다.

鶴巢如月自高懸 달덩이 같은 학 둥지는 높이 달렸구나
此間定勝黃州境 이곳 경치가 분명 황주의 승경보다 나으니
惱殺當年作賦仙 그 때에 부 짓던 신선은 마음이 괴롭겠네

매천은 위의 시처럼 농암의 적벽 시에 차운을 하였다. 마지막 구절에
서는 적벽이 황주의 승경보다 낫다고 하였다. 그 때에 賦(부) 짓던 신선
이란, 바로 소동파를 가리키는 말이다. 그가 이곳 무등산권 화순의 적
벽을 와 보지 못하였으니, 마음이 괴로울 것이라고 하였다.

아울러 『매천집』 권6에는 그의 記 문학 작품으로 적벽을 유람하고
남긴 「적벽기(赤壁記)」가 있다. 이 기문의 특징은 대상 경치를 잘 그리
고 있다는 점이다. 즉 적벽의 형세를 구체적으로 묘사하고 있다는 것이
다. 서두에는 유람 시기와 적벽의 위치를 간략하게 말하였다. '을미년
(1895, 고종32) 9월에 나는 동복현(同福縣) 적벽(赤壁)을 유람하였다.
이 벽(壁)은 동복현에서 서북쪽으로 20리쯤에 있다.'라고 하여 시기와
위치를 기록하였다. 그리고 이어서 벽(壁)이라는 이름이 붙게 된 내력
을 설명하면서, 벽(壁)의 형세를 표현하고 있다.65)

벽의 형세는 곧바로 깎아지른 듯하니, 비유하자면 머리에서 발끝까
지 먹줄을 튕긴 듯 일직선이며, 높이는 측량할 수 없을 정도다. 그렇게
완전히 수직이다 보니 도리어 고개를 숙인 듯한 모습이다. …… (중
략) …… 벽은 본래 일정한 색이 없이 푸르고 검고 흰 것이 뒤섞여 있
다. 하지만 은은하고 성대하게 가로 무늬를 이루고 있는 색은 대부분
붉은색이다. 그리고 한창 가을이 깊어지면 자주색 끈이 늘어진 것처
럼 늙은 이끼가 길게 드리워진다. (하략)

---

65) 『梅泉集』 권6, 「赤壁記」이다. 한국고전번역원의 번역문을 참조하였다.

또 매천은 이 기문의 마지막 부분에 삼연 김창흡이 지은 농암의 적벽시에 대한 차운시의 첫 구절을 들고 있어서 주목된다. 말을 타고 장항적벽을 들어서는 순간, 그 적벽은 하늘 높이 솟아서 절경에 압도되었다는 설명이다.

> 강가에 자그마한 정자가 있는데, 부침(浮沈)을 되풀이 한 탓에 읊어 놓은 시가 많다. 그중에서 삼연(三淵)의 율시(律詩) 첫 구가 가장 묘(妙)를 얻었다. "말 위에서 바라보니 벽이 하늘에 닿았네.〔馬上看看壁到天〕"라는 구절이다. 이 한마디 말로 다 표현하였고, 나머지는 이어지지 않는다. 아마도 절경에 압도된 탓이리라. 66)

19세기 적벽 문학으로는 위에서처럼 난고 김립의 적벽 관련 동시(東詩)들이, 후반에는 매천 황현의 적벽관련 한시와 기문들이 중요한 작품으로 여겨진다. 특히 매천의 「적벽기(赤壁記)」는 적벽을 구체적으로 사실적으로 묘사함으로써, 조선 후기 적벽 문학의 대미를 장식하고 있다.

7. 맺음말

지금까지 전남 화순에 있는 무등산권 적벽에 대하여 조선시대에 창작되어진 문학작품을 시기적으로 살펴보았다. 적벽은 이미 고려 말부터 찾는 이가 있었는데, 문학적 인식이 활발해진 시기는 조선 전기 16세기 무렵부터이다. 처음으로 '적벽'이라는 '자연 공간'을 '인문 공간'으

---

66) 『梅泉集』 권6 「赤壁記」에 대한 한국고전번역원 번역문에서는 '강가의 자그만 정자'를 勿染亭으로 보고 있다. 그래서 삼연의 위의 시를 勿染亭에 대한 시로 보고 있다. 그런데 이는 노루목 적벽에 있는 望美亭으로 보는 것이 맞을 듯하다.

로 만들어간 이는 신재 최산두이다. 그는 기묘사화로 동복으로 유배를 와서 해배 되고도 떠나지 않고 살다가 그곳에서 운명을 하였다. 그의 <제물염정> 시는 이견이 있기도 하고 낙구만 전하지만, 현재까지 남아있는 최초의 무등산권 적벽 관련 시로 여겨진다.

그 이후에 석천 임억령의 적벽 관련 시는 매우 의미 있는 시이다. 이후로도 하서 김인후. 송천 양응정 등 호남 문인들의 한시가 이어졌고, 제봉 고경명은 10 여수 이상의 적벽 한시를 남기면서 주요한 적벽 문학의 작가가 되었다. 이를 통하여 무등산권 적벽이 호남 문인들의 주요한 문학 공간으로 변하고 있음을 알 수 있다.

게다가 갈천 임훈, 설월당 김부륜, 학봉 김성일, 한강 정구 등 영남의 문인학자들이 전라도의 관인으로 부임하여 옴에 따라서, 적벽 관련 많은 작품들이 창작되었는데, 이 또한 매우 의미 있는 일이라고 여겨진다. 16세기 무등산권 적벽 관련 산문으로는 1574년 제봉 고경명의 <유서석록>에 적벽 관련 유람이 실린 후에, 1586년에 학봉 김성일의 <유적벽기>가 이루어진다. 이들 산문들을 통하여 그 당시 많은 문인들이 적벽을 유람하였음을 알려주고 있으며, 적벽 관련 문학 작품이 상당 수 남아 있을 것으로 추정된다. 적벽 문학은 무엇보다 신선(神仙)의 공간으로서의 인식이 매우 강하다. 현실을 떠나서 유배 중에 찾은 곳이라는 점에서도, 이상향적인 공간으로서의 염원이 표현되어 있기도 하다. 이는 소동파의 <적벽부>에 깃든 신선사상 등이 영향을 미친 것이다. 이러한 점은 적벽 문학에 나타난 일부 작가들의 은둔사상과도 연결되리라 여겨진다.

그러나 이 글에서 다룬 적벽 문학의 작가들은 대개 관인들이다. 그들에 의하여 적벽 문학이 본격적으로 개척되고 있었다는 것은 적벽이 깊숙한 은둔의 공간이 아니었음을 보여주고 있다. 유학자들에겐 유람의 공간이었으며, 학봉의 <유적벽기> 등에서처럼 때로는 유학자의 근면함과 학문 연구가 강조되고 있음을 보여 주기도 한다. 조선 전기 16세기는 무등산권 적벽 문학이 시작하여 일어나는 시기라고 할 수 있다. 이후 임진왜란을 거치며 17세기가 되면서부터 적벽 문학이 본격적으로 발전하여 가는 토대가 만들어지고 있음을 알 수 있다.

17세기 전반에 여러 문인들의 적벽 시가 이어지고 있었지만, 적벽에 근접하여 생활하였던 창원 정씨 가문의 문인들에 의하여 적벽 관련 한시들이 주로 창작되었다. 그 중심에는 적송 정지준이 있었다고 할 수 있다. 그리고 후반에는 안동 김씨 가문들의 문인들이, 특히 농암 김창협의 적벽시가 창작되어, 오래도록 후대 문인들에 의하여 차운시가 이루어졌다.

18세기에는 담헌 이하곤의 호남 여행으로 인해, 기행문인 「남유록(南遊錄)」소재의 적벽 유람 일기와 함께 한시들이 지어지게 되었다. 후반에는 다산 정약용의 화순 여행으로 적벽 관련 작품들도 여러 편 지어졌다. 또한 「유물염정기(遊勿染亭記)」라는 적벽 기행문도 나타나서 물염정 문학을 풍부하게 만들어 주고 있었다.

19세기에는 김립의 적벽 관련 동시(東詩) 작품들이 나타났다. 기존에 김립의 화순이나 적벽 등에 대한 시 작품이 없었기에 아쉬움이 있었다. 그런데 김립의 적벽 관련 동시가 몇 편 발견되어서, 적벽 문학을 풍부하게 만들어 주고 있다. 19세기 후반에는 매천이라는 걸출한 시인이 적벽을 유람하면서, 「적벽기(赤壁記)」를 남기고 있으며 관련되는 한시 작품들을 남기고 있었다. 이 글에서는 조선시대의 적벽 문학 작품 가운데, 눈에 띄는 일부만을 소개하였다.

무등산권의 적벽에 대한 작품들은 대개는 소동파가 그러하였듯이 적벽 공간에 대하여 신선(神仙) 세계를 그리는 점이 계속되고 있었다. 그러면서 가끔 유가적이거나 실학적인 모습을 나타내기도 하였다. 그러나 무엇보다 적벽의 아름다운 실경(實景)을 그리는 일도 계속 이어지고 있었다고 할 수 있다.

적벽(赤壁)은 동아시아의 대표적인 문학 공간이다. 그 문학적인 성취의 바로 한가운데 한국의 무등산권 화순 적벽이 자리 잡고 있다는 사실을 상기하여야 할 것이다. 필자는 이 글에서 이러한 내용의 일단을 밝히고자 조선시대 무등산권 적벽 문학을 통시적인 관점에서, 그 주요한 작품들을 간단하게 살펴보았다.

참고문헌

1. 자료

高敬命, <遊瑞石錄>, 『霽峯集』

高敬命, 『國譯 霽峯全書』, 한국정신문화연구원, 2004 재간행.

金富倫, 『雪月堂集』

金誠一, 『鶴峰全集』

金壽恒, 『文谷集』

金麟厚, 『河西全集』

金昌協, 『農岩集』

梁應鼎, 『松川集』

梁應鼎, 『松川集』

林億齡, 『石川集』

丁巖壽, 『滄浪集』

丁若鏞, 『茶山詩文選』

丁之雋, 『滄浪集』附, 「赤松遺集」

崔山斗, 『新齋先生文集』

黃玹, 『梅泉集』

필자 소장, 金笠 東詩 관련 필사자료집

2. 논저

권수용, 「화순 勿染亭과 적벽문화」, 『역사학연구』 제44집, 호남사학회, 2011.

김대현 외, 『국역 무등산 유산기』, 광주민속박물관, 2010.

김대현, 「조선전기 '무등산권 赤壁' 공간의 문학작품 연구」, 『한국고시가문화연구』 제34집, 한국고시가문화학회, 2014.

김대현, 『무등산 한시선』, 제2판, 전남대학교 출판부, 2017.

김대현, 「조선후기 '무등산권 赤壁' 공간의 문학작품 연구」, 『한국시가문화연구』 제40집, 한국시가문화학회, 2017.

김덕진, 「이하곤의 호남유람과 소쇄원 방문」, 『지역과 역사』 제26호, 부경역사연구소, 2010.

김재현, 「한중 '赤壁'공간 이미지와 예술작품 비교 고찰」, 『비교문화연구』 제19집, 경희대학교 비교문화연구소, 2010.

김주순, 「蘇東坡<赤壁賦>對朝鮮漢詩的影響」, 『중국문화연구』 제16집, 중국문화연구학회, 2010.

이경순, 「18세기 전반 이하곤의 호남 여행과 사족연망」, 『동국사학』 제53집, 동국사학회, 2012.

이상주, 『18세기 초 호남여행』, 이화문화출판사, 2003.

정규철, 『역사 앞에서』, 심미안, 2013.

정세진, 「14-16세기 조선과 일본의 蘇軾 관련 詩會와 그들이 공유한 蘇仙의 의미」, 『중국문학』 제86집, 중국문학회, 2016.

조규백, 「고려시대 문인의 소동과 시문 수용 및 그 의의(1)」, 『퇴계학과 한국문화』 제39호, 경북대학교 퇴계연구소, 2006.

조규백, 「고려시대 문인의 소동과 시문 수용 및 그 의의(2)」, 『퇴계학과 한국문화』 제40호, 경북대학교 퇴계연구소, 2007.

호남지방문헌연구소 편, 『호남누정기초목록』, 전남대학교출판부, 2015.

호남지방문헌연구소 편, 『호남유배인 기초목록』, 전남대학교출판부, 2017.

조선조 문인의 무등산 유람과 시적 형상화*

박명희

1. 머리말

예로부터 우리 선조들은 산수 유람을 즐겼다. 그리고 또한 단순히 즐기는 데에서 만족하지 않고 자연에서 도(道)의 실체를 찾으려 하였고, 다녀갔음을 보여줄 수 있는 글의 흔적을 남겼다. 따라서 현재까지 전해지고 있는 문집을 살펴보면, 부지기수의 유기(遊記)와 유록(遊錄), 유산시(遊山詩), 산수시(山水詩) 등이 있음을 확인할 수 있는데, 우리 한문학의 소중한 자산임에 분명하다.

본 논고는 조선조 문인들이 무등산 유람을 통해 남긴 시문 형상화의 대상과 그것에 나타난 특징을 살피는 것을 목표로 하였다. 그동안 한문학과 관련된 무등산에 대한 연구는 간헐적으로 이루어졌는데, 그 연구 대상을 살펴보면 대체로 유기류(遊記類)에 집중되었다. 최초의 연구는

---

* 본 논문은『동방한문학』제46집(동방한문학회, 2011년)에 이미 발표한 것으로 약간 수정했음을 밝힌다.

정민에 의해서 이루어졌다.[1] 연구자는 당시 '호남의 학문전통과 한문학'이라는 표제(表題)로 열린 한국한문학회 학술 대회에서 유기류에 나타난 무등산의 표상 의미를 세 가지로 축약하여 알려 주었는데, '대인군자(大人君子)의 늠연한 기상', '신명(神明)의 영응(靈應)이 깃든 성소(聖所)', '민간 신앙의 터전' 등이 그것이다. 또한 논란이 끊임없이 일었던 '무등산'의 명칭에 대한 문제를 다각적인 시각에서 구명하였다. 후속 연구도 또한 유기류에 집중되었는데, 김대현과 이권재의 연구를 들수 있다.[2] 김대현은 특히 20세기에 출현한 무등산 유기류를 연구 대상으로 삼았는데, 20세기에 접어들어서도 무등산을 유람하고 기록으로남긴 유산기가 끊임없이 나왔다는 점에서 연구는 출발하고 있다. 한편, 이권재는 무등산 유산기의 대표격이라고 할 수 있는 고경명(高敬命)의 <유서석록(遊瑞石錄)>을 연구 대상으로 삼아 구성과 내용, 산수관까지 살폈다. 이들 세 연구는 무등산 유기류를 대상으로 했다는 공통점을 가지면서 우리 한문학 유산 속에 존재한 유기류 연구를 어떻게 할 것인가? 하는 방향을 제시했다는 점에서 높이 평가받아야 한다. 하지만, 연구 대상이 유기류에 치중하여 나타난 폐단도 엄연히 존재했으니 본 논고의 연구 출발은 이러한 반성에서부터 시작한다.

본 논자는 아직 무등산의 한시를 전부 다 파악한 것은 아니다. 이는 유무명 문인들의 문집이 총체적으로 파악되지 않은 상황 속에서 그 작품 수를 온전히 헤아리기란 쉽지 않기 때문이다. 따라서 본 논고에서는

---

1) 鄭珉, 「漢文學 遺産 속에 기려진 無等山의 표상-山水遊記를 중심으로-」, 『한국한문학』 제21집, 한국한문학회, 1998.
2) 金大鉉, 「20세기 無等山 遊山記 연구」, 『한국언어문학』 제46집, 한국언어문학회, 2001.
李權宰, 「霽峰 高敬命의 『遊瑞石錄』研究」, 『고시가연구』 제8집, 한국고시가문학회, 2001.

우선 한국고전번역원에서 출간한 한국문집총간 속에 수록된 작품들만을 한정하여 연구 대상으로 삼고자 한다. 모든 작품을 대상으로 했을 때 비로소 그 실체가 드러나겠지만, 한국문집총간 속에 담긴 작품들이야말로 대체로 옛 문인들이 남긴 대표작의 성격을 띠고 있기에 우선 대상으로 해도 별무리는 없을 것이다. 이렇게 한정했을 때 문집 속에 수록된 무등산 시 작품의 수는 90수를 상회하는 것으로 파악되었다. 이들 작품은 무등산 공간을 형상화했지만, 세밀히 따져 보면 그 형상화 대상이 다르다는 것을 알 수 있다. 필자가 연구한 결과에 따르면, 무등산을 대상으로 한 한시 작품은 크게 세 가지로 대별할 수 있었다. 무등산을 유람한 옛 문인들은 아마도 산의 인상적인 부분을 잡아 시문의 소재로 삼았을 것이다. 곧, 무등산 전체를 형상화한 작품, 사찰 공간을 형상화한 작품, 그리고 무등산은 특이하게도 '입석(立石)'이니 '서석(瑞石)'이니 하는 자연경물들이 있는데, 이것들을 형상화한 것들로 대별되었다. 이러한 형상화는 결국 무등산이 문인들에게 어떻게 비춰졌던가와 관련되는데, 이러한 부분을 파악할 때 비로소 무등산만이 가지고 있는 독특한 개성이 드러날 수 있을 것으로 생각한다.

2. 무등산 유람과 시 작품 창작

무등산은 광주 · 전남의 진산(鎭山)으로 해발 1,187m에 이른다. 이러한 무등산은 '무진악(武珍岳)'이라는 이름으로 『삼국사기』에 처음 나오는데, 그 이후에 『고려사』, 『세종실록지리지』, 『신증동국여지승람』, 그리고 개인 문집 속에 설명이 전하고 있다. 가장 흔한 설명으로 전하고 있는 『신증동국여지승람』 권35의 전라도 광산현(光山縣)에 나온 내

용과 조선 후기의 문인인 이만부(李萬敷)의 <무등(無等)>이라는 글을
인용하면 다음과 같다.

① 무등산은 현의 동쪽 10리에 있는데 진산이며, 일명 무진악 또는
서석산(瑞石山)이라고도 한다. 하늘같이 높고 큰 것이 웅장하게
50여 리에 걸쳐 있다. 제주도의 한라산, 경상도의 남해(南海)·
거제도(巨濟島) 등이 모두 한눈에 들어온다. 이 산 서쪽 양지 바
른 언덕에 돌기둥 수십 개가 즐비하게 서 있는데 높이가 백 척이
나 된다. 산 이름 '서석'은 이로 말미암은 것이다. 날이 가물다가
비가 오려고 할 때나 오랫동안 비가 오다가 개려고 할 때에는 산
이 우는데 수십 리까지 들린다. 세속에 <무등산곡(無等山曲)>
이 있는데, 백제 때 이 산에 성을 쌓자 백성들이 이에 편안히 살
면서 즐거워 부른 것이라 한다.³⁾

② 무등산은 무진(武珍) 동쪽에 있다. 남해의 뭇 산들 중에서 무등
산이 높고 커서 더불어 비할 곳이 없다. 그 끝은 한라산에 구부
려 있고 가라(加羅)와 근산(錦山)은 모두 눈 아래에 있다. 그 서쪽
절벽은 백 척으로 짙은 그늘과 쌓인 기운에 새들이 많은데, 새소
리가 산 밖에까지 들리면 비가 갤 것을 점쳤다. 무등산은 일명
'서석산'이라고도 한다. 백제 때에 삼국이 전쟁을 할 무렵 성을
쌓아 지켰고 백성들이 의지하여 안식처로 삼았으며, 드디어는
<무등산곡>을 지어 노래 불렀다.⁴⁾

---

3) 『新增東國輿地勝覽』卷35, 全羅道 光山縣, 無等山, 在縣東十里, 鎭山, 一云武珍岳, 一
云瑞石山. 穹窿高大, 雄盤五十餘里, 濟州漢拏山·慶尙道南海·巨濟等島, 皆在眼底.
山西陽崖, 有石條數十櫛立, 高可百尺山, 名瑞石, 以此. 天旱欲雨與久雨欲晴, 山輒鳴,
聲聞數十里. 俗有無等山曲 百濟時, 城此山, 民賴以安樂, 而歌之.
4) 李萬敷, 『息山先生別集』卷4, 地行附錄, <無等>, 無等山, 在武珍東. 南海諸山, 無等
高大, 無與爲比. 其極俯漢拏, 加羅·錦山 皆在眼底. 其西石崖百尺, 厚陰積氣多鳥, 鳥
聲聞山外, 以占雨晴. 山一名曰, '瑞石'. 百濟時, 三國戰爭, 築城守之, 民賴而息, 遂作無
等山曲, 以歌之.

인용문의 내용을 보면, 무등산을 바라본 곳이 각각 다름을 알 수 있다. 그러나 둘의 내용을 종합해보면, 무등산은 우선 지역의 진산으로서 주변의 어떤 산보다도 클 뿐 아니라 멀리 제주도의 한라산과 경상남도에 있는 남해와 거제도까지 보일 정도라고 하였다. ②의 '가라'는 가라산을 가리키는데, 경상남도 거제시에 소재해 있고, '금산'은 경상남도 남해군 상주면에 소재해 있는 산 이름이다. 산의 크기를 알려주는 정보라고 하겠다. 또한 무등산이 '서석산'이라고 불리게 된 사연을 알리기 위하여 ①에서는 산 서쪽에 돌기둥 수십 개가 있는데 높이가 모두 백척이 된다고 하였다. 이뿐 만이 아니라 무등산의 신기한 점을 부각시키기 위하여 ①에서는 비가 오기 전이나 개려고 할 때 산이 운다고 했는데, ②에서는 새들이 많아 비가 개려고 하면 지저귄다고 하여 좀 더 현실적으로 적었다. 그리고 마지막으로 둘 다『고려사』악지의 내용을 토대로 백제인들이 평안을 기원하기 위하여 <무등산곡>을 지어 불렀다라고 하였다.

이처럼 무등산은 오랜 옛날부터 평안을 기원하는 노래까지 지어 부를 정도로 인근 사람들에게는 대표 명산이라는 인식이 강하였는데, 금강산(金剛山), 지리산(智異山), 청량산(淸凉山) 등과 마찬가지로 유무명의 문인들의 발길이 끊임없이 이어져 유산기와 시 작품으로 기록되고 형상화되었다.5) 조사한 바에 따르면 시 작품의 경우, 고려 말 김극기

---

5) 무등산과 관련된 순수 유산기로 볼 수 있는 작품으로는 20종을 상회하는 것으로 파악되었다. 작자〔태어난 연도 순서〕와 유산기의 이름을 나열하면 다음과 같다. 정지유(鄭之遊)의 <유서석산기(遊瑞石山記)>, 고경명(高敬命)의 <유서석록(遊瑞石錄)>, 정약용(丁若鏞)의 <유서석산기(遊瑞石山記)>, 양진영(梁進永)의 <유서석산기(遊瑞石山記)>, 조봉묵(曺鳳黙)의 <유무등산기(遊無等山記)>, 나도규(羅燾圭)의 <서석록(瑞石錄)>과 <서석속록(瑞石續錄)>, 송병선(宋秉璿)의 <서석산기(瑞石山記)>, 홍삼우당(洪三友堂)의 <서석록(瑞石錄)>, 이연관의 <신묘유서석록(辛卯遊瑞石錄)>, 김운덕(金雲德)의 <서석유람기(瑞石遊覽記)>, 조종덕(趙鍾德)의 <등서

(金克己)의 작품이 처음인 것으로 보이며, 작품 창작은 조선조에도 지속적으로 이어져 무등산만이 가지고 있는 개성을 드러내었다고 할 수 있다. 우선 한국문집총간에 수록된 무등산 관련 한시 작품을 도표로 보이면 다음과 같다.6)

연번	작자	작품	무등산과의 관련 배경
1	김극기(金克己, ?~?)	<규봉사(圭峯寺)>, <규봉사(圭峯寺)>, <증심사(證心寺)>, <금석암(錦石菴)>	전국을 순례하면서 무등산을 유람한 것으로 보임.
2	정도전(鄭道傳, ?~1398)	<기서봉관상인(寄瑞峯寬上人)>	미상이나 1392년에 이성계의 우익(羽翼)으로 탄핵을 받아 포주(甫州, 예천을 말함)로 압송되었다가 광주(光州)로 유배 간 적이 있음.
3	김종직(金宗直, 1431~1492)	<광주무등산(光州無等山)>	미상이나 57세(1487년)에 전라도 관찰사가 된 적이 있음.
4	김시습(金時習, 1435~1493)	<등무등산광주(登無等山光州)>, <규봉난야(圭峰蘭若)>	29세(1463년)에 <유남유록(遊湖南錄)>을 지은 것으로 보이 그전에 무등산 등반을 한 듯함
5	박상(朴祥, 1474~1530)	<유서석산운 증정만종(遊瑞石山韻 贈鄭萬鍾)>	미상
6	송순(宋純, 1493~1582)	<경신중추 등무등산 구호록정석헌선생 박공우자창방 눌재선생지제 후개호류봉	28세(1520년) 가을에 귀향하여 무등산 등반을 함.

석산기(登瑞石山記)>, 이정회(李正會)의 <서석록(瑞石錄)>, 양재경(梁在慶)의 <유서석산기(遊瑞石山記)>, 고재붕(高在鵬)의 <유서석기(遊瑞石記)>, 김태석(金泰錫)의 <서석기(瑞石記)>, 양회갑(梁會甲)의 <서석산기(瑞石山記)>, 김호영(金鎬永)의 <서석산기(瑞石山記)>. 이러한 무등산 유산기의 내용 이해는 『국역 無等山遊山記』(광주시립민속박물관, 2010.8)를 참조할 것.
6) 도표에 보인 작품들은 순수 무등산과 관련된 것들이다. 무등산 인근에는 소쇄원과 같은 별서정원(別墅庭園)을 비롯하여 식영정, 환벽당, 취가정, 풍암정, 물염정 등의 누정이 있어서 문학의 산실로서 중요하다 하겠으나 본 논고에서는 무등산만의 특성을 드러내기 위하여 이들 시 작품은 제외하였다. 그러나 무등산을 권역으로 설정한다면, 이들까지 포함한 연구를 진행해야 한다.

7	임억령(林億齡, 1496~1568)	(庚辰仲秋 登無等山 口號錄呈石軒先生 朴公祐字昌邦 訥齋先生之弟 後改號六峯)> <송광주목리대립명부 홍간(送光州牧李大立明府 弘幹)>, <유서봉사(遊瑞峯寺)>	미상
8	노수신(盧守愼, 1515~1590)	<증심사 증조선이십오일 청 불사구어성 내심사 무회동숙(證心寺 贈祖禪二十五日 晴 不使久於城 乃尋寺 無悔同宿)>	33세(1547년)부터 51세(1565년)까지 진도에서 유배생활 함. 그 사이 41세(1555년) 여름에 왜변(倭變)을 피하여 광주로 잠시 나온 적이 있음.
9	이지함(李之菡, 1517~1578)	<병자동 선생자보녕 挐舟到順天 사주도보 럭방정송강서하루 수등서석 유증심 사자범류일 자증심 과여설죽와 극담경야 익일여청재호 선생명이불이 개취제천명줄이지의 이이천명대명자고야 방욕청선생명 이선생행의 우득단률일편 봉정선생행헌(丙子冬 先生自保寧 挐舟到順天 舍舟徒步 歷訪鄭松江樓霞樓 逐登瑞石 留證心寺者凡六日 自證心 過余雪竹窩 劇談竟夜 翌日余請齋號 先生命以不已 蓋取諸天命不已之義 而以賤名帶命字故也 方欲請先生銘 而先生行矣 又得短律一篇 奉呈先生行軒)>	60세(1576년)에 순천으로 가서 정철(鄭澈)의 서하루(樓霞樓)를 거쳐 무등산의 증심사에서 6일간 머물다가 고경명을 만나 '불이(不已)'란 재명(齋名)을 지어 줌.
10	기대승(奇大升, 1527~1572)	<도규봉(到圭峯)> 3수, <감음(感吟)>, <원효사차인운(元曉寺次人韻)>, <규봉우우 동제군부득송자(圭峯遇雨 同諸君 賦得松字)>	31세(1557년) 3월에 부친 상을 마치고 무등산을 유람함.
11	김부륜(金富倫, 1531~1598)	<원효암 경용선생단협운(元曉庵 敬用先生丹峽韻)>, <등서석산(登瑞石山)>, <유규암(遊圭庵)>	55세(1585년)부터 60세(1590년)까지 무등산 인근에 소재한 동복 현감을 지냄.
12	이순인(李純仁, 1533~1592)	<서석산 차고이순경명운(瑞石山 次高而順敬命韻)>	미상
13	고경명(高敬命, 1533~1592)	<차석천운 서서봉승수미권(次石川韻 書瑞峯僧修眉卷)>, <우중 증강숙 시야화	41세(1574년) 4월 20일부터 24일까지 당시 광주목사인 임훈

		기자부현 연설력일주야 기급무등산요 우우시멸(雨中 贈剛叔 時野火起自釜峴 延蓺歷一晝夜 幾及無等山腰 遇雨始滅)>, <토정견시소저과욕론 차계주 요이일언 감술비회(土亭見示所著寡慾論 且戒酒 邀以一言 敢述鄙懷)>, <차계명재서봉사 기증운(次季明在瑞峯寺寄贈韻)>, <규봉 조기견백운등용 만학개평 용갈천선생운(圭峰 朝起見白雲騰涌 萬壑皆平 用葛川先生韻)>, <차지암운(次支巖韻)>, <창랑육영(滄浪六詠)> 중 '규봉낙조(圭峯落照)', <서봉사야좌 시조여규(瑞峯寺夜坐 示曹汝規)>, <차유지숙영입석 증은상인운(次兪止叔詠立石 贈恩上人韻)>	(林薰)과 함께 무등산을 등반함. 그리고 <유서석록(遊瑞石錄)>을 지음.
14	유희경(劉希慶, 1545~1636)	<서석산정제봉(瑞石山呈霽峯)>	미상
15	정운희(鄭運熙, 1566~1635)	<유서석산(遊瑞石山)>, <유서석산(遊瑞石山)>, <유서석산(遊瑞石山)>	미상
16	이안눌(李安訥, 1571~1637)	<유무등산(遊無等山)>	미상이나 40세(1610년) 2월부터 이듬해 2월까지 담양부사를 지낸 적이 있음.
17	조찬한(趙纘韓, 1572~1631)	<유서석산오십운(遊瑞石山五十韻)>	미상
18	고용후(高用厚, 1577~1652)	<서봉라한전 몽선대부(瑞峯羅漢殿 夢先大夫)>, <서봉사 봉기송찰방복여(瑞峯寺 奉寄宋察訪福汝)>, <서봉사류별량사립제우(瑞峯寺留別梁士立諸友)>	미상
19	신즙(申楫, 1580~1639)	<서석산 차정릉주몽필 양필 운(瑞石山次鄭綾州夢賚 良弼 韻)>	미상
20	정홍명(鄭弘溟, 1582~1650)	<여동우방서봉사(與洞友訪瑞峯寺)>, <병서서석소감제벽(病棲瑞石小龕題壁)>	미상
21	이명한(李明漢, 1595~1645)	<등서석산 증고군섭(登瑞石山 贈高君涉)>	미상이나 31세(1625년)에 안태사(安胎使)로 호남에 다녀온 적이 있음.

22	이시성(李時省, 1598~?)	<서봉사(瑞峰寺)>, <부도암(浮屠庵)>, <입석암(立石庵)>, <장원봉(壯元峰)>, <규봉사(圭峰寺)>, <서봉사(瑞峰寺)>, <원효사서상실 제응보사축미(元曉寺西上室 題應寶師軸尾)>	미상
23	신익전(申翊全, 1605~1660)	<증심사구점(證心寺口占)>	미상이나 41세(1645년) 겨울에 광주 목사에 제수됨.
24	윤증(尹拯, 1629~1714)	<유입석 추차중부운(遊立石 追次仲父韻)>	미상
25	김창흡(金昌翕, 1653~1722)	<광석대차조정이(廣石臺次趙定而)>, <규봉(圭峯)>, <광석대(廣石臺)>, <서석상봉 차정이운(瑞石上峰 次定而韻)>, <입석(立石)>	미상이나 부친 김수항(金壽恒)이 그의 나이 47세(1675년) 7월부터 50세(1678년) 9월까지 영암에서 유배생활을 하였는데, 이 무렵에 무등산을 등반한 것으로 보임.
26	이해조(李海朝, 1660~1711)	<장등서석산 모투증심사 정중여 진하 선이부급상대(將登瑞石山 暮投澄心寺 鄭重汝 鎭河 先已負笈相待)>, <유숙증심사 야심주성 산월만창 청철불매 잉성일률(留宿澄心寺 夜深酒醒 山月滿窓 淸徹不寐 仍成一律)>, <서석산립석대(瑞石山立石臺)>	미상이나 51세(1710년)에 전라도 관찰사를 지낸 적이 있음.
27	어유봉(魚有鳳, 1672~1744)	<서석십장 기사제광주목지원(瑞石十章 寄舍弟光州牧志遠)>	미상
28	신익황(申益愰, 1672~1722)	<무등산(無等山)>	26세(1697년)에 외숙 전성익(全聖翊)의 상으로 영암군에 다녀왔고, 또한 곡성의 덕양서원(德陽書院)을 전알하였는데, 이때 무등산을 유람함.
29	이하곤(李夏坤, 1677~1724)	<마상망서석산(馬上望瑞石山)>, <야과서봉사(夜過瑞峰寺)>, <서봉사차신보운(瑞峰寺次信甫韵)>, <숙서봉사 증극장로(宿瑞峰寺 贈極長老)>	46세(1722년) 때 장인 송상기(宋相琦)가 강진(康津)으로 귀양 가자 찾아가는 길에 호남 지방을 유람하였는데, 이때 무등산 인근을 지나감.

30	임상덕(林象德, 1683~1719)	<서석산지공력(瑞石山指空礰)>, <구점차극명 명 시서석산승(口占次克明 明 是瑞石山僧)>, <지입석(至立石)>, <관입석(觀立石)>, <장답서석산 숙증심사(將踏瑞石山 宿證心寺)>, <입석(立石)>	미상이나 <지입석(至立石)> 시에 경인년이라는 간지가 있는 것으로 보아 28세(1710년)에 무등산을 유람한 것으로 보임.
31	김도수(金道洙, 1699~1733)	<부임경양(赴任景陽)>, <유서석산(遊瑞石山)>, <숙서석산원효사 여명상인담령은구유 잉차기축중운(宿瑞石山元曉寺 與明上人談靈隱舊遊 仍次其軸中韻)>	28세(1726년)에 무등산을 유람함.
32	송명흠(宋明欽, 1705~1768)	<설후 여김사상 성휴 연기향서석(雪後 與金士祥 聖休 聯騎向瑞石)>, <입석(立石)>, <등천왕봉(登天王峯)>	34세(1738년) 11월에 무등산을 유람함.
33	위백규(魏伯珪, 1727~1798)	<유서석산 광주(遊瑞石山 光州)>	미상
34	정약용(丁若鏞, 1762~1836)	<등서석산(登瑞石山)>, <독서동림사(讀書東林寺)>	16세(1777년) 가을에 화순 현감에 부임한 부친을 따라가서 그 이듬해에는 화순현의 동림사에서 독서를 하고, 가을에는 동복현의 물염정 및 무등산 등을 유람함.
35	홍석주(洪奭周, 1774~1842)	<환호이산자이루백수 지이이외 무등기종야 무등지최고왈서석 남림대해 도서력력 일월지출 여재궤석 여지래야 적풍우교지 계이대무 불변보무 수추창이반 연종절정이하부시 운무개종각하과 역승관야(環湖而山者以累百數 智異以外 無等其宗也 無等之最高曰瑞石 南臨大海 島嶼歷歷 日月之出 如在几席 余之來也 適風雨交至 繼以大霧 不辨步武 遂惆悵而返 然從絶頂而下俯視 雲霧皆從脚下過 亦勝觀也)>	미상이나 49세(1822년)부터 이듬해까지 전라도관찰사를 지냄
36	조인영(趙寅永, 1782~1850)	<등광주무등산(登光州無等山)>	미상이나 48세(1829년)에 전라도 관찰사를 지냄.
37	박영원(朴永元,	<승평사군욕분로 독상무등산 우우이지	미상이나 40세(1830년) 때 전

	1791~1854)	희초기조(昇平使君欲分路 獨上無等山 遇 雨而止 戲草寄嘲)>	라도관찰사로 부임함.
38	송달수(宋達洙, 1808~1858)	<갑인초하 유서석산(甲寅初夏 遊瑞石山)>	작품에 '갑인(甲寅)'이라는 간 지가 있어서 47세(1854년) 때 유람한 것으로 보임.
39	한장석(韓章錫, 1832~1894)	<숙선료(宿禪寮)>	미상
40	김윤식(金允植, 1835~1922)	<광주무등산천황봉 광석립석 구재천황 봉하(光州無等山天皇峯 廣石立石 俱在天 皇峰下)>, <광석대(廣石臺)>, <입석 (立石)>	미상이나 67세(1901년)부터 10년 동안 지도(智島, 현 전남 신안군 지도읍)에서 유배생활 을 한 적이 있음.
41	송병선(宋秉璿, 1836~1905)	<서석산 경차백부운(瑞石山 敬次伯父韻)>	34세(1869년)에 무등산을 유 람함. <서석산기(瑞石山記)>를 남김.

도표를 통해 보듯이 20세기 초엽까지도 작품이 계속 나왔고, 무등산
과 관련을 맺게 된 배경도 다양했음을 알 수 있다. 대체로 관련 배경을
정확히 알 수 있는 경우는 적지만, 그렇다 하더라도 세 가지 부류로 나
누어볼 수 있다. 첫째, 전라도 관찰사나 광주 목사, 그리고 무등산 인근
지역의 현감과 같이 지역의 관직에 부임하여 무등산을 오른 경우이다.
김종직, 김부륜, 이안눌, 이명한, 신익전, 이해조, 정약용[부친이 화순
현감], 홍석주, 조인영, 박영원 등이 이에 해당한다. 둘째, 호남지역으
로 유배를 와서 무등산과 관련을 맺은 경우로 정도전, 노수신, 김창흡
[부친이 영암 유배], 이하곤[장인이 강진 유배], 김윤식 등이 이에 해
당한다. 셋째, 유람을 목적으로 무등산과 관련을 맺은 경우로는 김극
기, 김시습, 송순, 이지함, 기대승, 고경명, 신익황, 임상덕, 김도수, 송명
흠, 송달수, 송병선 등이 있다. 첫째와 둘째의 경우, 기회가 우연히 주어
져서 유람을 했다고 할 수 있고, 셋째는 어느 정도의 뚜렷한 유람 목적

을 가지고 무등산을 다녀갔다고 할 수 있다. 특히, 이들 가운데 고경명과 정약용, 송병선은 유산기까지 남겨 다른 작가들과 대비되는 측면이 있다. 이처럼 이들 문인들이 무등산과 관련을 맺게 된 배경이 각각 다르기는 하지만, 그들이 시적 형상화의 대상으로 삼은 것은 첫째, 산 전체, 둘째 사찰 공간, 셋째 자연경물 등이다. 따라서 이들 시적 형상화의 대상을 중심으로 시 작품을 살피고 각각에 드러나는 특징을 포착해 보고자 한다.

3. 시적 형상화의 대상과 특징

3.1. 산의 實體驗과 전체 승경의 묘사

산을 오르려면 여러 여건이 맞아야 한다. 그런데 그 여건 중에 하나라도 맞지 않으면 오르고 싶어도 오를 수 없어서 결국은 포기하고 말 것이다. 옛 문인들에게 있어서 등산이란 평상적인 삶에서 일탈하여 새로운 세상을 접하는 일이요, 더구나 그리 쉽게 갈 수 없는 거리에 산이 있는 경우가 많아서 그만큼 준비해야 할 것도 많았을 것은 분명하다.

2장에서 이미 살펴본 대로 조선조 문인들은 사정이 허락되면 무등산을 등산하고, 시 작품까지 지었다. 이중에 첫 번째 주목되는 것은 직접 등반이라는 실체험(實體驗)을 한 뒤에 산 전체를 시적 형상화의 대상으로 삼은 작품들인데, <등무등산광주>(김시습), <등서석산>(김부륜), <서석산 차정릉주몽뢰량필운>(신줍), <갑인초하 유서석산>(송달수), <서석산정제봉>(유희경), <서석산 경차백부운>(송병선), <등광주무등산>(조인영), <환호이산자이루백수 지이이외 무등기종야 무

등지최고왈서석 남임대해 도서력력 일월지출 여재궤석 여지래야 적풍우교지 계이대무 불변보무 수추창이반 연종절정이하부시 운무개종각하과 역승관야>(홍석주), <유서석산>(정운희), <유서석산>(정운희), <유서석산일명무등산 재광주>(정운희), <서석산 차고이순경명운>(이순인), <유서석산운 증정만종>(박상), <유서석산오십운>(조찬한), <등서석산 증고군섭>(이명한), <서석상봉 차정이운>(김창흡), <등서석산>(정약용), <유서석산>(김도수), <유서석산 광주>(위백규) 등이 그것이다. 그리고 또한 이들 작품들에서 눈여겨 볼 수 있는 점은 작자가 실제 등반을 통하여 보고 느낀 것을 시적으로 형상화하였는데, 전체 승경 묘사를 통해 무등산에 대한 이미지화를 시도했다는 것이다. 승경 묘사를 통해 이미지화된 것은 크게 '진산(鎭山)의 이미지', '영구(靈區)의 이미지', '총석(叢石)의 이미지' 등으로 구분되는데, 이것이 바로 조선조 문인들이 시를 통해 드러내고자 했던 무등산 전체의 이미지라고 해도 과언은 아니다. 물론 각각의 작품 속 내용을 보면, 이들 중 한 가지의 이미지만 드러난 경우도 있고, 둘이 복합적으로 드러난 경우도 있다. 우선 한 가지의 이미지만 부각한 작품을 보이면 다음과 같다.

①

無等山如帝者尊	무등산은 황제처럼 높으니
衆峰環拱盡趨奔	뭇 산봉우리 둘러 맞잡고 다 뒤따른다
方圓闢日初鼎位	모나고 둥근 것은 개벽 일에 처음 자리 잡고
盈昃分年始建元	차고 기움은 해 나뉠 때 비로소 시작되었다
治亂興亡都不管	치란과 흥망을 모두 관심두지 않고
炎凉憂樂自無言	염량과 우락을 절로 말한 적이 없다
會須東海桑田後	모름지기 동해가 뽕나무 밭이 된 뒤에
磅礡餘基付幾孫[7]	넓디넓은 남은 터에 몇 손자나 붙었는지

②

山上群仙跡	산 위의 뭇 신선의 자취
留香幾處庵	몇 곳의 암자에 향기 머물렀는가
空思傳寶訣	보결 전하는 것 공연히 생각하고
欲問契同參	동참계 이루었는지 묻고자 한다
壇靜鑪煙濕	고요한 단에는 화롯불 젖어있고
松寒鶴夢酣	찬 소나무엔 학의 꿈이 한창이다
丹丘如得見	단구를 만일에 얻어 볼 수 있다면
準擬聽天談8)	하느님 말씀을 들어나 볼까 한다

③

巧削叢巖列半虛	교묘히 깎은 떨기 바위 허공에 열 지었으니
天公斤斧信非疎	하느님의 도끼질이 참으로 거칠지 않았다
人間誰擅公倕手	인간 세상에 누가 공수반의 솜씨 부려볼까
用盡方圓定不如9)	그림쇠를 다 쓴다 해도 이만은 못할 것이다

①은 진산의 이미지를 담은 작품이다. 우선 수련부터 무등산이 주변의 뭇 산들을 거느리는 진산임을 말하고 있다. 무등산을 황제에 비유하며, 둘러서 있는 많은 산봉우리들이 두 손을 맞잡고 뒤따른다고 하였다. 이는 무등산을 중심에 두고 주변의 산들이 아무런 거부 반응 없이 순순히 응대해준다는 말로 진산으로서의 이미지를 강조하였다. 함련에서는 무등산이 만들어진 과정을 읊었다. 1구에서는 무등산이 만들어지는 시초의 상황을, 2구에서는 좀 더 시간이 흐른 뒤의 상황을 말하여 무등산이 진정 산다운 모습을 보이기까지는 수많은 세월이 흘렀다고 하였다. 경련에서는 무등산이 진산으로서 어른스러운 모습을 보이는

---

7) 丁運熙, 『孤舟集』 卷2, <遊瑞石山>
8) 丁運熙, 『孤舟集』 卷1, <遊瑞石山>
9) 李純仁, 『孤潭逸稿』 卷1, <瑞石山 次高而順敬命韻>

것을 강조하였는데, 묵직한 성격이 내재해 있기에 지난 역사 속에서 치란과 흥망 등의 세세한 일까지 관심 두지 않았으며, 계절의 절서(節序)에 따른 온도 변화와 감정 등을 함부로 말하지 않았다라고 하였다. 그리고 마지막 미련에서는 오래 전 상전벽해할 때의 상황을 들먹이며, 유구(悠久)한 역사성이 있음을 알렸다.

작품 ②에서는 영구의 이미지, 즉 무등산이 신령스러운 이미지가 있음을 주로 말하고 있다. 수련에서는 무등산은 이미 신선의 자취가 있다고 하며, 그러한 신령스러움이 과연 몇 곳의 암자에 있는지를 묻고 있다. 함련에서는 연단(鍊丹)의 비결인 '보결'을 말함으로서 산 자체가 신령스럽다는 것을 드러내려고 하였다. 화자 자신이 연단의 비결을 전해볼 생각으로 동참에 합한 것을 물어보고자 한다라고 하였는데, 묻고자하는 상대가 누구인지는 분명치 않으나 추측컨대 무등산이라고 할 수있다. 즉, 무등산을 활물화(活物化)하여 화자의 물음에 응대해줄 것처럼 표현하였다. 경련에서는 '화롯불'과 '학'이 등장하는데, 모두 신선의세계와 관련이 있는 것들이다. 여기서의 '화롯불'은 평상적인 것이라기보다 연단을 만들기 위해서 사용했던 것이라고 할 수 있고, '학'은 신선의 이미지를 담은 대표적인 새로 알려져 있어서 등장하게 된 배경이 선명하다. 또한 '화롯불'과 '학'이 과거의 물이 아닌 현재 바로 볼 수 있는것으로 표현하여 신령스러움의 현재성을 부각시켰다. 미련에서는 신선이 산다는 '단구'를 말하였는데, 이는 곧 무등산과 동격으로 놓을 수있는 것으로 영구 이미지의 절정이라고 하겠다.

무등산이 영산(靈山)의 이미지를 가지고 있다는 것은 여러 기록 자료에 있다. 뿐만 아니라 실제로 영험함을 힘입으려는 목적에서 신단(神壇)을 만들었다는 이야기는 익히 알려진 사실이다. 이는 일찍이 무등산을 '무당산'이라고 했다거나, 육당(六堂) 최남선(崔南善)도 "무등산 입석대는 천연의 신전(神殿)으로 전라도 지방의 종교 중심지가 되어 광주, 화순, 동복 사람들의 제단이 되었을 것이다."라는 말을 남겼다고 하는데,10) 영구의 이미지가 하루아침에 이루어진 것이 아님을 알 수 있다. 이러한 무등산의 신령스러움은 주변에서 훌륭한 사람이 태어나도록 했다는 생각도 가지게 만들었다. 가령, 김태석(金泰錫)은 그의 글 <서석기(瑞石記)>에서 "아! 충장공 김덕령의 절개와 금남군 정충신의 씩씩함도 모두 땅의 신령과 산의 도움으로 된 것이다. 우리 집이 여기로부터 십여 리 내외의 땅에 떨어져 있어서 마치 가깝게 있는 듯 보이니 우뚝 솟은 산신령이 혹여 어둡고 어두운 곳에 도움을 주어 우리 자손으로 하여금 정공과 같은 사람이 얻어지기를 바라고 바란다."11)라고 하여 김덕령과 정충신의 출생이 무등산과 깊은 관련성이 있음을 들었다.

작품 ③은 총석의 이미지를 보여주는 것으로 시제를 통해서는 구체적인 공간을 알 수 없지만, 내용을 통해서 보면 서석대나 입석대를 보고 읊었음이 분명하다. 앞 2장의 『신증동국여지승람』의 무등산에 대한 기록 중에 "이 산 서쪽 양지 바른 언덕에 돌기둥 수십 개가 즐비하게 서 있는데 높이가 백 척이나 된다. 산 이름 '서석'은 이로 말미암은 것이다."라는 부분이 있는데, 총석의 이미지와 관련된 내용이라고 하겠다. ③의 작품을 보면, 표현 자체가 과장적인 부분이 있기는 하지만, 대체로 사실적(寫實的)이라고 할 수 있다. 그러면서 서석과 입석을 만든 사람을 '천공(天公)'이라고 하였는데, 시적인 상상력이 발휘되었다.

---

10) 『무등산』, 광주직할시 · 사단법인 향토문화개발협의회, 1988, 26쪽 참조.
11) 金泰錫, 『蘭溪遺稿』 卷2, 吁! 忠壯金公之節, 錦南鄭公之雄, 皆以地之靈山之助. 吾家之於此, 距十餘里內外地, 眼若咫尺, 嵬嵬山靈, 或有助於瞑瞑, 使吾子孫, 得如鄭公者, 庶幾望焉.

위와 같이 세 작품을 통해서 각각의 이미지를 엿보았는데, 한 작품이 총석의 이미지와 영구의 이미지를 모두 담은 경우도 있다.

玆山形勝冠南州	이 산의 형승 남도의 으뜸이니
十載有心今始酬	십년 동안 생각하다 오늘에야 올랐다
萬仞穴臺人盪背	만 길의 풍혈대는 사람 등을 씻어주고
千叢瑞石劍尖頭	천 떨기의 서석은 칼끝처럼 뾰족하다
群山蟠地高無對	땅에 서린 뭇 산들 대적할 수 없는 높이요
大海連天碧不流	하늘 닿은 큰 바다는 흐르지 않고 푸르다
飛下毗盧回首望	날아 내린 비로봉을 고개 돌려 바라보니
飄然卻似上淸遊[12]	표연히 문득 상청궁에서 놀다온 듯하다

송병선은 그의 나이 34세(1869, 고종6) 때 무등산을 유람하고 <서석산기>와 위의 작품을 남겼다. 수련의 내용에 따르면, 그전부터 무등산이 어떻다는 것을 익히 듣고 있다가 기회가 되어 비로소 오르게 되었노라고 하였다. 함련에서는 총석의 이미지를 그대로 드러내 보였는데, 구체적인 대상으로서 '풍혈대'와 '서석'이 나오고 있다. 이들은 모두 무등산 중에서 총석을 볼 수 있는 곳이다. 이중 '서석'의 경우, '칼끝처럼 뾰족하다'라고 하여 총석으로서의 이미지를 크게 부각시켰다. 경련에서는 다른 어떤 산도 무등산을 대적할 수 없다는 것을 들었고, 미련에서는 영구의 이미지를 드러내었다. 마치 화자 자신이 신선이 되어 날고 있는 것처럼 표현하였다. '상청궁'도 마찬가지로 도교적인 의미를 담은 공간으로서 무등산에 있는 자신이 곧 상청에 있는 듯하다라고 하여 현실계와 떨어져 있는 듯이 나타내었다.

이상 등반이라는 실체험을 한 뒤에 산 전체를 시적으로 형상화한 작

---

12) 宋秉璿, 『淵齋集』 卷1, <瑞石山 敬次伯父韻>

품을 살폈다. 그리고 그 속에서 무등산에 대한 세 가지의 이미지가 있음도 추출하였는데, 이는 결국 문인들의 눈에 비친 무등산의 이미지로서 '어떻게 바라보았는가'와 관련된다고 하겠다. 이러한 이미지는 비록 몇몇의 문인들에 의해서 만들어진 것이기는 하지만, 현재까지 면면히 이어져오고 있는 이미지와 대비했을 때 공통적인 부분도 있기에 수긍이 간다.

3.2. 사찰 답사와 공간의 多層的 인식

우리의 사찰은 역사의 부침과 함께 하며 수많은 이야기를 담고 있으며, 신앙과 관련된 공간이지만 현재에 이르도록 문화의 한 축으로서 그 역할을 담당해왔다. 사찰이 문화의 한 부분으로 그 역할을 담당할 수 있었던 것은 건물 자체가 가지고 있는 현상적인 것만을 의미하진 않는다. 과거 수많은 문인들은 사찰을 방문하여 기록으로서 그들의 흔적을 남겼는데, 이는 이제 소중한 사찰 문화의 중요한 부분이 된 것이다.

무등산은 어느 산보다도 불교와 인연이 깊다. 증심사, 약사사(藥師寺), 원효사, 규봉암 등의 사찰과 함께 수많은 불교 유적 및 유물이 전하며, 또한 산의 명승지에도 불교적 명칭이 붙여진 곳이 많다.[13] 따라서 무등산을 찾았던 사람이라면 거의 반드시 불교 유적지를 다녀갔다. 2장 도표에서 보인 바와 같이 사찰을 직접 답사하고 남긴 시문이 적지 않은데, <규봉란야>(김시습), <유서봉사>(임억령), <원효사차인운>(기대승), <유규암>(김부륜), <차계명재서봉사기증운>, <차지암운>,

---

13) 『무등산』(1988), 앞의 책, 232쪽 참조. 이 책에서는 무등산에 불교적 명칭이 붙여진 곳이 많다고 하며, 정상의 세 봉우리인 천왕봉 · 비로봉 · 반야봉과 미륵 · 여래 · 관음의 삼존석, 무등 십대 중의 극락대 · 법화대 · 설법대 · 릉엄대 등을 들었다.

<서봉사야좌 시조여규>(이상 고경명), <숙선료>(한장석), <증심사 증조선 이십오일 청 불사구어성 내심사 무회동숙>(노수신), <유숙증심사 야심주성 산월만창 청철불매 잉성일률>(이해조), <서봉사차신보운>, <숙서봉사 증극장로>(이상 이하곤), <원효사서상실 제응보사축미>(이시성), <서봉라한전 몽선대부>, <서봉사 봉기송찰방복여>, <서봉사류별량사립제우>(이상 고용후), <여동우방서봉사>(정홍명), <독서동림사>(정약용), <숙서석산원효사 여명상인담령은구유 잉차기축중운>(김도수) 등의 작품이 이에 해당한다. 이들 작품은 다시 사찰 공간을 어떻게 인식했느냐에 따라서 유흥탐승(遊興探勝)의 공간, 탈속한정(脫俗閑情)의 공간, 유불교유(儒佛交遊)의 공간 등으로 대별할 수 있다. 유흥탐승은 대체로 가벼운 마음으로 사찰을 찾아 주변의 승경을 구경하여 묘사하는 등의 행위를 말한다. 탈속한정은 사찰을 탈속적인 공간으로 인식하여 한가로운 정취를 느끼는가 하면, 더 나아가 현재 자신의 위치를 되돌아보며 세속에 얽매여있는 것에 대하여 잠시 반성도 해본다. 유불교유는 사찰 공간에서 유가인(儒家人)과 불가인(佛家人)이 교유하는 것을 말하는데, 이들의 교유는 사상적인 것 이전에 인간적인 것이 우선한다.

먼저 첫째, 사찰을 유흥탐승의 공간으로 인식한 작품으로는 <유서봉사> 제3수(임억령), <원효사차인운> 제2수(기대승), <유숙징심사 야심주성 산월만창 청철불매 잉성일률>(이해조), <서봉사 봉기송찰방복여, 서봉사유별량사립제우>(이상 고용후), <여동우방서봉사>(정홍명) 등을 들 수 있다. 이 가운데에서 기대승의 작품 <원효사차인운> 두 번째 작품은 다음과 같다.

瘦馬登登度石關	여윈 말로 오르고 올라 돌문을 지나서
暮投殘刹坐階間	저물어 오랜 절에 닿아 섬돌에 앉았다
平生自許不羈士	평생에 얽매이지 않은 선비 자부했는데
今日來尋無等山	오늘에야 무등산을 찾아왔다
完月在空淸散影	둥근 달은 허공에서 맑은 빛을 뿌리고
片雲浮樹綠舒顏	조각구름은 나무에 떠 푸른 모습 드러낸다
令人却憶昌黎子	사람으로 하여금 창려자 문득 생각케 하니
安得徜徉不更還[14]	어떻게 하면 머물러 다시 돌아가지 않을까

기대승은 그의 나이 31세 3월 부친상을 마친 후에 무등산을 유람하였다. 위 작품은 시제에 따르면, 원효사에서 지었다. 원효사는 무등산 북쪽 의상봉을 마주한 산 중턱에 자리하고 있으며, 원래는 '원효암'이라고 불렀다. 1918년 조선총독부에서 간행한 『조선사찰자료』의 <원효암중건기(元曉庵重建記)>에 따르면, "신라의 원효 대사가 지었기 때문에 원효암이라 이름 하였으며, 창건 연대는 자세히 알 수 없으나 신라 법흥왕, 지증왕 양대(兩代)에 세워진 것으로 추측된다."라고 하였다.[15] 비록 추측이기는 하지만, 무등산에 있는 사찰 가운데 비교적 오래된 것이며, 또한 대표할 만하다.

수련은 처음 원효사로 향하는 장면으로부터 시작하였다. '등등(登登)'이라는 말을 한 것으로 보아 원효사로 가는 길이 그리 순탄치 않음을 알 수 있고, 2구를 통하여 목적지에 당도했을 때 해가 거의 저물었음을 또한 알 수 있다. 그러면서 함련에서는 화자 자신이 평생 '불기(不羈)'한 선비로 자유롭다고 생각했는데 이제야 무등산을 찾았노라고 하며, 약간의 자조적인 말을 하였다. 경련에서는 무등산에 도착하여 보게

---

14) 奇大升, 『高峯續集』卷1, <元曉寺次人韻>
15) 박선홍, 『무등산』, 다지리, 1999, 331~334쪽 참조.

된 '완월(完月)', '편운(片雲)' 같은 자연물을 묘사하였는데, 처음 도착했을 때보다 약간의 시간이 흘렀음을 암시해주는 말이기도 하다. 그 순간 화자는 갑자기 중국 당 때의 문장가인 한유(韓愈)를 생각하면서 자신이 현재의 원효사에서 오래 머물고 싶다는 심정을 드러내었다. 이것이 미련의 내용이며, 유흥탐승을 좀더 오래 유지하고 싶은 마음이 드러났다고 하겠다.

이외에도 사찰을 잠시 휴식을 취할 수 있는 유흥탐승의 장소로 그렸음을 알 수 있는 시 작품의 구체적인 구절로는 '흥 다하자 내 가마를 돌리니, 산골 물은 사람을 쫓아온다.〔興闌廻予駕 溪水逐人來〕'16)와 '이 놀음에서 가장 좋은 뜻 얻었으니, 흥이 다해도 돌아갈 줄을 모른다.〔玆遊最得意 興盡不知廻〕'17) 등이 있는데, 이로써 사찰을 엄숙한 신앙의 공간으로만 생각하지 않았음을 알 수 있다.

둘째, 사찰을 탈속한정의 공간으로 인식한 작품으로는 <규봉난야>(김시습), <유서봉사> 제2수(임억령), <원효사차인운> 제1수와 제3수(기대승), <유규암>(김부륜), <차지암운>(고경명), <숙선료>(한장석), <서봉사차신보운>(이하곤) 등을 들 수 있다. 이 가운데에서 고경명의 <차지암운>과 김부륜의 <유규암>을 들어보면 다음과 같다.

①

暝到圭峯寺	해 저물어 당도한 규봉사
居僧禮覺仙	머문 스님 부처님께 예를 올린다
爽聞淸磬響	맑은 풍경 소리 상쾌하게 들리고
寒蠹紫檀煙	자단 향연은 싸늘히 피어오른다
雲物首參錯	운물은 뒤섞임을 으뜸으로 여기고

---

16) 林億齡, 『石川詩集』卷4, <遊瑞峯寺>제3수.
17) 鄭弘溟, 『畸庵集』卷4, <與洞友訪瑞峯寺>

蚊虻省撲緣	모기와 등에는 잡는 인연 덜었다
藤輪睡一蜜	등륜 기대 잠깐 동안 잠이 들어서
不覺曉鐘傳[18]	새벽 종소리 전해짐 깨닫지 못했다

②

百日長夜客	백일 동안 긴 밤의 손님이
三日半空仙	삼일 간 반공의 신선되었다
廣石平臨野	광석은 평평히 들에 닿아있고
圭峯聳柱天	규봉 용솟음쳐 하늘 기둥 되었다
煙霞生足底	안개와 노을 발밑에서 생기고
象魏襯頭邊	교령은 머리끝에 가깝다
經濟吾家事	경국제세는 우리네의 일로
回節却悵然[19]	지팡이 돌리자니 문득 슬퍼라

고경명은 그의 나이 41세 4월 20일부터 24일까지 당시 광주 목사인 임훈과 함께 무등산을 등반하고 <유서석록>이라는 장편의 유기문을 남겼다. 작품 ①은 그 당시 유람하던 중에 1박을 했던 규봉사라는 사찰에서 지은 것이고, ②는 화순의 동복 현감을 역임한 김부륜이 마찬가지로 규봉사에서 노닐다가 지은 것이다. ①의 경우, 시제만 보면 사찰과 무관한 것 같으나 내용을 들여다보면 사찰과 직접 관련되어 유의해야 할 작품이다. 두 작품의 배경이 된 규봉사는 규봉암, 규암(圭庵) 등으로 불리우는데, 『신증동국여지승람』권40의 전라도 화순현조에 나온 권극화(權克和)의 기문에 "광산(光山)의 진산을 무등산이라 하고 혹은 서석산이라고도 하는데, 그 형세가 웅장하여 다른 여러 산에 비길 바가 아니다. 산 동쪽에 암자가 있어 이를 '규봉'이라 한다."[20]라는 기록이

18) 高敬命, 『霽峯集』 卷3, <次支巖韻>
19) 金富倫, 『雪月堂文集』 卷2, <遊圭庵>
20) 『新增東國輿地勝覽』 卷40, 全羅道 和順縣, 權克和記, 光之鎭山曰, 無等, 一名瑞石,

있는 것으로 보아서 규봉사의 위치는 무등산의 동쪽에 자리해 있음을
알 수 있다.

먼저 ①의 수련에서는 해가 저물어서야 규봉사에 이르렀다는 내용
과 함께 그곳에 살고 있는 스님에 관하여 언급하였는데, '신선'인 듯하
다라고 하여 탈속적인 이미지로 묘사하였다. 함련에서는 사찰 주변의
풍경을 보여주고 있는데, '맑은 풍경 소리'와 '자줏빛 향 연기' 등은 수련
의 신선이 머물고 있는 세계와 어울리는 것으로 사찰의 탈속적 이미지
를 계속 이어가고 있다. 경련에서는 규봉사의 위치가 상당이 높은 곳에
위치해 있음을 알려주고 있는데, 때문에 운물(雲物)이 뒤섞여 있을 뿐
아니라 모기와 등에 같은 곤충들을 만날 일도 드물다고 하였다. 탈속성
을 더욱더 배가시키고 있는 대목이다. 그러면서 마지막 미련에서는 이
러한 규봉사에서 한가롭게 노닐다가 새벽 종소리조차도 듣지 못했다라
고 하였는데, 주변의 이미지에 몰입해 있는 화자를 발견할 수 있다.

②는 탈속한정과 연관이 있으면서도 특히, 시적 화자는 마지막 부분
에서 현재 자신이 처한 상황을 되돌아보는 모습을 보여주었다. 수련에
서는 화자 자신이 반공의 신선이 되었다라고 하였는데, 시적 공간인 규
봉사가 높이 위치해 있음을 알려주고 있을 뿐 아니라 탈속적 이미지를
갖추고 있음을 말하고 있다. 함련에 나온 광석(廣石)과 규봉(圭峯)은 모
두 규봉사 주변에 있는 곳으로 주변의 승경이 어떻다는 것을 알리기
위한 표지(標識)로서 경관이 평상적이지 아니함을 느끼게 한다. 규봉사
의 이러한 평상적이지 않은 이미지는 경련에서도 계속 이어져 규봉사
의 높이 있는 형세를 보여주었다. 이렇듯 함련과 경련에서 주경(主景)
을 위주로 하면서 규봉사의 탈속적인 이미지를 부각시켰는데, 한가로

其勢雄盤, 非諸山所可擬, 山之東有菴曰, 圭峯.

이 노닐 겨를도 없이 마지막 연에서는 곧바로 현재 처한 자신을 되돌아 보는 자세를 취한다. 당시 작자는 무등산 주변 동복현의 현감으로 있었 기 때문에 관리자로 돌아가야만 하는 자신의 처지를 못내 아쉬워하고 있다. 탈속적인 데까지는 나아갔으나 현재 자신의 위치 때문에 유유자 적한 데까지 나가지 못한 모습을 보이고 있다.

셋째, 사찰을 유불교유의 공간으로 인식한 작품으로는 <서봉사야좌 시조어규> 제1수(고경명), <증심사 중조선 이십오일 청 불사구어성 내 심사 무회동숙>(노수신), <숙서봉사 증극장로>(이하곤), <원효사서 상실 제응보사축미>(이시성), <숙서석산원효사 여명상인담령은구유 잉차기축중운>(김도수) 등이 있다. 이 중에 김도수의 <숙서석산원효 사 여명상인담령은구유 잉차기축중운> 작품을 들어보면 다음과 같다.

層蘿疊檜小溪流	작은 시내 흐른 곳의 층진 등라와 첩첩한 회나무
僧道山中此境幽	스님들 산 속 이곳이 그윽한 곳이라 말한다
紅葉不妨佳節早	단풍은 좋은 시절 일찍 오는 것 방해 안 하고
黃花還憶去年秋	누런 꽃은 지난 해의 가을을 도리어 기억한다
于時客衲來牀下	이때에 객과 스님 침상으로 오고
遙夜風鑾在殿頭	긴 밤 전각 끝의 방울은 바람에 울린다
携枕共談靈隱好	베개 들고 영은의 좋은 때 함께 이야기하니
曉窻殘月爲相留[21]	새벽 창에 비친 쇠잔한 달이 함께 머문다

시제에 따르면 작자는 무등산 원효사에서 묵으면서 명(明) 스님과 함 께 예전에 영은(靈隱)에서 노닐었던 일을 이야기하다가 시를 지은 것으 로 되어 있다. 먼저 수련에서는 원효사 주변의 승경을 말하였는데, 작 은 시내가 흐르고 등라들이 층이 져 있을 뿐 아니라 회나무도 첩첩히

---

21) 金道洙, 『春洲遺稿』 卷1, <宿瑞石山元曉寺 與明上人談靈隱舊遊 仍次其軸中韻>

많다라고 하며, 스님들의 말을 빌어 무등산 중에서 상당히 그윽한 곳임을 알려주고 있다. 함련의 '홍엽(紅葉)'과 '황화(黃花)'는 가을을 알려주는 단서가 되는데, 주변은 현재 가을의 분위기가 한창인 것이다. 여기까지는 주로 경치와 관련된 내용을 말하였는데, 사실 위 시의 주요 부분은 다음의 경련과 미련이라고 할 수 있다. 미련에 등장하는 '객'은 작자이고, '스님'은 명 스님임은 정황상 바로 알 수 있다. 두 사람은 이제 함께 잠자리를 하며, 과거 영은에서 있었던 이야기로 밤을 새었음을 미련의 2구에서 알려주었다. 서로의 마음이 통하지 않았다면, 밤이 새도록 이야기를 나누기란 사실 불가능하며, 만일 사상이나 신앙의 문제가 개입되었다면 대화의 지속이란 불가능했을 것이다. 작자와 스님의 교유에는 오직 순수성만이 자리하고 있다고 하겠다.

이상 무등산 사찰을 답사한 후 지은 시 작품을 살폈는데, 작품마다 사찰 공간에 대한 인식이 다름을 알 수 있었고, 세 양상으로 대별하였다. 사실 이러한 양상은 다른 사찰에서도 충분히 드러날 수 있는 보편적인 것으로 무등산만의 특성이 되지 않을 수도 있다. 하지만, 보편적인 양상 속에 숨겨진 작품들의 면면에서 나름의 특성을 찾고자 하였다.

3.3. 자연경물의 目睹와 상상력의 극대화

같은 사물에 대한 기록을 하더라도 이성에 기반을 둔 사람이 할 때와 감성에 기반을 둔 사람이 할 때는 다르다. 이성에 기반을 둔 사람이라면 눈에 보이는 현상적인 사실에 치중하여 보이는 대로만 어떤 사물에 대한 기록을 남길 것이다. 반면, 감성에 기반을 둔 사람이라면 눈에 보이는 것 대신에 상상이라는 기제를 발휘할 것이다.

무등산의 시 작품 중에는 이러한 예술적 상상력이 깊이 있게 동원된 것들이 있다. 이들 작품은 주로 자연경물을 현장에서 실제 보고 지은 것들로 비유 등의 수사적인 방법을 동원한 양상을 보인다. 무등산에 소재한 대표적인 자연경물들로는 새인봉(璽印峯), 서석대, 입석대, 규봉, 지공너덜[指空磧], 정상삼봉(頂上三峯), 광석대 등등을 들 수 있다. 사실 이들 자연경물들은 다른 산에서는 찾아볼 수 없는 무등산만이 가진 독특한 것이다. 따라서『임하필기(林下筆記)』에서도 이러한 점에 주목하고서 "산 위에는 수십 개의 돌기둥이 서 있는데 마치 사람이 일부러 깎아서 세운 듯하며 높이가 거의 백 척이나 되고 모두 여섯 개의 모서리가 나 있다. 또 석벽(石壁)이 있는데 길이가 수십 무 가량 되고 높이는 수십 장이나 되는바, 그 돌무늬가 마치 물결 같고 구름 같으며 희고 붉은 색들이 마구 뒤섞여 있다. 또 자연적으로 이루어진 石室이 있는데 산 이름을 서석산이라고도 하는 것은 이 때문이다."22)라고 하였다.

조선조 문인들도 무등산을 등반하게 되면 당연히 이러한 자연경물을 둘러보았는데, 이와 관련된 시 작품에 <도규봉> 3수(기대승), <규봉 조기견백운둥용 만학개평 용갈천선생운>, <창랑류영> 중 '규봉락조', <차유지숙영립석 증은상인운>(이상 고경명), <입석>(송명흠), <광주무등산천황봉 광석입석 구재천황봉하>, <광석대>, <입석>(이상 김윤식), <유입석 추차중부운>(윤중), <서석산입석대>(이해조), <서석산지공력>, <지입석 경인>, <관입석>, <입석>(이상 임상덕), <광석대차조정이>, <규봉>, <광석대>, <입석>(이상 김창흡) 등이 있다. 즉, 문인들이 시적 대상으로 삼은 주된 자연경물로는 규

---

22)『林下筆記』卷13, 文獻指掌編, <無等山>, 上有石柱數十, 如削成, 高可百尺, 皆出六隅, 又有石壁, 長可數十武, 高可數十丈, 石紋, 如波如雲, 赤白色相雜, 又有天作石室, 山名瑞石, 以此.

봉, 입석, 천황봉, 광석대, 지공너덜 등임을 알 수 있다. 이들 자연경물
은 그 자체가 신비롭기 때문에 시인들의 눈에 비쳤을 때 상상력을 총동
원하도록 만들었는데, 우선 자주 등장하는 내용이 과연 이 신비로운 것
들을 누가 만들었을까? 하는 것이었다. 이런 경우 흔히 신령이나 신선
등이 등장하는데, "우뚝 솟은 층진 절벽 다리 놓기 위험하니, 쪼개어 열
어 그 크신 신령 함을 알겠다.〔矗立層巓占脚危 劈開知是巨靈爲〕"23),
"신선은 높고 넓은 것 좋아해서, 천연으로 자연스러운 대 쌓았다.〔神仙
好高曠 天築自然臺〕"24), "백 척의 세 봉우리 누가 깎아 세웠을까, 무너
질 듯한 바위 천 년을 서 있다. 적벽강에 노는 학을 만났는가 의심되고,
숭양의 금리 선인 본 듯한 기분이다.〔誰削三峯抽百尺 將崩一石立千年
疑逢赤壁玄裳鶴 想見嵩陽錦里仙〕"25), "신공이 이에서 해후하여 엉겨
이룬 듯해, 인력으로 안배했다면 어찌 가지런하겠나.〔神功邂逅斯凝就
人力安排豈整齊〕'26) 등의 작품 구절을 통해 이를 확인할 수 있다. 다음
작품은 이러한 상상을 좀 더 구체적으로 하고 있다.

此石神功也	이 바위는 귀신이 빚어놓은 것으로
其形天柱云	그 모습을 하늘 기둥이라 이른다
叢叢忽迸地	총총히도 홀연히 땅에서 솟은 듯하고
落落盡和雲	헌출하게 높아 모두 구름에 섞여있다
白㸑星辰氣	별빛 기운 받은 몸 하얗게 울창하고
蒼虧日月文	일월의 문양은 푸르게도 이지러졌다
吾疑女媧物	나는 여와씨의 물건인가 의심하노니
雷雨逗苔紋27)	천둥과 비는 아롱진 이끼에 머물렀다

23) 高敬命,『霽峯集』卷3, <次兪止叔詠立石 贈恩上人韻>
24) 金允植,『雲養集』卷1, <廣石臺>
25) 尹拯,『明齋遺稿』卷2, <遊立石 追次仲父韻>
26) 金昌翕,『三淵集』권14, <立石>

입석을 보고 지은 작품이다. 입석은 흔히 '입석대'라고 불리우는데, 무등산 장불재에서 동쪽으로 약 200m 지점(해발 1,017m)에 가면 돌기둥 무리가 나오는데, 바로 이것을 이른다. 정남면(正南面)으로 반달처럼 휘어져 우뚝우뚝 솟아있는 석주(石柱)들은 마치 석수(石手)가 먹줄을 퉁겨 깎아 세운 듯하며, 5.6모 또는 7,8모의 돌기둥들은 두 개 혹은 3,4개가 얹혀 있는 듯 기둥 중간 중간이 가로로 갈라져 있어 신기로움을 자아낸다.[28] 이러한 신기로움을 자아내는 곳이기에 일찍이 고경명은 <유서석록>에서 입석대에 대하여 "암자의 뒤에는 기암이 뾰족뾰족 솟아 울밀한 것은 봄 죽순이 다투어 나오는 듯하였고, 희고 깨끗함은 연꽃이 처음 피는 듯하였으며, 멀리 바라보면 의관을 정제한 선비가 홀을 들고 읍하는 것 같았고 가까이 보면 중관(重關)과 철성(鐵城)에 일만 갑병을 나열한 듯하였다. 그 한 봉우리는 홀로 드높이 서서 형세가 외로이 빼어났으니 세속에서 초월한 선비가 군중을 떠나 홀로 달리는 듯하였다."[29]라는 말을 남겼다.

위 시 작품을 통해 보자면, 작자인 임상덕도 입석대의 형세를 직접 보고는 적지 않은 신비로움을 느꼈던 것으로 보인다. 우선 수련에서부터 '입석은 귀신이 빚어놓은 것이다'라고 단정하며, 하늘을 떠받치고 있는 '천주(天柱)'라 하였다. 그리고 함련과 경련에서는 입석대가 놓인 형세와 모양 등을 묘사하였는데, 주로 높이 솟아 있는 것에 치중하였다. 미련에서는 여와씨를 등장시켜 처음에 귀신이 빚어놓았을 것이라

27) 林象德, 『老村集』卷1, <觀立石>
28) 『무등산』, 광주직할시·사단법인 향토문화개발협의회, 1988, 613~614쪽 참조.
29) 高敬命, 『遊瑞石錄』, 庵後, 有怪石矗立, 森森然, 若春笋爭迸, 皎皎然, 若芙蓉初出, 遠而望之, 若峨冠碩人端笏拱揖, 迫而視之, 若重關鐵城萬甲中藏. 其一特立, 不倚勢, 益孤挺, 有若違世絶俗之士離群而獨住也.

는 생각을 구체화시켰다. 여와씨는『회남자(淮南子)』에 그 설화가 전한다. "옛날 공공(共工)이 축융(祝融)과 싸워 이기지 못하자 머리로 부주산(不周山)을 들이받았으므로 天柱가 부러지고 지유(地維)가 끊어지게 되었다. 이때 여와씨가 나타나 오색(五色)의 돌을 다듬어 하늘을 깁고, 자라의 발을 잘라 사방을 받쳤다."30)고 한다. 곧, 작자는 여와씨의 물건과 입석대를 동일시한 것이다.

또한 많은 문인들은 자연경물을 형상화할 때에 비유의 방법을 사용하였다. 비유는 바로 상상력의 산물31)로서 사물을 형상화함에 있어서 직설적인 표현보다도 때로는 사실감은 안겨준다. 가령, "돌 뼈 자취 빛 사이에서 높이 지탱하고, 금빛 서쪽 해 용솟음쳐 험준한 산새로 밀어나온다.〔石骨高撑紫翠間 湧金西日盪孱顔〕"32), "옥루를 연마하여 천년의 기둥을 얻었고, 서운관이 마름질하여 열 길 연꽃을 만들었다. 햇무리 맑은 무지개 떨어뜨려 비껴 해 비추고, 기색은 서리 같은 칼날 훔쳐 하늘까지 맞닿으려 한다.〔玉樓鍊得千年柱 雲觀裁成十丈蓮 暈落晴虹斜照日 色偸霜戟欲摩天〕"33), "푸른 구름 괴이하게 빙빙 돌며 낯을 누르니, 떨기 떨기의 어지러운 죽순 구름과 함께 열린다. 섬세하게 다듬은 괴이한 도끼는 바람 저어 내보내고, 푸르게 윤이 나는 별의 정기는 비를 따라 떨어진다.〔忽怪蒼雲壓面廻 叢叢亂筍與雲開 脩纖鬼斧揮風出 潤碧星精隕雨來〕"34), "신령스런 빛의 호랑이 장수 칼을 뛰어올라 빛나고, 여의주를 문 용 선생은 바둑판을 편 대이다.〔神光虎將騰刀爍 妙意龍師布局臺〕"35), "천겁의 봄에 길고 짧은 죽순 뽑아내고, 만방의 구름들 한데

30)『淮南子』, <覽冥訓>
31) 金埈五,『詩論』, 三知院, 1993, 119쪽.
32) 高敬命,『霽峯集』卷3, <瀟浪六詠> 중 '圭峯落照'.
33) 李海朝,『鳴巖集』卷2, <瑞石山立石臺>
34) 林象德,『老村集』卷1, <立石>

회동한 홀을 모았다.〔千刓春抽長短笋 萬邦雲集會同圭〕"36), "옥이 서고 구슬을 깎은 듯 도끼로 뚫음이 기이하니, 얼음 꽃눈 물방울이 오랜 시간 보호했다.〔玉立圭刓斧鑿奇 冰花雪溜護長時〕"37)라는 시의 구절들은 비유의 방법을 사용한 덕분에 자연경물을 사실적으로 느낄 수 있다.

무등산의 자연경물 가운데에는 그 형성 과정에서 설화적인 요소가 가미된 경우도 있다. 지공너덜이 바로 그 경우인데, 무등산에는 너덜로서 지공너덜 외에도 덕산너덜이 있다. 너덜은 '너덜겅'이라고도 하는데, 암석 무너진 것이 산비탈에 덮힌 것으로 한마디로 '돌바다'라고 할 수 있다. 지공너덜과 관련해서는 한 전설이 전한다. 인도의 승려인 지공이 무등산에 석실을 만들고 좌선(坐禪)하였을 때 그의 법력(法力)으로 억만의 수많은 돌중 어느 것을 밟아도 덜컥거리지 않도록 만들어 지공너덜이라고 하였다. 그런데 지공이 우리나라에 온 것은 사실이지만, 남쪽까지 왔다는 기록은 없으니 결국 근거가 희박한 이야기인 셈이다.38)

다음 임상덕의 시는 바로 지공너덜을 소재로 하여 지은 것으로 전해지고 있는 설화로써 상상력을 극대화하여 자연경물의 신비로운 이미지를 보여주고 있다.

昔聞道界遍沙沙	옛날엔 도계가 모두 모래라고 들었는데
今見靈塲皆礫礫	지금은 영장이 다 너덜인 것을 보겠다
靑瑩磊落百萬顆	백만 낱알들 널려 있어 푸르면서 맑고
彌漫一谷如雪雹	눈과 우박같이 한 골짜기에 가득 차 있다
指空西去幾春秋	지공 스님 서쪽으로 가신지 몇 년 되었나

35) 金昌翕, 『三淵集拾遺』 卷10, <廣石臺次趙定而>
36) 金昌翕, 『三淵集』 卷14, <立石>
37) 宋明欽, 『櫟泉集』 卷2, <立石>
38) 『무등산』(1988), 앞의 책, 616쪽 참조.

弟子皆化石獼猴　　제자들 모두 돌 원숭이로 변하였다
不知達摩更東來　　달마대사가 다시 동쪽으로 온다면
此石一一能點頭39)　이 돌들은 하나하나 머리를 점검할런지

수련의 '도계(道界)'와 '영장(靈場)'은 모두 신비로움을 자아내기 위해 사용된 어휘들로 작자가 너덜에서 받은 인상이 어떠했음을 알게 한다. 함련에서는 현상적인 너덜의 모습을 그대로 묘사하였는데, 수를 셀 수 없을 만큼의 자갈돌들이 마치 눈과 우박처럼 흩어져 있음을 보여주었다. 그리고 경련에서는 지공 스님을 등장시켜 설화적인 상상을 펼치고 있는데, 작자에게는 스님의 존재가 결코 설화적이지 않으며, 실존했던 인물인 것처럼 그렸다. 즉, 지공 스님이 서쪽으로 돌아간 후 남아있던 제자들은 모두 돌원숭이로 변하였는데, 그것이 현재 남아있는 너덜들이라는 것이다. 설화적인 요소를 빌어 시적 상상력을 최대로 발휘한 대목이다. 또한 달마대사까지 등장시켜 훗날 다시 동으로 온다면 돌들의 머리를 하나하나 점검할지 모른다는 상상도 곁들였다. 너덜 자체에서 느껴지는 신비로움에 무한한 상상력의 힘을 가미했다고 하겠다.

이상 무등산에 소재한 자연경물을 직접 보고서 지은 시 작품을 대상으로 살폈다. 이들 작품을 통해 시적 상상력을 가미하여 내용을 전개한 경우가 적지 않다는 것을 볼 수 있었는데, 이는 결국 무등산 자체가 가지고 있는 무한한 상상의 힘을 키우는 중요한 기제로 자리할 것으로 생각한다.

---

39) 林象德,『老村集』卷1, <瑞石山指空礫>

4. 남은 문제

광주 · 전남 사람들에게 있어 무등산은 삶과 항상 함께하고 있다는 점에서 의미가 남다르다. 그래서 무등산을 일컬어 혹자는 '어머니의 산', '광주의 랜드마크' 라고 일컬으며, 호남의 진산으로서 그 대표성을 부각시키려고 한다. 이렇듯이 생활과 늘 함께 하고 있다는 점에도 다각도의 연구는 필요하다. 특히 한문학의 유산 속에 남아있는 기록물을 우선 정리하고 연구해야 하지만, 그동안의 연구가 유산기에 치중되어 있어서 옛 선인들의 모든 자료의 면면을 살피기란 지극히 어렵다. 이러한 측면에서 본 연구는 거칠게나마 무등산의 시 작품을 살폈다는 점에서 그 의의를 찾고자 한다. 그러면서도 한문학적인 측면에서 앞으로 수행해야 할 남은 문제 몇 가지로써 미래를 범박하게 전망해 보겠다.

첫째, 무등산 관련 모든 자료의 수집과 정리, 그리고 심층적인 연구가 필요하다. 본 연구의 서두에서 이미 밝힌 대로 무등산의 옛 자료는 그 수를 정확히 알 수 없다. 본 논문은 한국문집총간에 소재한 무등산 시만을 대상으로 하였는데, 아직 문집총간 속에 포함되지 않은 주요 문집의 수가 최소 몇 백 종이라고 했을 때 작품 수는 훨씬 늘어날 것으로 생각한다. 실제로 문집총간에 들어가지 않은 호남문인의 문집 속에서 무등산 시문을 어렵지 않게 발견할 수 있었는데, 몇 작품만을 들어보면 나도규(羅燾圭)의 <관서석이귀용구사운일첩(觀瑞石而歸用搆四韻一疊)>, <모춘종남후호원유증심사(暮春從南侯鎬元遊澄心寺)> / 나옹선사(懶翁禪師)의 <석실 무등산(石室 無等山)> / 배현규(裵鉉奎)의 <등서석산(登瑞石山)> / 대각국사(大覺國師)의 <유제서석산규봉사(留題瑞石山圭峰寺)> / 정지유(鄭之游)의 <유서석 무등산(遊瑞石 無等山)> /

양진영(梁進永)의 <유서석산(遊瑞石山)>, <신기서당여몽득성기서석전유사운(晨起書堂如夢得醒記瑞石前遊四韻)>, <등산 사수(登山 四首)> / 박종정(朴宗挺)의 <유서석산이장단구육십이운증오음윤상공(遊瑞石山以長短句六十二韻贈梧陰尹相公)> / 구희(具喜)의 <등무등산(登無等山)> / 송정묵(宋廷黙)의 <등서석이수(登瑞石二首)> / 김덕령(金德齡)의 <제서봉사벽상(題瑞鳳寺壁上)> 등이 있다. 이들 외에도 수많은 무등산 한시 작품이 있을 것으로 예상되며, 앞으로 세밀한 자료 수집과 정리, 그리고 심도 있는 연구가 진행되어야 한다.

둘째, '무등산' 자체만 치중된 연구보다는 주변을 권역으로 묶어 보다 더 폭넓은 자료 수집, 정리를 해야 한다. 무등산은 사방팔방 여러 지역에 걸쳐져 있다. 가깝게는 광주는 물론이거니와 화순과 담양, 멀리는 나주와 장성 등과 연계되어 사실 무등산 자체만 하는 연구는 스스로가 연구의 폭을 좁히는 결과를 가져올 수도 있다. 가령, 무등산은 화순 물염정 인근의 적벽과 연계되어 있을 뿐 아니라 담양의 소쇄원, 식영정 등의 누정 공간과도 긴밀하게 연결되어 있다. 따라서 옛 문인들의 발자취를 더듬어 가다보면, 단순히 무등산만 유람한 것이 아니고 주변의 승경지도 함께 유람하였고, 또한 남긴 기록물도 부지기수임을 알 수 있다. 이러한 이유로 권역을 설정하여 자료를 수집하고 정리할 필요가 있다. 이러한 자료는 지역의 소중한 자산이기도 하지만, 더 나아가 우리 한문학 연구의 폭을 넓히는 것이기도 하다.

셋째, 무등산의 한문학 자료를 현대적인 감각에 맞게 해석할 수 있는 충분한 자료 제공을 해야 한다. 한문학 자료는 결코 우리의 현실과 동떨어진 고답적인 것이 아니다. 이러한 측면과 맥락을 함께 하여 많은 이들은 옛 문헌에 남아있는 한문학 자료의 내용을 알고 싶어 한다. 무등산의 경우, 오늘날 수많은 사람들이 찾고는 있지만, 정작 그 속에 담겨있는 문학과 역사는 정확히 알지 못한다. 이러한 대응은 한문학에서 담당해야 한다고 생각한다. 단, 지나치게 가벼운 내용이 되지 않기 위해서는 우선적으로 깊이있는 연구가 진행되어야 하며, 이럴 때에만 내용에 대한 설득력을 확보할 수 있으리라고 본다.

5. 맺음말

본 논고는 조선조 문인들이 무등산 유람을 통해 남긴 시문 형상화의 대상과 그것에 나타난 특징을 살피는 것을 목표로 하였다. 한국고전번역원 간행 한국문집총간에 소재한 무등산 시문은 총 90여 수를 상회한다. 무등산을 유람한 옛 문인들은 아마도 산의 인상적인 부분을 잡아 시 작품의 소재로 삼았을 것인데, 대체로 무등산 전체를 형상화한 작품, 사찰 공간을 형상화한 작품, 그리고 자연경물을 형상화한 것들로 대별할 수 있었다.

첫째, 무등산 전체를 형상화한 작품의 경우, 산 전체의 승경 묘사를 통한 이미지화를 시도하였는데, '진산의 이미지', '영구의 이미지', '총석의 이미지' 등으로 구분할 수 있었다. 둘째, 사찰 답사 작품 중에는 사찰 공간을 어떻게 인식했느냐에 따라서 유흥탐승의 공간, 탈속한정의 공간, 유불교유의 공간 등으로 대별할 수 있었다. 이러한 양상은 다른 사찰에서도 충분히 드러날 수 있는 보편적인 것으로서 무등산만의 특성이 되지 않을 수도 있다. 하지만, 보편적인 양상 속에 숨겨진 작품들의 면면에서 나름의 특성을 찾고자 하였다. 셋째, 자연경물을 대상으로 한 작품을 검토한 결과, 많은 작품이 상상력이라는 문학적 장치를 한 것으로 드러났다. 이는 자연경물에서 느끼는 신비로움 때문이라고 할 수 있는데, 이는 결국 무등산 자체가 가지고 있는 무한한 상상의 힘을 키우는 중요한 기제로 자리할 것으로 결론지었다.

본 논고는 마지막으로 앞으로 무등산에 대한 연구는 권역을 넓힌 세밀한 자료 수집이 선행되어야 하며, 한문학 자료를 현대적인 감각에 맞게 해석할 수 있는 충분한 자료 제공을 해야 함을 제안하였다. 단, 충분한 자료 제공을 하기 위해서는 우선적으로 깊이있는 연구가 진행되어야 하며, 이럴 때에만 내용에 대한 설득력을 확보할 수 있으리라고 보았다.

1. 자료

『新增東國輿地勝覽』

高敬命,『霽峯集』

奇大升,『高峯續集』

金道洙,『春洲遺稿』

金富倫,『雪月堂文集』

金允植,『雲養集』

金昌翕,『三淵集』

金昌翕,『三淵集拾遺』

宋明欽,『櫟泉集』

宋秉璿,『淵齋集』

尹拯,『明齋遺稿』

李萬敷,『息山先生別集』

李純仁,『孤潭逸稿』

李裕元,『林下筆記』

李海朝,『鳴巖集』

林象德,『老村集』

林億齡,『石川詩集』

丁運熙,『孤舟集』

鄭弘溟,『畸庵集』

2. 논저

『무등산』, 광주직할시 · 사단법인 향토문화개발협의회, 1988.

金大鉉, 「20세기 無等山 遊山記 연구」, 『한국언어문학』 제46집, 한국언어문학
　　회, 2001.

金大鉉, 외 3인, 『국역 無等山遊山記』, 광주시립민속박물관, 2010.

金大鉉, 『무등산한시선』, 전남대학교출판부, 2017.

金埈五, 『詩論』, 三知院, 1993.

박선홍, 『무등산』, 다지리, 1999.

李權宰, 「霽峰 高敬命의 『遊瑞石錄』 硏究」, 『고시가연구』 제8집, 한국고시가문학
　　회, 2001.

鄭珉, 「漢文學 遺産 속에 기려진 無等山의 표상-山水遊記를 중심으로-」, 『한
　　국한문학』 제21집, 한국한문학회, 1998.

무등산 유산기 자료의 전반적인 고찰

김대현

1. 머리말

이 글은 무등산 유산기 자료를 개괄하고자 쓴 글이다.[1] 예로부터 이름난 산에는 이름난 문장이 뒤따르기 마련이라고 하였다. 무등산이야말로 남녘의 이름난 산이다. 광주의 진산(鎭山)이자, 담양, 화순 등에 넓게 자리 잡고 있다. 아침이면 무등산 상봉 한쪽에서 해가 솟아올라 하루를 맞이한다. 그 옛날 고려시대나 조선시대의 사람들이나, 21세기에 살고 있는 오늘 우리들이나 모두 늘 무등산을 바라보며 살고 있다. 이렇듯 오랜 시간이 흘러도 무등산은 언제나 변하지 않고 그 모습 그대로 서 있다. 그러니 수많은 문학 작품이 남아 전하지 않을 수 없다.

16세기 문인 제봉(霽峯) 고경명(高敬命)은 그의 유산기에서 '우뚝 서서 움직이지 않는 것은 산이요, 만났다 헤어지기 쉬운 것은 인생이라'

[1] 이 글은 김대현 외, 『국역 무등산 유산기』(광주시립민속박물관, 2010)에 실린 '1부 무등산 유산기의 개관'이라는 필자의 글을 옮기면서, 약간의 수정을 한 것이다.

고 하였다. 그러니 무등산은 짧은 우리의 인생에 대하여, 영원성(永遠性)이라는 불변의 미학을 가르치고 있는지도 모르겠다. 그래서 많은 사람들은 영원한 아름다움을 추구하면서, 또는 건강을 위하여, 또는 정신적인 수양을 위하여 무등산을 오른다. 그리고 기록을 남기기도 한다. 그런 종류의 글을 지금은 흔히 등산기(登山記)라고 부르지만, 예전에는 주로 유산기(遊山記)라고 불렀다.

이러한 유산기 작품들은 우리나라에서 일찍부터 꾸준하게 창작되었다. 지금까지는 1243년 강진 백련사에 머물렀던 진정국사(眞靜國師)에 의한 「유사불산기(遊四佛山記)」가 가장 이른 유산기라고 알려지고 있다. 한문으로 지어진 유산기는 20세기까지 계속 이어져 오고 있었는데, 우리나라에서는 현재 이들 유산기에 대한 전면적인 조사와 정리가 이루어지지 못하고 있다. 지금 일부 지역에 대한 연구의 결과가 있지만, 우리나라 전체 유산기 작품의 분량은 아마도 천여 편은 훨씬 넘을 것으로 보인다.

무등산에 대한 첫 번째 유산기는 15세기 후반 경 등산을 하고 난 후 지어진 것으로 보이는 정지유(鄭之游)의 「유서석산기(遊瑞石山記)」이다. 가장 마지막 한문 유산기는 김호영(金鎬永)이 1957년에 등산을 하고 난 후 지은 「서석산기(瑞石山記)」로 보인다. 이들 무등산 한문 유산기는 현재까지 스무 편정도 확인되고 있지만, 앞으로 더 나타날 가능성이 많다.

이들 무등산 유산기 가운데 고경명의 「유서석록(遊瑞石錄)」은 이른바 록(錄)이라 이름 붙인 장편의 유산기로 가장 중요하고, 매우 주목되는 무등산 유산기이다. 우리나라에서는 조선 중기가 되면, 이러한 「○○록」이라 이름을 붙인 장편의 록체 유산기들이 많이 나타나고 있으며, 이런 현상은 한국적인 한 특징으로 거론되고 있다.

또한 무등산 관련 한시(漢詩)도 많이 남아 있다.[2] 한시의 전통이 그 어느 지역보다 강하였던 호남은 많은 작품집을 남겼으며, 따라서 무등산 관련 한시 작품들이 매우 많은 편이다. 이는 비단 조선시대뿐만 아니라, 근대 20세기에도 한시의 창작이 주된 문학의 내용이었기 때문이다.[3]

한편 20세기에 들어서는 무등산 유람에 관한 자료로는 이들 한문 작품뿐만 아니라 최남선(崔南善)의 여행기인「심춘순례(尋春巡禮)」가운데 실린 무등산 유람기나, 이은상(李殷相)의 4일간의 무등산 유람기인「무등산기행(無等山記行)」, 안재홍(安在鴻) 선생의 무등산 등산기 등이 남아 있다. 그 밖에도 20세기 한글로 쓰인 많은 작품들이 남아 있으리라고 추측되지만, 아직 그 부분에는 자료의 조사가 잘 이루어지지 못하였다. 이처럼 무등산 유산기 관련 한문 작품, 국한문체 작품들이 많이 남아있는데, 이제 이들 작품에 대하여 개략적이지만 전반적인 검토를 해보고자 한다.

2. 조선 시대 무등산 유산기 자료

무등산에 대한 산문 기록은 반드시 유산기만 있는 것은 아니다. 각종 산수기(山水記) 형태의 글들도 여러 편 남아있기 때문이다. 현재까지 발견된 무등산에 대한 첫 산문 기록은『와유록(臥遊錄)』[4]에 실린 15세

---

2) 필자는 무등산 관련 한시를 조사하고 번역하여, 김대현,『무등산한시선』, 전남대학교출판부, 2016을 출판하였다.
3) 그 한 예로는 1942년에 132명이 쓴 무등산과 주변의 승경을 다룬 한시집『서석유람瑞石遊覽』을 들 수 있다.
4)『臥遊錄』은 최근 규장각본「欽令」의 기록에 의하여 편자가 유척기로 추정되었다.

기 초중반 무렵 권극화(權克和)의 「서석규봉기(瑞石圭峯記)」가 아닐까 한다.5) 이 작품은 124자의 소품문(小品文)으로 되어 있다.6) 서석산 규봉(圭峯)의 경치를 그리고 있는 내용이어서, 무등산에서 규봉이 가장 유명한 곳임을 알려주는 것이다.

이 밖에도 무등산에 관한 기록으로 이유원(李裕元)의 『임하필기(林下筆記)』를 비롯해서 몇몇 글이 더 있지만, 이러한 산수기(山水記)들은 작자가 직접 유람(遊覽)하고서 그 경과를 남긴 글이라고 보기 힘들다. 그러므로 이들은 무등산을 이해하는데 좋은 자료이지만 유산기(遊山記)는 아니다. 지금까지 발견된 한문으로 된 조선시대 무등산 유산기를 간단하게 작자의 시대 순으로 검토해보고자 한다.

2.1. 정지유(鄭之游, 1456~1514)의 「유서석산기(遊瑞石山記)」

현재까지 무등산에 대한 유산기 가운데 첫 작품은 15세기 중반에서 16세기 초에 걸쳐 살았던 정지유(鄭之游)의 「유서석산기(遊瑞石山記)」이다. 이 작품은 현재 『월성세고(月城世稿)』권2의 『면와유고(勉窩遺稿)』가운데 수록되어 있다.7)

여기에 「유서석산기(遊瑞石山記)」를 남긴 정지유는 바로 면와공 정

---

5) 權克和는 世宗代 전라도 관찰사를 역임하였는데, 현재 자세한 기록이 남아있지 않다.
6) 霽峯의 「遊瑞石錄」에는 권극화의 글에 대한 대목이 나온다. 규봉암을 그리면서 '그 소상함은 權公克和의 기문에 나와 있어 『輿地勝覽』에 실렸으므로 여기에 생략하는 데 …' 그런데 제봉은 소상하게 되어 있다고 하였기에, 이 글을 포함한 좀 더 긴 글이 있었을 것으로 생각한다.
7) 『월성세고』는 경주 정씨 가운데 이조판서를 역임하고 월성군으로 책봉된 鄭宗哲 가문의 문집을 엮은 것이다. 그 가운데 실린 「勉窩遺稿」는 勉窩公의 유집이다. 그 안에 金羽根이 찬한 묘갈명이 있어서, 면와공의 행적을 살필 수 있다. 면와공은 鄭之潘(1464~1517)으로 전라북도 淳昌을 기반으로 생활하였다.

지반의 백형(伯兄)이다. 그의 유집은 남아있지 않은 듯하고, 다만 그의 동생인 면와공의 유고에 덧붙여져 있는 것이다. 면와공의 둘째 아들 정언방(鄭彦邦)은 당시 소쇄원 옆에 거처하고 있었고, 그곳에서 무등산이 가까워서 작자의 여러 형제들과 함께 유람을 하였다고 보인다. 이들 형제는 평소에도 최치원 선생의 유적을 찾아서 시를 읊는 등 경치 좋은 곳을 찾아다니며 유람하였다. 이 무등산을 유람하고 나서 동생인 면와공 정지반은 무등(無等)에 빗대어 재미있는 시를 남기기도 하였다.

산이 높아 그대여 무등인가	山屹君無等
사람이 어리석어 나는 무등이라네.	人愚我無等
높은 것과 어리석은 것은 비록 다르나	屹愚雖不同
그대와 나는 다 같이 무등이구려.	君我倶無等

『月城世稿』卷2,「勉窩公遺稿」부분

그 당시까지 서석산에 대한 유명한 유자(遊者)가 없었던 사실이 정지유(鄭之游)가 쓴 「유서석산기(遊瑞石山記)」의 서두에 나타나 있기도 하다. 이 작품은 무등산 유산기라는 제목과 무등산의 등산 목적과 무등산의 경승에 대하여 쓰여 졌으며, 무등산을 등정한 후에 남겨진 작품이라는 점에서 지금까지 알려진 무등산에 대한 최초의 유산기라고 할 수 있다.

2.2. 고경명(高敬命, 1533~1592)의 「유서석록(遊瑞石錄)」

무등산에 대한 가장 방대한 유산기(遊山記)는 1574년에 쓰여진 고경명(1533~1592)의 「유서석록(遊瑞石錄)」이다. 이 글은 이미 널리 알려진 글이며, 또한 오래전 번역되어 『霽峯全書』안에 들어가 있다. 여기서 「遊○○錄」이라고 이름붙인 것이 특별한 의미가 있다. 거의 1세기 전에 김종직(金宗直, 1431~1492)이 1472년에 지은 「유두류록(遊頭流錄)」이 란 제명과 유사하게 「유서석록(遊瑞石錄)」이라고 이름을 붙였기 때문 이다. 점필재 김종직의 「유두류록(遊頭流錄)」은 지리산에 대한 최초의 본격적인 유산기이다.

잘 알려진대로 「유서석록」은 제봉 고경명 선생이 광주목사 갈천 임 훈(林薰)을 배행(陪行)하면서 여러 문인들과 같이 무등산을 등산한 기 행문이다.8) 이 유산기는 록(錄)이라고 이름붙인 까닭처럼 아주 자세하 게 기록되어 있다. 선생의 나이 42세 때인 1574년 4월 20일부터 24일 까지 5일간의 기행으로 일기체(日記體)로 기록되어 있다.

2.3. 정약용(丁若鏞, 1762~1836)의 「유서석산기(遊瑞石山記)」

「유서석록」 이후로 오랫동안 무등산 유산기가 발견되지 않고 있다. 지금 17세기에 남아있는 유산기는 보이지 않기 때문이다. 18세기 후반 이 되어서야 다산 정약용 선생이 쓴 「유서석산기」가 나타난다. 1778년 그의 나이 17세 때 화순현감인 부친을 따라서 화순에 머물고 있던 다산 이 무등산을 등산하고서 남긴 작품이다. 다산은 60편이 넘는 기문을 남 겼는데, 그중 10여 편의 유기가 포함되어 있으며, 그 중의 한 편이 「유 서석산기」이다.

이 작품의 분량은 전체 400여 자가 좀 못되는 비교적 짧은 문장으로

---

8) 임훈(林薰)은 「무등산유산기」를 남기지 않은 듯하다. 그러나 그의 문집 『葛川集』에 는 「登德裕山記」가 남아 있어서, 그 또한 유기문학가의 한 사람이라고 하겠다.

되어있다. 상봉, 중봉, 규봉의 세 군데의 경치를 서술하고 있으며, 노정도 화순에서 출발하여 바로 상봉으로 올라, 다시 중봉으로, 돌아오는 길에 규봉으로 내려오고 있다. 산의 경치 묘사는 그다지 많지 않지만, 화순 적벽과 무등산을 비교하는 대비법으로 시작하는 점이 흥미롭다.

2.4. 양진영(梁進永, 1788~1860)의 「유서석산기(遊瑞石山記)」

19세기에 들어서면서 몇 편의 무등산 유산기가 쓰여 진다. 우선 양진영(1788~1860)의 「유서석산기(遊瑞石山記)」가 있다. 그는 조선 초기 유명한 학자였던 학포(學圃) 양팽손(梁彭孫, 1488~1545)의 10세손으로 정조 12년 1788년 화순의 능주 쌍봉리에서 태어났다. 그의 연보에는 어려서부터 글을 잘 지었다고 하였다.

그의 저서로 「경학지(經學志)」, 「수록(隨錄)」 등을 비롯하여 여러 편이 있었지만 현전하지 않는다. 그의 남아있는 유고는 종증손인 양재경이 모으고 송사 기우만이 교정하여 『만희집(晩羲集)』이라는 이름으로 간행되었다.

그의 문집에 실린 「유서석산기(遊瑞石山記)」는 그가 남긴 아홉 편의 기문 가운데 한 편이다. 그는 이 밖에도 풍혈(風穴)이 있어서 유명한 해남의 관두산(館頭山)을 오른 「유관두산기(遊館頭山記)」를 남겼고, 등산을 소재로 하여 여러 편의 시를 남겼다.

이 작품은 약 850여 자로 되어 있는데, 상봉(上峯)과 입석(立石), 서석(瑞石), 그리고 돌아오는 길에 규봉(圭峯)을 그리고 있다. 양진영은 능주 사람이어서 화순 쪽에서 산을 오르고 있다. 다산도 화순 쪽에서 오르는데, 이런 노정은 바로 상봉으로 올라서 규봉으로 내려오는 길을 택하고 있다. 작품에서는 여와(女媧)의 오색석(五色石) 신화를 쓰는 등 여러 전고와 비유적인 표현법이 돋보이고 있다.

2.5. 조봉묵(曺鳳黙, 1805~1883)의 「유무등산기(遊無等山記)」

다음으로 1825년 무렵에 지어진 조봉묵의 「유무등산기」가 있다. 그는 순조 을축년 1805년에 전라도 능주에서 태어났다. 그의 자는 순서(舜瑞)이고 호는 화교(華郊)이다. 그는 일찍부터 효행으로 알려졌고, 또 시로도 이름났지만 출세하여 벼슬에 오르지는 않았다.

그의 효행이 알려져 부친은 군자감정(軍資監正)이란 벼슬에 추증되었다. 1883년 79세를 일기로 별세하여 능주의 서쪽 비봉산에 묻혔다. 『화하집(華下集)』이라는 시집을 냈지만, 그의 많은 원고는 갑오년 혼란기에 대부분 유실되었다. 그의 「유무등산기」는 그가 남긴 다섯 편의 기문 가운데 한 편으로 『화교유고(華郊遺稿)』에 실려 있다.9) 20세에 무등산을 오른 후 쓴 등산기인데, 그 구성으로 말미암아 주목되는 작품이다.

이 작품은 약 1,500여 자의 비교적 긴 내용이다. 작품의 후반에 장시(長詩)가 쓰여 있는 점이나, 눈에 보이는 듯한 자연의 모습, 그의 도불적(道佛的) 세계관이 드러난 점 등은 작품의 아름다움과 깊이를 더해주고 있다.

---

9) 그의 『華郊遺稿』 가운데 「華郊遺稿序」는 양진영이 운명하던 해에 조봉묵의 『華下集』이라는 시집의 서문을 써준 것이다. 조봉묵은 양진영과 사제지간으로 서로 무등산기를 남기고 있어서 주목할 만한 일이다.

2.6. 나도규(羅燾圭, 1826~1885)의 「서석록(瑞石錄)」

19세기 인물인 나도규의 호는 덕암(德巖)이요, 본관은 나주로 광산군 [현 광주광역시]에서 출생하였다. 기정진(奇正鎭)의 제자로 문집『덕암만록(德巖漫錄)』상·하 8권을 남겼는데, 이 글은 7권「유산록(遊山錄)」에 수록되어 있다. 나도규는 그의 나이 43세 8월에 2박 3일 동안 무등산을 등반하는데, 고제극(高濟克), 고일주(高馹柱), 고긍재(高兢載), 정해기(鄭海琦), 고만주(高萬柱) 등 주로 문인들과 함께 하였다.

그 다녀간 주요 행선지를 보면, 징심사(澄心寺) → 학수치(學水峙) → 사인봉(舍人峰) → 백토현(白土峴) → 장불치(長佛峙) → 입석대(立石臺) → 서석대(瑞石臺) → 상봉(上峰) → 오공너덜 [蜈蚣礫] → 석문(石門) → 광석대(廣石臺) → 천제단(天祭壇) → 백토현(白土峴) 등이다.

내용 중에 고경명(高敬命)의 「유서석록(遊瑞石錄)」이 나오고 있어서, 고경명의 유산기가 당시에도 널리 알려져 있음을 알 수 있다. 또한 유산의 목적을 단순히 탐승(探勝)하는데 두지 않고, 중간 중간에 자신이 평소 생각하고 있었던 생각을 적극적으로 피력한 점이 특징이다.

2.7. 나도규(羅燾圭, 1826~1885)의 「서석속록(瑞石續錄)」

나도규는 그의 나이 43세 8월에 2박 3일 동안 무등산을 유람한 후 「서석록(瑞石錄)」을 남겼는데, 이 글은 2년 후인 45세 4월에 1박 2일 동안 또 다시 무등산을 유람한 후 남긴 것으로 「서석록」의 후속편이라고 할 수 있다. 1차 유람할 때에는 주로 문인들과 함께 하였는데, 2차 때에는 종숙(從叔) 및 마을의 장로(長老) 등과 동행하였으며, 행선지도 1차 때와는 다르다.

주요 행선지를 보면, 금당(金塘) → 화산(花山) → 화순(和順) → 광치(廣峙) → 사동(蛇洞) → 승두치(僧頭峙) → 입석대(立石臺) → 서석대(瑞石臺) → 축롱암(竺籠巖) → 상봉(上峰) → 천제단(天祭壇) → 광석대(廣石臺) → 석실(石室) → 장불치(長佛峙) → 자동석(自動石) → 용추(龍湫) → 상원암(上院庵) 등이다. 처음 서술된 내용에서 1차 무등산 유람에 대한 미련이 남아 있음을 알 수 있는데, 그러면서도 1차 때의 기록과 마찬가지로 다분히 유가적(儒家的) 관점에서 무등산을 조망하고 있다.

2.8. 송병선(宋秉璿, 1836~1905)의 「서석산기(瑞石山記)」

송병선은 1836년에 태어나 문인 학자로 변혁의 와중에서 살면서 왕조를 지탱하고자 하였으나, 뜻을 이루지 못하고 자결하였다. 자는 화옥(華玉)이고 호는 연재(淵齋)이다. 연재는 중용에 나오는 연천(淵泉), 즉 '깊은 샘'이라는 뜻에서 빌린 말이다. 본관은 은진이고 노론의 영수인 우암(尤庵) 송시열의 9대손이며, 한말 노론 계열의 중심인물이었다.

경술과 덕망으로 천거되어 고종의 신임을 받아 벼슬이 참판, 대사헌에 이르렀다. 문장을 잘했던 그의 동생 심석(心石) 송병순(宋秉珣)에 의해 길게 이루어진 행장을 보면 그가 얼마나 성현의 도를 지키려고 애썼는가를 알 수 있다.

그러나 그는 시대의 흐름을 바꾸어 놓을 수는 없었다. 그 때문에 1905년 을사보호조약이 체결되자 오백년 종사가 망하고 삼천리강토가 없어지고 오천년 도맥(道脈)이 끊어지니 '몸을 바쳐 도를 따르는 것은 선비의 직분이다. / 以身殉道 士之職也.' '죽음으로써 바른 도를 지킨다. / 守死善道'라는 말을 남기고 망국의 울분을 참지 못하고 음독 자결하였다. 그래서 을사년의 다섯 충신 가운데 한사람이 되었다. 그의 동생 심석도 1912년 망국의 슬픔을 시로 달래다가 음독자결 하였다. 『연재집(淵齋集)』에 실려 있는 「서석산기(瑞石山記)」는 그의 나이 63세인 1898년 3월에 무등산을 오른 기록이다. 이 유산기는 독특하게 원효계곡으로 올라가 원효사, 함춘령을 거쳐 천왕봉으로 올라갔다가 규봉으로 돌아 내려온 기록이다.

이 작품의 길이는 약 1000여자로 되어 있어서 비교적 자세하게 기록되어 있으며 '의상암지'라든가 '함춘령'이라든가 하는 이름들을 남겨주고 있다. 그는 꼭대기에 올라가서 넓게 보이는 모습을 그린 것이 많은데 이는 당시의 답답한 시대상황과 무관하지 않을 것이다.

송병선은 「서석산기」 이외에도 많은 유산기를 남기고 있는데 지리산, 백암산, 덕유산, 황악산, 가야산, 월출산, 천관산 등을 오른 유산기를 남겼다. 유산기 이외에도 많은 유기를 남겨 망해가는 나라의 곳곳을 애정어린 시선으로 표현하고 있다. 그래서 19세기 후반 뛰어난 유기문학가의 한사람으로 기억될 만하다.

2.9. 홍삼우당(洪三友堂, 1848~?)의 「서석록(瑞石錄)」

이 작품은 조선후기 홍삼우당(洪三友堂)의 무등산 유산기이다. 그는 38세가 되던 1886년 초여름 단오절 무렵에 여러 벗들과 함께 무등산을 등정하였다. 그는 확실하지는 않지만 구례, 곡성 근처에 거주하던 문인 학자였다고 여겨진다. 유학 사상에 투철하여 사찰의 승려들에 대하여 안타까운 말들을 남기기도 하였다.

오를 때는 서봉사, 심적암 등을 거쳐 올랐고, 내려가면서 적벽을 두

루 유람하기도 하였다. 그는 소동파의 「적벽부」에 비견하는 적벽시를
남긴다고 하여 자부심이 대단하기도 하였다. 현재 그의 문집은 『삼우
당집(三友堂集)』이라 하여 미간행 필사본으로 남아 있다.

2.10. 이연관(李淵觀, 1857~1935)의 「신묘유서석록(辛卯遊瑞石綠)」

이연관의 자는 성보(成甫) 또는 형국(炯國)이고, 호는 난곡(蘭谷)으로
본관은 광산(光山)이다. 이연관이 살았던 시대는 국내외적으로 혼란이
심했던 때로 동학농민운동, 경술국치, 고종승하, 일제통치 등을 손꼽을
수 있다. 그는 문장이 뛰어나 문집 『난곡유고(蘭谷遺稿)』2권을 남겼는
데, 「신묘유서석록(辛卯遊瑞石錄)」은 권2에 실려 있다.

신묘년은 1891년을 가리키는데, 유기의 처음 부분에 따르면 당시 무
등산 등반에 동행했던 사람들로는 박성의(朴誠義)·임장준(任璋準)·
송재담(宋在淡) 등이었다. '답청(踏靑)'이라는 언급을 하는 것으로 보아
서 계절은 봄임을 알 수 있는데, 다녀간 행선지는 중심사 → 서석대 →
광석대 → 풍혈대 → 주검굴 → 용추동 → 원효사 등으로 2박 3일 정도
의 일정이었다. 중심사에서 1박을 하였고, 원효사에서 또 1박을 하였는
데, 특히 원효사에서 묵을 때 호랑이 소리를 들었다는 것이 기술되어
있기도 하다.

2.11. 염재신(廉在愼, 1862 - 1935)의 「유서석산기(遊瑞石山記)」

이 작품은 염재신의 『과암유고果庵遺稿』에 실려 있다.[10) 그의 호는

果庵으로 본관은 坡州이다. 전남 보성에서 태어났다. 4권 1책의 연활자본으로 1980년에 간행된 문집이다. 그는 山水를 좋아하여, 관동팔경, 금강산, 영남지역, 지리산 등 전국의 곳곳을 찾아보고 많은 시문을 남기고 있다.

그의 무등산 유산은 임진년 1892년 가을에, 물염 적벽으로 하여 송계와 영신, 도원동을 거쳐서 규봉암으로 올라가는 등정이었다. 당시 도원동에는 복숭아나무가 많았다고 기록되어 있다. 규봉암에는 금명 스님이라는 분이 계셨는데, 비로 인하여 며칠 머무르면서 주변의 경치를 적고 있다. 그러나 비안개가 걷히지 않는 바람에, 등정에 나섰지만 천왕봉을 오르지는 못하였다고 하였다.

그 아쉬운 마음을 담아 7년 후에 기록하였다고 되어 있다. 이연관의 「신묘유서석록」이 1891년 등정의 유산기록인데, 이 유산은 그 다음해 이루어졌다.

2.12. 고재붕(高在鵬, 1869~1936)의 「유서석기(遊瑞石記)」

고재붕은 호가 익재(翼齋)인데 창평 정곡리(鼎谷里)에서 살았다. 나중에 간재 전우의 문인으로 학문을 배우기도 하였다. 그가 25세 무렵에 정자앙(鄭子仰) 등과 함께 무등산을 등정한 기록이 바로 이 작품이다. 작자는 무등산을 을미년에 오른 것으로 되어 있으니, 1895년에 등정을 하였다.

원효암(元曉庵)에서 모여 하룻밤을 유숙하는 것으로 되어 있어서, 증심사 쪽이 아닌 원효계곡 쪽의 등산로로 이루어져 있음을 알 수 있다.

---

10) 4권 1책의 연활자본으로 1980년에 간행된 문집이다.

금강산(金剛山)과 비교되어 있는 대목이 많아서, 무등산을 남쪽의 명산으로 자부하였던 것 같다.

3. 20세기 무등산 유산기 자료

20세기에 무등산을 오르고 난 후 남긴 유산기는 한문 유산기와 국한문체 유산기가 모두 남아 있다. 아울러 20세기에는 상당수의 한글 유산기가 있을 것으로 추정되지만, 아직 이들 한글 유산기에 대한 자료 정리는 이루어지지 않고 있다. 현재 한문 유산기는 7편이 남아 있고, 국한문체 유산기는 3편이 남아 있다.

3.1. 김운덕(金雲悳, 1857~1936)의 「서석유람기(瑞石遊覽記)」

이 글은 기유년(1909년)에 작자가 사종제인 돈(燉)과 함께 무등산을 유람하고 남긴 유산기이다. 이는 20세기 들어 무등산 관련 첫 유산기로 기록할 수 있다. 무등산 유산기 가운데 장편에 속하며, 묘사가 탁월한 빼어난 작품이다. 이는 증심사로부터 등정하여 규봉암, 천왕봉을 거쳐 원효사로 넘어가는 과정을 그리고 있다.

그는 호가 추산(秋山)이며 본관은 경주이다. 시대적 혼란기를 살면서 산수를 유람하여 울적한 뜻을 달랬으며, 의병을 일으키려다 옥고를 치르기도 하였다. 한말의 문호인 연재(淵齋)와 심석(心石)의 문하에서 배웠으며, 10여세 연상이었던 송사(松沙) 기우만(奇宇萬)과도 교유를 하였다. 무등산에 대한 유람기를 비롯하여 여러 편의 한시를 남겼으며,

또한 전국의 곳곳을 다니며 많은 유람록(遊覽錄)을 남겨서 산수(山水) 문학에 남다른 성과가 있었다. 1950년 아들 김당영에 의하여 문집인 『추산유고(秋山遺稿)』 4권이 편찬되었다. 이 유산기는 문집의 권3에 실려 있다.

3.2. 조종덕(趙鍾德, 1858~1927)의 「등서석산기(登瑞石山記)」

조종덕의 호는 창암(滄庵)이고, 본관은 옥천(玉川)이다. 순천 주암에서 태어났으며, 연재(淵齋)의 문하에서 율곡과 우암의 성리학을 이어받으며 연구하였다. 스승이 순절하자, 1908년 그의 유고를 모아 간행하기도 하였다. 『창암문집』 10권은 그의 아들 조동수가 1957년에 간행한 것으로, 기문(記文) 가운데는 「두류산음수기(頭流山飮水記)」 등 몇 편의 유산기가 실려 있다.

『창암문집(滄庵文集)』 권6에 이 작품이 실려 있다. 이 글은 기미년(1919년) 가을에 석성(石醒), 석남(石南) 두 친구와 함께 무등산을 유람한 유산기이다. 동복 방면에서 창평을 들러 규봉암으로 오르는 노정을 취하였다. 많은 시를 지었다고 밝히고 있어서 주목되지만, 그 시가 모두 전하지는 않는다.

3.3. 이정회(李正會, 1858~1938)의 「서석록(瑞石錄)」

이정회의 호는 심재(心齋)이며 광주인(廣州人)으로 보성(寶城)에 살았다. 아들인 김병찬(金秉燦)에 의하여 문집이 편찬되어 출간되었다. 큰사위 양회갑(梁會甲)이 서문을 썼고, 1954년 갑오(甲午)년에 편찬되었다. 몇 편의 누정기가 있으며, 「서석록(瑞石錄)」은 권2 잡저(雜著)에 실려 있다. 그와 별도로 작자는 고려 말부터 근세에 이르기까지 유현 (儒賢)의 문장을 모아 약간 권으로 묶어『문선(文選)』이라 하였다고 한 다. 이 유산기는『심재유고(心齋遺稿)』권2에 실려 있다.

이 작품에서 작자는 기미년(1919년) 4월 4일에 양씨 집안으로 시집 간 장녀를 데려다주고, 초방(草坊)에 가서 이틀 밤을 자고 나서 만취(晩 翠) 양재학(梁在鶴)과 무등산 등정을 시작하였다. 화순 이양의 제주 양 씨 집안과 사돈(査頓) 관계를 맺고 있어서 그쪽 사람들과 함께 등정하 였음을 알 수 있다. 입교, 화순의 지곡리 등을 거쳐 대치를 넘어 만수동 을 지나 지장암, 규봉암으로 가서 평생의 숙원을 이루었지만, 날씨가 좋지 못하였던 듯 쾌활한 장관을 보지 못한 아쉬움으로 끝맺고 있다.

3.4. 양재경(梁在慶, 1859~1918)의 「유서석산기(遊瑞石山記)」

이 글은 임자년(1912년)에 작자 나이 54세에 무등산을 올라간 기행 을 적은 유산기이다. 그의 호는 희암(希庵)이고, 본관은 제주이며, 화순 군 능주면에서 태어났다. 학포 양팽손의 의리지학(義理之學)을 가학(家 學)으로 이어받았으며, 최익현(崔益鉉), 송병순(宋秉珣) 등에 나아가 학 문하였다.

문집은 모두 13권으로 되었으며 양회갑(梁會甲)에 의하여 1919년에 편찬되었다. 비교적 단편이며 도학적(道學的)인 관점을 지니고 서술된 점이 특징이다. 광석대로 올라 지장암을 거쳐 원효사, 증심사 등을 유 람하였지만, 비교적 노정이 간략하게 기술되었다.『희암유고(希庵遺 稿)』권8에 실려 있다.

3.5. 김태석(金泰錫, 1872~1933)의 「서석기(瑞石記)」

김태석의 호는 난계(蘭溪)요, 본관은 광산(光山)으로 광주에서 출생하였다. 문집으로는 4권 1책으로 이루어진 『난계유고』가 있는데, 이 글은 권2에 수록되어 있다. 주로 무등산의 정상을 중심으로 주변의 승경을 적고 있는데, 풍혈대(風穴臺), 규봉(圭峰), 물외암(物外菴), 증심사(證心寺), 약사암(藥師菴), 원효사(元曉寺) 등의 이름이 보인다.

특이한 것은 마지막에서 김덕령(金德齡)과 정충신(鄭忠信) 등을 언급한 부분인데, 이들이 모두 훌륭한 인물이 될 수 있었던 것은 모두 땅의 신령과 산의 도움으로 된 것으로 김태석 자신의 집안에도 그러한 후광이 비추기를 바란다고 적었다.

3.6. 양회갑(梁會甲, 1884~1961)의 「서석산기(瑞石山記)」

양회갑의 호는 정재(正齋), 본관은 제주이며, 화순군 이양면에서 태어났다. 연재(淵齋)의 문인이었던 양재덕(梁在德)의 아들이자, 「서석록(瑞石錄)」을 남긴 이정회(李正會)의 사위이다. 시서(詩書)에 능하여 많은 작품을 남겼는데, 문집은 『정재집(正齋集)』 16권으로 되었으며 1965년 간행되었다. 권1, 2는 시가 실려 있으며, 권8은 기문으로 「월출산기(月出山記)」, 「천관만덕산기(天冠萬德山記)」 등 남도지방을 유람한 여러 유산기가 실려 있다.

이 글은 문집 권8에 실려 있는데, 을해년(1935년) 정율계(鄭栗溪) 등과 함께 무등산을 유람하고서 남긴 유산기이다. 이 작품에는 송천(松川) 양응정(梁應鼎)의 각자(刻字), 연재(淵齋)의 「서석기(瑞石記)」에 대한 내용, 주자(朱子)의 말 등 여러 사람들의 이름이 거론되고 있어서 흥미롭다.

3.7. 김호영(金鎬永, 1907~1984)의 「서석산기(瑞石山記)」

김호영의 호는 신재(愼齋)이고 본관은 김해(金海)이며, 1907년에 태어났다. 그는 충의(忠義)의 풍속을 고취하고 유림(儒林)에 관한 일도 매우 열심이었다. 『신재만록(愼齋漫錄)』 2권은 1984년 작가의 사후 아들인 김성수(金性洙), 김득수(金得洙)에 의하여 바로 편찬 간행되었다. 권2에 실린 몇 편의 기문(記文) 가운데 「서석산기(瑞石山記)」가 실려 있다.

이 글 속에는 작자의 나이 50여세 무렵이라고 되어 있으니, 1957년 무렵에 무등산을 등정하고 남긴 기록이라고 하겠다. 이 작품은 문집 권2에 실려 있는데, 긴 작품은 아니지만, 서두 부분이 산기적(山記的)인 형식으로 된 점이나 무등산의 전체적인 개괄을 잘 나타내고 있는 점들이 주목된다.

3.8. 최남선(崔南善, 1890~1957), 『심춘순례』 중 「무등산유산기」

『심춘순례(尋春巡禮)』는 육당 최남선이 전라도 지역을 답사하고 쓴 기행문이다. 1925년 3월 하순부터 약 50일에 걸쳐서 남도 각 지역을 여행하였고, 이를 당시에 시대일보에 연재하였다. 이는 1926년 단행본으로 간행되었다. 이 전라도 기행 문집은 현대 수필의 효시가 되었다고 일컬어지고 있다. 여기에는 33편의 기행문이 실려 있어서 무등산 단독의 유산기는 아니지만, 무등산 유산기가 상당부분 실려 있어서, 이를 추가로 유산기 자료에 포함시킨다.

3.9. 안재홍(安在鴻, 1891~1965)의 『조선일보』 연재 「무등산 유람기」

본관은 순흥(順興). 호는 민세(民世). 경기도 평택 출신이다. 일제 식민지기 시대일보 이사와 조선일보 사장 등을 역임하면서 민족주의 운동을 전개하였다. 그는 고대사 연구에 몰두, 일제의 식민사관을 극복하고자 애썼으며, 신민족주의론을 내세웠다. 3년간 옥중 생활 등을 하기도 하였다.

안재홍은 '탑산원(塔山園)의 전망, 부제는 광주는 호남웅변(湖南雄藩)'이라고 시작되는 무등산 유산기를 남겼다. 그 글은 <조선일보>에 1929년 10월 6일부터 시작하여 5회에 걸쳐 실려 있다. 그 서두에는 한시를 지어서 싣고 있다. 대구의 옥중에서 출소하는 호남의 젊은이들과 인연을 한시로 적고 있다.

'삼년왕작옥중인三年枉作獄中人 / 삼년간이나 그릇되어 옥중의 사람이 되었는데 // 임별유언장지신臨別猶言壯志新 / 떠나면서 새롭게 큰 뜻을 말한다네 // 고래남지다호걸古來南地多豪傑 / 예로부터 남쪽에는 호걸이 많다 하니 // 차거원성춘외춘此去願成春外春 / 이제 가면 원컨대 봄이 아닌 봄을 이루어야지'

그 후 안재홍은 광주를 가서 무등산을 오르는데, 서두 부분에 광주의 여러 상황을 그리고 있다. 당시 광주 인구가 2만 4천명이었다거나, 일본인의 숫자가 4천 명이 넘었다는 등의 여러 이야기가 실려 있다. 등정은 일행 4명과 함께 중심사를 거쳐서 중봉으로, 서석대로 올라가는 노정이다. 서석산의 꼭대기에 올라서는 고사리풀, 딸기풀, 산국, 신나무, 북나무, 옷나무 등 여러 식물의 이름들이 기록되어 있어서 유용한 자료가 될 것 같다. 그 후에는 규봉암을 들러서, 하산하는 내용이 실려 있다. 민세의 유산기는 국한문체 유산기가 많지 않은 가운데, 비교적 상세한 기록으로 광주와 무등산을 그린 좋은 유산기라고 할 수 있다.

3.10. 이은상(李殷相, 1903~1982)의 『노산문선』 중 「무등산기행」

노산 이은상은 경상남도 마산에서 태어났다. 일본 와세다 대학 사학과에서 수학하였으며, 1945년에는 사상범 예비 검속령으로 광양경찰서에 수감 중에 해방을 맞이하였다. 전라남도 광주에서 몇 년간 지내면서 호남신문사 사장을 역임하기도 하였다. 무등산 기행은 노산 이은상이 1938년 조선일보사 출판사 주간을 역임하면서 조선일보에서 추진된 향토문화조사사업의 전남지역 조사 책임자로 무등산에 올랐던 기록이다. 중심사로 입산하여 김덕령의 생가가 있는 충효리로 하산했던 4박 5일간의 무등산행 기록은 「무등산 유기(遊記)」라는 제목으로 동년 조선일보에 게재되었다. 이 글은 1942년 초판, 1954년에 재판으로 간행된 『노산문선』이라는 책에도 실려 있다.

4. 맺음말

이상으로 간단하게 무등산 유산기 자료를 개괄하여 살펴보았다. 무등산에 대하여는 대부분의 사람들이 유산기가 어느 정도인지 오랫동안 잘 알지 못하였다. 그러나 무등산은 우리가 정신적으로 기대고 있는 중요한 현실공간이자 정신적인 공간이기에 이에 대한 인문학적인 자료 검토는 매우 필요한 일이라고 생각한다.

필자는 20여 년 전『예향(藝鄕)』이라는 잡지에 무등산 유산기를 번역하여 연재하면서부터, 무등산 관련 자료들을 수집하여 왔다. 그러다가 광주민속박물관의 요청으로 다시 작품들을 조사, 정리하면서 번역을 하여 2010년에 일차 번역본을 출판하였다. 그 후로도 지금까지 무등산 유산기가 서너 편이 새롭게 발견되어서, 최근에 그 번역이 거의 마무리 되고 있다. 가능하면 빠른 시간 내에, 새롭게 발견된 유산기를 모두 포함하는 새로운 무등산 유산기 번역집을 편찬하려고 한다.

최근 전남대학교에서 여러 연구자들이『무등산과 고전문학』이라는 책을 만든다고 하여, 그 동안에 썼던 필자의 유산기 관련 글을 싣고자 요청하였다. 이 글은 2010년에 이미 출간된『국역 무등산 유산기』의 해제 부분에 약간의 첨삭을 가한 것이다. 우리가 무등산을 알게 하는 주요한 인문학 자료는 대게 무등산 유산기에 실려 있다고 할 수 있다. 이 유산기는 앞으로도 새롭게 발견되어 질 것이다. 이 무등산 유산기들이 무등산 연구의 기초자료가 되어서, 무등산의 인문학적 가치가 잘 알려지기를 바란다.

1. 자료

『月城世稿』

高敬命,『遊瑞石錄』

高在鵬,『翼齋集』

金雲惠,『秋山遺稿』

金泰錫,『蘭溪遺稿』

金鎬永,『愼齋漫錄』

羅燾圭,『德巖漫錄』

宋秉璿,『淵齋集』

梁在慶,『希庵遺稿』

梁進永,『晩義集』

梁會甲,『正齋集』

李淵觀,『蘭谷遺稿』

李正會,『心齋遺稿』

曺鳳黙,『華郊遺稿』

趙鍾德,『滄庵文集』11)

丁若鏞,『다산시문집』, 민족문화추진회 편, 솔출판사, 1994.

洪三友堂,『三友堂集』, 미간행 필사본. 성균관대 소장본

---

11) 이상의 한문 문헌은 모두 전남대 도서관 혹은 호남지방문헌연구소 소장본이다.

2. 논저

김대현, 「무등산 유산기 연구」, 『남경 박준규 박사 정년기념논문집』, 1998.

김대현 외, 『역주 무등산 유산기』, 광주민속박물관, 2010.

김대현, 「20세기 무등산 유산기 연구」, 『한국언어문학』 제46집, 한국언어문학
   회, 2001.

김대현, 『무등산 한시선』, 전남대학교출판부, 2016.

박선홍, 『무등산』 개정증보판, 광주문화재단, 2013.

박찬모, 「"고분객(孤憤客)"의 신악(神岳), 무등산 —이은상의 「무등산 유기」 고
   찰」, 『호남문화연구』 제53집, 전남대학교 호남학연구원, 2013.

정민, 「한문학 유산 속에 기려진 무등산의 표상」, 『한국한문학연구』 제21집, 한
   국한문학회, 1998.

무등산전설의 연구*

나경수

1. 서론

근래 광주에는 하나의 논란거리가 생겼다. 광주광역시의회 일부 의원들 중심으로, 또 2018년 지방선거에서 시장 출마자 한 사람이 광주에 518m의 민주인권탑을 세우자는 제안이 있었고, 이에 대해 찬반 의견이 맞서면서 시민들 사이에서 논란이 일었던 바 있다. 물론 5.18민주화운동을 다분히 의식한 발상으로서, 이는 세계 최고의 기념비적인 타워를 갖고자 하는 긴절한 심경과 관광자원 등으로의 활용을 생각하는 지역발전적 차원의 두 가지 배경에 근거한 아이디어일 것이다. 필자는 타워의 건립에 반대 입장을 분명히 하고 있다. 여러 가지 이유가 있지만, 그 무엇보다도 무등산이 광주의 역사를 표상하는 문화사적 상징성을 이미 지니고 있다는 점, 따라서 무등산을 제외한 그 어떤 것도 광주의

---

* 이 글은『한국민속학』제41집(한국민속학회, 2005)에 실린 같은 제목의 논문을 수정·보완한 것임을 밝힌다.

랜드마크로서의 의미를 대체할 수 없다는 점 때문이며, 더구나 전설에 투사된 바와 같이 무등산이 호남인의 인성을 잘 보여주는 대표단수일 수 있다는 점에서이다.

무등(無等)은 말을 바꾸면 등이 없기 때문에 평등(平等)이라 하겠다. 무등을 평등의 다른 말로 볼 수 있는 것이다. 5.18민주항쟁의 정신이 그렇듯, 민주, 인권, 평화 등 모든 가치는 평등을 근간으로 한다. 이미 광주의 진산으로서 무등산은 그 이름 속에 평등을 담고 있으며, 그것은 광주는 물론 호남지역의 역사와 문화, 정신과 가치를 대변해줄 수 있는 항구적 의미를 내재하고 있는 것으로 생각된다. 따라서 이러한 무등을 적극적으로 해석하면 될 일이지, 평등과는 반대되는 수직의 뾰쪽탑을 광주에 세우겠다는 발상에 동의할 수 없다.

반대 주장의 배경은 단적으로 말해서 무등산과 관련된 전설에 두고 있다. 전설은 그 전설을 말해온 사람들의 의식을 반영한다. 무등산전설에는 무등산이 바라다보이는 지역에 살아왔던 사람들의 집단적인 심성이 투사되어 있을 것이다. 전설은 따라서 지역성만 아니라 역사성까지를 겸유하고 있는 지역의 언어적 문화유산이다.

무등산은 일찍이 삼국시대 백제의 노래인 "무등산가"에 등장한다. "무등산가"가 불리게 된 배경설화가 『고려사』에 전한다. 뿐만 아니라, 무등산전설의 다른 한 유형은 이성계와 관련되는 한편, 호남지역의 다른 산인 지리산전설 및 천관산전설과 심층적 주제를 같이 하면서 전승되어 왔다. 또한 빼놓을 수 없는 것으로서, 무등산전설은 지역 출신으로서 임진왜란시 의병장으로 활약하여 역사에 이름을 크게 떨친 김덕령장군과 깊은 관련을 가지고 있다.[1]

---

1) 나경수, 「김덕령의 역설적 삶과 의의」, 『남도민속연구』 22, 남도민속학회, 2011, 75~109쪽.

본 연구는 이렇듯 여러 계통의 무등산전설을 일별하면서, 그것들이 가지고 있는 의미를 개별적으로 해석해 보고, 이를 토대로 하여 무등산 전설과 지역사회의 향토문화가 어떠한 의미맥락으로 연결되고 있는지에 대해 천착해보고자 한다. 특히 무등산은 호남평야에 우뚝 솟아있어 실제보다 훨씬 높아 보이며, 따라서 같은 높이의 산에 비해서 가시권이 넓다. 이런 까닭에 무등산과 관련된 많은 이야기들이 광주는 물론 전남 일원에 전승되고 있지만, 본 연구는 전설 속에서 무등산이 직접 거론되는 자료만을 선별하여 1차 자료로 삼고자 한다.

2. 무등산전설의 기능적 성격

2.1. 안민(安民)의 희구

『고려사』 악지 속악조에는 백제시대의 노래라 하여 고려시대까지 궁중에서 불렸던 다섯 곡의 노래가 실려 있다. "방등산가", "정읍", "선운산곡", "지리산가", "무등산가"이다. 이들 노래는 "무등산가"를 제외하고는 대개 남녀 또는 부부간의 감정을 읊고 있다.

"정읍"을 제외하고 이들 노래의 가사는 전하지 않지만, 애상적인 배경설화들이 눈물겹다. "선운산곡"은 군역에 나간 남편을 기다리는 안타까운 여인의 심경을 그리고 있고, "정읍"은 장사를 하러간 남편이 오래도록 돌아오지 않자 무사히 귀가하기를 비는 간절한 여인의 심경을 읊고 있다. 또 "방등산가"는 산적들에 잡혀간 장성의 한 여인이 자기를 구하러오지 않는 남편을 원망하는 마음을 노래하고, "지리산가"는 구례에 사는 가난은 하지만 절세미인인 한 여인이 왕의 부름을 거절하면서 죽음으로 항거한 노래이다. 이들 노래들은 모두 시적 화자가 여인으로 그려지고 있으며, 또 유부녀라는 점에서 일치한다. 그러나 "무등산가"만은 이러한 공통점을 함께 나누지 않았다. 다음은 고려사 악지 속 악조(『高麗史』樂誌 俗樂條)의 "무등산가"에 대한 기록이다.

> 무등산가. 무등산은 광주의 진산이다. 광주는 전라도에 있으며 큰
> 읍을 이루었다. 이 산에 성을 쌓으니 읍민들이 의탁하여 안락해지자
> 이 노래를 지어불렀다.[2]

무등산에 성을 쌓고 그로 인해 불안을 떨쳐버린 광주 사람들이 안락한 삶의 기대와 환희를 노래한 것이 바로 "무등산가"인 것이다. 따라서 이는 백제의 다른 노래들과는 전혀 다른 분위기를 주며, 일종의 태평가로서 불린 것으로 보겠다. 마치 신라 유리왕 때 민속이 환강하여 사람들이 불렀다는 "도솔가"의 창작동기와 유사한 배경설화이다.[3] 우리나라에는 시가의 배경설화가 많다. 가장 전형적인 것은 『삼국유사』에 실린 향가의 배경설화이며, 삼국시대와 고려시대의 악장가요들, 그리고 진도아리랑이나 정선아리랑 등 민요의 배경설화들도 전하고 있다.

"무등산가"의 배경설화에서 우리는 무등산과 관련된 두 가지 기능을 읽을 수 있다. 하나는 무등산이 광주의 진산이라는 점에서 그것이 갖는 초자연적인 진호의 기능이며, 다른 하나는 산성을 쌓았다는 점에서 방어적 기능을 지니고 있다.

무등산이 가진 진호의 기능은 진산에 머물지 않고 산신으로서의 자

---

2) "無等山歌 無等山光州之鎭 州在全羅爲巨邑 城此山民賴以安樂而歌之." (『高麗史』樂誌 俗樂)
3) "이때 민속이 기쁘고 편안하여 처음으로 도솔가를 지었는데 이것이 가락의 시초였다. 是年 民俗歡康 始製兜率歌 此歌樂之始也" (『삼국사기』신라본기 유리니사금조)

격까지를 얻게 된다. 진산이란 본디 마을이나 성의 배후가 되는 산을 일컫는 말로서 풍수지리에서 나온 말이다. 풍수지리는 생기와 비보를 강조한다. 특히 초자연적인 힘에 의해 일정한 지역을 보호하는 것으로 믿어진 비보사상이 고대사회에서 크게 발달하였다. 신라의 예로 보면 오악삼산신에 대한 믿음은 물론, 제의로서 사진제(四鎭祭), 사해제(四海祭), 사독제(四瀆祭), 사성문제(四城門祭), 사천상제(四川上祭), 사대도제(四大道祭) 등이 모셔졌던 것도 따지고 보면 모두 비보사상에 뿌리를 두고 있다. 불교가 신라화되면서 호국사상이 강화되었던 것도 이와 무관하지 않다.

오악, 삼산을 비롯해서 사진, 사해, 사독, 사성문, 사천, 사대도 등에 대해서 제사를 모셨던 것은 모두 그들을 신격화했다는 뜻이다. 진산 역시 신격화되기는 마찬가지다. 이미 삼국시대부터 산신에 대한 믿음은 철저했던 것으로 보이며, 특히 산신이 진호의 기능을 하는 신격으로 믿어진 사례는 많다.4) 무등산은 광주의 진산이며, 그런 점에서 풍수지리적인 해석이 가해지고 있기도 하지만, 다른 한편에서 보면 산신으로 믿어지면서 주민들에게 정신적인 의지가 되었을 법하다. 기록에 의하면, 통일신라시대부터 조선시대에 이르기까지 무등산신을 위해서 제전을 모셔왔다. 『삼국사기』 제사조에 보면 통일신라시대에 3산 · 5악 이하

---

4) "처용가"의 배경설화에서 보면, 통일신라의 말기적 상황으로서, 헌강왕 때 국가의 운명이 위태롭다는 예조를 동해용왕을 비롯하여 남산신과 북악신 등이 춤과 노래로써 전하지만, 왕도, 신하도, 백성도 신들의 메시지를 제대로 읽지 못한다. 오히려 거꾸로 신들이 가무를 통해서 태평성대를 예찬하는 것이라는 전도된 해석을 한다. "안민가"는 궁정에 오악삼산신이 나타나 춤을 추는 것이 계기가 되어 지어진다. 오악삼산신은 신라시대에 호국신으로 믿어지던 신격들이다. 그들 역시 마찬가지로 경덕왕 때에 국가가 위태롭다는 예조를 보이기 위해 궁정에 나타났으며, 따라서 동요하는 백성의 불안을 불식시키기 위해 "안민가"를 짓게 되었다(나경수, 『향가의 해부』(민속원, 2005).

명산대천을 나누어 대사 · 중사 · 소사로 한다 하였으며, 무진악(현재 무등산)은 소사로 분류되어 있다.[5]

광산 또는 익양이라고도 부르는바, 이 현에 있는 무등산(무진악 또는 서석산이라고도 한다)에 신라 때에는 소사(小祀)를 모셨고, 고려는 국가에서 제사를 지냈다.[6]

무등산(일명 무진악 또는 서석산)은 무진에 있는데, 풍모가 돈후하고 높고 크다. 신라는 소사를 모셨고, 고려는 국제를 모셨으며, 본조에 와서는 지방수령이 제사를 모신다.[7]

한편 무등산이 가지고 있는 다른 하나의 기능은 방어라 했다. 특히 성을 쌓고 이로써 안락함을 느끼게 된 주민들이 무등산가를 지어불렀다는 점에서 방어적 기능이 두드러짐을 알 수 있다. 무등산에 쌓은 성, 그것은 산성이었을 것이다. 산성은 전란시 공수간에 요새가 되는 곳이다. 무등산가에서 말하는 성과는 다르지만, 통일신라시대에도 광주에 무진도독성이 있었다고 했으며, 그 규모를 설명하고 있다.[8] 전략상 요충지로 무등산이 선택된 것이다. 이보다 앞선 백제시대의 경우는 그에 관한 기록이 워낙 영성하여 그 상황을 알 수 없지만, 그 이후의 기록으로 보면 광주는 수없이 전란의 소용돌이에 휩싸이게 된다.

현재의 지형과는 달리 옛날 무등산은 영산강을 통해서 바다의 뱃길이 바로 닿았던 곳이다. 영산강의 중요한 발원지이기도 한 무등산은 광주와 더불어 바로 바다에 노출되어 있는 군사적 요충지이기도 했다. 다

---

5) 『삼국사기』 31권, 제사조.
6) 『고려사』 57권, 지리조 해양현
7) 『세종실록』 151권, 지리지.
8) 『세종실록』 151권, 지리지.

음은『고려사』에 나오는 것으로, 무등산과 관련된 전형적인 전란사의
두 사례만 발췌해본 것이다.

임오일에 장군 이천이 온수현(溫水縣)에서 몽고군과 싸워서 적 수
십 명의 목을 베었고 납치되어 갔던 남녀 1백여 명을 탈환하였다. 최
항이 은 6근으로 이천의 군사들에게 상을 주었다. 이 달에 차라대가
해양(海陽 - 전라도 광산) 무등산 꼭대기에 진을 치고 군사 천 명을 남
쪽으로 보내 노략질하였다.9)

왜적이 지리산에 침입했다가 무등산으로 도망처 들어갔는데, 적은
규봉사(圭峯寺) 암석 사이에다 목책을 세웠다. 그곳은 삼면이 모두 절
벽이요 오직 벼랑을 끼고 사람이 겨우 통하였다. 전라도 도순문사 이을
진(李乙珍)이 감사대(敢死隊) 백 명을 모집하여 높은 데로 올라가서 돌
을 굴리고 화전(火箭)을 쏘아 목책을 불사르니 적이 긴박하여서 절벽에
서 떨어져 죽은 자 대단히 많았다. 나머지 왜적은 바다로 빠져나가서
작은 배를 훔쳐 타고 도망하였으나 전소유 나공언(羅公彦)이 쾌속선(快
速船)을 타고 추격해서 모조리 잡아죽이고 13명을 생포하였다.10)

위는 몽고의 내침, 아래는 왜적의 내침에 무등산이 관련된 내용이다.
외적들도 무등산을 근거지로 삼고자 했다. 특히 왜구들이 광주와 그 인
근을 침탈해왔던 수많은 역사적 기록을 우리는 볼 수 있는데, 이로 미
루어보면 무등산가가 불리었던 백제의 상황도 방사하지 않았을까 싶
다. 더구나 백제시대는 신라와 쟁패를 다투던 때였으므로 더욱 더 광주
지역이 전란에 노출되어 있었을 것이다.

"무등산가"의 배경설화를 통해서 알 수 있는 것은 바로 무등산에 대

---

9)『고려사』고종 병진 43년(1256)
10)『고려사』신우 신유 7년(1381)

한 지역민들의 기대심리로서 그것을 요약하면 '안민'이라 하겠다. 안심하고 세상을 살 수 있는 것만큼 일반 주민들에게는 바라는 바가 없을 것이다. 따라서 신앙적으로는 지역의 진산, 무등산의 산신이 위호를 해주고, 또 현실적으로는 전략적 요충지인 무등산에 축조한 산성이 전란이 발생할 경우에 생명을 보전케 해주는 것, 그것은 주민들에게는 더없이 기쁜 일이었을 것이다.

2.2. 의기(義氣)의 신격화

전씨의 사성에 대한 이야기가 무등산과 관련되어 전한다. 설화에서는 일명 인왕전씨라고도 부른다. 그 까닭은 사람 인(人)자와 임금 왕(王)자가 합해져 전(全)씨가 된 것으로 해석한 때문이다. 이야기대강은 이렇다.[11]

이성계는 고려를 무너뜨리고 새로운 왕국을 세울 꿈을 가지고 전국 산천의 신들에게 허락을 받기 위해 찾아다녔다. 하루는 무등산 꼭대기에 올라 무등산 여신에게 조선을 세우도록 허락을 해줄 것과 건국에 도움을 줄 것을 간절히 빌었다. 그러나 여신은 한마디로 거절했다. 역성혁명을 용인할 수 없다는 것이었다.

바위에 걸터앉아 낙심을 하고 있는 이성계 앞에 한 사람이 잘 차려진 음식상을 가지고 나타났다. 여신의 허락을 받지 못해 허탈하기는 했지만, 산에 오르느라 한참 시장한 이성계 앞에 잘 차려진 음식은 꿀맛이었다. 이성계는 음식을 먹으면서 찾아온 사람에 대해 물었다. 그는 대

---

11) 지춘상, 『구비문학대계』 6-2. 전라남도 함평군편, 정신문화연구원, 1981, 729~731쪽.

답하기를 자신은 왕씨인데, 운세를 보니 이씨의 나라가 설 것이 확실하고, 그래서 고려가 망하면 자신의 집안 역시 멸문지화를 당하게 생겼으니 제발 목숨을 구할 방도를 일러달라는 것이었다. 이성계는 하도 말이 간곡하고 행위가 기특해서 그럼 성을 바꾸라고 했다. 그 자리에서 이성계는 王자에 사람인자를 더해 全씨로 사성을 해주었다고 한다.

무등산신이 이성계의 역성혁명을 허락하지 않았다는 내용이 사성전설 속에서 이렇게 말해지고 있다. 또 세간에서는 여기에 부회된 이야기가 전하기도 한다. 이성계가 조선을 세우고 나서 나라의 여러 산천 신들에게 벼슬을 내렸다. 그러나 무등산은 그의 혁명을 허락지 않았다 해서 벼슬을 주지 않았다. 그래서 벼슬이 없는 산이라는 뜻의 무등산이라는 이름을 얻게 되었다고 한다. 한자 등(等)을 벼슬에 오른다는 뜻으로 해석하여 벼슬이 없는 산이라는 뜻으로 본 것이다.

> 경진일에 광주 무등산의 신령이 역적 토벌을 음조하였다 하여 예사(禮司)에 명령하여 작호를 더 올려주는 의식을 거행하고 봄, 가을에 제사를 지내라 하였다.[12]

> 원종(元宗) 14년에 탐라에서 3별초군을 토벌할 때 무등산(無等山 — 전라남도 광산군에 있는 산)신이 은근히 도와 준 징험이 있다 하여 해마다 제 지낼 것을 명령하였다.[13]

고려조에는 몽고군과 관군이 삼별초군을 토벌할 때, 무등산신의 음조가 있었다 하여 무등산에 춘추로 제향을 모시고, 작위까지 올려준 것으로 되어 있다. 삼별초를 역적으로 규정하고 있다. 같은 맥락에서 이

12) 『고려사』 원종 계유 14년(1273)
13) 『고려사』 잡지 제사조

성계는 고려조를 무너뜨리고자 하는 역적에 해당한다. 무등산신은 역적에 대해 부정적 반응을 보이는 신격으로 나타난다. 물론 삼별초나 이성계에 대해 역사적 해석은 달라질 수 있겠지만, 어쨌든 당시의 왕조를 중심으로 하여 대립적인 세력을 무등산신은 미워하고 허용치 않았음을 알 수 있다.

무등산신만 이성계에 대해서 적대감을 보인 것은 아니다. 지리산도 이성계와 관련된 전설이 전한다. 이성계는 무등산에서 그러했던 것처럼, 지리산신에게 역시 역성혁명을 허락해줄 것을 빌었다. 그러나 지리산신은 허락을 하지 않았다. 이성계가 조선을 건국하고 나서, 자신을 지지하지 않았다 하여 경상도에 있던 지리산을 전라도로 귀양을 보냈다고 한다.14) 전남 장흥에 있는 천관산도 역시 지리산전설과 똑같이 이성계가 그런 이유로 천관산을 흥양(지금의 고흥)으로 귀양을 보냈다 한다.15)

무등산전설, 지리산전설, 그리고 천관산전설은 나름대로 하나의 획을 그려내면서 일관된 주제의 흐름을 보이고 있다. 특히 이들은 모두 이성계라는 특정 인물과 관련되어 공통적으로 대립각을 세우고 있다는 점이 주목된다. 신과 인간의 대립으로 유별될 수도 있지만, 이들 전설이 전승되는 지역이 호남이라는 특정 지역이라는 점에서 일반적인 유별화보다는 특수한 대립의 유형화가 필요할 것으로 보인다.

전씨의 사성전설은 고려조와 조선조의 교체상황을 소재삼아 하나의 무등산전설을 이루고 있다. 그러나 이 사성전설이 독자적으로 존재하는 것이 아니라, 호남지역에서 만들어지고 전승되어 왔던 일련의 전설들과 나름대로 의미상의 교감을 이루면서 서사화되어 전해온 것이다.

---

14) 광주광역시사편찬위원회,『광주시사』부록 제1권, 2001. 659쪽.
15) 양기수,『천관산』, 향지사, 2003, 83쪽.

적어도 그것들의 일관된 주제의식은 불의에 대한 항의이며, 저항이며, 또 거부이기도 하다. 그것은 바로 자연지리와 사회역사가 직조되어 역설의 땅으로 남았던 호남에서 나타날 수 있는 집단심성의 조짐이요, 설화적 구체화라고 하겠다.

이러한 의식은 무등산에 있는 뜀틀바위라는 곳에 얽힌 지명전설에서도 확인된다. 무등산 꼭대기에는 사람이 도저히 뛰어건너기 어려운 거리의 바위가 서 있다. 그런데 이곳에서 광주출신인 김덕령 장군은 무술을 닦으면서 힘들이지 않고 뜀틀바위를 건너뛰었다고 한다. 이말을 전해들은 일제시대 헌병 하나가 뜀틀바위를 뛰어넘으려 하다가 바위 밑으로 떨어져 죽었다고 한다. 기존의 전설에 잇대어 후기에 내용이 부회된 것이지만, 임진왜란 때 의병장이던 김덕령 장군과 대립된, 그리고 우리나라를 삼킨 일제에 대해 적대적 대립감을 표현하고 있다.

무등산은 호남에 있는 다른 산들과 함께 거역의 땅임을 전설을 통해서 말해준다. 특히 부당한 권력 또는 불의에 대해 항거해 왔던 호남인의 인성과 결착된 내용으로서, 결국은 호남인의 집단적 무의식, 즉 의기가 신격화된 형태로 전설을 통해서 전해지는 것으로 보인다.

2.3. 영웅의 태반

광주가 배출한 역사적 인물로서 김덕령(1567~1596) 장군만한 인물도 드물 것이다. 김덕령과 무등산에 얽힌 이야기는 많다. 그 중에서도 무등산에 김덕령장군 고조모의 묘를 쓰게 된 전설이 전하고 있어서 주목된다.

옛날에 지금의 석곡면 석저마을에 김씨가 살았다. 김씨는 광산노씨를 처로 맞았으나 일찍이 상처하고 혼자서 지내고 있었다. 하루는 남루한 형색의 한 젊은이가 지나다가 머슴살기를 청했다. 이 젊은이는 부지런히 일했지만, 저녁을 먹고 나면 몰래 집을 빠져나가서는 밤늦게 돌아왔다. 늘 이상하게 생각하던 김씨는 하루 밤, 저녁을 먹고 집을 나서는 젊은이의 뒤를 몰래 따라 나섰다. 젊은이는 무등산길을 오르더니 배재라는 곳에 도달하여 어느 한 곳을 응시하는가 싶더니 주변에서 돌맹이를 모아 한 곳에 표식을 해두고 산을 내려오는 것이었다.

다음날 머슴은 주인에게 달걀 하나를 요구했다. 다시 밤이 되고, 그 젊은이는 어제 표시해두었던 땅에 달걀을 묻고 기다리는 것이었다. 한참만에 달걀을 꺼내어 귀에다 댔던 젊은이는 한숨을 내쉬면서 알 수 없다는 듯 고개를 연방 저어대는 것이었다. 다음날 머슴은 주인에게 달걀 하나를 더 달라고 하더니 역시 전날과 같이 하는 것이었다. 그러나 이번에는 무릎을 탁 치면서 희색이 만연해지는 것이었다. "그러면 그렇지, 회룡고조지명혈(回龍高祖之名穴)이 틀림없다."고 중얼거리는 것이었다. 숨어서 지켜보던 주인은 깜짝 놀랐다. 머슴의 행동을 이상히 여긴 주인은 첫날은 삶은 달걀을 내주었고, 다음날은 생달걀을 주었던 것이다.

다음날 아침 머슴은 고향을 다녀오마고 길을 나섰다. 그 사이 김씨는 머슴이 표시해둔 곳을 찾아 부인의 묘를 썼다. 몇 달 뒤에 돌아온 머슴은 등에 대나무상자를 짊어지고 와서는 삽과 괭이를 챙겨들고 산을 올랐다. 배제에 이른 머슴은 깜짝 놀라지 않을 수 없었다. 본인이 잡아둔 명당에 이미 누군가가 묘를 써버린 것이었다. 낙담을 하고 내려온 머슴은 주인에게 그것이 누구의 묘인지 물었다. 김씨는 짐짓 모르는 척 하면서 마누라의 묘를 이장했노라고 했다. 머슴은 본인의 이야기를 하는 것이었다. 자기는 중국 사람이며, 천기를 터득하고 보니 조선땅에 천하를 얻을 명혈이 있음을 알게 돼서 10수년을 찾아 헤맨 끝에 회룡고조지 명혈을 찾았는데, 주인이 어찌 알고 먼저 묘를 써버렸노라고 하는 것이었다. 그러면서 중국 사람이 그 자리에 묘를 쓰면 천하를 얻지만, 조선 사람이 묘를 쓰면 후손 중에 명장은 나지만 천하에 뜻을 펴지 못한다는 것과 그러니 3정승이 날 자리를 잡아주겠으니 그 자리를 양보해달라고 사정을 하였다. 그러나 김씨는 거절했다.16)

이 김씨는 바로 충장공 김덕령 장군의 고조부이고, 그 무덤은 고조모인 광산노씨의 묘소이다. 지금도 무등산을 오르는 길목인 배재에 남아 있는데, 뒷날 김덕령 장군의 묘소를 이곳에 이장하였으며, 그 밑에 김덕령 장군의 사당인 충장사를 조성하여 많은 사람이 찾고 있다.

우리나라의 설화 중에 풍수지리담은 높은 비율을 보인다. 그만큼 풍수사상이 깊게 침투해 있었음을 반영하며, 또한 강한 조상숭배의식과 초자연적인 행운을 기대하는 우리나라 사람들의 집단적 심성을 보여주는 사례이기도 하다. 위 김덕령 장군과 관련된 무등산전설 역시 하나의 풍수설화로 분류될 수 있는 이야기이다. 그러면서도 이 지역의 걸출한 인물의 출현에 대해서 상당히 과장된 근거를 제시하고 있어서 주목된다. 역사적 인물인 김덕령과 설화적 인물인 김덕령이 서로 다른 모습으로 그려지고 있다는 것은 이미 여러 사람에 의해서 지적된 바 있다.17) 역사는 사실이며, 설화는 전승집단의 기대에 의존하기 때문이다.

16) 광주광역시사편찬위원회,『광주시사』부록 제1권, 2001. 59쪽.
　　광주광역시 북구,『광주북구지리지』, 2004.
16) 강현모,「김덕령 문헌설화에 나타난 영웅화의 모색과 시도」,『비교민속학』제14집, 비교민속학회, 1997.
　　김용범,「實存人物의 小說化過程硏究」,『한양어문』제9집, 한국언어문화학회, 1991.
　　윤재근,「金德齡傳承 硏究」,『語文論集』제26집, 고려대학교 국어국문학연구회, 1986.

이 전설에서 취해지고 있는 화소 중에서 눈여겨보아야 할 것은 바로 달걀이 아닌가 싶다. 그것은 명당인지 아닌지를 판별하는 척도로 선택된 때문에 그만큼 의미가 있는 것이다. 삶은 달걀과 날달걀을 땅에 묻었을 때, 각각 생물학적 반응이 달라지는 것이었다. 『성경』에는 땅에 떨어진 한 알의 밀알이 썩지 않으면 그대로요, 썩으면 많은 열매를 맺을 것이라는 말이 있다. 여기서는 밀알이 아니라 달걀이 대신 취해지고 있다. 새싹을 키워내는 대지의 힘처럼, 영웅을 탄생시키는 대지의 힘을 예견할 수 있는 대목이다.

명혈이 있는 곳의 지명을 배재라 한다. 그러나 설화의 문면으로 보면 이치(梨峙)보다는 복치(腹峙)가 더 어울리는지도 모르겠다. 설화에서 땅에 묻었던 달걀은 비유일 뿐, 사실은 여인의 자궁에 삽입된 정자의 다른 표현일 수 있다. 단순한 가임 테스트가 아니라, 영웅을 잉태하여 키워내는 힘과 자질을 가진 배인지 아닌지를 시험하기 위해 달걀의 생물학적 반응이 필요했으며, 그것이 배라면 그것은 바로 무등산의 위대한 복부일 수 있다.

무등산신은 지리산신과 더불어 여신이라고 전해진다. 여신의 한 기능은 바로 지모신일 것이다. 대지와 모성은 상통하며, 그런 점에서 여인이 자식을 잉태하여 출산하듯이, 여신은 풍요다산을 잉태하여 출산도 하지만, 영웅을 낳아 기르는 역할을 맡기도 한다. 많다는 뜻의 풍요다산만큼, 사회적으로는 고귀하고 위대한 것 역시 지모신의 힘을 빌어 얻을 수 있다고 믿어진다. 위 전설 외에도 소위 김덕령전설로 불릴 수 있는 것들이 무등산을 배경으로 하고 있다. 큰 산 아래 큰 인물이 난다는 옛말도 있지만, 무등산전설을 말해온 사람들은 무등산과 김덕령을 하나의 연결고리로 묶어 생각해온 것만은 확실하다.

3. 무등산전설의 사회문화적 성격

3.1. 호남인의 인성으로서 의향충절

3.1.1. 광주의 도시전설과 중앙정권과의 역학관계

"무등산 타잔, 박흥숙"이라는 영화가 만들어져 사회적 관심을 모은 바 있다.[18] 1977년 무등산의 한 골짜기에 판자촌을 이루고 사람들이 살고 있었다. 무당들이 많았던지 무당촌이라고도 불렸다. 당시 전국체전이 열리게 된 광주에서는 무등산 정화사업을 벌이게 되었으며, 관에서는 판자촌을 철거하는 작업에 들어갔다. 철거는 순조롭게 진행되었다. 그러나 마지막 한 집이 거세게 저항을 하였다. 결국 철거반 중에서 4명이 그 집에 살던 박흥숙이라는 20세의 청년에 의해서 살해된 끔찍한 사건이 벌어지게 된다. 그는 날쌔고 산을 잘 탔기 때문에 무등산 타잔이라는 별명을 얻었다.

30여년이 지난 사건이 영화로 만들어지면서 다시 당시의 상황이 재해석되고 있다. 재해석의 한쪽 편에서는 단순 살인사건으로만 보는 것을 넘어서 국가권력에 대한 거역과 투쟁이라는 시각을 보이고 있다. 당시 전국체전에 참석하게 된 고 박정희 대통령이 차제에 무등산을 한 번 구경하고 싶다는 말을 하자, 광주시에서는 무등산에 대한 대대적인 정화사업을 추진하게 되었다는 것이다. 결국 무등산 타잔은 1980년 사형이 집행되었으며, 이 이야기는 현대의 도시전설로 전하게 되었다.

광주에는 어두웠던 70년대 말과 80년대 초에 만들어진 두 가지 유명한 도시전설이 있다. 앞의 무등산타잔전설은 이렇게 70년대 사건을 두

---

18) 박우상 감독, 「무등산 타잔, 박흥숙」, 2005.

고 만들어졌고, 5.18민주화운동이 있기 바로 전에 광주에 떠돌았던 흉측한 유언비어가 다른 하나의 전설이다. 군에 갔던 시동생이 휴가를 나왔다가 형수와 간음을 하게 된다. 형이 그 사실을 알고 작대기를 들고 방으로 쫓아 들어가자 놀래서 그만 시동생의 양경이 음부에서 빠지지 않는다. 하는 수 없이 주변 사람들을 불러 두 사람을 이불에 말아 니어카에 싣고 가까이 있는 양민외과에 가서 조치를 하였다고 한다. 이 소문이 돌면서 양민외과는 문을 닫고 말았다.

처용가의 배경설화를 닮은 이야기이다. 많은 사람들이 궁금해하지만, 이 일은 결코 실제 일어난 사건이 아닌 것으로 확인되었다. 그럼에도 불구하고 이상하리만큼 순식간에 광주에 이러한 소문이 돌더니 얼마 있지 않아 신군부의 계엄군이 광주를 장악하면서 광주는 피바다를 이루었다. 군에 갔다 휴가를 나온 시동생은 80년대 정권을 장악한 전두환 일파의 신군부를, 그리고 그 형은 이미 5.16으로 정권을 잡았던 박정희 일파의 구군부를 뜻하며, 양민외과가 문을 닫은 것은 희생양으로서, 당시 어처구니없이 당해버린 광주시민에 대한 양민학살에 해당한다. 그리고 처용가에서 처용의 아름다운 부인이 국가로 치환 가능하듯이,[19] 형수는 곧 우리나라 또는 무고한 광주시민을 의미할 것이다.

무등산타잔전설은 구군부, 양민외과전설은 신군부와 대립의 각을 세우고 있다. 겨우 반세기를 얼마 지나지 않은 대한민국 정치사에 있어서 씻지 못할 오명이기도 한 군부통치가 광주에는 아픈 전설과 함께 전해오고 있다. 광주를 배경으로 하고 있는 이상과 같은 두 편의 도시전설은 단순히 현대의 사건과만 연결되는 독자적인 이야기가 아니라 역사적 맥락에서 소원적인 배경을 지니는 것으로 생각된다.

---

19) 나경수, 「처용가의 서사적 이해」, 『국어국문학』 제108호, 국어국문학회, 1992. 77~102쪽.

3.1.2. 호남의 인물전설과 의향의 전통

호남을 일컬어 의향이라 한다. 의향 중에서도 광주는 특히 의기가 강한 곳으로 회자된다. 광주는 광주학생독립운동, 5.18민주화운동 등, 한국 현대사의 비극의 현장으로 꼽힌다. 어두웠던 70, 80년대 노동운동과 학생운동 역시 광주출신들이 많이 선두에 섰던 것도 같은 맥락으로 이해하려는 경향이 짙다. 호남인의 인성의 하나로 의기를 꼽은 연구도 있지만,[20] 이러한 사실은 최근의 민주화운동에 그치지 않고, 역사적 정황이나 민속문화의 시각에서도 역시 확인되고 있다.[21] 이와 관련하여 수많은 예를 열거할 수 있다. 하지만 호남지역에 전승되고 있는 인물전설에 한정하며, 또한 본 연구 주제와 관련지을 수 있는 몇 예를 선별해 보고자 한다.

호남에 전승되어 온 전우치전설, 송징전설, 홍길동전설 등이 있다. 이들 전설이 보이는 공통점은 중앙정부나 지배층에 대한 강한 반감이며, 실제로 지배세력과의 투쟁이 전설의 줄거리에서 대미를 장식하고 있다. 전우치전설과 홍길동전설은 훗날 각각 전우치전과 홍길동전이라는 고소설로 발전하였으며, 송징전설은 시인인 임억령(1496-1568)에 의해서 "송대장군가"라는 조선조 최고의 영웅서사시로 다시 노래되면서, 고려조 이규보의 "동명왕편"과 쌍벽을 이루는 서사시로 남았다.

이들 중 전우치전설과 송징전설은 바다의 전설이라는 점에서 주목된다. 앞서 무등산전설, 지리산전설, 천관산전설 등이 산과 관련된 전설이라고 한다면, 전우치전설과 송징전설은 바다와 관련된 전설인 셈

---

20) 지춘상, 「남도문화특질론」, 『대학국어』, 전남대학교출판부, 1985, 63~75쪽.
21) 나경수, 「호남인의 인성구조와 비판」, 『호남문화연구』제22집, 전남대학교 호남문화연구소, 1993. 1~31쪽.

이다. 전설 속에서 전우치와 송징은 세미선(稅米船)을 털어서 주민에게 나누어주었다. 세미선, 그것은 곧 지배권력이 자행한 착취의 상징으로 이들 전설에서 취해진다.[22]

호남지역은 역사적으로 최선과 최악이 공존했던 역설의 땅이다. 자연적 환경은 가장 좋은 대신에 역사적 환경은 가장 좋지 않았다. 우리의 전해오는 말 중에 "평양감사 아니면 전라감사"라는 말이 있다. 색향으로서 평양이 꼽혔다면 생산이 많아 가렴주구가 쉬운 전라도의 감사가 감사자리로는 으뜸으로 생각된 때문이다. 그만큼 호남은 착취의 땅이었으며, 이뿐만 아니라 기자조선이 망한 후에 기자조선의 마지막 왕인 기준이 이주하여 와서 마한을 세웠고, 고구려에서 온 온조가 다시 그 땅을 차지하여 백제라는 정복국가를 세웠으며, 신라에 의해서 합병되고, 경상도에서 넘어온 견훤에 의해서 정복되었다가 다시 왕건에게 빼앗겼으며, 더구나 왕건의 훈요십조에 의해서 차령산맥 이남이 고려조를 통해서 소외되었다. 전주이씨의 왕조인 조선이 세워지기는 했지만, 이성계 자신이 스스로를 전주 사람, 또는 전라도 사람이라고 생각하지 않았으며, 더구나 조선조 중기 정여립 사건으로 인해서 핍박의 땅으로 또 다시 전락하고 만다.

어려운 역사를 관류해 왔던 호남지역에서는 인물전설을 통해서 부당한 중앙권력에 대해 저항을 보이고 있다. 앞에서 보았던 것처럼 무등산전설, 지리산전설, 천관산전설 등이 모두 역성혁명에 대해 반감을 보이고 있고, 전우치전설, 송징전설 등이 또한 중앙권력의 착취에 대해 저항을 보이고 있다. 이들 지역전설은 의향의 전통을 고스란히 표상하고 있는 것으로서, 다른 지역에서 탈춤의 대사를 통해서 내질러졌던 저

22) 나경수, 『광주 · 전남의 민속연구』, 민속원, 1998, 308쪽.

항의 외침이 탈춤의 공백지대인 호남지역에서는 전설을 통해서 설파되고 있는 셈이다.

3.1.3. 충절과 의기의 전설 층위

임진왜란과 구한말 의병 중 60여%가 호남지역에서 일어났던 것으로 알려져 있다. 8도 가운데 하나인 전라도가 전체 의병의 60%를 차지한다는 것은 상대적으로 얼마나 높은 수치인지 짐작이 가고도 남는다. 외침에 의해 국가가 위난에 처해 있을 때 충절을 다 바칠 수 있는 집단이 바로 호남사람들이다. 무등산전설 중 무등산가의 배경설화는 바로 이러한 외침에 대한 일종의 방비를 설명한 것이요, 그로 인한 현실적이며 심적인 만족을 노래로써 표현한 사례일 것이다.

백제의 노래인 "무등산가"가 불리게 된 상황으로서 무등산에 성을 쌓은 까닭이 왜구를 막자고 한 일인지, 당시의 적국인 신라를 막자고 한 일인지는 알 수 없다. 어쩌면 둘 다일 수도 있을 것이다. 혹자는 광주에 쌓았던 통일신라시대의 무진도독고성이 바로 이 노래의 성이라는 주장도 있지만,23) 의심을 남긴다. 백제를 무너뜨린 신라는 무진(현재의 광주)에 도독을 파견하여 주민의 저항을 막는 한편 성을 축조하여 방비를 하도록 했다고 한다. 무진도독고성은 전라도나 광주의 정신과는 전혀 다른 배경을 가지고 있는 셈이며, 시대 또한 훨씬 뒤의 일이므로 백제의 무등산가와는 관련이 없어 보인다.24)

---

23) 안동주, 『백제문학사론』, 국학자료원, 1997, 147쪽.
24) 실제로 무등산에 오르는 길목에 "잣고개"라는 지명이 남아 있다. "잣"은 성을 뜻하는 고어로서, 주변에 성터가 발견되고, 무진고성이라는 이름으로 발굴조사 및 복원사업이 이루어졌다. 그러나 여기서 많은 유물이 출토되기는 했지만, 정확히 통일신라시대의 무진도독고성인지 아닌지 밝혀지지는 않았다. 다만 지명이 지시하

무등산과 깊은 관련을 맺으면서 전해지는 김덕령 장군의 전설은 충절의 고장에서 지역 출신인 비운의 장군에 대해서 어떻게 해석하고 있는지가 잘 드러나고 있다. 실제로는 충장공 김덕령은 전란시의 혁혁한 공훈에도 불구하고, 훗날 모함을 받아 옥사하고 말았다. 그러나 전설에서는 이러한 그의 비운을 다른 각도에서 정리하고 있다.

"그래서 김덕령 장군이 그로부터 자기가 뉘우침도 있었고 옳은 일을 해야겠다고 해가지고 그때부터 의병에 들어갔다고 그래요. 그래서 의병으로 있어가지고, 의병장군을 했지 않아요. 그러면서 의병장군을 하다가 결과적으로 반대파에게 몰렸지 않아요. 그 사람이 옳은 일을 했는데 안통해 가지고, 그 사람이 인제 역적으로 몰려가지고 죽으면서 죽기 직전에 죽일라고 그러니까. 아무리 매를 쳐도 안죽고 때려봐야 죽지 않으니까 나를 죽이려거든 '만고충신 김덕령'이라는 비석을 세워주면 내가 죽겠다고 하면서 다리를 걷어올리며, 비늘을 세 개를 떼어내 주면서 저릅대(삼대)로 세 번만 여기를 때려 달라고 해서 그대로 하였더니 김덕령 장군이 그 자리에서 죽드랍니다. 죽고 나니 그 반대파에서 '만고충신 김덕령'이란 비석을 없애버렸드래요. 그러니까 김덕령 장군이 벌떡 일어나서, 살아나서 눈을 부릅뜨고 내가 죽은 이후라도 절대로 비석에 손을 대지말고 그냥 세워 두어야 된다고 해서 즉시 그 비석을 다시 세워주니까 또 그 자리에서 그냥 죽드래요. 그런 뒤로는 지금까지 무등산 남쪽 화순쪽에 지금도 '만고충신 김덕령'이란 비가 있다고 합니다."[25]

전설에서는 김덕령을 만고충신으로 기리고 있다. '만고충신 김덕령'이라는 비석은 무등산 자락에 세워져 있다고 하지만, 그것을 발견할 수

는 것처럼 분명히 성이 있으며, 그것이 여러 차례에 걸쳐 보수되면서 전략적 요충지로 사용되었을 것으로 추정되고 있다.

25) http://www.gwangju.go.kr/gjcity/data/data03/s06_03_03.jsp 전설/북구지역/만고충신김덕령.

는 없고, 오히려 여기에서 보면 무등산 자체를 하나의 비석으로 보고 있는 것이다. 무등산에는 뜀바위, 주검동, 장군대, 치마바위, 문바위, 투구봉, 배재 등 김덕령 장군과 관련된 지명이 많다. 이들은 모두 김덕령에 관해 아로새긴 비문과 같다. 더구나 장군은 이미 무등산에 있는 회룡고조지명혈의 정기를 타고 태어났다. 따라서 충절의 산, 무등산은 저 멀리 백제에서부터 조선조에 이르기까지 국가의 위난과 관련되면서 나름대로 역할을 하였으며, 고려시대에는 약간의 배경상의 차이는 있지만, 국난을 극복하는데 도움을 주었다고 해서 춘추로 무등산에 제향을 지낸 적도 있었던 것이다.

한편 무등산가의 배경설화나 김덕령전설에서 충절의 표상으로 무등산이 읽히는 것과는 달리, 불의에 항거하는 산으로서의 면모를 전설을 통해 과시하고 있기도 하다. 그것은 앞에서 들었던 전씨 사성전설이 보여주는 바와 같이, 이성계의 역성혁명을 용인하지 않는 것으로 드러난다. 고려왕족인 왕씨가 전씨로 성을 바꾸어 멸문지화를 당하지 않는 쪽으로 설화적 장치를 해놓고 있다. 고려의 왕족이 손이 끊기지 않고 명맥을 유지할 수 있었던 것은 다른 곳이 아닌 무등산에서의 사성으로 인해서 가능했다. 무등산전설에서는 결국 역성혁명에 대한 거부의 의지와 함께 고려조 왕족의 명맥 유지가 함께 말해지고 있는 바, 이는 전설에 표상된 전라도 사람들의 집단적 심성으로 보아야 할 것이다.

앞서 말했던 것처럼, 지리산전설과 천관산전설이 의기의 표상이라는 점에서 무등산전설과 일맥상통하는 것을 보게 되는데, 모두 역성혁명을 불의로 단정하고 있는 설화내용으로 보아 호남인의 집단적 인성, 즉 의기가 지역전설을 통해 표출되고 있는 예로 보아야 할 것이다. 임진왜란 당시 이순신 장군이 호남이 없으면 조선이 없다고 했던 말에서도 확인되는 바와 같이, 호남은 충절과 의기의 고향으로 정평이 나있다. 바로 이러한 호남의 사회역사적 정황은 무등산전설을 통해서 역시 그대로 확인할 수 있다.

3.2. 젖무덤으로서 어머니 이미지

3.2.1. 젖무덤의 아이러니와 호남인의 인성

무등의 명의에 대한 주장이 여럿이다. 본래는 반야심경에 나오는 無等等에서 차용되었다고 하는데, 이와는 달리 최남선은 그 형상이 홑산으로서 무덤같이 생겼다는 뜻에서 무덤산이 어원일 것이라 하고,26) 윤태림은 불교가 전래되기 이전에 원시종교에서 무당들이 모시던 당산이라는 주장과 함께 본래 무당산이 무등산으로 불리게 되었다고 하였다.27) 한편 박선홍은 전설에 의거해서 산신이 혁명을 허락해주지 않은 것을 서운하게 생각한 이성계가 '무정한 산'이라고 한 데서 무정산이라는 이름이 유래했을 것으로 보지만, 한편 이는 무등산의 와전에 불과할 뿐 하나의 민간어원으로 보아야 한다는 주장을 함께 펴고 있다.28)

이러한 명의의 유래와 상관없이 무등산은 확실히 남도의 넓은 들녘에 우뚝 선 젖무덤 같다는 인상을 받기에 충분하다. 젖은 생명의 원천이다. 무등산에서 발원한 물이 남도의 평야를 적시는 강줄기를 이룬다. 그러나 무등산은 생명의 젖가슴으로만 머물지 않는다. 젖무덤이라는 말이 중의적으로 해석된다면 그것은 다른 종류의 무덤 역할을 하고 있

---

26) 최남선,『심춘순례』, 현암사, 1973, 322쪽.
27) 윤태림,『한국인』, 현암사, 1971, 270쪽.
28) 박선홍.『무등산』, 다지리, 2003, 38쪽.

다. 젖과 무덤이라는 이질적인 두 단어를 합한 젖무덤이라는 말이 무등산에 어울리는 것을 보면 분명 무등이 아이러니를 머금고 있다 하여 그릇된 말은 아닐 것 같다. 물론 그 본의야 젖무덤같은 산의 형상에서 비롯된 이미지요, 이차적으로는 곡창을 적시는 영산강과 섬진강이라는 두 젖줄의 발원지라는 기능에서 비롯된 언어적 고안이지만, 한편 다른 의미에서 접어 생각하면 무등은 생명의 원천인 젖과 주검의 집인 무덤을 함께 공유하고 있다는 점에서 묘한 대조를 이룬다.

무등산의 젖 역할이 확실한 것처럼, 무등산의 무덤 역할 역시 확실하다. 무등산이라는 무덤에 파묻힌 시신은 누구일까? 그것은 한 마디로 말해서 불의일 것이다. 의가 아니면 죽음을 불사하던 남도인들의 심성을 가장 잘 기억하고 있는 산이 바로 무등산일 것이다. 무등의 젖가슴에 안기어 무등의 젖을 먹고 자랐던 사람들은 무등을 닮았다. 역사에서도 그랬듯이 현대에 와서도 그렇다. 광주의 5.18 민주화운동이 그 전형일 것이다. 누가 그러자고 해서가 아니라, 사회적으로 동일한 구조적 사태가 벌어졌을 때, 무등산 아래에 사는 사람들은 그들의 마음 속에 잠재되어 있던 의기를 밖으로 표출한 것이다. 무등산은 의향의 중심에 위치하면서 신격화된 적이 있던 산이다.

먼 백제시대에 노래했던 무등산가의 배경전설에 나타나고 있듯이, 불안에 떨고 있던 백성들에게 무등산은 든든한 믿음과 안락을 주었던 산이다. 무등산이 어린 백성에게 평안과 안정을 주던 것이 이토록 오래된 것이다. 조동일은 성을 쌓는 일을 일종의 통치적 수단 또는 행위로 보면서 무등산가는 오히려 성을 쌓는데 동원되어 노역을 힘들어 하던 백성들이 불렀던 원망의 노래가 아닌가 했다.[29] 그러나 현재 우리에게

---

29) 조동일, 『한국문학통사 1』, 지식산업사, 1982, 116쪽.

전해지는 자료로 보자면 이렇게 뒤집어 읽어도 좋을 어떤 근거도 없다.

의의 기본적 개념은 바로 지키는 것이다. 왜 호남을 의향으로 부르고 있는지, 그 연유를 소급해 올라가보면 호남은 늘 빼앗기고 살았기 때문이다. 말을 바꾸면 빼앗길 것이 있었기에 빼앗긴 것이다. 우리나라의 다른 지역에 비해 호남은 가장 넓은 곡창지대를 이루고 있어 산물이 풍부하다. 이중환은 그의 『택리지』에서 호남의 이러한 경제적 사정을 들어 호남인이 사치와 놀이를 즐긴다고도 했다.[30] 그러나 이러한 부정적 심성과는 반대로 다른 한편에서는 빼앗기지 않으려고, 그래서 지켜내려고 하는 심성이 자리하게 되며, 그러한 집단적 인성은 곧 역사적으로 호남을 의향으로 자리매김해 왔던 것이다.

호남지역이 가지고 있는 곡창지대라는 인문지리적 조건으로 인해서 늘 호남은 역사적으로 쟁패나 탈취의 대상이 되어왔으며, 그로 인해 이러한 역사를 관류해온 호남사람들은 집단적 인성 속에 자기를 보호하고 지키고자 하는 '의'라는 심성을 길러왔던 것으로 보인다. 배경설화를 통해서 읽을 수 있듯이, 백제시대 광주에 살았던 백성들은 무등산에 성을 쌓고는 마침내 어머니의 젖가슴에 안긴 것과 같은 안정감을 느끼게 되었다. 그러한 안정감을 빼앗길 위험이 외부로부터 느껴지면 그들은 강한 적대감을 표출하게 된다. 그래서 그들을 위협하던 대상에 대한 투쟁을 아끼지 않으며, 젖가슴의 다른 이름인 젖무덤 속에 그들과 반대되는 대적적인 대상을 살해하여 묻어버리는 것이다.

누군가가 그들의 농토를 짓밟고 또 그들이 가꾸어왔던 농산물을 빼

---

30) 땅이 기름지고 서남으로는 바다를 끼고 있으므로 해산물, 비단, 목면, 모시, 닥, 대나무, 귤, 유자의 이로움이 있다. 음악과 여색과 사치를 좋아하는 풍습이 있어 사람들이 흔히 경박하고 간교한데 기울어져 문학을 존중하지 않는 까닭에 과거에 급제하여 출세하는 것이 경상도에 뒤지니 아마 문학에 힘씀을 스스로 명분으로 하는 사람이 적기 때문이리라. 이중환, 『택리지』, 전라도조.

앗으려 했을 때 언제나 지키는 심성이 발로되었던 것처럼, 이성계가 정권을 찬탈하려 했을 때 따라서 무등산신은 한사코 그러한 강탈을 거부하게 된다. 무등산전설에 투영된 이성계는 바로 빼앗는 자이며, 따라서 지키는 심성이 일반화된, 그리고 그러한 일반화된 집단적 인성이 투사된 무등산은 전설 속에서 역성혁명을 허락지 않는 의연한 모습으로 나타나고 있다.

3.2.2. 신화소의 차용과 풍양의 땅

한국의 고대신화에 흔히 등장하는 화소 중의 하나는 난생(卵生)이다. 난생은 신화영웅의 탄생에 주요한 모티프로 작용하고 있다. 무등산전설에서는 난생의 화소가 차용되면서도, 전혀 다른 모습을 하고 있다. 풍수지리사상과 결합하여 이 지역의 가장 걸출한 역사적 인물인 김덕령 장군을 낳게 하는 화소로서 전설 속에 활용되고 있다. 신화소가 전설소로 변용되어 나타난 예로 볼 수 있겠다. 따라서 직접적인 난생보다는 명당의 혈을 증험하는 척도로 사용되고 있는 것이다. 김덕령 장군의 고조부는 삶은 달걀과 날 달걀을 사용함으로써 명당을 확인하게 되는데, 명당, 그것은 산수자연이 가지고 있는 자궁과 같다. 또 다른 탄생의 신화적 자궁인 알, 그리고 신화적 계기인 난생의 성패 시험을 통해서 무등산이 지니고 있는 탄생의 힘을 시험하고 있다.

국가가 처한 위기상황에서 종묘사직을 지키기 위해 분연히 일어선 의병장으로서 김덕령은 무등산의 정기를 받고 태어난 인물로 전설 속에 그려지고 있다. 많은 사람들이 그간 논의를 했던 것처럼, 김덕령은 역사적 사실과 전설적 사실을 달리하고 있다. 김덕령은 역사 속에서 역적이라는 누명을 쓰고 그의 생을 비극적으로 마감하고 말았지만, 전설 속에서는 만고충신으로 다시 그려지고 있다. 이는 사실적(史實的) 역사에 얽매이지 않는 전승집단의 투사작용으로 말미암은 것이다.

무등산의 풍수지리적 정기를 받고 태어난 김덕령 장군은 역사와 전설 속에서 각각 역적과 충신을 오락가락하는 그러한 영웅으로만 의미를 지닌 것은 아니다. 큰산에 의탁하여 산아래 많은 사람들이 삶을 영위했던 것처럼, 사회적으로 난세의 영웅 김덕령 장군은 백성들이 의탁하던 큰산과 같다. 그는 임진왜란이라고 하는 생존을 위협하는 전쟁 상황에서 지역민들을 보호하고 인적ㆍ물적 피해로부터 보호막이 되어주는 큰산과 같은 역할을 맡았던 것이다. 이는 마치 새끼를 친 동물, 특히 암컷이 사나와지는 것과 같이 김덕령은 종묘사직을 위해 의병장으로서 나서기도 하지만, 결국 그의 활동은 큰 산아래 사는 사람들의 생명과 재산을 보호해주기 위해 새끼를 둔 암컷 어미처럼 왜구를 향해 지킴이의 분노를 전장에서 살랐던 것이다. 굳이 말을 바꾸자면 김덕령은 산아래 사람들에게 있어서 또 다른 하나의 무등산으로서 큰산이었던 것이다.

무등산이 전설 속에서 영웅을 배태한 태반으로 그려지고 있는 이러한 현상은 단순히 하나의 특수한 사정으로 그치지 않을 것이다. 무등산은 자궁일 뿐만 아니라, 앞에서 말했던 것처럼 젖가슴이기도 하다. 말하자면 무등산은 어머니로서의 기능을 수행하기 위한 신체적 특징으로서 자궁과 젖을 가지고 있는 셈이며, 이러한 무등산의 일반적 이미지가 개별적 설화의 창작에 늘 활용되어 온 것으로 보겠다. 따라서 무등산은 지역민들에게, 특히 설화의 전승집단으로서의 지역민들에게는 배태와 양육을 맡은 어머니로서의 이미지가 강하게 부각되어 왔던 셈이다.

한편 어머니는 초문화적 원형(supercultural archetype)이기도 하다. 융이 들었던 범세계적인 4대 신화원형 중 하나로서 어머니 원형은 굳이 신화에서만 아니라 각종 예술과 문화에 있어서 인류의 근원적 사고를 표상하는 상징으로 작용해온 것이다.[31] 1178m밖에 되지 않는 무등산이 유독 높아 보이는 것은 그 주변의 경관 때문이다. 다른 어떤 지역에서도 보기 어려운 넓은 평야가 펼쳐져 있으며, 평야 가운데 우뚝 솟아 있기 때문에 무등산은 훨씬 높아 보일 수 있다. 평야에 강물을 대는 발원지로서의 무등산은 그래서 산아래 농사를 지어왔던 많은 사람들에게는 수유를 해주는 어머니의 젖가슴이었고, 풍양을 낳게 하는 자궁이었던 셈이다. 시인 서정주의 눈에 비친 무등산 역시 이러한 점에서 예사롭지 않았다. "무등을 보며"라는 그의 시 한 구절에서,

> 청산(靑山)이 그 무릎 아래 지란(芝蘭)을 기르듯
> 우리는 우리 새끼들을 기를 수밖에 없다.

라고 읊고 있다. 이렇듯 시인의 예민한 감각에 접사된 무등산의 이미지 역시 새끼들을 길러내는 모성적 본능과 일치하고 있음을 본다. 비유라는 표현기법을 사용하고 있지만, 기실 그는 새끼들을 길러내는 자양의 원천으로서 젖가슴의 이미지를 무등산에서 보았던 것이다.

무등이 있는 곳은 풍양의 땅이다. 농자천하지대본의 시대에 우리나라에서 가장 인구밀도가 높았으며, 물산이 풍부했던 곳이다. 그것은 근원적으로 따져 가면 무등산이 주는 하나의 은택이기도 했다. 이러한 삶의 은택을 나몰라라 할 사람들은 없다. 그래서 그들은 설화를 통해서

---

31) C. G. Jung(trans by R. F. C. Hull), "On the concept of the archetype." *Four Archetypes*(Princeton: Princeton University Press, 1973), p.60.

무등산을 여신으로 그려놓았고, 어머니의 이미지로 보았으며, 자궁과 젖무덤의 상징으로 설화 속에 즐겨 활용했던 것이다. 따라서 전설에서 말해지는 무등산은 일종의 지모신적 자격을 획득한 것이며, 영웅을 탄생시킨 풍수지리적 명혈은 노자의 『도덕경』에 나오는 현빈(玄牝)과 같이 산아래 사는 사람들에게 풍양을 점지하고 약속해주는 믿음의 근원으로 승화되어 있는 것이다.

본고에서 지금까지 논의한 다양한 무등산의 기능과 의미, 그리고 이미지까지를 함축하고 있는 시들이 많다. 그간 무등산은 수많은 시인들이 즐겨 부른 노래의 대상이 되어 왔던 것이다. 인자한 무등산의 여신은 인간의 그 어떤 장난까지도 포근히 안아줄 것으로 믿었음인지, 시인 황지우는 그의 "무등"이라는 시를 통해 멋진 그림을 그리며 무등의 품에 안겼다.

山
절망의산,
대가리를밀어버
린, 민둥산, 벌거숭이산
분노의산, 사랑의 산, 침묵의
산, 함성의산, 증인의산, 죽음의산,
부활의산, 영생하는산, 생의산, 갈망하는
산, 꿈꾸는산, 꿈의산, 그러나 현실의산, 피의산,
피투성이산, 종교적인산, 아아너무나너무나 폭발적인
산, 힘든산, 힘센산, 일어나는산, 눈뜬산, 눈뜨는산, 새벽
의산, 희망의산, 모두모두절정을이루는평등의산, 평등한산, 대
지의산, 우리를감싸주는, 격하게, 넉넉하게, 우리를감싸주는어머니

4. 결론

무등산은 광주의 진산이며, 호남의 명산이다. 예로부터 무등산은 여신의 산으로 여겨져 왔으며, 소사이기는 하지만 무등산신을 위해 국가에서 춘추로 제향을 올린 적도 있다. 무등산은 그것을 바라보면서 살아온 사람들에게 그저 하나의 지형학적인 대상으로만 아니라, 그들의 삶과 내밀한 관계를 형성하면서 생활에 영향을 미치는 것으로 간주했을 것이다. 바로 이러한 관심의 한 표명은 대상에 대한 설화화로 나타날 수 있다. 따라서 이렇게 해서 만들어진 무등산전설은 나름대로 전승집단을 가지게 되며, 이러한 전승집단에 의해서 일정한 설화적 이미지가 굳어지게 된다.

그간 무등산과 직간접적으로 관련되는 많은 전설이 수집되었다. 실제로 무등산전설이라는 말 자체는 애매성을 지니고 있다. 무등산을 직접 대상으로 해서 설화되는 것만을 취해 무등산전설이라고 해야 한다면 실제로 무등산전설은 없는 셈이나 같다. 따라서 무등산전설이란 무등산과 관련되는 일련의 전설군을 지칭하는 개념으로 보고, 그런 점에서 이들 설화에서 보여주고 있는 무등산의 의미기능을 찾는 것을 본 연구의 목적으로 하였다.

본 연구에서는 무등산전설로서 대표적인 3개의 자료를 취택했다. 첫째, 백제의 가요인 무등산가의 배경설화, 둘째, 이성계와 관련된 전씨사성전설, 셋째, 김덕령가의 명당전설이 그것이다. 이들 세 전설에 대해서 내용을 분석하면서, 그 속에서 무등산에 대한 설화언중의 기대가치라 할 수 있는 점을 밝히기 위해 무등산전설의 기능적 성격을 살펴보았다. 따라서 무등산가의 배경설화에서는 안민에 대한 강한 희구를 무등산을 통해서 기대하고 있고, 이성계의 전씨 사성전설에서는 호남의 향토정신이기도 한 의기를 신격화하여 표현하고 있으며, 끝으로 김덕령가의 명당전설에서는 영웅을 탄생시킨 태반으로서의 역할을 하고 있음을 보았다.

이들 개별적인 전설과 또 그들이 지니고 있는 기대가치로서의 기능을 근거로 하여, 광주를 중심으로, 무등산을 지붕으로 하여 살아온 사람들의 삶과 무등산을 관련지을 수 있는 계기를 찾고자 하였다. 따라서 이는 무등산전설이 지니고 있을 것으로 생각되는 일종의 사회문화적 표상일 것이며, 이에 대한 나름대로의 고찰을 해보았다.

무등산이 표상하는 바는 크게 두 가지로 요약된다. 하나는 역사와 인성 등 인문적 현상과 관련되는 것으로서 한 마디로 말해서 충절의향의 표상이라 하겠다. 다른 하나는 호남의 지리적 현상과 관련되는 것으로서 평야와 강, 그리고 이들과의 상관성 속에서 수원의 발원지요, 어머니 이미지를 지닌 모태의 표상이라 하겠다. 무등산은 무등이라는 말이 특수한 중의적 의미를 지니고 있듯이 무등(無等)의 다른 이름은 평등(平等)일 수 있겠다. 무등산은 광주를 대표하는 산이며, 그런 점에서 민주인권의 도시라는 광주의 이미지와 그 명의의 일치를 볼 수 있다. 이는 역시 과거에 만들어졌던 전설들을 통해서 확인이 가능한 것이다. 또한 무등산은 한 영웅을 탄생시킨 모태로서만 아니라 불특정다수의 설화의 전승집단을 먹여 살려온 자혜로운 산이기도 하다. 말하자면 그들에게 젖줄을 제공해준 자연지리적 기능을 다해왔던 것으로 보겠다.

무등산은 어디서 보아도 젖무덤처럼 생긴 산이다. 젖은 생명의 원천이요, 무덤은 생명의 종착이다. 굳이 전설로 말해지지 않았더라도 무등산은 지역민들에게는 특별한 의미를 지니고 있을 터인데, 더구나 그러한 특별한 의미들은 일반적으로 전설을 통해서 의미 확장과 이미지 형성이 확고해진다. 따라서 본고에서는 무등산과 관련된 전설을 통해서 전설 차제가 의미하고 있는 무등산은 물론 그것을 지역의 사회문화적 문맥과 연결지어 산출될 수 있는 의미까지를 연장하여 살피고자 하였다.

1. 자료

『고려사』
『삼국사기』
『세종실록지리지』
이중환, 『택리지』, 전라도조.
최남선, 『심춘순례』, 현암사, 1973.
광주광역시사편찬위원회, 『광주시사』 부록 제1권, 2001.
광주광역시북구, 『광주북구지리지』, 2004.

2. 논저

강현모, 「김덕령 문헌설화에 나타난 영웅화의 모색과 시도」, 『비교민속학』 제14
    집, 비교민속학회, 1997.
김용범, 「실존인물의 소설화과정연구」, 『한양어문』 제9집, 한국언어문화학회,
    1991.
나경수, 「처용가의 서사적 이해」, 『국어국문학』 제108호, 국어국문학회, 1992.
나경수, 「호남인의 인성구조와 비판」, 『호남문화연구』 제22집, 전남대학교 호남
    문화연구소, 1993.
나경수, 『광주 · 전남의 민속연구』, 민속원, 1998.
나경수, 『향가의 해부』, 민속원, 2005.
나경수, 「김덕령의 역설적 삶과 의의」, 『남도민속연구』 22, 남도민속학회, 2011.
박선홍. 『무등산』, 다지리, 2003.

송진한, 「김덕령전승의 행동유형 시론」, 『어문논총』 제9집, 전남대학교 어문학연구회, 1987.

안동주, 『백제문학사론』, 국학자료원, 1997.

양기수, 『천관산』, 향지사, 2003.

윤주필, 「고소설과 설화문학의 관련성 연구의 제문제점」, 『고소설연구』 제11집, 한국고소설학회, 2000.

윤재근, 「김덕령전승 연구」, 『어문논집』 제26집, 고려대학교 국어국문학연구회, 1986.

윤태림, 『한국인』, 현암사, 1971.

임영진, 『무진고성 I』, 전남대학교박물관 · 광주직할시, 1989.

임영진, 『무진고성 II』, 전남대학교박물관 · 광주직할시, 1990.

임철호, 『임진록 연구』, 정음사, 1986.

조동일, 『한국문학통사 1』, 지식산업사, 1982.

지춘상, 「남도문화특질론」, 『대학국어』, 전남대학교출판부, 1985.

지춘상, 『구비문학대계』 6-2. 전라남도 함평군편, 정신문화연구원, 1981.

Jung. C. G.(trans by R. F. C. Hull), Four Archetypes. Princeton: Princeton University Press.

Eliade. M., The Patterns in Comparative Religion, New York: American Library, 1978.

김덕령 전승을 통한 영웅의 여정*

송진한

1. 서언

　김덕령(金德齡) 전승에 대한 논의는 여러 글에서 다각도로 이뤄져 왔다. 그들은 주로 소재론적 입장과 인식론 및 가치론적인 관점으로 전승을 세분하여 '전승에 대한' 유기론적 연구를 진행해 왔다.1) 반면에 이 글은 물활론(物活論)적인 상상으로 김덕령 전승을 통해서 '전승이 무엇을 하려 하는가'에 초점을 맞춰 언술하고자 한다. 여기서 전승이 무엇을 하려 한다는 것은 생생하게 활동하고 변화하는 사물로서의 전승이 있어야만 가능할 것이다. 그 전승에는 기존의 문학 갈래로 제시되어 온 각종 설화나 고소설, 그리고 시가도 포함된다. 이외에도 관련 사료나 사유 체계가 이에 해당된다. 이러한 전승은 불변의 고정체가 아니라 독

---

* 이 글은 『어문론총』 제9호(전남대학교 어문학연구회, 1986)에 실린 필자의 논문 「김덕령 전승의 행동유형 시론」의 일부를 대폭 수정·보완한 것임.
1) 송진한, 「김덕령 전승의 행동유형 시론」, 『어문론총』 제9호, 전남대 어문학연구회, 1986, 389-408쪽에 한 세대 전의 연구목록이 있는데, 그 안에 일부가 들어 있다.

자적으로 살아 움직이는 표상을 가졌다고 할 수 있다. 따라서 그 표상은 변화하는 깨달음을 전하면서 현재에도 지속되고 있다. 그 예로 김덕령 전승이 해당된다고 언명해 보면서 그것은 살아있고, 움직이며, 모이고 흩어지는 자료로서 실존해 왔음을 밝히고자 한다.

한편 일반적으로 서사 문학 갈래에 드러난 영웅의 일생은 대개 7단계의 유형으로 분류해 왔다. 그 분류는 고귀한 혈통/ 신이한 출생/ 탁월한 능력/ 고난과 시련/ 구원자의 도움으로 극복/ 위기에 봉착/ 투쟁으로 승리를 하는 것으로 파악되어 왔다. 이 과정은 영웅의 일대기를 중심으로 그것을 구조화해서 언급해 왔다. 이것을 대비해 덧붙이자면, 전승에서의 영웅의 일상 및 사후 여정은 생성과 활성화, 그리고 소멸과 저장이 포함된 재생으로 제시된다. 이것은 하나의 과정이라기보다는 여정으로 보아야만 독자적이고 합리적으로 파악할 수 있다. 여정은 그 개인의 일생으로만 끝나는 것이 아니라 삶의 지속성이 구현된 과정의 외연과 내포이기 때문이다. 그 여정의 언술이 실재화된 전승에는 대략 12유형의 여정으로 구성되어 진다. 이런 점을 고려하여 김덕령 전승에 나타난 여정의 구성을 새롭게 파악해 언명해 보고자 한다.

그 시기는 대략 김덕령 전승과 갈래적으로 관련이 있고 역사적으로 닿을 수 있으며 사유를 맥락화 할 수 있는 조선 시대로 한정해서 언술하고자 한다.

2. 생장의 여정

2.1. 생장의 생성

김덕령의 자는 경수(景樹)이고, 시호는 충장(忠壯)이며, 본관은 광산

(光山)으로 1567년[선조(宣祖) 즉위년]에 태어나서 1596년(선조 29)에 사망한 의병장이다. 그는 광주(光州) 출신으로 아버지 김붕섭(金鵬燮)의 명당의 암장과 어머니 남평 반씨(南平 潘氏)의 태몽 속에 태어난 것으로 언술된다. 이렇게 그는 부친의 명당의 암장과 모친의 신이한 꿈속에서 태어난 것으로 형상화된다.

　　어떤 중국 명사가 명당을 찾기 위해 조선을 돌다가 무등산에 이르게 된다. 우연히 김덕령의 부친(일부 전승은 조부로 기록) 집에 있다가 닭소리를 내는 명당을 발견한다. 이에 김덕령 부친이 몰래 숨어보고 그 명당에 석회를 들어내고 암장을 했는데, 중국인이 다시 돌아와 그것을 보고 석회를 들어냈다는 소리를 듣고 큰 실수를 했다고 한다. 이 실수로 김덕령이 둘째로 태어나게 된다. 한편 어머니 반씨는 무등산에서 내려온 호랑이 두 마리를 보고 임신을 하였는데, 만삭 즈음에 호랑이 두 마리가 들어오는 태몽을 꾸었고, 출산 때는 호랑이가 문 밖을 지키고 있다가 해산을 한 후 사라진다.[2]

이 전승에서는 명당의 암장과 태몽의 세계를 설정한 후 김덕령의 여정을 출발시킨다. 그는 아버지의 예지적 행위를 비롯하여 어머니의 호랑이와 관련된 꿈을 꾸고 그 도움 속에 태어난다. 이처럼 그의 탄생은 보통 사람들이 갖는 일상적 세상 속에 특이한 출생 배경을 가진 것으로 제시된다. 그 배경은 무등산을 중심으로 이뤄진다. 무등의 정기를 듬뿍 받아 특출난 태생을 한다. 이에 따라 그는 숭산(崇山) 사유의 향유자로 규정된다. 특히 무등 산신의 음조로 태어난 그는 큰 부름을 받으리라 예견되며 무등산의 상징적 실존으로 광포된다.

---

2) 『김충장공유사』, 권2, 연보와 한국정신문화연구원, 『한국구비문학대계』 5-1, 1980의 관련 내용을 요약 서술했다.

2.2. 생장의 소명

이후 김덕령은 세상으로의 부름을 받는다. 그런데 이 소명은 그의 불운한 생애가 전개될 것이라고 주 2)에서처럼 살며시 암시되어 있다. 요컨대, 그는 부친이 석회를 들어내는 실수를 범해 비극적인 삶을 살 것이라고 넌지시 제시된다. 그렇지만 그는 세상에의 참담하고 불행한 부름을 당연하게 받아들인다. 임진왜란이라는 침략이 발발하자, 그는 실제 세상만물 속에 소명 의식을 발휘한다. 그는 두려움이나 불안한 기색 없이 담담하게 용기를 내어 의병으로 활동한다. 당시 조선 사회에 국란으로 인한 혼란과 분열이 야기되자, 그는 자발적으로 또는 의무적으로 현실에의 부름에 응한다.

2.3. 생장의 갈등

모친상을 당하자, 김덕령은 형 덕홍(德弘)과 의병의 계속적인 참여 여부에 대해서 갈등하면서 결단을 내리지 못한다. 그는 효와 충의 갈림길에서 분열된 자아를 드러낸다. 마침내 그의 형은 의병에 그대로 남고 그는 시묘살이를 하는 것으로 머뭇거리며 결정을 하지만, 결국은 의병 활동에 참여 하는 것으로 세상 문제에 대한 갈등을 해결한다.

2.4. 생장의 교유

김덕령은 어려서부터 재기가 발랄하고 기개가 있어서 김윤제(金允悌) 등의 기대를 한몸에 받으면서 성장한다. 그는 일직이 부친을 여의고 어머니를 모시며 무등산에서 공부를 하다가 초시에 합격한다. 그후 홍양 이씨(興陽 李氏)를 부인으로 맞이하고 형 덕홍 등과 함께 성혼(成 渾)한테서 수학한다. 이들은 아마 사승으로서의 역할을 한 듯하며, 이런 그의 성장담은 그에게 어떤 사유 체계와 실천 방안을 심어주었는지 여러 전승에서 주목되는 바가 크다. 아마 김윤제의 교유 인물이나 성혼에게서의 수학을 바탕으로 판단해보면, 그는 주기론적인 관점과 서인의 노선을 취했던 것 같다. 다만 그에 대한 기록물이 미비하기 때문에 그의 행적을 구체적으로 살펴보기 어렵지만, 단편적이라도 주 1)에서 언급된 여러 전승들을 바탕으로 추론해 볼 수는 있다.

> 김덕령은 용모가 준수하고 기질이 침착하며, 눈빛이 능히 십리 밖의 물건도 볼 수 있을 정도였다. 그렇지만 집이 한미하여 밥을 짓지 못하자 쌀을 구하고 새처럼 날아다니면서 나무를 해오기도 한다. 또한 환벽당의 지붕이 무척 높았는데 몸을 솟구쳐 서까래 속의 참새를 잡곤 했다.
> 한편 친구가 친상을 당했는데 당시 공부를 하던 무등산의 절 앞에 있는 큰 냇가를 건너지 못하자 스님에게 목발를 가져오게 해서 친구를 옆구리에 끼고 수영을 해서 건너게 해준다. 그리고 아침과 저녁으로 백리나 떨어진 작은 아버지 댁에 가서 물고기를 잡아 어머니를 봉양하곤 했으며 어머니의 병구원을 위해서 삼백여 리가 떨어진 지역까지 밤에 달려가 다음날 정오에 돌아오기도 한다.3)

김덕령 전승에서 그는 이제부터 유/무형의 성장과 도술을 드러낸다. 그는 그 동안 미심쩍은 부분도 있고, 두려운 마음도 들어 충분히 자기의 역량을 발휘하지 못했다. 비록 보통과는 다른 태몽 속에 태어났지만

---

3) 『김충장공유사』, 위의 책.

그 부여받은 능력을 제대로 구사하지 못했다. 아직 역량의 수준이 무르익지 않았던 것이다. 그의 성장담 속에 드러나는 여러 인물과의 교유 상황이나 사승 관계는 출중한 능력의 소유자였지 그가 단순한 기인이거나 술사가 아니었음을 방증하고 있다. 단지 그의 도술 행적은 그가 뛰어난 역량을 가진 인물이라는 것을 비유적으로 제시한 수사였다.

그는 주체적으로 대상에 대한 느낌을 발랄하며 기개 있게 대한다. 예로 십리 밖의 물건도 찾아다니고, 새처럼 날아 나무를 해오곤 했다. 몸을 솟구쳐 지붕 끝 속의 참새도 잡으면서 살아가는 능력을 제시한다. 그런데 그는 그 역량을 쓰기만 하는 것이 아니라 모으기도 해 앞으로의 여정에 대비한다. 그 역량은 사용하면서 다시 충전이 되기도 해 모이고 흩어졌다 하는 형국으로 드러난다.

한편 친구에 대한 정성이나 어머니에 대한 효심은 그 자신 역량의 또 다른 움직이는 자아를 드러나게 해준다. 그 자아는 실존의 관점을 취한다. 그는 성심으로 친구가 난관을 벗어나도록 하기 위해 목발을 스님한테서 구하여 온다. 그렇게 해서 스님의 현전화를 드러내면서 단순한 스님의 실존이 아니라 자비심을 통한 생성의 기운을 전달한다. 그 기운은 세상만물의 본질로서 인간이든 사물이든 무엇이든지 간에 가지고 있는 본연의 성상이라고 제시한다. 어머니에 대한 병구원도 이러한 기운에 대한 또 하나의 예라고 할 수 있다. 그 기운은 눈에 보이지 않지만 공유하고 전하며 감동을 주는 존재와 인식의 원초적 질료이며 형상이라고 제시되어 있다. 예컨대 주 3)을 통해, 그 기운은 독자적으로 생성하고 변화해서 기질의 성상을 시대와 환경에 따라 바꿔 드러내 항상 깨어 있음을 암암리에 설파한다.

2.5. 생장의 여정 <구성도>

이에 따라 2.1−4의 여정을 <구성도 1>로 그려본다.

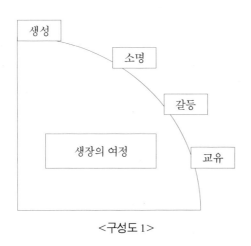

<구성도 1>

3. 활성화의 여정

3.1. 활성화의 진입

김덕령은 처음에는 고경명(高敬命) 의병 부대에 참여하여 활동하였
다. 그는 광주, 담양(潭陽), 장성(長城), 화순(和順) 지역의 인물과 교유
가 활발하고 신망이 높아 많은 인원을 의병으로 모집할 수 있었다. 또
한 그는 이 지역의 부사나 현감, 그리고 감사의 추천을 받았는데, 특히
감사는 그가 병기와 자금을 지원받을 수 있도록 상소도 해주었다. 이들
은 현실적 길라잡이로서 그를 안내하고 지원하며 보호하고 도왔다.
한편 그는 누이와 힘내기 시합을 벌이기도 한다. 그는 오누이와의 내기 시합을 통해 삶의 방식과 가족애를 느끼며 용기와 지혜를 터득하기도 한다.

> 김덕령은 크면서 씨름판을 돌아다니면서 힘자랑을 한다./ 누이가 남복을 하고 씨름을 해서 이겨 그를 충고한다./ 누이가 다시 내기를 해서 일부러 져준다./ 그가 누이를 죽인다.
> 김덕령의 어머니가 오누이에게 내기를 시킨다./ 그는 성 쌓기를 하고 누이는 도포 짜기를 하는데 누이가 이기려고 하자 어머니가 방해를 한다./ 어머니의 방해로 그가 이긴다./ 내기에 져 누이가 죽는다.[4]

2.4.에서처럼, 그는 교유의 길라잡이와 스승의 가르침 속에 여정을 지속하는 것으로 드러났다. 비록 전국적으로 분포되어 있는 오누이 전승의 차용이지만, 그는 누이와의 시합 속에 어머니의 도움을 받으면서 더욱 그 성장을 현실화 한다. 이에 따라 만남과 성장의 여정은 그에게 현실적 어려움을 극복하게 만들어 자아를 고취시키며 세계로 지향하게 하는 단서를 제공한다. 그에게 턱을 넘어 그 다음 여정의 세계로 출발하게 한다.

3.2. 시험의 활성화

그런데 김덕령은 용력은 뛰어났지만 지나치게 군율을 엄격히 적용하여 주위의 사람들이 도망치게 하는 일도 있었다. 곤장을 치거나 귀를 잘라 사람들이 도망을 하였다고 언급된다. 이러다보니 동지나 적대자들로부터 시험에 들게 된다. 이제 김덕령은 미지의 잘 알지 못하는 특

---

4) 최래옥, 『전북민담』, 형설출판사, 1982, 42~45쪽.

별한 대상이나 세상들과 힘겹게 대립하게 된다.

당시는 1592년(선조 25)에 임진왜란이 발발하여 왜병이 파죽지세로
전국토를 휩쓸고 있었다. 이에 김덕령은 의병을 기병하여 초승군(超乘
軍), 익호장군(翼虎將軍), 충용군(忠勇軍)의 군호 등을 받는다. 그는 담
양, 순창(淳昌), 남원(南原), 운봉(雲峰) 등의 호남정맥(湖南正脈)의 동쪽
과 함양(咸陽), 고성(高城), 진주(晉州) 등의 낙남정맥(洛南正脈)의 남북
일원, 일본 대판(大阪)까지 진격한다면서 격문을 띄운다. 홍의장군(紅
衣將軍) 의병장 곽재우(郭再祐)에게는 협력하여 왜적을 물리치자고 서
신을 보내기도 한다.

한편 이외의 다른 전승에도 그의 의병 활동에 대해서 영웅의 여정 구
성의 일환으로 언술된다.

> 남원 광한루에 군진을 설치하다가 큰 나무가 있자 장검을 휘둘러
> 나무을 제거하고, 호랑이 두 마리가 들어오자 그가 생포하여 왜군에
> 보내 그의 용력을 과시한다.
> 갑주 장검 철퇴를 차고 말을 달리니 용과 같았다. 또한 대숲에서 호
> 랑이가 달려들자 찌르니 호랑이가 즉사한다. 밤에 다니면 호랑이 두
> 마리가 호위를 하고, 생 소고기나 생 닭 등을 먹으면 신기가 더욱 왕성
> 해 진다[5]

김덕령은 임진왜란의 시험에 들자, 그 격변을 각 지역의 의병과 함께
해결해 나아가는 길을 모색한다. 특히 홍의장군 곽재우와는 여러 전승
을 통해 서로 협력해 나아가는 것으로 언명된다. 그는 커다란 미지의
세상으로 자신을 던진다. 그래서 각 지역에 격문을 띄우고 동참을 호소
한다. 세상에 도전은 그의 실존까지도 포기할 정도로 왜군을 격퇴시키

---

[5] 한국정신문화연구원, 앞의 책 7-2, 657~660쪽.

기 위해 절대 참을 수 없는 강도의 상황에서도 감내하며 기다린다. 끝내는 의병 활동에 대한 장애를 극복하고 만족감을 경험하게 된다.

이러한 그의 활동은 그에게 용력의 발휘를 지속적으로 하게 만든다. 그의 자아가 세계에 대해서 적극적으로 대처하도록 한다. 호랑이를 제압하는 그의 행위는 이제는 영웅이 기존 영웅의 틀이 아니라 일상을 전사적으로 살아가는 명장으로 제시된다. 그의 자아는 용처럼 변하고 그에게 기운을 주기위해 생고기를 먹고 신이한 기운을 북돋게 한다. 그 기운은 그의 세계를 넘어 모이고 흩어졌다 하면서 온갖 세상만물에게 명장의 신명을 선사한다.

이제 그는 무등산 주위에만 존재하는 숭산 사유의 신령이 아니었다. 그는 호남정맥의 동쪽과 낙남정맥 남/북 일원의 산과 강의 주위에 그의 의지와 기운을 발산한다. 그는 지금까지 언급된 새로운 산수 주변에 당시의 이치와 작용으로 무장한 사유 체계의 전환을 시도한다. 자립적인 무등산 주변의 산신의 영웅에서 호남의 동쪽과 낙남의 남북 지역 산수의 명장으로 언명된다.

3.3. 심연의 활성화

김덕령은 임진왜란에 대한 주체적 의식과 의병 대상 지역에 대한 지식을 바탕으로 더욱 더 활성화된다. 그는 고성에 침입한 왜군을 무찌르고 이순신(李舜臣)과 함께 장문포(長門浦)와 거제도(巨濟島) 일원에서 적군을 토벌한다. 비록 장문포 해전은 전과가 없었으나, 진주, 의령(宜寧) 등으로 진지를 옮겨 다니며 기회를 모색하다가 정암(鼎巖)에서 곽재우와 더불어 큰 전공을 이룬다.

그의 의병 활동은 이제 미지의 심연을 만나게 된다. 그 심연의 바닥에 존재하는 또 다른 알지 못하는 세계에 접근한다. 그는 경이롭고 신이한 심연의 근저에서 의병 활동을 지속하는 것으로 언술된다.

> 왜병들이 공을 석저장군이라고 부르며 그가 나타나면 용기를 잃어버리고 도망을 하였다. 정지장군 묘역에서 제사를 지낼 적에 칼이 저절로 떨어지기를 세 번이나 하자 사람들이 괴이하다고 한다. 공이 진주에 있을 때 목장에 사나운 말이 있어 사람들이 가까이 못하는데 공이 타니 순종한다. 그 말은 공이 체포되었을 때 수일 동안 먹지 않았을 뿐만 아니라 다시 체포되자 역시 먹지 않다가 죽는다.[6]

그는 심연의 알 수 없는 세계 앞에서 감정 이입을 통해 여러 기이한 행적을 보임으로서 그가 새로운 세계에 입문하고 있음을 암시한다. 그는 석저장군, 칼의 낙하, 말 등에 그의 자아를 투사해 앞으로 그가 깊은 미지의 세계에서 죽음의 처지와 입장에 처할 것이라는 것을 암시한다.

3.4. 고난의 활성화

3.4.1. 고난의 직면

김덕령은 마침내 지금까지 들어보지 못한 상태의 최대의 고난을 맞게 된다. 그는 이제까지 겪어보지 못한 미지의 가장 무서운 적대자들과 마주하게 된다. 그는 광양(光陽)으로 옮겨 진지에서 도망친 사람을 잡아 치죄하는데, 그가 윤근수(尹根壽)의 노비여서 석방 요구를 받자 그는 이에 응하지만 결국은 죽이고 만다. 마침 이때 명의 심유경(沈惟敬)

---

6) 『김충장공유사』 앞의 책과 한국정신문화연구원, 위의 책, 258~259쪽.

이 강화를 논하는 중이어서 출전을 못하고 있었는데, 이 사건으로 더욱 그는 시기와 모함을 받고 만다. 한편 그는 회의와 갈등 속에서 자기에게 주어진 상황을 주체적으로 헤쳐 나가면서 책임감을 갖고 문제를 해결해 나간다. 그렇지만 이러한 그의 행위들은 결국 주시의 대상이 되고 만다.

또한 그는 다른 전승에서 간헐적이고 단편적으로 그의 표상을 드러내고 있다. 거기에는 중국과의 관련 전승이나 조정의 정승이나 중신들과 관련된 고난이 대두되는 전승이 해당된다.

이여송이 조선에 와서 천기를 보니 고령 땅 김덕령과 같이 일을 도모해야 조선을 구원할 수 있다고 생각하여 같이 왜병을 물리친다. 옛날 김덕령의 첩이 현재는 왜장의 첩이 되었는지라 도움을 청해 적장을 죽인다. 도움을 준 첩을 죽이고 그녀의 요구대로 어머니한테 시신을 갖다 준다. 이여송이 조선의 왕이 되려고 그를 역적으로 몰아 죽이려고 한다. 신령의 도움으로 나라를 구하고 이여송은 중국으로 돌아가면서 혈맥을 끊고 간다.

임진왜란 때 왜병들이 침략하자 김덕령이 도술로 적들을 물리친다. 유성룡이 오랫동안 정승을 지내며 김덕령을 시기한다. 어명으로 역적으로 몰아 죽이려고 한다. 남대문에 만고충신 김덕령 현판을 써 붙이면 죽는다고 한다. 현판을 만고역적으로 고치니까 다시 살아나자 할 수없이 그대로 둔다.[7]

그는 고난을 통해 강해지면서 그의 고유한 운명을 발견한다. 그는 노비의 죽음으로 인한 시기와 모험, 조정의 몰이해 속에 최대의 위험에 직면한다. 그는 결국은 의금부로 압송되었는데 상소와 구원으로 석방되어 임지로 돌아간다. 그렇지만 이전의 거제도 퇴각 일과 함께 상승

---

7) 위의 두 권과 같은 책, 뒤 쪽 책 7−2의 657~660쪽과 7−4의 130~133쪽.

작용을 일으켜 선조의 그에 대한 생각은 부정적으로 변하게 된다. 또한 그의 용력이 허명에 불과하고 전과가 크지 않다는 소문이 돌아 그를 더욱 난감하게 하였다.

3.4.2. 시련의 극복

김덕령은 이러한 도전과 고난을 실존과 도술을 통해 그 세계를 극복하고 해결한다. 그는 최악의 시점과 공간에서 시련을 감내하면서 실존의 고결함과 아름다움, 그리고 생명까지 내던지며 세계의 횡포에 맞서 싸운다. 그러면서 실존의 의미를 자아의 성숙에서 찾는다. 그 자아의 차이에서 기질이 존재하고 움직이며 변화한다고 여긴다. 이에 따라 그는 천기를 보고, 도술을 하며, 신기한 무술을 시연하고, 현판을 교체하면서 그의 자아를 활성화한다. 여기에 하나의 실례로, 그가 죽기 전에 옥중 생활에서의 정서를 자아의 성숙으로 형상화한 시조 전승을 제시해 본다.

> 춘산에 불이 나니 못 다 핀 꽃 다 붙는다./ 저 뫼 저 불은 끌 물이나
> 있거니와/ 이 몸에 내 없는 불이나니 끌 물 없어 하노라[8]

그는 장렬히 죽으면서 그 동안의 의병 활동에 대해서 일체의 책임을 지고 그 결과를 주위의 여건으로 돌리지 않는다. 그 여건이 불만족스럽다 하더라도 보람을 느끼고 용력을 과시하고 평가하며 희열을 느꼈던 것처럼 생을 마친다.

---

[8] 「춘산곡」

그가 철원에서 한 친구를 만났는데 하늘의 명이 위중하니 반역의 명을 취하지 말라고 한다. 임금이 국문할 때 그가 역심이 없음을 주장하고 몸을 솟구쳐 열 길이나 올랐다가 내려오자 모두 놀란다. 그가 역신이라 하지 않고 만고충신이라 써 붙이면 죽는다고 해서 원하는 대로 해 준다. 그가 칼로 무릎을 부서뜨리고, 비늘을 떼어 내고 치면 죽는다고 해서 그곳을 치니 죽는다.

전라도 광주 석저촌에 그가 태어난다. 그는 전라 경상 각 지역에서 의병 활동을 한다. 이몽학의 난이 일어나 그가 연루되었다는 무고를 받는다. 그가 원통한 죽음을 당한다.[9]

그는 죽음이라는 극도의 호된 시련을 겪는다. 그는 무고와 소문으로 피체되어 임금의 국문을 당하고 죽음을 맞이한다. 그는 세계에 대한 회의와 갈등을 희화화하면서 누명을 벗겨주면 죽는다고 한다. 심지어 죽이는 방안까지 알려준다. 그는 엄중한 이 사태를 해결하기 위해 희화화한 것이 아니라 자아 속 깊은 곳에서 가장 품위 있고 수준 높은 행위를 선택하기 위해 희화화한 평안 속에 죽음을 맞이한다. 이는 그가 자각과 통제를 했기 때문이라고 할 수 있다.

그는 초월했기 때문에 죽음의 진리를 받아들인 것은 아니다. 그는 이렇게 해서 자아의 인식을 전회시켜 세계에 대한 형상을 새롭게 하고자 했다. 그는 진리를 초월했기 때문에 죽음을 받아들인 것이 아니라, 수많은 만물의 변화 속에 자아의 각성을 통해 성장함으로서 그 자신을 하나의 이치와 조리를 정립하기 위한 죽음의 소명 제의로 여겼던 것이다.

---

9) 이본에 따라 김덕령의 이름, 출생지, 기녀, 무고자 등이 다양하게 나오며, 나손본, 고대본, 국립도서관본, 권영철본, 옛 숭전대본, 흑룡록 등이 있다. 인천대학 민족문화연구소, 『고소설전집』 19권, 1984, 493~533쪽.

3.5. 보상의 활성화

김덕령 전승에서 그는 체구는 작지만 날래고 민첩하며 용력이 있어 힘과 도술의 과시나 시연 등을 했다는 내용을 통해 유추해 보면 무척 자신만만하고 경쟁적인 인물이었던 것 같다. 그는 세상만물의 생성과 변화에 초점을 맞춘 가치나 신념, 그리고 비전을 지닌 사람이었다. 그는 목표 지향적이고 결단력 있으며 사명감에 따라 극히 근면하면서 소명을 실현하고자 하였지 않나 추정된다. 그렇지만 그는 죽음을 통해 볼 때, 어떤 지위나 보상을 바라지는 안했지만 충신이라는 명예회복을 현실적 목표로 삼았다. 거기에 당연히 해야 될 일과 되고 싶고 추구해야 할 비전의 실천을 최우선으로 여겼던 것 같다.

> 의금부에서 추국을 할 때에 쇠사슬로 묶었는데 이런 것들이 어찌 나를 움직이지 못하게 하겠는가 하면서 힘을 쓰니 쇠사슬이 끊어져버린다.
> 고문을 당하여 정강이뼈가 부러졌으면서도 무릎으로 걸어 다니며 끝내 장독에 죽게 된다.
> 만고충신 김덕령이라는 현판을 세워 주면 죽는다고 한다.
> 발바닥 장심의 고기비늘을 세 번 치자 죽는다.
> 조정에서 현판을 불에 태우려고 해도 되지 않고 대패로 깎아도 되지 않는다.
> 어명으로 역적으로 몰아 죽이려고 한다.
> 남대문에 만고충신 김덕령 현판을 써 붙이면 죽는다고 한다.
> 현판을 만고역적 김덕령이라고 고치니까 다시 살아나서 할 수 없이 전에 있던 그대로 둔다.[10]

---

10) 『김충장공유사』, 앞의 책과 한국정신문화연구원, 앞의 책 5−1, 258~259쪽과 319~321쪽.

그는 고난과 시련, 그리고 죽음을 두려워하지 않고 사명과 비전의 달성을 위해 노력을 기울인다. 그의 꿈은 어떤 지위나 보상에 집착하기보다는 전란의 평정과 자아의 혁신에 둔다. 그는 국란을 당해 이를 극복하게 위해 현실적 목표를 성취하면서 세상과 자아에 대한 흥미와 관심을 가지고 책임과 의무를 다한다. 그는 곤궁한 현실과 가치관의 장애를 넘어 자기 역량과 관점이 최대한 발휘되도록 온갖 정성과 열정을 쏟아 부어 새로운 국면을 창조하려 한다.

한편 그의 죽음은 피상적으로는 헛되이 보이겠지만, 심층적으로는 세상만물에 내재된 자아 정렬의 하나를 제시해 준다. 그의 죽음은 당대 사회의 습성이나 의식, 그리고 문화와 조화되어 융합된다. 마찬가지로 개인으로서의 그의 결과는 자신의 정체성이나 가치와 신념, 그리고 소명 의식과도 정렬이 된다. 이렇게 그와 사회는 하나가 되고 정렬이 가능하게 된다. 이 위계에 이르기까지 그는 몇 여정을 거친다.

외부적으로 보면, 그는 임진왜란이라는 혼돈과 질곡의 상태를 보고 듣고 느낀다. 그 전란의 혹독한 환경 속에서 의병을 기병하고 호/낙남 지역에서 활동한다. 그는 영웅적 명장 역할을 한다. 그 역할에 대한 정서와 태도를 살펴보면 일말의 희화화를 느끼기도 하지만, 이를 내향적으로 승화해 그의 흔들림은 신념과 가치에 의해 평정된다. 그는 누구인가 정체성을 확인하고 소명 의식 속에 죽음을 맞이한다. 그의 결과는 인식과 여백의 사명과 비전을 사회와 후대에 줘 변화와 궁극을 지향한다.

따라서 그의 죽음은 국란을 빨리 수습하고 새로운 일을 찾아 기획하고 실천하면서 과업에 치중하라고 암시한다. 그러면서 그는 타인과 사회에 인식을 다시 정렬하고 향유하면서 자신 있게 응전하라고 주문한다. 그러기 위해서 책임을 다해 정성을 다하도록 내면화하라고 한다.

3.6. 활성화 여정의 구성도

이에 따라 3.1-5의 여정을 <구성도 2>로 나타내 보자.

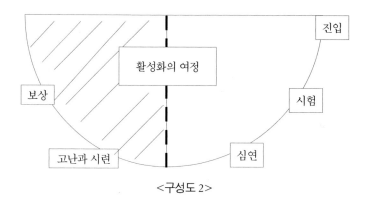

<구성도 2>

4. 재생의 여정

4.1. 재생의 충전

비록 김덕령은 죽었지만 이제 그는 미지의 세계에 죽음으로 존재하는 것이 아니라 다른 사람과 사회에 전이되어 후대에도 실존한다. 그는 영웅으로 충전되어 자연화 되면서 세상의 이치와 조리 속에 만물의 하나가 된다. 그는 물질이나 비물질의 개념을 떠나 논리적으로 인식되고 추상적으로 형상화된다. 위대하고 강력한 상징으로서 뿐만 아니라 정신적 깨달음의 지표로서 일상에 재생된다.

예컨대 그는 미처 난을 평정하기도 전에 명성이 나서 마침내 비명에 죽고 말아 남도인들이 그를 슬퍼한다고 한다.

거문고 타고 노래 부르는 것은 영웅의 일이 아니니/ 칼춤을 추면서 모름지기 옥으로 된 장막에서 노니는 것이다/ 훗날 난이 평정되어 칼을 썼고 돌아온 후에/ 강호에서 낚시하는 외에 다시 무엇을 구하리.[11]

그는 명장으로 충신이었지만 비운의 인물로 설정되어 임진왜란의 어떤 장수보다 더 활발히 전승되고 있다. 이는 그와 같은 인물 설정은 비범한 명장의 좌절을 통해 세상의 모순과 부조리를 피력하고 있다고 할 수 있다. 그렇지만 이러한 세상의 좌절은 그의 죽음 후에는 진정한 영웅으로 충전되어 세상 만물의 하나로서 존재하게 된다. 그러다보니 그에 대한 궁극으로의 재생은 온갖 생성과 기운 속에 면면히 흘러 상징과 비유로 형상화 된다.

4.2. 해원의 재생

김덕령은 1661년[현종(顯宗) 2년]에 심지원(沈之源), 이경석(李景奭), 원두표(元斗杓), 정유성(鄭維成), 정태화(鄭太和) 등의 서인 계열의 바람과 백성들의 신원에 따라 해원을 하게 된다. 그후 여러 버슬이 추증되었고 부조특명(不祧特命)이 내려졌으며 숙종(肅宗) 때에는 벽진서원(碧津書院)에 제향되어 있다가 나중에 의열사(義烈祠)로 사액된다. 정조(正祖) 시에는 충장공의 시호를 내리고 충효리(忠孝里) 태생지에 정려비각을 세웠다.

그에 대한 이러한 해원과 추모는 어떠한 이치와 조리에서 나오는가?

---

11) 『연려실기술』 絃歌不是英雄事/劍舞要須玉帳遊/他日洗兵歸去後/江湖漁釣更何求
이 외에도 관련된 전승이 문학 갈래로 여러 유형이 있으나 시기적으로 이 글과 관련이 적어 생략한다.

그의 사승 관계나 의병 활동을 바탕으로 살펴보자. 이것은 어떤 순간에 저절로 그렇게 되는 현상이라는 기자이(機自爾)로 설명이 가능할 듯하다. 이 말은 자연의 입장에서 자연의 변화를 보려했다는 말이다. 일반적으로 언급되는 자연에 대한 주관적이고 도덕적인 이해가 아니라 그의 행위를 자연스런 행위의 생성으로 파악했다는 뜻이다. 다시 말해 이런 현상은 인간은 자연의 일부이기 때문에 드러날 수밖에 없는 본성이며 필연적인 변화라는 것이다.

이처럼 자연의 본질을 어찌할 수 없는 필연성으로 파악하면서도 그 필연성을 넘어설 수 있는 능동성을 인간의 본질로 파악한 사람은 이이 (李珥)였다,[12] 그러니까 인간을 주재하는 것은 마음이며, 마음을 움직이기 이전과 이후는 성정으로 설명할 수 있는데, 마음이 움직여서 드러난 이후에는 의지의 문제가 된다고 본 것이다. 이는 인간의 정서나 태도의 이해에도 그대로 적용될 수 있다. 한편 앞에서 언급한 김윤제와의 교유 관계도 이런 의미가 내면화되어 있기 때문이었다. 또한 그가 수학한 이이와 논쟁을 벌인 성혼은 이이의 사유에 일정 부분 다른 의견을 제시하면서도 절충적으로 서인의 정치적 노선을 지향한 것을 볼 때 그의 관점과도 크게 다르지 않았다는 것을 시사한다.

이러한 성격과 의의는 김덕령의 의병 활동에도 적용 가능하다. 그의 의병 활동도 자연의 필연성과 인간의 능동적 구현으로 이뤄진 것인데, 이는 의지의 사회적 실천의 일환으로 볼 수 있다는 것이다. 이외에도 임진왜란 시의 다른 의병장이나 조선조 말까지 이어지는 여러 의병 활동에도 이러한 원리와 작용 속에 사회적 경장과 변화를 추구하였다고 할 수 있다.

---

12) 김교빈 외, 『기학의 모험』1, 들녘, 2004, 112~114쪽.

그 결과 당대인들과 후대 사람들의 정서와 태도에 심대한 자극과 시사를 주었다. 그런 과정에서 해원과 추모가 이어졌지 않나 여겨진다. 그 속에 자연과 사회를 포괄하는 사유와 물질의 세계를 담아내면서, 그 이치와 조리의 외연을 넓히고 내포를 풍부하게 만들어 지속적으로 살아 있게 되었던 것이다.

4.3. 귀환의 재생

김덕령과 그의 전승은 그 동안의 얽혔던 매듭을 풀고 귀환을 활성화하는 단서로 작용하게 된다. 조선은 임진왜란 이후 자연의 이치에 따라 변동기에 들어섰다. 그 쇄신의 방안을 김덕령과 그의 전승에서 시사하고 있지 않나 여겨진다. 사실 시대적 요구를 제대로 파악하는 것은 어려울지 모른다. 그 이념이나 도구에 따라 여러 방안이 있기 때문이다. 그렇지만 김덕령과 그의 전승에는 어떠한 이념과 도구도 현실을 떠나 존재하지 않는다고 보고 있다. 이런 점에서 형해화된 제도나 방안은 현실 조건의 변화에 따라 바꿔 일반인들에게 도움을 줘야 한다고 제시한다. 이를 통해 이념적 질서와 도구의 합리성을 피폐된 조선의 땅에서 되살리고자 하였다. 예컨대, 구한말 황현(黃玹)은 그의 '충효리에서 김장군을 애도하다'[13]라는 한시에서 그를 이상적인 귀환의 상징으로 기리고 있는 점도 하나의 예로 언급될 수 있다.

---

13) <충효리애김장군>

4.4. 재생의 여정 <구성도>

이에 따라 4.1-3의 여정을 <구성도 3>으로 나타내 본다.

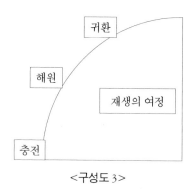

<구성도 3>

5. 결어

이 글은 김덕령 전승에 나타난 영웅의 여정을 12여정으로 구성해 본 논문이다. 여기에서 언급된 전승이란 김덕령과 관련된 문/사/철 내용이 포함된 자료를 대상으로 하였다. 주로는 문학과 관련된 자료 중에서 서사 제재를 중심으로 그 갈래를 구분하지 않고 활용해 보았다.

일반적으로 영웅의 일대기란 7단계로 파악된다. 그 단계는 출생에서부터 성장하고 죽음에 이르기까지의 그의 일생을 과정별로 나눠 제시한다. 그러다보니 주로 서사 갈래에서 언술된 영웅의 일생 내용에 한정될 수밖에 없었다. 반면에 이외 문학 갈래나 역사와 철학 자료에서는 일대기를 넘은 영웅과 관련된 형상화 내용이 실재하고 있다. 이에 따라 이 글은 이런 대상 제재까지 포함해서 언급해 보았다.

이 글에서는 여정의 개념을 설정해 보았다. 이것은 영웅의 일대기에서 언급된 일생의 과정과는 다른 성격과 의의를 지닌 것이다. 그것은 대상 영웅의 문학적 형상화를 통해 볼 때, 그 내용에 생전과 사후가 포함되어 있어 영웅의 사적인 맥락과 사유 체계를 좀 더 면밀히 파악할 수 있는 요소를 말한다.

이에 따라 김덕령 전승을 통한 영웅의 여정을 총괄해서 <전 구성도>로 제시하면서 종결하고자 한다.

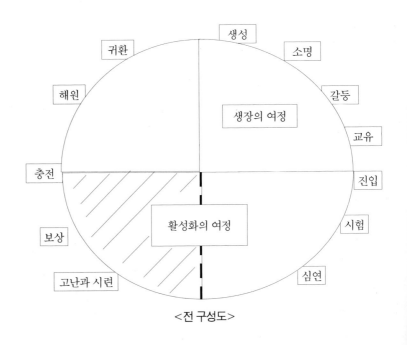

<전 구성도>

참고문헌

1. 자료

『김충장공유사』

『조선왕조실록』

『연려실기술』

김동수,『호남절의록』, 경인문화사. 2010.

인천대학 민족문화연구소,「김덕령전」,『고소설전집』19권, 동아문화원. 1984.

정대연,『김덕령, 전설과 설화로~~~청년』I, II, 디지털문학, 2013.

최래옥,『전북민담』, 형설출판사. 1982.

한국정신문화연구원,『한국구비문학대계』5-1, 1980.

한국정신문화연구원,『한국구비문학대계』7-2, 1980.

한국정신문화연구원,『한국구비문학대계』7-4, 1980.

한국정신문화연구원,『한국구비문학대계』8-5, 1981.

호남한문고전연구실편,『호남지방지기초목록』, 지역문화교류문화재단, 2014.

2. 논저

김교빈 외,『기학의 모험』, 들녘, 2004.

나경수,「김덕령의 역설적 삶과 의의」,『남도민속연구』제22집, 남도민속학회,
    2011.

송진한,「김덕령 전승의 행동유형 시론」,『어문론총』제9호, 전남대학교 어문학
    연구회, 1986.

임철호, 「김덕령설화연구」, 『한국언어문학』 제22집, 한국언어문학회, 1983.

정창권, 『문화콘텐츠 스토리텔링』, 북코리아, 2008.

조동일, 「임진록에 나타 난 김덕령」, 『상산 이재수박사 기념논문집』, 1972.

김덕령 설화의 서사적 원천과 의미, 전승집단의 김덕령 인식*

≪광주전설≫을 중심으로

표인주

1. 임진왜란과 무등산

김덕령 설화는 역사적인 인물이면서 임진왜란과 관계된 설화로서 주로 광주 지역의 무등산 주변에, 즉 북구 충효동 일대(충장사 주변)에 집중적으로 전승되고 있다. 그것은 김덕령의 출생지 및 성장환경과 밀접한 관련이 있는 것으로 보인다. 특히 김덕령 설화는 아기장수 설화의 면모를 갖추고 있는 것이 특징이다. 구술기억으로 전해 내려오는 설화에서 김덕령은 비극적인 영웅의 모습을 가진 인물이고, 마치 아기장수의 모습을 지니고 있다. 아기장수는 가난한 집안에서 비범한 능력을 가지고 태어난 탓에 큰 뜻을 이루지 못하고 비극적인 죽음을 맞이한 인물이다. 아기장수와 관련된 이야기는 주로 조선 중기와 후기에 널리 유포

* 본 글은 『석당논총』 제72집(동아대학교 석당학술원, 2018.11.30.)에 게재한 글을 수정·보완하여 정리한 것임을 밝혀둔다.

된 것으로 임진왜란과 밀접한 관련이 있는 것으로 생각된다. 어쩌면 아기장수설화와 김덕령설화가 임진왜란과 관련이 있다는 점에서 아기장수가 민중의 영웅이었던 것처럼 김덕령도 임진왜란의 영웅으로 인식되었을 것이다.

김덕령이 임진왜란과 밀접한 관련이 있는 것은 전남이 임진왜란의 치열한 전투 지역이었다는 것과도 상관성이 있다. 임진왜란은 민족과 국가의 정체성 파괴와 사회적 모순이 폭발하고 신분제도가 흔들리면서 조선왕조의 위기를 초래한 역사적 사건이었다. 특히 전남은 육지의 전투는 물론 명량전투와 왜교성전투가 치열하게 전개된 곳이다. 그러한 환경 속에서 수많은 의병들이 결성되어 전쟁에 참여한 곳도 전남이다. 임진왜란에서 전남지역의 치열한 전투의 승리는 조선 왕조를 그나마 그 명맥을 이어가도록 하는데 중요한 역할을 했다고 볼 수 있다. 그 역할에 수많은 의병들과 수군들을 빼놓을 수 없는 것이고, 김덕령 또한 마찬가지이다. 이러한 것이 설화 전승지역에서는 김덕령을 영웅적인 인물로 인식하도록 했을 것이다.

김덕령 설화는 주로 무등산을 배경으로 하고 있는데, 그것은 김덕령의 생가가 무등산 자락에 있는 것과 밀접한 관련이 있다. 김덕령이 비운의 인물이지만 훗날 그의 명예가 회복되고 그의 충절을 기리기 위해 1974년에 광주광역시 북구 금곡동에 충장사가 건립되어 오늘에 이르고 있다. 이것은 김덕령 설화가 전승하는데 중요한 역할을 하고 있는 것이다. 충장사는 김덕령의 생가와 가까운 곳이고, 김덕령이 묻혀 있는 곳이다. 특히 김덕령의 무덤은 김덕령의 행적에 관한 기억을 지속시키는 역할을 하고, 김덕령을 추모의 대상으로, 즉 기억의 대상이 되는 것이다. 충장사는 당연히 김덕령의 충절을 망각하지 않고 기억하고 재현하기 위한 문화적 기억[1]의 소산이라 할 수 있다.

무등산은 광주의 정신적 지주의 역할 뿐만 아니라 문화적 생명의 근거지이다. 무등산이 남도 문화예술의 자양분을 제공해 주는 텃밭이었고, 담양의 면앙정으로부터 시작하여 환벽당과 식영정으로 이어지는 시가문학의 터전이었으며, 남도 화풍을 이어가는 창작의 산실이었기 때문이다. 그런가 하면 무등산 산신이 이성계의 역성혁명을 허락하지 않았다는 전설 때문에 '의로움'의 상징이라고 말하기도 한다. 이처럼 무등산은 남도사람들의 정신적인 지주인 셈이다. 요즈음이야 무등산이 광주의 생태문화적인 공간으로서 역할을 하고 있지만, 과거에는 이처럼 생명의 공간이자 정신 수양의 공간이기도 했다.

김덕령이 바로 무등산의 정기를 물려받아 태어났고, 설화 전승집단은 그 기운을 토대로 성장하면서 장수로서 면모를 갖출 수 있었던 것도 무등산의 역할이 있었다고 생각한 것이다. 따라서 무등산은 영웅을 탄생시키고 국가에 충성하는 인물을 배출하는 산으로서 상징적 의미를 지니게 되었다. 무등산이 광주 지역의 정신적인 샘물이었던 것처럼 임진왜란과 관련된 광주지역의 대표적인 인물이 바로 김덕령이다. 즉 광주의 인물이 김덕령이고, 김덕령이 광주 충절의 표상인 것이다.

따라서 본 고에서는 김덕령 설화의 원천적 근원을 토대로 설화의 유형에 따른 기호적 의미를 파악하고, 그것을 활용하여 '김덕령이 어떠한

---

1) 문화적 기억은 문화를 이끌어가는 다양한 매체에 의한 기억으로서, 기억 그 자체만으로는 불가능하고 반드시 특정한 매체를 필요로 한다. 문화적 기억의 가장 대표적인 매체가 문자 매체인 것처럼(최문규 외, 『기억과 망각』, 책세상, 2003, 362~363쪽) 무덤의 장소나 기억을 상기시키기 위한 추모장소도 매체의 역할을 한다. 무덤이 가족의 개인적 기념비로서 역할을 했다면, 기념비는 도시국가나 민족과 같은 집단적 기억, 즉 더 확장된 기억 공동체에 대한 기념비로서 역할을 한다(알라이다 아스만 지음, 변학수 · 채연숙 옮김, 『기억의 공간』, 그린비, 2011, 54쪽).

인물이었는가?'의 서사적 화두[2]에 대한 답변을 찾고자 한다.

2. 설화 형성의 원천적 근원

김덕령 설화는 의병전설이라고 할 수 있는데, 의병전설은 국가가 외침을 당해 위기에 처해 있을 때 민간에서 출현한 의병대장 및 의병들에 관한 구술서사들을 말한다. 의병대장으로 김덕령, 김천일, 고경명, 곽재우, 사명대사 등은 장수전설 혹은 영웅전설로 알려져 있다.[3] 김덕령 설화의 원천적 근원은 단순히 생애사적인 삶의 여정이 아니라 설화 전승집단에게 강한 기억을 심어줄 수 있는 생애사적 사건이라고 할 수 있다. 김덕령의 출생 배경이나 성장환경도 중요하지만 역사적으로 의미를 부여할 수 있는 사건이 설화 형성의 물리적 토대가 되었던 것이다. 그것을 정리하자면 하나는 의병활동이고, 두 번째는 역모죄로 죽음에 처한 것이며, 세 번째는 신원이 회복되어 충장공이라는 시호를 받는 것을 말한다. 이러한 것은 ≪조선왕조실록≫이나 ≪김충장공유사≫를 통해 확인할 수 있다.

김덕령은 1567년 충효동 석저촌에서 김붕섭(金鵬燮)의 둘째 아들로 태어났는데, 형으로 덕홍(德弘)이 있고, 동생 덕보(德普)가 있다. 김덕령

---

2) 신동흔은 서사적 화두(話頭)를 "그 요점을 화두 및 순차구조의 상호관계 속에서 쟁점적 문젯거리 형태"로 표현하면서, 즉 "서사적 의미 축을 이루는 쟁점적 문젯거리"로 규정했다. 화소의 의미자질이 순차적으로 연결되면서 서사적 의미가 구성되기 때문에 화소들의 의미적 상관관계를 통해 서사적 화두를 추출할 수 있다(신동흔, 「서사적 화두를 축으로 한 화소·구조 통합형 설화분석 방법 연구」, 『구비문학연구』 제46집, 구비문학회, 2017, 50~52쪽).

3) 표인주, 「임진왜란의 구술기억과 구술집단의 역사의식」, 『호남문화연구』 제58집, 전남대학교 호남학연구원, 2015, 16쪽.

의 고조부가 김윤제(金允悌)이고, 송강 정철을 가르친 문인이다. 김덕령은 18세에 홍양 이씨와 결혼하고, 20세에 형 덕홍과 함께 성혼(成渾)의 문하에서 공부를 하였다. 25세에 임진왜란이 발생하자 형과 함께 의병을 일으켜 고경명 휘하에서 금산전투에 가담하였는데, 이 전투에서 형을 잃었지만, 고성싸움에서 김덕령은 혁혁한 전공을 올리자 선조로부터 충용장이라는 군호를 받게 된다. 이처럼 김덕령은 의병장이 되어 곽재우와 함께 권율 휘하에서 영남 서부지역의 방어임무를 맡았다. 따라서 김덕령의 생애사에서 첫 번째로 의병활동이 중요한 역사적 의미를 갖는다.

1596년 7월 충청도 홍산에서 이몽학의 반란사건이 발생했는데, 도원수 권율이 김덕령으로 하여금 이를 평정하도록 했다. 김덕령이 충청도로 가는 도중 이미 반란이 평정되었지만 억울하게도 반란군 이몽학과 내통했다는 모함을 받아 체포된다. 김덕령은 29세에 여러 차례의 혹독한 고문에도 굴하지 않고 자신의 결백을 주장하다가 옥사를 하게 된다. 여기서 역적으로서 김덕령의 죽음은 단순히 한 개인의 죽음이 아니라 백성들로부터 추앙받고 있던 의병장들의 죽음을 상징한다. 당시 왕실과 지배계층의 정치적 기반에 크게 위협이 되었던 것은 백성을 지키기 위해 의병을 일으켰던 장수들의 활동이었고, 그들을 대표하는 정치적인 죽음이라고 할 수 있기 때문이다. 이와 같은 김덕령의 비운의 죽음은 설화 전승집단의 물리적 기반으로서 역할을 하기 마련이다.

임진왜란은 정치적으로 조선 왕조의 체제를 와해시키는 역할을 했고, 백성들에게는 물질적 혹은 정신적으로 엄청난 피해를 가져다 준 재앙이었다. 이러한 충격적인 전쟁을 경험한 조선왕조는 민심을 수습하고 통치체제의 안정을 도모하기 위해 임진왜란을 새로운 방식으로 기억할 필요가 있었다. 그것은 국가 혹은 지역사회 및 가문 중심으로 이루어지는 경우가 많았는데, 기억방식은 다양한 방식으로 진행되었다. 임진왜란의 기억을 ≪조선왕조실록≫이나 ≪징비록≫ 등의 방식으로 기록하기도 하고, ≪임진록≫ 등의 문학적인 방법으로 기록하기도 했다. 또한 통치체제를 정비하기 위해 성리학적 윤리에 입각하여 ≪동국신속삼강행실도≫를 간행하기도 했다. 그리고 국가적 차원에서 임진왜란 때 활동했던 인물들은 공신으로서 보상하려 했고, 순절한 인물들은 서원이나 사우에 배향하는 방식으로 기억하고자 했다.[4]

특히 조선 후기 피폐한 국사를 벗어나기 위해 매진했던 정조는 호국의 인물상을 구현하기 위해 임경업이나 김덕령과 같은 비운의 장군들을 선택해서 그들에 관한 일대기나 관련 자료를 모아 묶도록 했다.[5] 이러한 일련의 과정에서 1661년에 신원되어 관직이 복구되었다. 정조는 1788년에 김덕령에게 충장공(忠壯公)이라는 시호를 내림과 동시에 그가 태어난 석저촌을 충효리(忠孝里)라 부르게 했다. 이처럼 김덕령이 부활하는 것은 사회적으로 추앙받을 만한 인물로 재탄생시킨다는 의미를 지닌 사건이다. 이 또한 마찬가지로 설화 형성의 물리적 기반이 되었던 것이다.

3. 설화의 자료 개관 및 분류

기억은 문화를 계승하고 발전시키는 역할을 하는데, 과거의 삶의 질

---

4) 표인주, 위의 논문, 26쪽.
5) 나경수, 「김덕령의 역설적 삶과 의미」, 『남도민속연구』 제22집, 남도민속학회, 2011, 80쪽.

서를 현재에 지속시키고 미래로 연결시키는 역할을 하는 것이기 때문이다. 이처럼 기억이 과거에 대한 정합적인 상을 제공하고, 그 상은 현재의 경험을 일목요연하게 정리해 주면서 우리 삶에 연속성을 제공한다. 그래서 기억은 문화를 전승하도록 하고, 사회의 진화 및 연속을 위해서도 필수적이다.[6] 인간은 어떻게 하면 기억할 수 있는지 끊임없이 고민을 해왔다. 그러한 과정 속에서 기억의 매체로서 사물을 활용하기도 하고, 문자를 발명하는 것은 물론 그림이나 영상을 활용해왔다. 기억의 방식을 특정 권력집단이 독점하여 정치적으로 활용하기도 했지만, 문자가 발명되고 인쇄술이 발달하면서 다양한 정보가 대중화되면서 권력도 분산되는 결과를 초래했다. 중요한 것은 기억의 방식이나 기억의 수단이 정치적인 권력과 밀접한 관련이 있기 마련이었고, 설사 문자로 기록되었다고 하더라도 기록자의 주관적인 견해가 반영되는 경우가 많았다. 이러한 것은 역사적인 인물의 생애사에 관한 것은 더욱 그러한 경우가 많다. 정치적인 민감한 인물이나 사건은, 특히 김덕령의 역사적인 행적이 그렇다.

김덕령에 관한 역사적 기억은 ≪연려실기술≫과 ≪김충장공유사≫에 기록되어 있고, ≪동패낙송≫, ≪대동기문≫, ≪계서야담≫, ≪동야휘집≫ 등에도 김덕령에 관한 이야기가 기록되어 있으며, ≪김덕령전≫에는 서사적 기억으로 전해지고 있다. 이러한 기억은 당연히 기록자의 역사적인 인식이나 가치관이나 정치적인 태도가 반영되기 마련이다. 그렇지만 김덕령에 관한 구술기억은 비록 구술자의 의견이 반영되는 개인의 기억으로부터 출발한 것이지만 설화 전승집단의 공감대를 통해 집단적 기억[7]으로 발전하는 경우가 많기 때문에 문헌기록에 의한

---

6) 에릭 R, 캔델, 전대호 옮김, 『기억을 찾아서』, 알에이치코리아, 2013, 29쪽.
7) 집단기억은 집단의 소속감을 다지기 위한 과거재현이나 기억실천을 수행할 뿐 아니

기억과는 다르다. 이처럼 김덕령 설화는 집단적 기억으로 구성된 이야기로서 주로 광주지역에 전해지고 있으며, 주로 무등산을 배경으로 하고 있다. ≪광주전설≫8)에 수록된 설화를 소개하면 다음과 같다.

연번	전승지역	설화 명칭	설화 핵심내용
1	광주광역시 북구 충효동	이치(梨峙)장군대	삼정승 나올 명당자리
2	광주광역시 북구 충효동	김덕령의 태몽이야기	호랑이 꿈, 산신령
3	광주광역시 북구 충효동	김덕령의 어머니	호랑이 공격 실패
4	광주광역시 북구 충효동	김덕령의 의리	싸움에 휘말려 제압
5	광주광역시 북구 충효동	환벽당의 참새잡기	참새잡기와 힘자랑
6	광주광역시 북구 충효동	김덕령의 용기	서봉사에서 범 잡기
7	광주광역시 북구 충효동	김덕령의 지혜	홍수물에 친구 건너주기
8	광주광역시 북구 충효동	호랑이 잡은 김덕령	호랑이 잡기
9	광주광역시 북구 충효동	김덕령 오누이의 경주	도포짓기와 성쌓기
10	광주광역시 북구 충효동	김덕령 오누이의 씨름시합	남장한 누나와 씨름하기
11	광주광역시 북구 충효동	씨름판의 김덕령(1)	어린 김덕령 씨름하기
12	광주광역시 북구 충효동	천하대장군	할아버지 원수 갚기
13	광주광역시 북구 충효동	호랑이와 싸운 김덕령	호랑이 제압하기
14	광주광역시 북구 충효동	문바위	화살과 백마의 시합
15	광주광역시 북구 충효동	주검동	대장간과 군사훈련
16	광주광역시 북구 충효동	치마바위	누나가 치마로 갖다놓음
17	광주광역시	배재 충장사의 달걀전설	장군의 대명당

라 공동체가 스스로 상상의 공동체를 형성하는데 필요한 기억이다(제프리 K, 올릭, 강경이 옮김, 『기억의 지도』, 옥당, 2011, 147쪽). 사건에 대한 개인의 기억이 집단 기억으로 발전한 경우는 인간의 신체·물리적 경험 기반이 유사한 경우에 많다. 특히 공통적으로 경험한 전쟁에 관한 기억이 주관적이면서 개인적이지만 공동체 구성원들의 연대를 통해 집단기억으로 발전하여 지속된다(표인주, 「임진왜란 서사기억의 발생적 원천과 기호적 층위」, 『호남문화연구』 제59집, 전남대학교 호남학연구원, 2016, 124쪽).
8) 『광주의 전설』(광주직할시 향토문화총서 제2집, 광주직할시, 1990.)에 수록된 자료는 주로 1990년대 채록한 내용과 문헌자료에 수록된 것을 수집하여 정리한 것임.

18	광주광역시 광산구 진곡동	씨름판의 김덕령(2)	초립동 김덕령 씨름하기
19	광주광역시 광산구	김덕령 장군과 불한당	서봉사의 도적들 제압
20	전라남도 장성군	김덕령 장군의 오누이 힘내기	명당잡기, 누나와 씨름하기 · 성쌓기, 만고충신
21	전라남도 장성군	만고 충신 김덕령	역적과 만고충신
22	광주광역시 북구 본촌동	쌍바우와 김덕령 장군의 누이	돌을 치마로 옮기고, 씨름하기
23	광주광역시 북구 용봉동	명당의 정기로 태어난 김덕령	명당자리, 역적과 충

위의 설화를 크게 몇 가지로 유형화시키면, 하나는 명당자리 잡기인 풍수담(1 · 17/20 · 23)⁹⁾이고, 산신령의 도움을 받은 태몽담(2)과 임신담(3)이며, 김덕령이 호랑이 물리치는 이야기(6 · 8 · 13), 김덕령의 누나와 힘 겨루는 이야기(9 · 10 · 20 · 22)가 있다. 그리고 김덕령의 힘자랑과 의로운 행위담으로 (4 · 5 · 7 · 11 · 12 · 18 · 19)가 있고, 김덕령의 장군담(14 · 15)과 김덕령의 역적 및 충신담(20 · 21 · 23)이 있다. 이처럼 23편의 이야기 가운데 김덕령의 어린 시절에서부터 호랑이 물리친 이야기를 통해 용맹성을, 힘겨루기나 의로운 행동을 통해 장군으로서 면모를 보여주는 이야기가 14편으로 많은 비중을 차지하고 있다. 그리고 설화의 핵심 내용을 통해서 확인할 수 있듯이 대부분의 설화가 하나의 핵심적인 화소를 가지고 있는 경우가 많은데, 장성군의 <김덕령 장군의 오누이 힘내기>는 김덕령의 출생담을 제외한 모든 행적을 담고 이야기라는 점에서 특징이 있다.

따라서 다음 장에서 1)김덕령의 출생과 관련된 풍수담(1 · 17), 2)김

---

9) 1 · 17의 풍수담은 거의 동일한 내용으로서 하나의 풍수담이라고 할 수 있다. 그리고 20 · 23의 설화는 풍수담과 김덕령의 역적 및 충신담으로 중복해서 분류하였는데, 이들 설화에서 단편적이고 요약된 풍수이야기가 나오기는 하지만 1 · 17의 풍수담과 크게 다르지 않다.

덕령의 출생담(2·3), 3)김덕령의 성장담(4·5·6·7·8·9·10·11·12·13·18·19·20·22), 4)김덕령의 장군담(14·15·20·21·23) 네 가지 유형으로 분류하여 설화의 개별단락들 간의 관계를 통해 서사적 핵심내용을 정리하여 기호적 의미를 파악하고자 한다.

4. 설화의 유형별 기호적 의미

4.1. 김덕령 출생과 관련된 풍수담

설화 전승집단은 김덕령이 출생하는 데는 무엇보다도 조상들의 음덕이 있었다고 생각한다. 그 음덕은 다름 아닌 명당발복인 것이다. 즉 이것은 김덕령의 고조할아버지가 명당자리를 잡았기 때문에 훗날 그 집안에 김덕령과 같은 장군이 태어났다고 생각하는 것이고, 영웅적인 인물인 김덕령이 태어나게 된 것은 집안에서 무덤을 명당자리로 이장함으로써 이루어진 것이라고 생각한 것이다. 그러한 예로 광주광역시 북구 충효동에 전승하고 있는 <배재 충장사의 달걀 전설>과 <이치(梨峙)장군대> 이야기가 대표적이다. 두 이야기는 거의 유사하기 때문에 <이치(梨峙)장군대>의 내용을 소개하면 다음과 같다.

옛날에 지금의 석곡면 석저부락에 김문손이라는 이가 살았다. 하루는 이 집에 남루한 행색의 한 젊은이가 허기진 모습으로 찾아와 머슴살기를 청했다. 젊은이는 농사일을 마치고 저녁이면 몰래 집을 빠져나가서 밤늦게 돌아왔다. 그래서 김씨는 집을 나서는 젊은이의 뒤를 몰래 따라 따라나섰다. 젊은이는 약 10리가량을 걸어 배재에 오르더니, 사방을 둘러보고 한 곳에 서서 생각에 잠겨 있다가 갑자기 무릎을 탁치며 주저앉는 것이었다. 김씨는 젊은이의 거동이 범상치 않음을 알아챘다. 그날 밤 젊은이는 저녁상을 물리고 나더니 김씨에게 품삯으로 달걀 하나만 달라고 청하자, 김씨는 두말없이 쾌히 승낙하고는 달걀을 내주었다. 아니나 다를까 젊은이는 어젯밤에 돌멩이를 세워두었던 자리를 파내더니 가지고 온 달걀을 묻고는 흙으로 덮었다. 김씨는 젊은이가 필시 신묘한 풍수지관임에 틀림이 없고, 그가 돌멩이를 세워 두었던 배재 산기슭의 자리는 대명당임에 틀림이 없을 것이라고 생각했다. 다음날 젊은이는 김씨에게 고향에 다녀오게 해달라고 말했다. 그래서 젊은이가 떠나자 김씨는 처인 광산 노씨의 묘를 서둘러 그 젊은이가 잡아둔 자리에 이장했다.

이장을 마친 뒤 젊은이는 어김없이 다시 돌아왔는데, 등에는 석짝 하나를 메고 와 그곳으로 갔다. 그런데 그곳에 새로운 무덤이 있는 걸 알고 난감해 했다. 내려와서 젊은이는 어른께서 잡은 묘라면 할 수 없지만, 사실을 자기는 중국 사람으로 일찍이 중국에서 도를 닦다가 동방의 조선국에 '회룡고조지명혈'이 있다는 천기를 터득하게 되자, 그 길로 조선국에 나와 10년을 헤맨 끝에 이제야 비로소 그 자리를 찾게 되었다고 했다. 이 자리는 작은 나라에서 이 묘를 쓰면 비록 후대에 명장을 낳기는 하나 종국에 가서는 천하에 뜻을 펴지 못하고, 중국 사람이 이 묘를 쓰면 세상 천하에 뜻을 펴게 되오니, 이 묘자리를 양보해 줄 수 없느냐고 애걸했다. 그리고 만일 양보해 준다면 삼정승대좌를 일러 주겠노라고 했다. 그러나 김씨는 이를 거절했다. 실의에 빠진 이 중국 사람은 이것이 모두 하늘의 뜻임을 알고 길을 떠나면서 기왕 쓴 묘이니 좌향을 바로 잡아야 한다고 자세히 일러 주었다. 이 전설의 묘소가 바로 충장공 김덕령 장군의 증조모인 광산 노씨의 묘이며 김씨란 바로 고조부 김문손이다.

위 이야기의 개별 서사단락을 순차적으로 정리하면[10] 다음과 같다.

---

10) 설화는 대립구조와 순차구조는 물론 인물관계나 시공간의 구도 등의 서사문법을 통해 구현되지만, 그 가운데 설화의 이해는 순차구조로부터 시작된다고 할 수 있다. 순차구조야말로 설화의 기본적인 틀이라고 할 수 있기 때문이다(표인주, 「해남

① 석저마을에 김문손이 살았다.

② 김문손의 집에 행색이 초라한 사람이 머슴으로 지내다.

③ 머슴은 일이 끝나고 밤마다 외출하다.

④ 주인이 머슴의 뒤를 밟다.

⑤ 머슴이 달걀을 묻고 흙으로 덮다.

⑥ 주인이 머슴을 지관으로 생각하고 명당자리임을 알다.

⑦ 머슴이 고향에 다녀오겠다고 하다.

⑧ 주인은 처인 광산 노씨 묘를 그곳으로 이장하다.

⑨ 머슴이 석짝을 메고 돌아왔지만 그곳에 무덤이 있음을 알다.

⑩ 머슴이 주인에게 묘 자리를 양보해달라고 하다.

⑪ 김씨가 거절하자 머슴이 떠나다.

⑫ 그 묘자리가 고조모 광산 노씨 묘이다.

위의 서사단락을 정리 하면 크게 네 개의 에피소드로 구성할 수 있
다. 먼저, ①~③단락은 김문손이 명당자리를 잡을 수 있는 동기가 제
시된 이야기이고, 두 번째, ④~⑥단락은 김문손이 명당자리를 확인하
는 단계의 이야기이며, 세 번째, ⑦~⑨단락은 김문손이 명당자리를 확
보(탈취)하는 이야기이다. 그리고 네 번째, ⑩~⑫단락은 김문손이 명
당자리를 확정하는 단계의 이야기이다. 이를 다시 정리하면 명당자리
확인, 확보(탈취), 확정의 단계로 전개되는데, 즉 서사 개별단락 ①~⑥
은 명당자리를 확인해가는 과정이고, ⑦~⑨단락은 명당자리를 확인
하는 단계이며, ⑩~⑫단락은 명당자리를 확보하는 과정이다. 다시 말
하면 이 이야기는 김문손이 명당자리가 없었는데, 제 삼자인 머슴의 도
움으로 명당자리를 확인하게 되고, 명당자리를 탈취하여 확보하는 것
으로 전개되고 있다. 이를 기호체계로 정리하면11) Ⓐ기호대상(김문손) →

윤씨 설화의 기호적 의미와 전승집단의 인식」, 『호남문화연구』 제63집, 전남대학
교 호남학연구원, 2018, 43쪽).

ⓑ기호내용(명당자리 탈취/머슴의 도움) → ⓒ기표(명당자리 확보/광산 노씨 묘)로 정리할 수 있다.

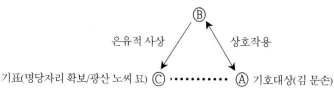

이와 같은 풍수담은 기본적으로 김 문손이 머슴의 도움을 받아 명당자리를 확보하는 이야기로 전개되고 있지만, 사실은 김문손이 머슴의 명당자리를 탈취하는 것을 정당화하려는 이야기이다. 풍수는 바람과 물을 다스리는 삶의 지혜가 축적되어 형성된 것으로, 그것이 작용되어 선택된 곳은 발복의 근원으로 생각해왔다. 그래서 풍수와 관련된 이야기는 생활 속에서 다양한 형태를 지니고 전승된다. 영웅적인 인물인 김덕령도 마찬가지로 풍수적 도움을 받아 출생할 수 있었던 것인데, 그 이야기가 바로 풍수설화[12]이다. 김덕령 집안의 풍수이야기는 김덕령의 고조부에 관한 이야기로서 고조부가 어떻게 해서 명당자리를 찾게

---

11) 기호체계의 정리 과정에서 서사 내부의 인물을 기호대상을 삼았고, 퍼스의 기호이론을 수용한 존슨의 체험주의적 기호이론을 토대로 기호대상, 기호내용, 기표의 개념을 활용하고자 한다. 체험주의적 해명에 따르면 모든 기호내용(sign content)은 우리가 기호화를 통해 한 기표(signifier)를 이해하는 내용이며, 이때 기표에 사상되는 것은 실질적으로 우리의 경험내용이다. 따라서 하나의 기표를 기호화한다는 것은 그 기표에 사상되는 경험의 관점에서 그 기표를 이해하고 경험한다는 것을 말한다. 체험주의적 기호이론은 좀 더 구체적인 것은 노양진의 『몸 언어 철학』(서광사, 2009)을 참고 바람.
12) 풍수설화는 전형적인 풍수관념을 바탕으로 꾸며낸 이야기로서 명당을 찾고, 명당을 얻으며, 그 결과 복을 받는다는 이야기로 구성되어 있다. 그래서 이야기마다 명당을 찾는 과정이나 명당을 얻는 과정이 다양하다.

되었는지에 초점을 맞추고 있다. 다시 말하면 김덕령 장군이 태어날 수 있었던 것은 모두 다 누군가의 도움을 받아 조상님을 명당자리에 모셔 서이고, 그 음덕이 있었다는 사실을 말하고자 하는 것이다.

그런 점에서 김덕령의 풍수담은 '명당자리 탈취'라는 기호내용을 토대로 기호적 의미를 파악할 수 있는데,[13] 즉 다른 사람의 도움을 받아 명당자리를 확보하여 그 음덕으로 장군이 탄생할 수 있었다는 것을 설명하고 있는 것이다.

4.2. 김덕령의 출생담

출생담은 아이의 잉태를 예지하는 태몽담과 아이가 태어나는 과정의 출산담을 말한다. 출생담에서 중요한 것은 태몽이다. 태몽은 당사자나 남편 그리고 처가나 시가 가족 중의 일원이 꾸게 되는데, 가족은 태몽을 통해 산모의 임신징후나 태아의 성별을 알기 위함이고, 태어날 아기의 운명을 점치고자 한다. 태몽에 구렁이나 호랑이 그리고 돼지, 소나 가물치 그리고 큰 숭어 등 큰 짐승을 보면 아들 꿈이고, 호박이나 꽃, 딸기, 밤, 풋고추, 조개 그리고 작은 물고기를 비롯해 작은 짐승을 보면 딸 꿈이라고 한다.[14] 이처럼 태몽을 통해 태어날 아이의 미래를 예측하려 하는데, <김덕령의 태몽 이야기(1)>가 대표적이다.

---

13) 체험주의에서 기호적 의미는 기호적 사상, 그리고 그 해석을 통해 산출되기 때문에 기호적 경험과 기호적 의미에 대한 탐구는 경험의 구조에 대한 새로운 탐구로부터 이루어져야 한다(노양진, 「퍼스의 기호 개념과 기호 해석」, 『철학논총』 제83집 제1권, 세한철학회, 2016, 107쪽). 즉 기호적 의미는 물리적 경험을 근거로 형성된 기호내용의 입장에서 해석한 것이기 때문에 기호내용이 기호적 의미 구성에 중요한 역할을 한다는 것이다.
14) 표인주, 『남도민속학』, 전남대학교출판부, 2014, 246쪽.

어느 봄밤이었다. 이 마을 김붕섭씨 집에선 부인 남평 반씨가 실꾸리를 감으면서 길쌈하는 아낙네들의 이야기를 듣다가 스르르 잠이 들었다. 그런데 꿈에 큰 범이 느닷없이 반씨의 품속에 들어와 안기었다. 부인은 조금도 두려움 없는 얼굴로 범의 등을 쓰다듬어 주었다. 범은 물지도 않고 고양이처럼 다소곳했다. 그 후 태기가 있었다.

위의 이야기를 개별단락으로 정리하면 다음과 같다.

① 남평 반씨가 길쌈하는 아낙네들의 이야기를 듣다 잠들다.
② 꿈속에 범이 품속으로 들어오다.
③ 범의 등을 쓰다듬어 주니 다소곳했다.
④ 태기가 있었다.

위의 이야기 가운데, ①의 단락은 남평 반씨가 잠드는 이야기이고, ②와 ③의 단락은 호랑이 꿈 이야기이며, ④의 단락은 임신하는 이야기이다. 정리하자면 "남평 반씨가 잠을 자다 호랑이 꿈을 꾼 뒤 아이를 가졌다"라고 하는 이야기로 전개되고 있다. 이를 기호체계로 정리하면 Ⓐ기호대상(남평 반씨) → Ⓑ기호내용(호랑이 꿈/임신 예시) → Ⓒ기표(임신한 남평 반씨)으로 정리할 수 있다.

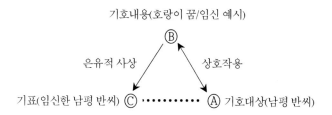

이러한 이야기는 남도 지역의 전형적인 태몽담의 구조인데, 태어날 아이의 성별을 알려주는 것으로서, 즉 김덕령이 아들이라는 것을 예지하는 이야기인 것이다. 아들인 김덕령의 미래를 예측할 수 있는 이야기는 <김덕령의 어머니>이야기에서 본격적으로 나타나기도 한다.

> 어느 날 김덕령의 어머니가 밭에서 일을 하고 있는데 늙은 중 하나가 나타나서 지나가는 사람을 보고 "나는 중이 아닙니다. 호랑이입니다. 나는 이제 저기 저 밭에서 일을 하고 있는 여자를 잡아먹고 사람으로 다시 환생하게 됩니다. 내가 하는 것을 보고 계십시오"하고 재주를 세 번 벌떡벌떡 넘고 나서 남산만한 큰 호랑이가 되어 밭으로 달려왔다. 호랑이는 밭 주위를 빙빙 돌기 시작했다. 호랑이는 한참동안 밭 주위를 뛰어 다니면서 돌다가 다시 재주를 세 번 넘고 다시 중이 되어 지나가는 사람에게로 와서 "암만해도 저 여자를 못 잡아먹겠는 데요. 밭으로 들어가려고 하면 불 칼이 밭 둘레를 뺑 둘러 싸여 뛰어 들어 갈 수가 없게 하는군요. 오늘은 시각을 놓쳐서 나는 사람으로 환생을 할 수 없게 됐습니다." 호랑이는 이렇게 말하고서 어디론지 가버리고 말았다. 김덕령의 어머니는 호랑이에게 잡혀 먹힐 팔자였는데 명산의 정기를 탄 김덕령이 뱃속에 있었기 때문에 천지신명이 불 칼을 내 보내서 뱃속에 있는 김덕령을 살린 것이다.

위 이야기의 서사단락을 정리하면 다음과 같다.

① 김덕령의 어머니가 밭에서 일하다.
② 중이 호랑이로 변신하다.
③ 호랑이가 김덕령 어머니를 잡아먹는 것을 실패하다.
④ 호랑이에게 잡혀 먹힐 팔자인 김덕령 어머니가 천지신명의 도움으로 살다.

위 ①의 서사단락은 김덕령의 어머니가 밭에서 일하는 이야기기고, ②와 ③의 단락은 호랑이가 김덕령 어머니를 잡아먹으려고 온갖 수단을 동원하지만 실패한 이야기이며, ④의 단락은 김덕령이 천지신명의, 특히 무등산의 산신의 도움을 받고 있다는 이야기이다. 이 이야기를 "김덕령이 천지신명의 보호를 받아 살았다"라는 것으로 정리할 수 있다. 이를 기호체계로 정리하면 Ⓐ기호대상(김덕령 어머니) → Ⓑ기호내용(천지신명의 보호/원조) → Ⓒ기표(뱃속의 김덕령)으로 정리할 수 있다.

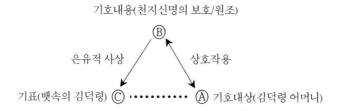

이처럼 김덕령이 산신령의 보호를 받고 있다고 하는 이야기는 <김덕령의 태몽 이야기(2)>에서 구체적으로 전개되기도 한다.

1567년 12월 29일 저녁에 반씨 부인은 드디어 아이를 낳았는데, 이때 닭이 홰를 치면서 새벽을 알렸고 산파가 더운물로 아기의 몸을 씻어 산모 곁에 뉘어 놓으면서 사내아이라고 귀띔해 주었다. 이윽고 전갈을 하기 위해 하인들이 횃불을 밝혀들었다. 그들은 사랑채로 가다가 호랑이 두 마리가 뜨락에 웅크리고 있는 것을 보고 질겁을 하였다. "아이구머니"하는 종들의 다급한 소리, 그 소리에 잠자던 붕섭어른과 손님들까지 문을 열고 뛰어 나왔다. 그들은 호랑이를 보고 깜짝 놀랐다. 그런데 더욱 괴이한 것은 두 마리 호랑이가 이내 어슬렁 어슬렁 뒷산으로 올라가는 것이 아닌가. 이를 본 붕섭 어른은 "산신령이 내 집에 산고가 있다는 것을 아시고 무사한가 지켜보도록 호랑이를 보내신 게 틀림없소." 하고 말하였다.

위의 개별 서사단락을 정리하면 다음과 같다.

① 반씨 부인이 사내아이를 낳다.
② 호랑이 두 마리가 웅크리고 앉아 있다.
③ 호랑이가 뒷산으로 올라가다.
④ 산신령이 보호하다.

①의 단락은 반씨 부인이 사내아이를 출산하는 이야기이고, ②와 ③의 단락은 산신령의 상징동물인 호랑이가 출산과정을 지켜보는 이야기이며, ④의 단락은 태어난 아이를 산신령이 보호하고 있다는 이야기이다. 이러한 이야기를 정리하자면 "반씨 부인은 산신령의 보호 아래 출산하다"라는 것으로, 이를 기호체계로 정리하면 Ⓐ기호대상(사내아이) → Ⓑ기호내용(호랑이가 보호/산신의 가호) → Ⓒ기표(산신령이 지키는 김덕령)으로 정리할 수 있다.

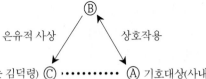

기호내용(호랑이가 보호/산신의 가호)
Ⓑ
은유적 사상   상호작용
기표(산신령이 지키8는 김덕령) Ⓒ ·········· Ⓐ 기호대상(사내아이)

이와 같이 김덕령의 출생담의 기호적 의미를 정리하자면, '호랑이 꿈'과 '천지신명의 보호', '호랑이가 보호' 등의 기호내용을 토대로 기호적 의미를 파악할 수 있다. <김덕령의 태몽 이야기①>에서는 어머니가 호랑이 꿈을 꾸었다는 것인데, 그것은 김덕령이 호랑이와 같은 무사가 될 것이라는 사실을 예언하는 꿈이다. 김덕령이 호랑이와 같은 존재라는 사실은 <김덕령의 어머니>이야기에서 잘 드러난다. 어머니가 임신 중에 밭일을 하고 있는데 호랑이로부터 피해를 면했다고 하는 것은 천지신명이 김덕령을 지켜주고 있다는 사실을 강조하고 있다. 천지신명은 다름 아닌 무등산 산신인 것이다. 호랑이가 산신이라고 하는 것은 <김덕령의 태몽 이야기②>에서 잘 나타난다. 김덕령이 태어날 때 호랑이가 마당에 있었다고 하는 것은 산신령의 가호가 있었음을 말한다.

따라서 김덕령의 출생담에 나타난 기호적 의미를 통해 "김덕령은 무등산 산신령의 도움으로 출생하게 되었다."는 것이라 파악할 수 있고, 설화 전승집단은 이를 구술기억으로 전해 주고 있는 것이다.

4.3. 김덕령의 성장담

김덕령의 성장담은 성년이 되어 가는 과정의 이야기를 말한다. <김덕령의 의리>, <환벽당의 참새 잡기>, <김덕령 장군과 불한당>, <김덕령의 용기>, <씨름판의 김덕령(1)>, <씨름판의 김덕령(2)>, <호랑이와 싸운 김덕령>이 대표적이다.

> (1) 김덕령이 어렸을 때 담양에 있는 외갓집에 갔었다. 김덕령이 싸움을 말리려고 했다. 그러자 그 사람은 "이 조그만 꼬마 놈이 어른들이 하는 일에 무엇을 안다고 나서느냐?" 하고, 벼락같이 소리를 지르며 괭이로 내려치려 했다. 김덕령은 날쌔게 그 괭이를 빼앗아 괭이 날을 엿가락 늘리듯 늘려서 그 자의 양 손을 감아 땅에다 꽉 박아 버렸다는 것이다.

(2) 환벽당은 높이가 10여질이나 되고 그 바로 밑에 큰 연못이 있어 평지에서 바라보면 공중누각 같았다. 주위에는 나무가 무성해 환벽당 처마 밑에는 많은 새들이 둥지를 틀고 살았다. 동네아이들이 새를 잡아달라고 하자 처마에 뛰어오른 덕령은 한손으로 서까래를 쥐고 다른 한손으로는 둥지를 더듬어 많은 새를 잡아 처마 밑의 아이들에게 전해 주었다. 그가 새를 잡기 위해 온 누각을 서까래만 잡고 돌아다니는 모습은 공중을 나는 바로 그것과 같았다. 처마 밑의 새 집을 더듬으며 집을 한 바퀴 돈 덕령은 가뿐히 땅으로 내려왔다.

(3) 김 장군이 15세 소년 때의 일이었다. 어머님 병환에 좋다는 잉어를 구하러 화순군 남면 배소부락에 있는 외가댁을 가는 길에 절을 강점하고 노략질을 일삼는 불한당이 있다는 소문을 듣고 남달리 의협심이 강한 그는 그냥 지나칠 수가 없었다. 김덕령은 내기 씨름을 하여 불한당을 제압하고자 했다. 김장군이 밧줄을 잡아당기자 그대로 질질 끌려갔다. 그러자 불한당은 얌전히 밧줄을 놓고 그 가운데 두목격인 한 사람이 토방 위로 올라가 땅 바닥에 넙죽이 엎드려 용서를 빌었다. 이 일로 해서 김덕령 장군의 용맹과 도량은 세상에 널리 알려지게 되어 후일 수천 명의 의병을 거느리는 대장군이 되었다고 한다. (『광산군지』, 광산군, 1981.)

(4) 덕령이 열다섯 살 나던 해 서봉사로 글공부를 떠났다. 부모님이 챙겨준 책과 문방구하며 식량과 옷가지, 침구 등을 하인에게 지워 여섯 명의 마을 아이들과 함께 갔다. 서봉사에 온지 일 년이 지난 어느 날, 덕령이 글을 읽다 말고 뒷간에 가기 위해 뜨락에 나간 순간 어둠 속에 커다란 호랑이가 지나가는 것을 보았다. 덕령은 몇 걸음 뒤로 물러나 먼저 냉큼 동물의 역습을 피하면서 날쌔게 주먹으로 머리통을 쥐어박아 호랑이를 잡았다. 다음날 덕령이 호랑이를 잡았다고 하자 스님들과 동무들은 놀라우면서도 덕령의 용기에 감탄하였다. 그날 절 밖에서는 범 고기 잔치가 벌어졌고 호랑이 가죽을 선사 받은 주지스님은 덕령의 용기를 몹시 칭찬하였다.

(5) 김덕령이 외갓집에 갔는데, 마침 담양원과 창평원이 각각 자기 고을 사람들을 데리고 씨름판을 벌리고 있었다. 이 가릿대중은 어떻게 힘이 센지 담양 쪽의 씨름꾼을 다 때려눕히고 의기양양 해 했다. 가릿대 중이 "담양 편에 덤빌 놈이 없느냐?"하고 큰 소리를 지르며 모여 있는 사람들을 깔보고 있었다. 이 때 김덕령이 "내가 나가서 한 번 해 보겠다"고 나가니, 가릿대중은 김덕령을 보고 "어디서 이런 꼬마가 나와서 감히 씨름하자고 하느냐!"고 상대하려 하지 않았다. 그러자 김덕령은 씨름이나 해보고 큰소리를 치라고 했다. 가릿대중이 화가 나서 김덕령을 잡아 던지려고 했으나 도리어 가릿대중이 나가 떨어졌다. 그러자 구경꾼들이 환호성을 질렀다.

(6) 장성에서 씨름판이 벌어졌는데, 장성군수도 참석하고 그 고을의 유수한 사람도 참석할 정도로 고을의 많은 사람들이 참석했다. 그 씨름판에 황소가 몇 마리, 쌀이 몇 섬하고 모두 내걸고 있는데, 경상도에 사는 장사 하나가 판을 휩쓸었다. 그리고 그가 "나랑 씨름에 대적할 사람 있으면 나와라"고 크게 소리 질렀다. 김덕령 장군이 초립동시절인지 주위 사람들이 나가라고 권하자 의관도 안 벗고 나갔다. 그래서 김덕령이 경상도 장사와 씨름을 하게 되었는데, 김덕령이 장사의 허리를 잡아서 던져버렸다.

위의 서사내용을 다시 핵심적인 내용을 중심으로 정리하면, (1)의 이야기는 "김덕령이 외갓집에서 어른들의 물리적인 행동을 날렵하게 제압하다."이고, (2)의 이야기는 "김덕령이 환벽당 처마 밑의 새를 잡아 아이들에게 주다."이며, (3)의 이야기는 "김덕령이 불안당을 씨름으로 제압하다."이다. (4)의 이야기는 "김덕령이 서봉사에서 호랑이를 잡다."이고, (5)의 이야기는 "김덕령이 가릿대중과 씨름하여 이기다"이며, (6)의 이야기는 "김덕령이 경상도 장사와 씨름하여 이기다"이다.

이와 같은 이야기를 중심으로 다시 요약하자면 "김덕령은 힘이 세고 날렵하여 무언가를 잘 잡고 제압하다."라는 이야기로 정리할 수 있다. 따라서 이를 기호체계로 정리하면 Ⓐ기호대상(어린 김덕령) → Ⓑ기호내용(장수로서 잠재력) → Ⓒ기표(미래의 김덕령 장군)으로 정리할 수 있다.

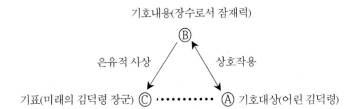

이처럼 김덕령의 성장이야기는 무사로서 비범함을 보여주고 있고, 장수로서 역량은 물론 의로운 인물의 면모를 강조하고 있다. 이러한 것이 바탕이 되어 김덕령이 장군의 모습으로 성장해 가는데, 이는 <김덕령 오누이의 경주>와 <김덕령 오누이의 씨름시합>, <김덕령 장군의 오누이 힘내기>를 통해서도 확인할 수 있다. <김덕령 장군의 오누이 힘내기>의 일부를 소개하면 다음과 같다.

> 김덕령이 힘이 세서 씨름판만 가면 이기고 그래서 안하무인처럼 행동을 하고 다녔다. 그것을 본 누나가 김덕령을 저렇게 키웠다가는 출세하지 못할 것이라 생각하였다. 그래서 누나가 김덕령보다 힘센 사람이 있다는 깨우침을 주기 위해 남복을 하고 씨름판에 갔다. 씨름판에서 김덕령과 누나가 대결하여 김덕령이 졌다. 씨름에서 진 김덕령이 집으로 들어와 문을 걸어 잠그고는 "이제 나 죽겠다. 나보다 힘센 사람이 있고 한데 내가 그 사람한테 눌리어서 어떻게 살 수 있겠느냐?" 하고 금식을 하였다. 그러자 누나가 "그러지 말아라 그 사람은 바로 나였다."고 말을 해 주었다. 그래자 김덕령이 화를 내서 문을 열고

뛰쳐나와 누나를 죽이려고 했다. 그러니까 자기 누나가 너하고 나하고 내기를 하자고 했다. "너는 지금부터 볍씨를 해가지고 농사를 지어서 이영을 엮어 무등산을 이고, 나는 누에를 길러서 명주실을 뽑아 그 명주 베를 짜가지고 옷 한 벌을 맞추어 내겠다. 이렇게 누가 먼저 성공하는지 내기를 해 보자. 내가 진다면 내가 너한테 죽고 네가 진다면 네가 죽어라"라고 내기를 했다. 그래서 내기를 하고 있는데, 누나가 무등산을 쳐다보니 지금 다 이어가고 있어. 누나는 이미 다 해놓은 상태인데, 누나가 일부러 속옷고름 하나를 안 달고 있으니까 동생이 의기양양하게 내려와 "누나 어찌 되었냐?"고 그러니까 옷을 보여주었다. 김덕령이 옷을 보자 속옷고름이 없음을 알고 누나를 죽였다. 그래서 나중에 김덕령이 크게 어리석음을 뉘우치고 옳은 일을 해야겠다고 생각해 의병에 들어갔다고 한다.

위의 개별 서사단락을 정리하면 다음과 같다.

① 김덕령이 힘이 세서 안하무인처럼 다니다.
② 누나가 남복을 하고 김덕령과 씨름하여 이기다.
③ 김덕령이 씨름에서 진 것을 분해서 억울해 하다.
④ 누나가 사실을 말하니 김덕령이 죽이려 하다.
⑤ 누나와 김덕령이 내기를 하다.
⑥ 누나가 김덕령에게 져주다.
⑦ 김덕령이 누나를 죽이다.
⑧ 김덕령이 자기의 어리석음을 깨닫고 의병에 들어가다.

①의 서사단락은 김덕령이 힘만 믿고 교만하게 행동하는 이야기이고, ②~④의 단락은 김덕령이 씨름에서 누나한테 진 것을 알고 누나를 죽이려는 이야기(에피소드Ⅰ)이며, ⑤~⑦의 단락은 김덕령이 누나를 이겼다고 생각하여 누나를 죽이는 이야기(에피소드Ⅱ)이다. ⑧의 서사

단락은 김덕령이 어리석음을 깨닫고 옳은 일을 하기 위해 의병이 되는 이야기이다. 따라서 다시 요약하자면 ①의 단락은 김덕령에겐 효와 충이라는 가족과 국가의 사회적 규범을[15] 실천할 수 있는 자질이 존재하지 않는 모습을 보여주고 있고, 에피소드 I 과 에피소드 II는 누나의 죽음을 통해 김덕령이 사회적 규범을 실천할 수 있는 인물이 되도록 깨달음을 주기 위한 과정이다. 즉 김덕령이 에피소드 I 과 에피소드 II를 통해 사회적 규범을 실천할 수 있는 계기가 된 것이고, 궁극적으로 ⑧의 단락에서 김덕령이 사회적 규범을 실천하는 존재로 변신하게 된 것이다. 이를 기호체계로 정리하면 Ⓐ기호대상(안하무인 김덕령) → Ⓑ기호내용(효와 충의 사회적 규범) → Ⓒ기표(의병인 김덕령)으로 정리할 수 있다.

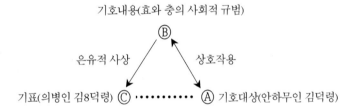

기호내용(효와 충의 사회적 규범)
Ⓑ
은유적 사상   상호작용
기표(의병인 김덕령) Ⓒ ·········· Ⓐ 기호대상(안하무인 김덕령)

이상과 같이 김덕령의 성장담에서는 기호내용인 '①장수로서 잠재력'과 '②효와 충의 사회적 규범'을 통해서, 즉 김덕령 성장담은 "장수로서 잠재력을 가진 김덕령이 효와 충을 실천하는 사람"이라는 기호적 의미를 가지고 있음을 파악할 수 있다. 다시 말하면 이러한 것은 김덕령

---

15) 유교 사상의 핵심은 효와 충이다. 효는 가족적 가치를, 충은 국가적 가치를 실현하는 이념이면서 관념적 수단이다. 하지만 효와 충은 분리된 개념이 아니다. 사회적 규범인 예는 효의 실천을 통해 충의 수렴으로 구성된다(한정훈, 「김덕령의 기호적 의미 구성 연구」, 『구비문학연구』 제46집, 한국구비문학회, 2017, 303~304쪽).

이 힘이 세고 재주가 뛰어나며 담력이 큰 사람으로서 장차 나라를 위해 크게 활략할 사람이라는 기대감을 반영하고 있는 것이다.

4.4. 김덕령의 장군담

김덕령의 장군담은 의병으로 출전하기 위해 준비하거나 의병활동의 내용과 역모죄로 죽음을 맞이하는 내용이다. 이러한 예로 <만고충신 김덕령>, <천하대장군>, <문바위>, <주검동> 등을 들 수 있다. 김 덕령은 임진왜란의 의병장으로서 활동을 했는데, <주검동>에서 김덕 령은 장차 국난이 일어날 것을 예견하고 주검동에 세 개의 대장간을 세 우고 무기를 만들기 시작했고, 장정들을 모아 훈련을 했다고 하는 내용 을 보면 의병으로 출전하기 위해 준비한 것을 알 수 있다. <천하장군> 에서는 도술을 부리고 다양한 술법으로 활동하자 천하대장군이라는 칭호는 얻게 되고, 임진왜란에 참여하여 그의 용맹을 천하에 날렸다고 말하기기도 한다. 그런 사람이 <만고충신 김덕령>에서는 역모죄로 죽음을 맞이하게 된다. <만고충신 김덕령>의 내용을 소개하면 다음 과 같다.

> 김덕령은 무등산의 정기를 받고 태어났다. 임진왜란 때 선조가 불 렀는데 가지 못했다. 그것은 부모상을 만나 가지 못하자 김덕령이 역 적으로 몰리게 되었다. 그럼에도 불구하고 김덕령은 말을 타고 무등 산을 돌아다니면서 산 위로 올라가면 "내가 시기를 잘 못 만났다"라고 말하곤 했다. 선조는 김덕령을 역모죄를 몰아서 죽이게 되는데, 그런 데 그때 김덕령을 죽이지 않고 맺겼다면 나라가 평정이 될란지 모르 지, 활을 쏘면 무등산 넘어 말이 받았다고 할 정도 화려한 장군이었으

니까. 그런 김덕령을 역모죄로 몰아 죽였다. 그 때 김덕령은 "네가 나를 역으로 몰아 죽이지만 나는 내가 할 말이 있다."라고 하면서 "만고충신 김덕령이라고 비를 세우기 전에는 안죽는다."고 그런 말을 했다. 소 네 마리를 이용해 사지를 찢어 죽였지만 소가 힘을 쓰지 못하고 김덕령을 죽이지 못하자, 그래서 '만고충신 김덕령비'를 세웠다고 한다. 최근 몇 해 전에 그 양반을 이장하는데 시체가 썩지 않고 있었다고 한다.

위의 개별 서사단락을 정리하면 다음과 같다.

① 김덕령은 무등산의 정기를 받고 태어나다.
② 김덕령이 역적으로 몰리다.
③ 김덕령은 시기를 잘 못 만났다고 말하다.
④ 김덕령이 역모죄로 죽으면서 '만고충신 김덕령비'를 요구하다.
⑤ '만고충신 김덕령비'를 세우자 김덕령이 죽다.

①의 서사단락은 김덕령이 무등산을 정기를 받고 태어났기 때문에 누구보다도 비범한 사람임을 말해 주는 이야기이고, ②~④의 단락은 김덕령이 역적으로 몰리고 죽으면서 '만고충신 김덕령비'를 세워달라고 요구하는 이야기이며, ⑤의 단락은 김덕령이 요구대로 '만고충신 김덕령비'를 세우게 되는 이야기이다. 이러한 내용은 '만고충신 김덕령비'를 어떻게 세우게 되었는가를 그 유래를 설명하는 이야기라고 할 수 있다. 이를 기호체계로 정리하면 Ⓐ기호대상(김덕령) → Ⓑ기호내용(만고충신 김덕령비 요구) → Ⓒ기표(만고충신 김덕령비 건립)으로 정리할 수 있다.

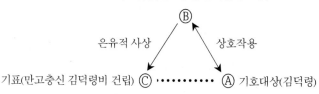

이처럼 <만고충신 김덕령> 이야기는 김덕령이 '만고충신 김덕령비'를 세워 달라고 하는 기호내용을 통해 김덕령이 역모죄로 몰리게 된 것을 강력하게 항변하고자 하는 기호적 의미를 파악할 수 있다. 뿐만 아니라 김덕령이 죽어서라도 자기의 억울함을 풀고자 하는 기호적 의미도 읽혀진다. 역사적으로는 실제로 김덕령이 역모죄로 죽음을 맞이하지만 설화는 김덕령을 부활시키고 있는 것이다. 이러한 것은 기본적으로 역사적으로 김덕령이 29세에 역적으로 몰리는 억울한 상황을 수차례 항변했지만 수용되지 않고 죽음을 맞이하게 되었고, 1661년에 그의 억울함이 밝혀지자 신원이 되는 역사적 사실에 근거하여 이루어진 것이라고 할 수 있다. 즉 <만고충신 김덕령비> 이야기의 원천적 근원은 다름 아닌 김덕령이 역모죄로 죽은 것과 다시 그의 신원이 복원되는 역사적 사실이라는 것이다. 이 이야기의 물리적 기반은 역사적 사실인 셈이다. 김덕령의 역사적 사실을 토대로 이야기를 재현하여 김덕령을 다시 부활시킨 것이다.

김덕령의 대표적인 부활 징표가 바로 '만고충신 김덕령비'이고, 충효동에 조성된 김덕령 추모의 공간인 '충장사'인 것이다. 이것은 이제 김덕령이 추모의 대상을 넘어 송덕의 대상이 된 것을 말한다. 송덕은 불멸성의 가장 확실한 형식이다. 오래 산다는 것은 인간의 기억 속에 살아남는다는 뜻이다. 가장 오래 사는 법은 위대하게 되고, 이름을 떨치며. 뛰어난 업적이 역사책에 실려 영원히 보존되는 것이다.16) 이처럼 김덕령의 만고충신 기념비와 충장사는 김덕령이 역모죄로 죽었지만 그의 신원이 회복되어, 그것만으로 그치지 않고 기억하기 위한 추모의 공간이 만들어지는 것은 김덕령이 죽지 않고 영원하다는 송덕의 대상이 된 것이다.

5. 김덕령은 어떠한 사람인가

설화 전승집단의 인식을 파악하는 것은 기본적으로 설화 형성의 원천적 기반인 역사적 사실이 설화에서 어떻게 형상화되어 나타나고, 설화를 통해서 "설화의 주인공인 김덕령이 어떠한 사람인가?"를 파악하는 것과 같다. 설화의 원천적 근원인 역사적 사실로 하나는 의병활동이고, 두 번째는 역모죄로 죽음에 처한 것이며, 세 번째는 신원에 관한 것이다. 이러한 역사적 사실이 토대가 되어 김덕령 설화가 형성되었고, 그 설화의 기호적 의미는 기본적으로 물리적 토대인 역사적 기반에 근거해 형성되는 것이며, 기호적 의미를 비롯한 은유적 표현인 설화는 당연히 물리적이고 역사적인 근거에 크게 제약받을 수밖에 없다. 이처럼 역사적 인물과 관련된 설화는 김덕령의 설화처럼 설화의 형성 근거인 물리적인 기반에 크게 영향을 받는다고 할 수 있다.

김덕령 설화의 전승집단의 인식을 크게 세 가지로 파악하고자 한다. 그것은 전승집단이 설화의 주인공인, 김덕령을 어떠한 사람으로 생각하는지를 통해 확인할 수 있다. 앞서 논의한 것을 토대로 보면 김덕령

---

16) 알라이다 아스만 지음, 변학수 · 채연숙 옮김, 앞의 책, 46쪽.

은 먼저 무등산의 정기를 물려받은 비범한 사람이었고, 두 번째로 김덕령은 효와 충이라고 하는 사회적 규범을 실천한 사람이며, 세 번째로 김덕령은 죽지 않은 영웅으로 인식하고 있다는 것이다.

먼저 설화 전승집단은 '김덕령이 무등산의 정기를 타고난 비범한 사람'이라고 생각한 것이다. 이러한 이야기는 주로 광주의 무등산 자락에서 전승되는 경우가 대부분이다. 무등산은 김덕령의 역사적 위업을 달성하는 곳이 아니라 장차 국가를 위해 국란을 해결할 수 있는 영웅적인 모습으로 성장해가는 토양인 것이다. 김덕령이 태어날 수 있었던 것도 선대의 할아버지가 무등산 자락에 명당자리를 잡아 이장하여 그 음복의 영향이라고 말하고 있는 것이나, 김덕령이 출생하는 과정 속에서 무등산 산신령의 가호가 있었으며, 김덕령이 성장하면서 장수로서 잠재력을 보여주거나 장차 국가를 위해 충성할 수 있는 계기를 마련해 주는 곳도 무등산이라고 이야기하고 있다. 즉 이 모두가 김덕령의 출생담을 비롯한 성장담이 무등산을 근거로 형성된 것이기 때문이다. 이러한 이야기를 통해서 보면 설화 전승집단은 "김덕령은 무등산에서 탄생한 비범한 사람이다."라는 인식을 하게 된 것이다.

두 번째로 설화 전승집단은 '김덕령이 부모에 효도하고 국가에 충성하는 사회적 규범을 실천하는 사람'이라고 생각한 것이다. 이러한 것은 <김덕령 오누이의 경주>와 <김덕령 오누이의 씨름시합>, <김덕령 장군의 오누이 힘내기>를 통해서도 확인할 수 있다. 이들 이야기는 기본적으로 김덕령이 장차 깨달음을 통해 의병이 되어 국가를 위해 큰일을 하리라는 믿음을 가지고 있다. 그 믿음의 근저에는 김덕령의 누나가 중요한 역할을 했음이 내포되어 있다. 본래 김덕령이 무등산의 산신의 후광으로 출생하고 비범함을 가지고 있지만 가족이나 사회, 국가를 위한 사회적 규범을 실천할 수 있는 사람은 아니었다. 그를 사회적 규범을 실천할 수 있는 사람으로 변화시킨 것은 다름 아닌 그의 누나인 것이다. 누나가 변장하여 김덕령과 씨름을 한 것이나, 실제로 김덕령과 내기를 하여 일부러 져주는 것은 모두가 다 김덕령에게 깨달음을 주기 위한 것이다. 김덕령은 누나의 도움으로 사회적 규범을 실천할 수 있는 사람으로 변신하게 되어 의병활동을 하게 된 것이다. 따라서 이처럼 설화 전승집단은 "김덕령은 장차 사회적 규범을 실천하여 국가에 충성할 사람이다."라고 생각한 것이다.

세 번째로 설화 전승집단은 '김덕령이 죽지 않은 영원한 영웅'으로 생각한 것이다. 김덕령의 죽음은 역사적 사실에서 확인되지만 설화에서는 죽지 않은 영웅으로 기억하기 위해 재탄생시키고 있기 때문이다. 이러한 설화적 사실은 당연히 역사적 사실인 1661년에 김덕령의 신원을 근거로 형성된 것이다. 다시 말하면 역사적 사실에서는 김덕령이 역모죄로 몰려 비운의 죽음을 맞이했고, 훗날 김덕령이 신원되면서 사원에 배향되고 그의 공훈이 인정되어 시호로 충장공에 봉해지는 것으로 기록화 되었지만, 설화에서는 김덕령이 역모죄로 죽은 것을 강하게 항변하고 있는 것이고, 죽임을 당했지만 죽지 않는다는 의식으로 '만고충신 김덕령비'를 세워달라고 요구한 것이다. 이 기념비는 김덕령이 재탄생하는 상징물이고 영원히 기억되기 위한 문화적 기억의 대상이 되는 것이다. 인간은 죽음을 통해 생물학적 삶을 마무리 하지만 정신적인 측면에서는 영원히 기억되기 위한 은유적인 표현을 다양하게 활용한다. '만고충신 김덕령비' 또한 이와 마찬가지이다. 이것을 통해 설화 전승집단은 "김덕령은 살아있는 영웅이다."라고 생각한 것이다.

결론적으로 설화 전승집단의 인식을 토대로 "김덕령이 어떠한 인물이었는가?"의 서사적 화두에 답변하자면 "김덕령은 무등산의 정기를 타고난 비범한 사람이고, 국가에 충성하는 사람이며, 영원히 죽지 않은 영웅이다."라고 말 할 수 있다.

참고문헌

1. 자료

『광주의 전설』(광주직할시 향토문화총서 제2집), 광주직할시, 1990.

2. 논저

나경수, 「김덕령의 역설적 삶과 의미」, 『남도민속연구』 제22집, 남도민속학회,
      2011.
노양진, 「퍼스의 기호 개념과 기호 해석」, 『철학논총』 제83집 제1권, 세한철학회,
      2016.
노양진, 『몸 언어 철학』, 서광사, 2009.
신동흔, 「서사적 화두를 축으로 한 화소·구조 통합형 설화분석 방법 연구」, 『구
      비문학연구』 제46집, 구비문학회, 2017.
알라이다 아스만 지음, 변학수·채연숙 옮김, 『기억의 공간』, 그린비, 2011.
에릭 R, 캔델, 전대호 옮김, 『기억을 찾아서』, 알에이치코리아, 2013
제프리 K, 올릭, 강경이 옮김, 『기억의 지도』, 옥당, 2011.
최문규 외, 『기억과 망각』, 책세상, 2003.
표인주, 「임진왜란 서사기억의 발생적 원천과 기호적 층위」, 『호남문화연구』 제
      59집, 전남대학교 호남학연구원, 2016.
표인주, 「임진왜란의 구술기억과 구술집단의 역사의식」, 『호남문화연구』 제58
      집, 전남대학교 호남학연구원, 2015.
표인주, 「해남 윤씨 설화의 기호적 의미와 전승집단의 인식」, 『호남문화연구』
      제63집, 전남대학교 호남학연구원, 2018.

표인주, 『남도민속학』, 전남대학교출판부, 2014.

한정훈, 「김덕령의 기호적 의미 구성 연구」, 『구비문학연구』 제46집, 한국구비
　　　문학회, 2017.

〈김덕령전〉에 나타난 영웅의 형상과 의미

백지민*

1. 들어가며

김덕령(金德齡, 1567~1596)은 광주 무등산 자락 석저촌에서 태어났다. 어려서부터 남다른 신체적 조건과 뛰어난 능력을 지니고 큰 뜻을 품고 있었지만 집안이 한미한 까닭에 초야에 묻혀 지냈다. 삼형제 중 둘째로 태어난 김덕령은 일찍 부친을 여의고 홀로 남은 모친을 정성으로 모시던 효자이기도 하였다. 그러다가 임진왜란이 발발하고 의병 활동을 하다가 홀로 계신 어머니를 봉양하기 위해 잠시 귀향하였다. 의병 활동을 하던 형이 사망하고, 어머니까지 돌아가신 후에 창의하여 영남으로 진격하였다. 그렇지만 당시 전란의 상황은 조선과 일본 양측의 정부가 강화 협상을 벌이던 시기로 대단위 전투가 없었기 때문에 뚜렷한 전공을 세우지는 못하였다. 그럼에도 김덕령의 위명은 조선뿐 아니라

* 전남대학교 국어국문학과 BK사업단 박사후연구원

일본 군사들에게까지 널리 퍼져 있었다. 김덕령은 조정의 관리들과의
갈등으로 투옥되었다 풀려났지만 결국 이몽학의 난과 연루되어 고문
을 받다가 옥중에서 억울하게 죽었는데, 사후 65년 후에야 신원되었다.

김덕령의 이야기는 여러 지역에서 전설로 퍼져있고 가사, 시조, 한
시, 소설 등 문학작품으로 창작되어 시대적 상황에 따라 다양한 형상으
로 전해지고 있다. 평생을 올곧게 충신으로 살았지만, 끝내 역신으로
몰려 죽은 그의 비극적 삶이 많은 이들의 연민과 관심 속에 다양한 방
식으로 회자된 것이다. 그중에서 소설 <김덕령전>[1]은 국학자이며 독
립운동가였던 장도빈(張道斌, 1888~1963)이 1926년 신작으로 지은 구
활자본 영웅전기소설이다. 작자 장도빈은 신채호, 박은식 등의 영향으
로 국난을 극복하기 위한 애국계몽운동의 일환으로 역사 연구와 더불
어 <이순신장군전> · <김덕령전> 등 여러 편의 영웅 전(傳)을 창작
하였다. 특히 장도빈이 지은 영웅전기소설은 소설의 통속성을 상당 부
분 배제하고 사실에 충실하면서 민족의식을 고취시키려는 전통적인
전기의 정신을 이어 받아 민족적 영웅을 작품으로 구성하면서 심미성
보다 그 영웅의 실상을 보여주고자 하는 데 목적을 두었다.[2]

본고는 <김덕령전>을 통해 김덕령이라는 걸출한 인물의 비극적 일
생이 지나간 역사의 과오로 남아있지 않고 개화기 조선에서 다시 소설
의 주인공으로 등장하게 된 배경을 사회 · 문학적 맥락에서 면밀히 살
펴보고자 한다. 아울러 <김덕령전>에서 그가 보여주는 영웅적 형상

---

1) 원제목은 <충용장군 김덕령전>이라 한다. 서울대 도서관 소장본과 인천대 민족문
   화연구소에서 간행한 『구활자본 고소설전집』 19(동서문화원, 1984)이 있는데 같은
   판본이다. 본 글은 『구활자본 고소설전집』에 실린 작품을 대상으로 하며, 인용할 경
   우 해당 쪽수만 밝히기로 한다.
2) 강현모, 「전기소설 김덕령전의 서사구조와 의미」, 『한남어문학』 제19집, 한남대학
   교 한남어문학회, 1993, 42쪽.

을 검토함으로써 그 의미를 탐색해볼 것이다.

2. 근대국가와 민족, 그리고 영웅전기소설

일찍 산업화를 이루고 눈부신 경제 성장을 거듭한 열강이 식민주의적 제국주의에 입각하여 그 대상을 아시아로 확장하고자 했던 국제 정세 속에서 조선은 쇄국 정책으로 나라의 문을 굳게 닫고 고립되어 있었다. 19세기 말 폐쇄적이었던 봉건사회의 문제는 갈수록 심화되어 체제 내부의 균열을 초래하였다. 철저한 신분제 사회였던 조선은 양반과 노비로 계층이 분열되어 있었고, 남성중심주의와 가부장제에 의한 남성과 여성의 분열, 지역 차별 및 빈부의 격차에 따른 분열, 심지어 양반 계층 내부적으로도 권력의 획득을 위한 자기분열과 갈등이 날로 심각해지고 있었다. 조선은 이러한 내부적 위기뿐 아니라 호시탐탐 각종 이권과 자원의 침탈을 노리는 열강들도 경계해야하는 위태로운 상황에 놓여있었다. 이를 극복하기 위해 강구한 대책이 '근대국가'의 성립이었고, 이를 위해 '국민'이라는 이름으로 통합을 시도하였다.

조선의 근대국가 성립은 열강에 휘둘리지 않는 자주독립국가로서의 국가적 위상을 바로 세우고자 하는 노력에서 출발하였다. 1897년 대한제국을 국호로 선포하고 고종이 황제로 즉위하였다. 그렇지만 대한제국은 정치체제에 대한 견해 차이로 개회파와 집권파 사이의 정치적 논쟁과 대립으로 끊임없이 갈등을 지속하였다. 대한제국의 성립은 대한이 자주독립국가임을 국내와 세계에 알린 중요한 역사적 사건이었지만, 황제와 관료 사이의 끊임없는 견제와 이를 이용하여 대한제국을 침탈하려는 열강의 개입으로 인해 내실을 다지지 못하고 결국 1910년 한

일합방이라는 비극적 결과를 초래하게 되었다.

근대국가의 국민이라는 이름으로 통합을 시도한 것은, 차별과 분열을 극복하여 국가 구성원에게 스스로 모두 동질적(평등한) 존재임과 국가 주권의 보유자임을 인식하게 만드는 과정이었으며, 사실상의 전환, 즉 신분제와 가부장제의 해체, 성적 지역적 차별의 철폐, 경제적 평등의 확보 등 근대화와 함께 진행되어야 할 것이었다.[3] 여기에 결정적인 역할을 한 것은 계몽운동이었다. 계몽운동은 신문, 잡지 등의 출판과 저널 등의 근대적 매체의 활발한 활동으로 전개되었다. 계몽운동은 조선의 언어와 조선의 역사 연구에 대해 주목하였는데, 이는 동일한 언어와 동일한 역사를 지닌 존재라는 동질성을 기반으로 배제되어 있던 개별자를 하나로 묶는데 주요한 역할을 하도록 만들었다.

이 시기 서구에서 들어온 네이션(nation)이라는 용어는 국가·국민·민족 등으로 다양하게 혼용되어 쓰였는데, 장도빈이 주필로 활동했던 『대한매일신보』에서도 민족과 국민에 대한 관심이 높았다. 1908년 7월 30일 『대한매일신보』에서는 「민족과 국민의 구별」이라는 논설을 통해 민족과 국민을 다음과 같이 정의한 바 있다.

> 민족이란거슨 다만 ᄀᆞᆺ흔 조상의 ᄌᆞ손에 민인쟈 l 며 ᄀᆞᆺ흔 디방에 사ᄂᆞᆫ쟈 l 며 ᄀᆞᆺ흔 력ᄉᆞ를 가진쟈 l 면 ᄀᆞᆺ흔 종교를 밧ᄃᆞᆫ쟈 l 며 ᄀᆞᆺ흔 말을 쓰ᄂᆞᆫ쟈 l 곳이민족이라칭ᄒᆞᄂᆞᆫ바 l 어니와 국민이라ᄂᆞᆫ 거슬 이와 ᄀᆞᆺ치 히셕ᄒᆞ면 불가ᄒᆞᆫ지라 대뎌 ᄒᆞᆫ 조샹과 력ᄉᆞ와 거디와 종교와 언어의 ᄀᆞᆺ흔거시 국민의 근본은 아닌거시 아니언마ᄂᆞ 다만 이것이 ᄀᆞᆺ다 ᄒᆞ야 믄득 국민이라 ᄒᆞᆯ수업ᄂᆞ니 비유ᄒᆞ면 근골과 믹락이 진실노 동물 되ᄂᆞᆫ 근본이라ᄒᆞᆯ지나 허다히 버려잇ᄂᆞᆫ 근골믹락을 흔곳에 모도와놋코 이것을 성긔잇ᄂᆞᆫ 동물이라고 억지로 말ᄒᆞᆯ수 업ᄂᆞᆫ 것과 ᄀᆞᆺ치 뎌 별

3) 강명관, 『국문학과 민족 그리고 근대』, 소명출판, 2007, 10~11쪽.

과ㄱ치 허여져잇고 모릭ㄱ치 모혀 사ㄴ 민족을 가ᄅ쳐 국민이라 홈
이 엇지 가ㅎ리오 국민이란쟈ㄴ 그 조샹과 력ㅅ와 거디와 종교와 언
어가 ㄱ혼외에 쏘 반ㄷ시 ㄱ혼 정신을가지며 ㄱ혼 리해를취ㅎ며 ㄱ
혼힝동을 지어서 그 ㄴ부에 조직됨이 흔몸에 근골과 ㄱ호며 밧글 ㄷ
ㅎ 정신은 흔 영문에 군ㄷㅣㄱ치ㅎ 여야 이거슬 국민이라ㅎㄴ니라4)

위 인용문을 살펴보면, 민족은 혈통·역사·거주·종교·언어를 공
유하는 국가의 종족적 토대를 제공해 주는 역사 속에서 자연적으로 발
생한 현상으로, 국민은 동일한 정신(획일적인 국민주의·국가주의 이
데올로기)으로 묶여 있는 인공의 단체로 파악하고 있다.5) 이는 국민과
민족을 세밀하게 분리하고자 노력한 것이지만 실상 한 민족은 곧 한 국
가의 국민을 지향한다는 점에서 민족과 국민을 구별하는 것은 어려운
일이며, 서서히 '민족=국가'라는 프레임이 생성되고 있었다. 전근대 사
회에서 '왕조=국가'라는 등식이 성립했던 것과는 달라진 국면이다. 식
민지가 된다는 것을 더 이상 왕조의 몰락이 아닌 국가의 위기로 파악하
게 된 것이다.6)

　… 소위 륙대 강국이니 팔대강국이니ㅎㄴ 렬강이 모다 열성으로
이 뎨국쥬의를 슝빅ㅎ며 모다 서로 닷토와 이 뎨국쥬의에 굴복ㅎ야
세계무ㄷㅣ가 활발흔 뎨국쥬의를 일우윗도다 그러ㅎ즉 이 뎨국쥬의를
져항ㅎㄴ 방법은 무엇인가 굴ㅇㄷㅣ 민족쥬의 다른 민족의 간섭을 밧
지 아니ㅎㄴ 쥬의를 분발홀 쑨이니라 이 민족쥬의ㄴ 실노 민족을 보
전ㅎ난 방법이라…7)

---

4) 「민족과 국민의 구별」, 『대한매일신보』 1908년 7월 30일자.
5) 박노자, 「개화기의 국민담론과 그 속의 타자들」, 『근대계몽기 지식개념의 수용과
　 그 변용』, 이화여자대학교 한국문화연구원, 소명출판, 2004, 245~246쪽(강명관,
　 앞의 책, 13~14쪽 재인용).
6) 고미숙, 『계몽의 시대;근대적 시공간과 민족의 탄생』, 북드라망, 2014, 141쪽.

또한 『대한매일신보』에서는 위와 같이 1909년 5월 28일 「데국쥬의와 민족쥬의」라는 논설에서 제국주의에 대항할 수 있는 방법으로 민족주의를 제시하고 있다. 한일합방 후 국가의 주권을 잃은 대한제국에는 더 이상 국가와 국민도 존재할 수 없었다. 국가와 국민이 사라진 20세기 초 조선에 남은 것은 민족뿐이었다. 민족이 완전해지기 위해서는 자주독립국가로 자리매김하는 일이 선결되어야 했고, 따라서 계몽운동은 독립운동과 그 맥을 같이 할 수밖에 없었다. 계몽운동가들은 민족의 자기 동일성을 지키기 위해 이들을 하나로 묶을 수 있는 언어와 역사 연구에 열중하였다.

계몽운동의 중요 부분은 신문, 잡지 등의 매체를 통한 담론적 실천이었으며, 영웅전기소설은 이러한 상황 속에서 일제의 식민주의 담론의 사회적 확대 과정에 대응하기 위해 등장한 문학 양식이었다.[8] 계몽의 대상인 대중(또는 민중)의 존재와 계몽의 도구였던 출판 인쇄 등의 미디어를 통한 심상적 동일화로서의 민족의 형성, 자본주의적인 질서 속의 국제정세 속에서의 독립된 국가의 건설이라는 계몽의 지향[9]에서 영웅은 빼놓을 수 없는 장치였다. 계몽운동에 참여했던 많은 지식인들의 번역과 저술에서 끝없이 회자되는 '영웅'에는 독립된 근대국가를 이룩하고자 하는 간절한 염원이 담겨있었다. 영웅이라는 기호는 근대국가 건설이라는 시대적 목표와 그에 적합한 자질들을 표상하는 것이었고, 따라서 역사적 사건에서 활약했던 영웅들은 시공간을 초월하여 근대국가 건설에 전국민을 동원하려는 구호로 거듭나 위인전기와 신문사

---

7) 「제국주의와 민족주의」, 『대한매일신보』 1909년 5월 28일자.
8) 이승윤, 『근대 역사담론의 생산과 역사소설』, 소명출판, 2009, 32쪽.
9) 송병삼, 「역사를 이야기하는 욕망, 주체를 구성하는 서사」, 『남도문화연구』 제25집, 순천대학교 남도문화연구소, 2013, 319쪽.

설과 잡지논설들을 통해 나라 전체에 선전되었다. 영웅을 활용한 선전의 궁극적 목적은 문명을 이루고 부국강병한 독립국가를 건설하는 데 있었으며, 그 목적을 공유하고 행동하는 사람은 이제 차별 없이 누구나 영웅이 될 수 있었다.10)

개별 인물의 서사보다 우선하여 그려지는 민족의 서사는 역사적 사건의 실존인물을 특정한 인물로 형상화하는 데에 기여한다. 즉, 이 시기 영웅전기소설에 주인공으로 호출된 실존인물들은 단순한 개인이 아니다. 현재와 과거라는 시공을 초월하여 민족의 위기라는 서사 속에 탄생하게 된 민족의 영웅으로 형상화되고 있는 것이며, 마침내 이들 인물에 의해 위기에 처했던 민족의 서사는 그 위기를 극복하고 다시 승자로 종결된다.11) 역사적 사건과 인물은 현재와 미래의 세대에게 본보기 · 가치 · 명분 · 이상을 제공한다.12) 영웅전기소설은 실재했던 역사적 사건을 배경으로 실존했던 인물을 영웅으로 등장시켜 그의 삶과 행적을 조명한다. 이때 영웅은 역사상에서 국난을 극복한 실존 인물을 선택함으로써 절실한 시대적 민족적 요구에 의하여 구국 항쟁의식을 고취시키고 애국자가 나오기를 갈구하는 의도로 내세우는 인물이다.13)

영웅전기소설은 당대의 시대적 조건 속에서 민족이 추구하는 이상적인 영웅적 인간상의 서사적 구현을 목적으로 하는 것이었다. 역사가 국권 회복을 위한 애국심, 애국주의를 배양하는 데 가장 좋은 방법과 부문이라고 보는 역사 민족주의의 고양이 외국의 역사물을 보급하고,

---

10) 이헌미, 「한국의 영웅론 수용과 전개, 1895－1910」, 서울대학교 석사학위논문, 2004, 34쪽.
11) 송명진, 「구성된 민족 개념과 역사 전기소설의 전개」, 『현대문학의연구』 제46집, 한국문학연구학회, 2012, 221쪽.
12) 류사오평 저, 조미원 · 박계화 · 손수영 역, 『역사에서 허구로』, 길, 2001, 160~161쪽.
13) 김용덕, 『전기문학의 이해』, 역락, 2006, 119쪽.

특히 사서류(史書類)와 구국 영웅의 전기류 발간을 촉진하였던 것이다.14) <김덕령전>도 이러한 맥락에서 창작된 작품이다. 다음 장에서 <김덕령전>에 나타난 영웅의 형상을 자세하게 살펴보도록 하겠다.

3. 김덕령의 민족영웅적 형상과 의미

임진왜란 시 의병장으로 활동했던 김덕령을 주인공으로 내세운 소설 <김덕령전>은 인물에 대한 사실적 정보들을 중심으로 서사를 전개한다. 특히 서술자는 작품의 전개에 전혀 관여하지 않고 사실만을 서술하는 객관적 어조를 유지하고 있다. 대개의 전(傳) 계열 소설 작품들은 작가가 서술자의 존재를 빌어 작품의 말미에 주인공의 행적을 포폄하는 형식으로 마무리된다. 그러나 <김덕령전>에서는 역모로 사형당한 김덕령의 신원 과정과 그 일가의 후일담을 간략하게 서술하고 끝난다. 객관성을 유지한 보고식의 서술을 통해 김덕령 개인의 서사에 초점을 맞추기 보다는 국난의 위기라는 민족의 서사에서 김덕령의 역할이 무엇인지에 주목하도록 한 것이다. 주인공인 김덕령의 영웅적 면모 외에도 임진왜란 시 활약했던 다양한 영웅들의 업적이 소개되는 것도 이 때문이다. 따라서 지극히 개인적 서사인 출생과 관련한 장면은 작품에서 배제되고 있다. <김덕령전>에는 영웅소설에서 흔히 나타나는 '영웅의 출생', 즉 고귀한 혈통 또는 신이한 출생 장면은 나타나지 않는다. 다만, 김덕령이 실존인물임을 상기시키기 위해 "전라도 광주군 석저촌"이라는 구체적 지명을 거론하며 출신지에 대한 정보를 간략하게 제시하고 있다.

---

14) 이승윤, 앞의 책, 33쪽.

덕령이 더욱 수양을 힘써 용맹을 련단하며 재조를 닥글세 이에 이에 덕령 맹은 세계에 쒸여나는 용맹이오 그 재조가 쏘한 비상하야 당할 사람이 업는지라 능히 싸에 누어서 두세길 되는 지붕을 쒸여너무며 말을 단녀 아모리 위험한 곳을 당하야도 조곰도 것칠미 업스며 이층집 우에서 누어서 써러져 지하 싯으로 굴어 방안에 드러오며 산중에 가서 검을 휘두르며 나오매 좌우에 수목까지가 검에 마자 써러지는 모양이 맛치 구십월 부는 바람에 낙엽 내리듯 하더라(1~2쪽)

<김덕령전>은 대부분 객관적이고 사실적인 표현으로 서사를 전개하고 있으나, 김덕령이 가진 신체적 능력이 보통 사람보다 뛰어남을 묘사하는 부분에서는 다소 과장된 표현을 사용하기도 한다. 위와 같이 평범한 인간의 신체 능력으로는 도저히 불가능할 것 같은 일들—높은 지붕을 쉽게 뛰어 넘거나 뛰어난 승마 실력을 가져 험한 지리에도 구애받지 않으며, 높은 곳에서 떨어져도 무사할뿐더러 산속에서 검을 휘두르니 나뭇가지가 우수수 떨어지는 등—을 김덕령이 어려움 없이 해내는 장면을 묘사함으로써 그가 가진 신체적 우월함을 제시하고 있다. 이는 김덕령이 지닌 영웅적 능력을 드러내기 위한 과장이다.

김덕령은 남다른 신체적 능력으로 영웅적 면모를 보이고 있지만, 그에 비해 실제로 손꼽을만한 전공을 거두지는 못하였기 때문에 작품에서는 김덕령이 전공을 세우지 못하는 까닭을 여러 차례 자세하게 소개하고 있다.

덕령이 녕남으로 너머가자 이째 맛춤 일본장수 가등청정이 군사를 보내 경주를 침범하거늘 장수 고인백이 그를 막는 중에 청정이 덕령의 옴을 듯고 크게 두려워 이에 여러 장수를 모아 회의할 새 적장이 다 놀내 갈오되 "김덕령은 조선에 뎨일 무서운 장수라 이제 군사를 거나리고 녕남으로 내려오니 일본군사가 그와 싸오면 반드시 패할지니 차

라리 먼저 군사를 것우고 싸움을 정지함이 상책이라" 하더라 … "그러
나 덕령과 싸와 큰패를 당함은 득책이 아닌즉 덕령의 위인을 자세히
됴사하고 가부를 결정하자" 하거늘 청정이 올히 녁여 이에 그림 그리
는 군사를 식여 조선 의복을 닙고 덕령의 화상을 그려오라 하더라 …
일본 화공이 가만히 덕령의 화상을 그려가지고 다나나 그 화상을 청
정에게 밧치니 청정이 덕령의 화상을 보고 크게 놀내 갈오되 "덕령은
과연 턴하명장이라 덕령과 싸오면 반드시 패할진즉 이 일을 엇지할
가" 하니 여러 장수가 다 갈오되 "이제는 일본 군사가 아모리 만으나
도저히 김덕령을 당할 수 업슨즉 이제붓허는 다시 조선 군사를 칠 생
각을 두지 말고 오직 진을 직히고 잇다가 도라가자" 하니 청정이 올히
녁여 이에 경주 치려 갓던 군사를 시급히 불너 도라오고 여려 장수에
게 통첩하야 이후에는 다시 조선 싸를 침노하지 말자고 각처에 나
가 잇던 군사를 모다 불너 도라와 본영을 직히고 사면에 버려잇던 일
본진을 것우어 드려 오직 울산 부근에 세 큰진을 맨들고 그를 직히니
이에 일본 군사가 경상도 바다 연안에 약간 잇슬쁜이오 감히 다시 다
른 고을을 침범하지 못하더라(20~22쪽)

덕령이 압해 서서 배를 몰아적군을 향할 새 한편에는 충용긔를 세우
고 한편에는 익호긔를 세우고 군악을 치며 거제로 드러가니 적군이 충
용긔와 익호긔를 보고 크게 놀내 이에 곳 성문을 굿이 닷고 나오지 못
하거늘 … 덕령이 쏘한 군사를 거나리고 진주로 도라오니라(27~28쪽)

덕령이 군사를 니러킨지 수년에 한 번도 적군과 싸오지 아니하얏스
나 장군의 위풍에 적구니 크게 놀내 장군이 온다하면 다 혼을 일코 다
라나며 장군이 잇다하면 다 쥐구멍을 차자 숨어 장군이 잇는 째에는
적군이 감히 한거름을 나오지 못하며 장군이 잇는 싸에는 적군이 감
히 돌 한 개를 던지지 못하얏나니 장군은 과연 싸오지 안코 익이는 명
장이엿더라(28쪽)

위 인용문에서와 같이 김덕령은 전쟁에 임하면서 승기의 유무를 떠

나 언제나 당당한 모습을 보여주었는데, 김덕령의 위명을 듣고 적군이 겁을 먹고 후퇴하여 전투에 참가할 기회가 없었다. 그 과정에서 일본군은 김덕령의 위명을 실제로 확인하기 위하여 몰래 화공을 보내 김덕령의 화상을 그려오도록 한다. 가등청정이 그 화상을 보고 크게 놀라 군사를 황급히 물리는 장면을 통해 김덕령의 위명이 단순히 허명이 아니었다는 것을 확인할 수 있다. 김덕령의 화상을 접한 일본군은 단순한 후퇴에 그친 것이 아니라 공격 의지를 잃고 울산 부근에 진을 치고 방비하는 데만 집중하는 모습을 보여주고 있다. 또한 일본군은 김덕령을 상징하는 깃발만 보거나 출전 소식만 듣고도 전투 의지를 잃게 되는 장면이 연이어 그려지고 있다. 이와 같은 장면들은 민족의 위기를 앞장서서 해결하고자 했던 전쟁영웅으로서의 김덕령의 모습이 두드러지는 부분이다.

<김덕령전>은 모두 4부분으로 구성되어 있다. 1장부터 3장까지가 '김덕령의 출세, 김덕령의 기병, 김덕령의 출전' 등 김덕령이 전쟁영웅이 되기까지의 과정을 그리고 있다면, 4장 '김덕령의 횡사'에서는 김덕령이 모함을 받아 억울하게 죽게 되는 내용을 그리고 있다. 그런데 주목할 점은 4장 김덕령의 횡사가 작품 전체적으로 살펴보았을 때 비교적 큰 비중을 차지하며 자세히 그려지고 있다는 점이다.

> 김덕령이 명예가 놉흘수록 김덕령을 미워하는 자 만은지라 … 을미년 구월에 윤근수 전라도에 내려와 시찰하던 중에 덕령이 그 부하 인명을 함부로 살해한다는 혐의로 덕령을 잡아 진주에 갓우고 님금씌 장계하니 … (28~29쪽)

> 님금이 크게 놀내 갈오되 "덕령이 용맹이 텬하 데일이오 또 친병이 만여 명이 잇거늘 이제 모반하얏다 하니 만일 덕령이 잡혀오지 아니

<김덕령전>에 나타난 영웅의 형상과 의미 | 359

하면 엇지 큰 걱정이 아니리오" 대신 류성룡이 갈오되 " 덕령이 잡혀 오지 아늘 넘녀는 업슴니다 그 사람의 위인으로 보아 그럴줄로 밋슴 니다" 하니 승지 서성이 갈오되 "덕령이 모반할 사람이 아니오니 사람 한아만 가면 곳 잡아올지라 하필 다른 계교를 써서 덕령을 잡을 필요 가 업슴니다" 한 대 님금이 크게 노하야 갈오되 "그러면 서성이 네가 가서 덕령을 잡아오너라" 하니 성이 황공하야 곳 잡아오기를 맹서하 고 덕령을 잡으려 남도로 내려가니라(29~30쪽)

위의 인용문은 김덕령이 혐의를 받고 위기에 처하게 되는 부분이다. 첫 번째는 1595년 전라도를 시찰하던 윤근수에 의해 김덕령이 부하 장 졸들을 함부로 살해한다는 혐의를 들어 투옥되었는데, 백성들의 상소 와 정탁의 상주로 풀려났다.[15) 두 번째는 이몽학의 난이 평정된 후 반 역도를 공초 하던 끝에 김덕령이 반당에 연루되어 있다는 증언을 하여 투옥되었다. 임금의 친국과 모진 고문에도 김덕령은 혐의를 인정하지 않고 본인의 무고함을 끝까지 주장하였다.

덕령이 잡히워 서울로 올나올 새 이째 디방인민들이 날마다 수백 명씩 모혀 정부에 상서하야 덕령의 무죄함을 변명하니 정부에서 더욱 덕령이 인심을 만히 엇은 것을 의심하야 더욱 덕령을 엄중히 단속하 야 쇠사슬로 덕령의 전신을 결박하거늘 덕령이 우서 갈오되 "내가 모 반하자면 엇지 쇠사슬이 무서우랴" 하고 노하야 한 번 몸을 동하니 쇠 사슬이 모다 슨어져 나가고 몸이 턴인히 안저 잇는지라(31~32쪽)

김덕령의 무고함은 본인의 주장 외에도 그가 서울로 호송될 때 백성

---

15) 실제로 김덕령이 윤근수에 의해 부하 장졸을 함부로 살해한다는 혐의를 받게 된 것 은 그의 노복을 장살한 원한을 산 것이 화근이 된 것이다(나경수, 「김덕령의 역설 적 삶과 의미」, 『남도민속연구』 제22집, 남도민속학회, 2011, 84쪽).

들이 수백 명씩 모여 상소하였다는 점을 들어도 재고해볼만한 일이지만 조정에서는 그의 뛰어남 때문에 오히려 그를 의심하여 김덕령을 결박한 쇠사슬을 더욱 단단히 묶을 뿐 사실 관계를 입증하려는 노력을 소홀히 하였다. 특히 임금은 김덕령을 대면하고 그의 뛰어난 재능과 비범함 때문에 그를 두려워하는 모습을 보여주기도 한다.

> 선조대왕이 덕령의 눈이 번개 갓고 덕령의 말소리 뇌성 갓흠을 보고 더욱 겁을 내여 이에 무사를 식여 덕령을 감옥으로 내려다가 엄중히 심문하야 덕령의 죄상을 됴사하야 올니라 하얏다 감옥에서 덕령을 심문할 새 덕령이 종시 불복하니 감옥에서 독괴로 덕령의 살점을 찍어내여 뼈만 남거늘 쏘 톱으로 덕령의 뼈를 켜서 뼈가 모다 부스러진지라 덕령이 종내 불복하고 죽으니라(38~39쪽)

김덕령은 모진 고문 끝에 장독으로 결국 죽게 되었다. 역모의 혐의에 연루되어 불명예스러운 죽음을 맞이하게 된 것이다. 나라의 위기 앞에 창의하여 충심으로 조선을 지키고자 목숨을 아끼지 않았지만 그를 죽음에 이르게 한 것은 적군인 일본군이 아니라 그가 충심을 바쳤던 조선의 조정이었다.

> 덕령이 죽으매 백성들은 그를 슬피 녁여 눈물을 흘니며 갈오되 "김장군이 죽엇스니 우리는 다 죽는다" 하고 일본 사람들은 너무 조와서 깃버 뛰며 갈오되 "이제는 조선 싸를 마음대로 횡행하갓다" 하더라 (39쪽)

김덕령의 죽음에 백성들은 매우 슬퍼하며 나라의 앞날을 걱정하였고, 적군은 조선의 뛰어난 인재가 죽어 앞으로 마음껏 침략할 수 있게 되었음에 기뻐하였다. <김덕령전>에서 백성들은 시종일관 김덕령의 편에서 그의 승리를 함께 기뻐하고 그의 위기를 걱정하였으며, 그가 모함을 받게 되었을 때 앞장서서 그를 위해 변명하였다. 뿐만 아니라 그의 죽음을 매우 슬퍼하는 모습으로 그려지고 있다. 반면 조선의 조정은 위기의 순간에는 뛰어난 능력을 지닌 김덕령을 필요로 하다가 강화를 맺고자 하였을 때는 오히려 그의 능력을 견제하고 두려워하는 모습으로 그려지고 있다. 영웅전기소설에서 영웅에 대적하는 세력은 주로 나라 밖의 세력이다. 외세의 침략을 지략과 용맹함으로 물리치는 영웅의 모습을 통해 민족적 위기를 극복하는 모습을 형상화함으로써 민족의 결속력을 강화시키고자 한 것이다. 그런데 <김덕령전>에서 김덕령의 적대 세력은 외부의 일본군뿐만이 아니었다. 그의 능력과 인망을 시기 질투하고 급기야 두려워한 내부의 조정 권력자들도 그의 적대 세력이었다. 사실상 전쟁에서 적군도 죽일 수 없었던 김덕령을 죽인 것은 다름 아닌 내부의 권력자들이었다.

> 덕령이 갈오되 "신이 죄가 잇습니다 이런 악한 세상에 무슨 일을 하겠다고 나온 것이 신의 죄오 군사를 니러킨지 삼년에 적군을 처물니지 못한 것이 신의 죄오 나라에 소인의 무리가 만히 잇거늘 그를 맑히지 못함이 신의 죄로소이다"(37~38쪽)

김덕령은 일본과 강화를 맺기보다는 그들을 완전히 물리쳐 침략의 뿌리를 뽑고자 노력하였지만 조정에서는 여러 차례 김덕령의 출병을 불허하였고, 이 때문에 억울한 모함을 받고도 그 벌을 면할만한 공적을 쌓지도 못하였다. 김덕령이 의병을 일으킨 지 3년이 지나도록 전투다운 전투를 제대로 할 수 없었던 것은, 무능한 조선의 권력자들 때문이었다. 당시 조정의 권력자들이 권력 싸움에만 몰두하여 일본의 침략을 예견하지 못했기 때문에 제대로 싸워보지도 못하고 많은 피해를 입었고, 전열을 가다듬는 와중에도 내부적 갈등을 봉합하지 못하고 모함을 일삼으며 자기 세력의 이익을 위해 일본과의 강화를 서두르느라 끝까지 싸울 수 있도록 허락하지 않았다. 김덕령은 본인을 역모의 혐의로 몰아 오명을 쓰게 한 조정의 부패마저 본인의 탓으로 말할 만큼 올곧은 모습으로 형상화되어 조정의 무능한 권력자들과 대조적인 모습으로 그려지고 있다. 조정의 무능한 면모는 작품 곳곳에 드러나 있다.

두수 남원에다달아 휘하군사수천명을 선거이에게맞겨 고성에진치게하고 권률 리순신 김덕령으로하야곰 함께 거제도의 적군을 치라하니 권률이 곽재우 홍게남을불너 함께 출전하자하더라 재우 덕령을차자보고 갈오되 "내드르니 이번전쟁은 장군의 용맹을시험하는 전쟁이라하니 장군이 과연 바다를건너 적군을소탕할 계획이잇나잇가" 덕령이갈오되 "나는 륙군을 준비하야 륙전을넌습하얏스니 내의 용감한 군대를몰고나아가 경상도디방에잇는 적군을소탕하는 것이 내의 자신잇는일이거늘 이제 정부에서 나더러 바다를건너 섬에잇는적군을 치라하니 그는 내가아즉연구한배업스나 다만 우에서 명령함을 위반할수업스니 군대를 출동함이라"하얏다 … 재우 이에 권률에게보고하야 갈오되 "김덕령장군은 륙전이 장쳐요 쏘 륙전이 소원이거늘 이제 바다를 건너 적군을 치라하니 그는 덕령의 형편을 살피지못함이라 이제 덕령이 나갓다가 불행히 성공이업스면 도리혀 명장의 위엄만손상하야 적군의 평일무서워하던 맘짜지업서질터이니 덕령은 출전치안케함이올타" 하얏더라 재우 하로 세 번씩 률에게 편지하나 률이 맛츰내 허락하지아니하심으로 덕령이 드듸어군사를거나리고 바다에내려가니라(25~27쪽)

위와 같이 김덕령은 상부의 잘못된 명령으로 위기의 순간을 겪기도 하였다. 육지전에 능한 김덕령을 해전에 참가하도록 하여 그의 용맹을 시험하고자 한 것이다. 실제 전장의 상황을 전혀 고려하지 않고 '용맹함'과 '충심'을 시험하고자 영웅을 위기의 상황에 빠트렸지만 다행히 김덕령의 위명을 두려워한 일본군 덕분에 위기를 넘길 수 있었다. 적재적소에 맞는 인재를 등용하지 못하고 당면한 문제만 임시방편으로 해결하려는 독선과 오만으로 똘똘 뭉친 모습의 권력자들과 위기의 상황도 당당하게 임하여 결국 해결하고자 하는 김덕령의 자신감이 대조적으로 제시되고 있다.

김덕령은 사회에서 바람직한 것으로 이상화된 가치—개인의 영리에 우선하여 올곧은 충심으로 행동하는 것—를 추구하고 이를 실천하여 체제를 위협하는 외부 세력을 물리치고 승승장구하는 것으로 보이지만 곧 이를 견제하는 체제 내의 적대세력이 등장하여 위기를 맞이하고 결국 패배하게 되는 모습으로 그려지고 있다. 국가적 위기였던 전쟁에서 충의 실현을 위해 솔선하여 전투에 임했던 김덕령은 결국 적군의 칼날이 아닌 조정 내 권력자들의 모함으로 죽음을 맞이하게 되었다. 의병을 이끌고 치열한 전장에 나가 일본군을 공포에 떨게 한 장수였던 김덕령은 조선의 군사와 백성들에게는 희망이었다. 따라서 그의 억울한 죽음에 대해 직접적인 원인을 제공한 조정의 권력자뿐만 아니라 이를 지켜볼 수밖에 없었던 백성—기층민들도 일종의 책임의식을 가지게 되었다.[16] 작자 장도빈은 독자들이 김덕령의 활약과 죽음을 통해 이상적 가치와 현실 세계의 거리를 확인하고 나아가 현실 세계의 부조리함을 절실히 깨달아 주인공의 실패를 부당한 것으로 이해하기를 바란 것으로 보인다. 작품 내 주인공의 좌절이 가져온 부당한 실패에 대한 의심

---

16) 한정훈, 「김덕령의 기호적 의미 구성 연구」, 『구비문학연구』 제46집, 한국구비문학회, 2017, 308쪽.

은 작품 외부의 사회 현실에 대한 비판적인 시선을 야기한다.17) 즉, 독자 자신이 처한 사회 현실의 부조리에 대해 각성하는 한편 주인공의 실패에 책임의식을 느끼며 이 부조리를 척결하고자 하는 의지를 갖도록 한다. 이 부조리의 대상이 체제 안팎에 산재하고 있음을 직시하는 계기를 마련하여 이 위기 상황을 '함께' 해결해야 한다는 의무감을 형성하도록 하는 전략이라 할 수 있다. 그간 여러모로 균열된 사회에서 배제되어 왔던 약자들이 민족이라는 이름으로 동질감을 느끼며 함께 국가의 위기를 해쳐나가야 한다는 의미를 담고 있는 것이다.

　모든 역사적 장르는 자신의 독특한 외적인 형식구조를 갖고 특성화되는 것이며, 문학작품은 장르의 형식을 통해서 소통이 가능하다.18) 장르가 특성화된 형식구조를 갖춘다는 것은 장르 담당층이 세계관의 일정 부분을 공유하고 있음을 전제로 하며, 형식을 갖춘 장르는 구성원들의 소통을 원활하게 하는 장치가 된다. 김덕령의 이야기는 소설 뿐 아니라 설화, 가사, 시조, 한시 등 다양한 장르로 전승되고 있다. 장도빈은 김덕령이라는 인물을 통해 전달하고자 하는 내용을 최대한 효과적으로 표현할 수 있는 장르로 소설을 선택하였다. 일제강점기라는 국가의 위기 상황에서 민족적 자존감이 위태로웠던 시기에 민중들의 영웅이라 할 수 있는 김덕령의 이야기는 흐트러진 민족의 자긍심을 고취시킬 수 있는 기폭제로 여겨졌을 것이다. 특히, 영웅소설이라는 장르를 통해 김덕령의 영웅성을 부각하는 한편, 그가 비운의 죽음을 맞이하도록 만든 외세―일본의 침략과 이로부터 나라를 지켜내지 못한 무능력한 지배층으로 인해 빚어지는 갈등 양상을 첨예하고 사실적으로 그려내고

---

17) 김지연, 「구활자본 역사영웅소설 연구」, 숙명여자대학교 박사학위논문, 2002, 77쪽.
18) 강현모, 「김덕령 전승에 나타난 서사장르 간의 관계」, 『비교민속학』 제28집, 비교민속학회, 2005, 150쪽.

있다. 장르적 속성이 갈등을 기반으로 하고 있기에 김덕령의 이야기를 소설로 창작하여 주인공의 시련을 둘러싼 갈등 상황을 전개하고 이를 통해 교술적 내용을 전달할 수 있었을 것이다.

4. 나가며

이상으로 <김덕령전>을 대상으로 16세기 인물인 김덕령이 20세기 초에 영웅으로 형상화 된 양상과 의미에 대해 살펴보았다. 김덕령은 한미한 집안의 둘째로 태어났지만 탁월한 능력을 가지고 있었다. 전쟁이 일어나 나라가 위기에 처하자 기병하였다가 역모의 혐의로 옥사하게 된다. 죽은 지 65년이 지나서야 신원이 되었고 후에 벽진서원에 배양되기도 했으며, 왕명으로『충장공유사』의 간행이 이루어지기도 했다. 반역의 혐의가 신원되기까지 김덕령이라는 인물에 대한 논의는 공론화되기 어려운 것이었지만 영웅 김덕령의 이야기는 다양한 방식으로 이어져왔다.

<김덕령전>은 중세의 봉건제도가 남긴 산재한 문제들을 안고 급변하는 국제적 정세에서 도태되었던 조선이 대면한 대내외적 위기를 타파하기 위한 노력의 일환으로 20세기 초에 창작되었던 구활자본 영웅전기소설이다. 분열된 나라를 하나로 통합하기 위한 필요에 의해 민족이라는 장치를 마련하고자 민족의 영웅을 소재로 그의 영웅적 면모를 부각시켰다. 한편 그의 적대세력이 일본군뿐 아니라 조선의 조정이기도 했음을 사실적으로 묘사하여 당시 국가를 위기 상황에 몰고 간 지배층에 대한 비판을 시사하고 있다.

무능력한 지배층의 정점에는 임금이 있다. 국가의 위기 상황에서 충

신을 알아보지 못하고 결국 끝까지 의심하고 두려워하며 경계하는 모습으로 그려냄으로써 무조건적인 충성을 바쳐야 했던 임금이라는 신성불가침한 존재에 대한 외경을 깨트린 것이다. 나라의 위기에 앞장서 싸웠던 이는 한미한 집안 출신의 김덕령이었다. 장도빈은 민중영웅인 김덕령을 소설의 주인공으로 삼아 나라의 위기 상황을 타개할 수 있는 것은 임금이 아니라 민중이었다는 점을 상기시키며, 민중들을 민족이라는 이름으로 통합하고자 하였음을 알 수 있다.

참고문헌

1. 자료

『국역 김충장공유사』(전남일보출판국, 1979)

『대한매일신보』

『조선왕조실록』

<김덕령전>(『구활자본 고소설전집』 19, 동서문화원, 1984)

2. 논저

강명관,『국문학과 민족 그리고 근대』, 소명출판, 2007.

강현모,「전기소설 김덕령전의 서사구조와 의미」,『한남어문학』 제19집, 한남대
학교 한남어문학회, 1993.

강현모,「김덕령 전승에 나타난 서사장르 간의 관계」,『비교민속학』 제28집, 비
교민속학회, 2005.

고미숙,『계몽의 시대;근대적 시공간과 민족의 탄생』, 북드라망, 2014.

김경미,「19세기 소설사의 쟁점과 전망」,『한국고전연구』 제23집, 한국고전연
구학회, 2011.

김지연,「구활자본 역사영웅소설 연구」, 숙명여자대학교 박사학위논문, 2002.

나경수,「김덕령의 역설적 삶과 의의」,『남도민속연구』 제22집, 남도민속학회, 2011.

송명진,「구성된 민족 개념과 역사 전기소설의 전개」,『현대문학의연구』 제46
집, 한국문학연구학회, 2012.

송병삼,「역사를 이야기하는 욕망, 주체를 구성하는 서사」,『남도문화연구』 제
25집, 순천대학교 남도문화연구소, 2013.

오문석, 「근대문학의 조건, 네이션 국가의 경험」, 『한국근대문학연구』 제19집, 한국근대문학회, 2009.

이승윤, 『근대 역사담론의 생산과 역사소설』, 소명출판, 2009.

이헌미, 「한국의 영웅론 수용과 전개, 1895 – 1910」, 서울대학교 석사학위논문, 2004.

한정훈, 「김덕령의 기호적 의미 구성 연구」, 『구비문학연구』 제46집, 한국구비문학회, 2017.

무등산권역과 실기문헌*

≪호남병자창의록≫의 화순인 기록 양상을 중심으로

신해진

1. 임병 국난기의 기록문학 양상

조선조에 있어서 17세기를 전후해 이민족의 침입으로 말미암아 겪은 전란기를 흔히 '민족의 수난기'라 일컫는다. 이민족의 침입에 따른 전란이란 바로 남쪽의 오랑캐라 여겼던 '왜놈'에 의한 임진왜란과 정유재란, 북쪽의 오랑캐라 여겼던 '되놈'에 의한 정묘호란과 병자호란 등을 가리킨다. 왜란은 7년 동안 계속된 일본의 침략전쟁이다. 지배층이 적절한 대응을 하지 못하는 동안 백성들의 처참한 희생을 강요하였지만, 전국 각처에서 일어난 의병과 명나라의 원군에 의해 망할 뻔한 나라를 거우 건져낸 전쟁으로 상처뿐인 승리였다. 반면, 호란은 두 차례 걸쳐 일어난 여진족의 침략전쟁이다. 후금(後金)을 거쳐 청(淸)이라는 강력한 국가를 건설한 여진족은 특히 병자호란 때에 이르러 난공불락의

---

* 이 글은 전라남도 화순군이 주최한 제3회 영호남 학술교류 발표회(화순군청 대회의실, 2013.10.2.)에서 발표한 것으로서 약간의 첨삭을 하였다.

천연요새지였던 강화도를 참혹하게 함락시켰으며, 인조 임금으로 하여금 삼전도에서 무릎 꿇고 엎디어 빌도록 하는 패배의 굴욕을 안겼다.

무엇보다도 교화되어야 할 야만인으로 여겼던 오랑캐로부터 상처뿐인 승리와 패배의 굴욕을 감내해야 했던 당대인들의 수많은 체험과 관련된 기억과 증언은 이 시기에 새로운 다양한 방식으로 진술하는 기록물들이 나오게 되는 동인이었다.

왜란과 관련된 기록물을 보면, 대부분 관군이나 의병으로 참전하면서 겪은 것들이다. 이를테면, 전란일기로서 이순신(李舜臣, 1545~1598)의 ≪난중일기(亂中日記)≫(1592.5.1.~1598.1.4.), 이로(李魯, 1544~1598)의 ≪용사일기(龍蛇日記)≫(1590~1593), 정탁(鄭琢, 1526~1605)의 ≪용사일기≫(1592.7.17.~1593.1.12.), 정경달(丁景達, 1542~1602)의 ≪반곡난중일기(盤谷亂中日記)≫[1](상: 1592.4.15.~1595.11.25. ; 하: 1597.1.1.~1602.12.17.), 곽수지(郭守智, 1555~1598)의 ≪호재진사일록(浩齋辰巳日錄)≫[2](1592.4.17.~1598.9.3.) 등이 있으며 작자 미상의 ≪향병일기(鄕兵日記)≫[3](1592.4.14.~1593.5.7.)는 의병장 김해(金垓, 1555~1593)의 활동을 기록한 것이다. 순수 피란기로서 도세순(都世純, 1574~1653)의 ≪용사난중일기(龍蛇亂中日記)≫가 있고, 피란록으로는 이정암(李廷馣, 1541~1600)의 ≪서정일록(西征日錄)≫과 류진(柳珍, 1582~1635)의 ≪임진록(壬辰錄)≫ 등이 있다. 왜란이 끝난 뒤 기록한 문헌으로는 류성룡(柳成龍, 1542~1607)의 ≪징비록(懲毖錄)≫이 대표적이며, 전란의 전 과정에 대한 기록물은 조경남(趙慶男, 1570~1641)의 ≪난중잡록(亂中雜錄)≫과 안방준(安邦俊, 1573~1654)

---

1) 신해진 역주,『반곡난중일기』(상: 2016.3, 하: 2016.9), 보고사.
2) 이영삼 역주,『호재진사일록』, 역락, 2017.
3) 신해진 역주,『향병일기』, 역락, 2014.

의 ≪은봉야사별록(隱鋒野史別錄)≫ 등이 있다. 신흘(申仡, 1550~1614)
의 ≪난적휘찬(亂蹟彙撰)≫[4]은 전란을 겪은 지 5년이 지난 시점에서
당시의 기록물들을 참고하고 견문한 바를 보태어 찬진한 일종의 전후
보고서이다.

잔혹한 침략 당시 수많은 조선인이 이민족의 포로가 되어 자신의 의
지와는 상관없이 이국땅으로 끌려가 온갖 수모와 고초를 겪었던 피로
자(被虜者)의 일부가 고국으로 돌아오기까지 적국의 실태와 자신들의
간고한 생활상을 낱낱이 기록한 것을 이른바 포로실기(捕虜實記)라 한
다. 그 가운데 정유재란기의 포로실기로 현전하는 것은 강항(姜沆,
1567~1618)의 ≪간양록(看羊錄)≫, 노인(魯認, 1566~1622)의 ≪금계
일기(錦溪日記)≫, 정희득(鄭希得, 1575~1640)의 ≪월봉해상록(月峯
海上錄)≫, 정경득(鄭慶得, 1569~1630)의 ≪만사록(萬死錄)≫[5], 정호
인(鄭好仁, 1579~?)의 ≪정유피란기(丁酉避亂記)≫ 등이다. 개인의 신
변잡기적인 일기의 수준을 뛰어넘는 것으로, 조선 포로들의 실상을 상
세히 술회하고 있다는 점에서 귀중한 문헌적 가치를 지닌 기록물이다.
또한 전쟁포로로서 억류생활을 하며 당시 일본의 정세와 풍속을 상세
히 기록했다는 점에서 귀중한 사료가 되고 있다. 기록자들은 모두 호남
의 문인으로 일본의 2차 침입이 있었던 정유년에 잡혀 가, 비슷한 시기
에 고국으로 돌아온 특징이 있다.

다음으로 호란과 관련된 실기문학은 나만갑(羅萬甲, 1592~1642)의
≪병자록(丙子錄)≫, 석지형(石之珩, 1610~?)의 ≪남한해위록(南漢解
圍錄)≫[6], 남급(南礏, 1592~1671)이 ≪남한일기(南漢日記)≫[7], 김상헌

---

4) 신해진 역주,『역주 난적휘찬』, 역락, 2010.
5) 신해진 역주,『호산만사록』, 보고사, 2015.
6) 이영삼,「역주 <남한해위록>」, 전남대학교 한문고전번역협동과정 석사학위논문,
   2013.

(金尙憲, 1570~1652)의 ≪남한기략(南漢紀略)≫8), 최명길(崔鳴吉, 1586~1647)의 ≪병자봉사(丙子封事)≫9), 어한명(魚漢明, 1592~1648)의 ≪강도일기(江都日記)≫10), 소현세자의 ≪소현심양일기(昭顯瀋陽日記)≫, 작자 미상의 ≪산성일기(산셩일긔 병주)≫와 ≪심양일기(瀋陽日記)≫ 등이 있다. 신적도(申適道, 1574~1663)의 ≪창의록(倡義錄)≫11)은 정묘호란과 병자호란 때 경상도 의병장으로서의 활동을 기록한 문헌이다. 이것들은 문학적인 비유나 수사 없이 질박하게 서술한 것으로 참혹한 참화의 양상과 무책임한 지배층의 슬픈 자화상 등을 살피면서 국난에 온몸으로 맞섰던 민초들의 모습을 상상해볼 수 있는 기록물이다.

이러한 실기문학이 발흥하는 한편에서는 서사문학도 다양한 방식으로 전개하였으니, 몽유록으로는 윤계선(尹繼善, 1577~1604)의 <달천몽유록(㺚川夢遊錄)>12), 작자 미상의 <피생명몽록(皮生冥夢錄)>과 <강도몽유록(江都夢遊錄)> 등이 있으며, 영웅소설로는 작자 미상의 <임진록>, <박씨전>, <임경업전> 등이 있으며, 전기소설(傳奇小說)로는 조위한(趙緯韓, 1567~1649)의 <최척전(崔陟傳)>13), 권필(權韠, 1569~1612)의 <주생전(周生傳)>14) 등이 있다.

요컨대, 실기문학은 전란의 참상을 직시할 수 있었고, 서사문학은 허

---

7) 신해진 역주, 『남한일기』, 보고사, 2012.
8) 신해진 역주, 『남한기략』, 박이정, 2012.
9) 신해진 역주, 『병자봉사』, 역락, 2012.
10) 신해진 역주, 『강도일기』, 역락, 2012.
11) 신해진 역주, 『역주 창의록』, 역락, 2009.
12) 신해진, 『조선중기 몽유록의 연구』, 박이정, 1998 ; 신해진, 「몽유록에서의 좌정대목이 지니는 의미」, 『한국언어문학』 제43집, 한국언어문학회, 1999.
13) 신해진, 「<최척전>에서의 '장육불(丈六佛)'의 기능과 의미」, 『어문논집』 제35집, 고려대학교 국어국문학연구회, 1996.
14) 신해진, 「17세기 초 전기소설의 양식적 변모에 대한 일고」, 『한국고전문학논총』, 안암어문학회, 한국문화사, 1998.

구적 상상을 통해 기억해야 할 것들을 재구성하여 새로운 의미망을 구현하고 있었다.

2. 호란과 관련된 호남창의록 문헌의 현황과 특징15)

의향(義鄕)이라 일컬어지는 호남의 창의록 문헌은 국난에 처하여 의병을 일으키고 활동했던 전말을 기록한 글이다. 당시 비록 전쟁을 수행하지 못했을지라도 '의리(義理)'에 기초하여 구국의 깃발을 내세운 의병 활동과 그 조직 및 주요 참여 인물 등을 일차적으로 기록하였다. 그래서 국난에 처했던 당시 호남 사족의 동향 및 대응방식을 살피는 데 중요한 사료적 가치를 지닌다고 할 것이다. 전란으로부터 100여 년이 지난 시점에서 후손들의 입장으로는 그 의리가 공자의 역사철학인 '춘추의리'에 기반을 둔 것이었고, 병자호란 이후로 전개된 '소중화(小中華)' 사상의 뿌리를 이루는 것이었기 때문에, 선조들이 실천한 충절의 발자취를 모아 기록하고 그것을 문헌으로 발간하려고 했던 것 같다. 청나라의 군사적 강압 앞에서 현실적으로는 비록 패배했지만, '존명(尊明)'이라는 명분 아래 우리 민족 나름의 문화적 우월의식이 잠재된 유림의 정신을 드러내는데 있어서는 창의(倡義) 활동이 무엇보다도 소중했을 것으로 판단된다.

그 현황을 먼저 살피기로 한다.16) 반정주체세력 간의 권력다툼이라

---

15) 이 장은 신해진의 「창의록 문헌의 변개양상」(『국어국문학』 제164호, 국어국문학회, 2013), 336~340쪽을 발췌함.
16) 호남의 최초 의록인 ≪호남의록≫은 안방준에 의해 1618년 정리되었고, 1626년 간행되었다. 이 의록은 호남 출신 인물(관군 혹은 의병)들이 전쟁을 직접 수행한 사실들을 기록한 것으로 이 글에서 다루고자 하는 성격(전쟁을 수행하지 않은 의병)

할 1624년 이괄(李适)의 난과 관련된 ≪호남모의록(湖南募義錄)≫17)은 1760년 5월에 초간본이 전남 영광 불갑사에서 목판본으로 간행되었고, 1961년 9월 중간본이 부안에서 연활자본으로 간행되었는데, 편제상의 변개 양상은 보이지 않으나 개인 사실에 대한 기록문자는 꽤 많이 보충되어 있다.18) 초간본에는 권상하(權尙夏)19)의 문인 윤봉구(尹鳳九, 1681~1768), 김상헌(金尙憲)의 5세손 김원행(金元行, 1702~1772)이 쓴 각각의 서문이 있고, 유최기(兪最基, 1689~1768)·윤일복(尹一復, 1715~?)이 쓴 각각의 발문이 있으며20), 수정도유사(修正都有司) 이국좌, 공사원(公事員) 류정신, 편차(編次) 류민적 등의 간행 담당자가 밝혀져 있다. 중간본에는 초간본에 수록되었던 윤봉구와 김원행의 서문이 그대로 전재되면서 송시열의 11세손 송재성(宋在晟, 1902~1972)의 서

과는 달리하는 문헌이다. 『호남의록·삼원기사』(신해진 역주, 안방준 저, 역락, 2013) 참조 바람.
17) 김혜민, 「역주 <호남모의록>」, 전남대학교 한문고전번역협동과정 석사학위논문, 2016. ≪호남모의록≫은 호란과는 직접적인 연관성이 없는 문헌이기는 하지만, 이괄의 난의 결과는 정묘호란의 발발케 한 원인을 제공한 측면이 있기에 살피니 양해바람.
18) 김경숙, 「李适의 난과 ≪호남모의록≫」, 『숭실사학』 제28집, 숭실사학회, 2012, 63~66쪽. 그리고 이 글의 82쪽에 의하면, ≪호남모의록≫이 분명 1624년 이괄의 난 때 의병활동의 기록인데, 142명의 참여 인물 행적 가운데 이괄의 난 이후에 발생한 1627년 정묘호란과 1636년 병자호란 때의 사적이 기술된 인물이 54명이나 된다고 한다. 이러한 현상은 1624년 당시의 모의사실보다는 참여 인물의 선양에 주목한 결과라 할 것이다. 이 점은 다른 창의록 문헌도 마찬가지 현상이다.
19) 권상하(1641~1721)는 어한명(魚漢明)이 쓴 ≪강도일기(江都日記)≫의 발문을 썼고, 김상헌의 증손자 김창협(金昌協, 1651~1708)은 이 일기의 후기를 썼다. 권상하와 김창협은 송시열의 문인으로 서로 교유한 인물이다. 이 일기에 대해서는 『강도일기』(신해진 역주, 어한명 저, 역락, 2012) 참조 바람.
20) 중간본을 보면 윤일복의 서문이 초간본에 있어서 그대로 옮긴 것으로 되어 있는데, 초간본은 국립중앙도서관과 고려대학교도서관에 소장되어 있다. 윤일복의 서문이 국립중앙도서관 소장본(청구기호: 古2513-409)에는 수록되어 있지 않은 반면, 고려대학교 소장본(분류기호: 대학원B8 A93)에는 수록되어 있다.

문이 보태어져 있고, 또한 류석승(柳石承)의 발문이 새로 보태어져 초
간본에 실렸던 유최기 · 윤일복의 발문과 함께 있다.

1627년 정묘호란과 관련된 ≪광산거의록(光山擧義錄)≫은 1761년
에 초간본이 광주(光州)에서 목활자본으로 간행되었고, 1798년 중간본
≪천계정묘양호거의록(天啓丁卯兩湖擧義錄: 약칭 양호거의록)≫과
≪정묘거의록(丁卯擧義錄)≫이 간행되었는데, 변개 양상이 꽤 심하
다.21) ≪광산거의록≫에는 병자호란 당시 순절한 김상용(金尙容)의 고
손자 김시찬(金時粲, 1700~1767)의 서문이 있다. ≪양호거의록≫에는
송시열(宋時烈)의 5세손 송환기(宋煥箕, 1728~1807)의 서문이 보태어
져 ≪광산거의록≫에 수록했던 김시찬의 서문과 함께 실려 있고 김장
생의 7세손인 김희(金憙, 1729~1800)의 발문이 새롭게 수록된 반면,
≪정묘거의록≫에도 ≪양호거의록≫의 방식대로 송환기의 서문이 먼
저 수록되고 김시찬의 서문이 그 다음에 수록되어 있으나 김희의 발문
을 없애는 대신에 수정 도유사(修正都有司) 유홍리, 별유사(別有司) 김
광우 · 황일한 · 이준석, 개간(開刊) 별유사 김광직 · 김성은 등의 개간
담당자가 밝혀져 있다.

1636년 병자호란과 관련된 ≪호남병자창의록(湖南丙子倡義錄)≫은
1762년 초간본이 광주(光州)에서 목활자본으로 간행되었고, 1798년에
중간본이 금속활자본[芸閣活印]으로, 1932년에 삼간본이 목활자본으
로 간행되었는데, 후대로 간행될수록 인물에 대한 기록문자의 변개가
꽤 심하다. 초간본에는 김원행의 서문이 있고, 개간도유사(開刊都有司)
박기상 · 이만영, 별유사 정이찬 · 박일진, 수정별유사(修正別有司) 박
중항 · 이상곤 등의 개간 담당자가 밝혀져 있다.22) 중간본에는 송환기

---

21) 보다 구체적인 것은 『광산거의록』(신해진 역주, 광주유림 편, 경인문화사, 2012)의
   120~134쪽 참조 바람.

의 서문이 새로 보태어져 있고 그 다음으로 초간본에 있던 김원행의 서문이 수록되어 있는 반면, 새로 쓴 발문도 없고 초간본에 있던 발간 담당자도 밝혀져 있지 않다. 삼간본에는 김상헌의 12세손 김영한(金甯漢)의 서문이 보태어져 있고 그 다음으로 중간본에 있던 송환기·김원행의 서문들이 함께 수록되어 있으며, 이승의(李升儀)의 발문과 106명의 임원록이 새롭게 수록되어 있다.

이러한 문헌에 수록된 인물들은 ≪호남절의록(湖南節義錄)≫에 어느 정도 수렴된 듯하다. 이 절의록은 1799년 고경명의 7세손 고정헌(高廷憲)에 의해 완성되었는데, 1592년 임진왜란, 1624년 이괄의 난, 1627년 정묘호란, 1636년 병자호란, 1728년 이인좌의 난 등이 일어났을 때 활약한 호남 의병들의 행적을 기록한 책이다. 앞에 언급된 문헌의 인물들이 약 60%정도만 수렴되고 모두 다 수렴되지는 않았다고 한다. 이로써 호남의 창의록 문헌으로는 개인의 문헌기록을 제외하고 더 이상 새로운 자료가 없는 것으로 파악된다.

그 특징을 요약하면 다음과 같다. 첫째, 호남 창의록(또는 모의록, 거의록)의 문헌들이 대부분 18세기 중엽부터 말엽에 정착되었다는 점이다. 대개 초간본은 1760년대에 간행되었고[23], 중간본은 모두 1798년에 간행되었던 것이다. 즉 영정조(英正祖) 시대이다. 다만 예외적으로 ≪호남병자창의록≫ 삼간본이 1932년에, ≪호남모의록≫ 중간본이 1961년에 간행되었다.

---

22) 신해진 역주,『호남병자창의록』, 태학사, 2013.
23) 1760년 ≪호남모의록≫이, 1761년 ≪광산거의록≫이, 1762년 ≪호남병자창의록≫이 묵은 종이 더미 속에서 그것과 관련된 자료를 우연히 발견하여 편찬한 것이라 밝히고 있지만, 공교롭게도 정확히 사건이 일어난 연대순으로 편찬되고, 또한 3년 사이에 집중적으로 편찬되었다는 점에서 저간의 사정을 한번 정도 짚어볼 필요가 있을 것 같다.

둘째, 호남창의록(또는 모의록, 거의록)의 서발문을 쓴 사람들이 일정한 성향을 드러낸다는 점이다. 1760년 ≪호남모의록≫의 초간본에 서문을 쓴 윤봉구와 김원행, 발문을 쓴 유최기와 윤일복, 1961년 그 중간본에 서문을 쓴 송재성, 1761년 ≪광산거의록≫의 초간본에 서문을 쓴 김시찬, 1798년 그 중간본인 ≪천계정묘양호거의록≫과 ≪정묘거의록≫에 서문을 보탠 송환기와 ≪천계정묘양호거의록≫에만 발문을 보탠 김희, 1762년 ≪호남병자창의록≫의 초간본에 서문을 쓴 김원행, 1798년 그 중간본에 서문을 보탠 송환기, 1932년 그 삼간본에 서문을 보탠 김영한 등이다. 이들을 좀 더 구체적으로 살피면, 김희는 정묘호란 때 호남 호소사였던 김장생의 7세손이다. 김원행은 병자호란 때 대표적인 척화파였던 김상헌의 5세손이요, 김영한은 김상헌의 12세손이며, 또한 김시찬은 병자호란 때 강화도에서 순절한 김상용의 고손자이다. 김상용은 김상헌의 형이다. 송환기와 송재성은 송시열의 5세손과 11세손이요, 윤봉구는 송시열의 수제자 권상하의 문인이다. 유최기는 송시열의 노론계를 이어서 영조 때 활약하며 소론의 거두 이광좌(李光佐)를 탄핵한 인물이고, 윤일복은 신임사화 때 피화된 윤지술(尹志述, 1697~1721)의 아들로서 역시 영조 때 활약한 노론계 인물이다. 요컨대 이들은 병자호란 때 순절자 또는 척화파였던 인물들의 후손이거나, 아니면 김장생과 송시열로 이어지는 서인 노론계 인물들이라는 특징을 지니고 있다.

셋째, 호남 창의록의 문헌들이 중간되면서 이전의 판본에 있던 서문을 가져올 때 아무런 변개하지 않고 그대로 옮겼다는 점이다. ≪호남모의록≫의 경우는 윤봉구와 김원행의 서문들과 유최기와 윤일복의 발문들을 그대로 전재(轉載)한 채 새로 서문(송재성)과 발문(류석승)을 추가하였으며, ≪광산거의록≫의 경우도 김시찬의 서문을 그대로 전재한 채 새로 서문(송환기)을 추가하였고, 없던 발문은 새로 발문(김희)을 써서 추가하였으며, ≪호남병자창의록≫의 경우도 역시 김원행의 서문을 그대로 전재한 채 새로 서문(송환기)을 추가하였고, 삼간본에도 또 새로 서문(김영한)을 추가하였으며 없던 발문은 새로운 발문(이승의)으로 추가되었다. 다시 말해, 기존의 서문은 한 글자도 변개하지 않은 상태로 전재하고 새로운 서문을 작성하여 함께 수록했던 것이다.

한편, 호남 창의록 문헌 중에 ≪우산선생병자창의록≫[24]이 있는데, 제명에서 알 수 있듯이 1636년 병자호란과 관련된 문헌이다. 이 문헌 역시 1780년에 초간본이 간행되었고, 서문은 노론의 벽파(僻派)이었던 김종후(金鍾厚, ?~1780)가 썼다. 김종후는 좌의정을 지낸 벽파의 영수 김종수(金鍾秀)의 형인데 혼란한 정국에 일관성이 부족한 처신을 보인 것으로 평가받는 인물이다. 어찌되었든 ≪우산선생병자창의록≫의 이러한 특징은 앞에서 살핀 호남 창의록 문헌의 세 가지 특징 가운데 첫 번째와 두 번째 것과는 동궤의 양상을 보이고 있지만, 1864년 중간본이 간행되면서 서문을 글쓴이 사후에 수정하여 수록한 것이 다른 점이다.

3. 초간본 ≪호남병자창의록≫ 간기 이면의 정보 파악[25]

≪호남병자창의록≫은 초간본이 1762년에, 중간본이 1798년에, 삼간본이 1932년에 간행되었다. 이홍발 등 이른바 5현이 일으켰던 창의

---

24) 신해진 역주, 『우산선생 병자창의록』, 보고사, 2014.
25) 이 장의 서술은 신해진의 『호남병자창의록』(태학사, 2013)에 수록된 「≪호남병자창의록≫ 초간본의 실상」의 251~255면 발췌함.

사적을 중심으로 하여, 후대로 오면서 새로이 밝혀진 사실(事實)들을
계속 증보하는 양상이다. 곧, 1762년의 초간본은 기본적인 뼈대와 토대
를 만든 모본인 셈이다.

다음은 ≪호남병자창의록≫ 초간본의 맨 뒤에 있는 간기(刊記)의 원
전 그림이다. 이를 풀이하면 이렇다.

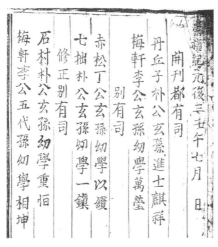

≪호남병자창의록≫ 초간본 간기

숭정(崇禎) 후 3번째 임오년(1762) 7월
개간 도유사(開刊都有司)
단구자(丹丘子) 박공(朴公: 朴琮)의 현손 진사 박기상(朴麒祥)
매헌(梅軒) 이공(李公: 李德養)의 현손 유학(幼學) 이만영(李萬瑩)

별유사(別有司)
적송(赤松) 정공(丁公 : 丁之寯)의 현손 유학 정이찬(丁以纘)
칠졸(七拙) 박공(朴公 : 朴昌禹)의 현손 유학 박일진(朴一鎭)

수정 별유사(修正別有司)

석촌(石村) 박공(朴公 : 朴忠挺)의 현손 유학 박중항(朴重恒)

매헌(梅軒) 이공(李公 : 李德養)의 5대손 유학 이상곤(李相坤)

이 간기는 간행년도와 더불어 간행에 참여한 사람들의 이름을 알려
주고 있다. 먼저, "崇禎紀元後三壬午七月"이라 했으니 손쉽게 '1762년
7월에 간행한 것'이 파악된다. 둘째, 창의록을 간행하는데 있어서 2명
의 공동 총책임자와 2명의 상임유사를 두었을 뿐만 아니라 수정하는데
있어서도 2명의 상임유사를 두었다는 것이 파악된다. 셋째, 정지준만
동복도유사이었고 나머지 네 사람은 모두 광주도유사이었기 때문에,
광주사람들이 중심이 되어 간행하였다는 것도 파악된다. 이 정도의 파
악은 그간의 연구자들이 이미 살펴본 바이나, 더 이상의 진전된 파악은
아직 없는 것 같다.

그렇다면 위의 간기가 이 정도의 정보만 제공하는 것으로 파악하고
말아야 되는 것일까. 이른바 총책임자인 개간도유사 박기상(1693~?)
과 이만영(李萬瑩 : 세보에는 李萬榮, 1686~1734)을 살폈더니, 새로운
사실이 발견된다. 박기상은『죽산박씨연흥군파세보』(2012)에 이름만
있어서 아무런 정보를 얻을 수 없으나 ≪사마방목≫을 보면 1727년 증
광시(增廣試)에 급제하여 진사가 된 인물이고, 이만영은 ≪전주이씨효
령대군정효공파세보≫를 보면 1734년에 죽은 인물이다. 진사시의 급
제는 나이가 7살이나 적은 박기상의 이름이 같은 총책임자이면서도 연
장자인 이덕양의 이름 앞에 표기된 연유가 아닐까 짐작해 본다. 물론
창의록을 개간하는데 더 많은 역할을 했기 때문에 그러했을 수도 있다.
하여튼 적어도 1727년부터 1734년 사이에 이미 ≪호남병자창의록≫
간행을 위한 사전 준비가 시작되었음을 의미하는 것인 바, 그렇다면 상

당히 오랜 기간 동안 준비과정을 거쳐 1762년에 간행된 것임을 짐작할 수 있다. 무엇보다도 이만영의 아들인 이상곤(1728~1795)은 아버지의 뜻을 이어받아 수정별유사로서 참여하여 끝내 간행의 결실을 거두었던 것이다.

한편, 박일진(1715~1779)은 박창우의 직계 현손이 아니다. 박창우의 고조부는 박의손(朴義孫)이다. 박창우는 박의손의 둘째아들인 박형수(朴亨壽)의 증손이었으나, 할아버지 박언침(朴彦琛)이 박의손의 첫째 아들인 박원수(朴元壽)에게 양자로 가서 그의 후손이 되었다. 박일진은 박의손의 셋째아들인 박이수(朴利壽)의 7세손이다. 그러므로 박일진은 박창우에게 12촌간의 방계 현손이다. 그리고 박충정은 박의손의 넷째 아들 박정수(朴貞壽)의 손자이고, 박창우의 7촌 재당숙이다. 따라서 박충정의 현손 박중항(1712~1795)은 박일진과 15촌간의 족숙과 족질 사이이다. 이들은 순천박씨인데, 박의손의 후손가들이 가문의 돈목적(敦睦的) 차원에서 창의록의 간행과 수정을 하는 일에 곧 박일진은 개간별유사로서 박중항은 수정별유사로서 심혈을 기울였던 것으로 짐작된다.

이 간기는 보다시피 그리 간단한 정보만을 제공하는 것이 아니라 꽤 다양한 정보를 제공하고 있었다. 창의록의 간행이라는 결실을 거두기 위해서 30여 년간 집요하게 노력했지만, 그들은 <범례>에서 "이것들에 근거하여 고치고 바로잡은 것이 자못 몹시 거칠고 소략하겠지만, 보는 이가 자세히 살필 일이다.(依此修正, 頗甚草略, 觀者詳之.)"라고 밝힌 것을 보면, 아직도 무언가 부족하다는 것을 느끼고 있었던 듯하다.

그런데 그토록 오랜 시간 동안 자료를 찾고 준비했음에도 이 시기에 없던 자료들이 뒷날에 갑자기 풍성하게 나타났다면 어떻게 이해해야 할까. 초간본의 부족한 점을 메우고 잘못된 것을 바로잡아서 1798년 간행한 중간본의 범례에서도 "창의록의 구본은 1762년 간행한 것으로 의례(義例 : 편찬의 주제와 방침)가 자못 정밀하지 못하여 인물전의 서술[紀傳]에 착오가 많아서, 뜻을 같이한 여러 사람들이 중간하기로 논의하였지만, 문헌은 모두 일실되고 단지 교문 1편, 통문 1편, 종사관의 공문서와 목록[回移書目] 각 1편, 15고을의 보고서[報牒] 약간 등이 있을 뿐이었다. 그리하여 여러 집안의 문적을 두루 찾아 약간의 인물 사적을 보태어 이와 같이 편찬한다.(倡義錄有舊本, 崇禎後三壬午所刊, 義例頗草率, 紀傳多差誤, 同志諸人, 方議重刊, 而文獻皆逸, 只有教文一, 通文一, 從事官回移書目各一, 十五州報牒若干編. 仍又傍搜諸家文字, 加得若干人事蹟, 編纂如左.)"고 하면서 여전히 자료 발굴의 어려움을 토로하고 있다. 어느 정도 겸양의 말일 수 있겠지만 그 속에서 중간본의 편찬의도도 아울러 간취해 낼 수 있는 바, 그 이유야 어떠하든 의병활동에 관한 자료를 보충하는 것보다는 인물 개인의 사적에 대한 착오를 바로잡는 데에 주안점을 두었던 것으로 보인다. 곧 대대로 쌓아 내려오는 미덕 그리고 벼슬과 행실 등의 내력에 관한 관심이었던 셈이다. 이는 병자호란 당시의 의병활동에 대한 관심이 아니라, 그 의병활동 자체는 뒷전으로 밀려난 채 인물의 집안내력에 대한 관심으로 초점이 이동한 것이다. 달리 말하면, 의병활동의 자료에 대한 관심이 있었다 해도 그것은 각 집안의 명성을 선양하기 위한 의도에 귀속될 가능성이 높아졌음을 일컫는다.

4. 초간본 ≪호남병자창의록≫에 나타난 화순인의 기록 양상

≪호남병자창의록≫에서 수록된, 호남지역의 고을 책임자인 106명

도유사에 대한 지역별 연령층 분포를 살피기 위하여 표로 나타내면 다음과 같다. 실제로 싸워보지도 못한 의병이라고는 하지만, 사전에 결성한 의진(義陣)의 면모를 가늠하기 위한 잣대가 필요하기 때문이다.

구분	연령대								계
	20대	30대	40대	50대	60대	70대	미상	사실	
지휘		3		2					5
옥과	1	1	3						5
창평	1	1	1	2	4				9
광주	1	2	2	5	2	1	1		14
남평			3	2					5
능주	1		3						4
화순		2	1		1				4
동복		1	1	1	1				4
낙안				1				2	3
흥양					1			2	3
보성			2					6	8
장흥			2	1					3
해남			3	1	1			2	7
고부		1	1	1	1			2	6
고창		2		1	1		1	1	6
순천	2	1	1					1	5
영광	1	7	2	1		1		1	13
함평		1	1						2
합계	7	22	26	18	12	12	5	14	106

　모두 106명 가운데 사실(事實)이 없이 이름만 등재된 인물이 14명이고, 사실과 이름이 함께 등재되어 있지만 생몰년이 확인되지 않는 인물이 5명이다. 이들을 제외한 87명을 연령별로 분석해보면, 20대가 7명(8%), 30대가 22명(25%), 40대가 26명(30%), 50대가 18명(21%), 60대

가 12명(14%), 70대가 2명(2%)이다. 무엇보다도 40대와 30대 · 50대가 주축을 이루고 있음을 확인할 수 있다. 또한 21살의 청년(능주 위홍원)부터 75살의 노인(영광 이희태)에 이르기까지 근왕(勤王)의 깃발 아래 참전 가능한 모든 연령대가 참전하였음을 알 수가 있다. 호남의 전역이 충의보국의 일념으로 가득했음을 나타내는 것이리라. 그러나 창평 · 광주 · 영광을 제외하고 각 고을 차원에서는 도유사가 연령대별로 골고루 분포되지 못했던 것 같으며, 영광 같은 지역은 다른 지역과 달리 30대가 압도적인 비율을 나타내는 특징을 보인다. 무엇보다도 지휘부를 제외하면 17개 지역에 걸쳐 101명이 등재되어 있어 1개 지역당 평균 약 6명인 셈이다.

병자호란 당시 화순의 도유사는 위의 표에서 보듯 30대 2명, 40대 1명, 60대 1명이다. 이들 화순인에 대한 기록 양상을 살피려 한다.

4.1. 참봉 조수성(曺守誠, 1570~1644)

㉮ 자는 효백(孝伯), 호는 청강(淸江), 본관은 창녕(昌寧)이다. ㉯ 옥천군(玉川君) 조흡(曺恰)의 후손으로, 현감(縣監) 조굉중(曺閎中)의 아들이다. ㉰ 병오년(1606)에 생원시에 합격하였다. 배우기를 좋아하고 힘써 실천하니, 우산(牛山) 안방준(安邦俊)은 세속의 스승이 될 만한 본보기라고 추어올렸다.

㉱ 정유재란(1597) 때 어머니를 모시고 섬으로 들어가는데 큰 바람을 만나 배가 거의 뒤집힐 뻔하자 의기가 북받쳐 말하기를, "비록 늙으신 어머니 때문에 나라를 위해 죽지 못했는데, 바람 때문에 죽는 것은

한스럽다." 하였다. 양지용(梁智容)이 배를 같이 탔다가 나중에 말하였다. 병자년에 의병을 일으킨 정신은 먼저 여기에서 징험된 것이다. 의병을 일으키면서 밤낮을 잊은 채 점검하고 침식까지 폐하자, 지주(地主 : 고을의 수령) 류훤(柳萱)이 탄복하기를, "궁벽한 시골에 있는 이가 이와 같으니, 국록을 받는 자들은 부끄러워 죽을 지경이리라." 하였다. ㉣ 정축년(1637)에 김반(金槃)이 천거하여 헌릉참봉(獻陵參奉)에 제수되었으나 나아가지 않았다.

4.2. 감역 조황(曺熿, 1600~1665)

㉮ 자는 회이(晦而), 호는 구봉(九峯), 본관은 창녕(昌寧)이다. ㉯ 군수(郡守) 조경중(曺景中)의 손자이다. ㉰ 천계(天啓) 갑자년(1624) 진사시에 합격하였다. 병자호란 이후에는 과거공부를 폐하고 은거하였다. ㉱ 성품이 지극히 효성스러웠는데, 아버지와 어머니의 상을 당하자 모두 여묘살이를 하여 6년 했다. 우산(牛山) 안방준(安邦俊)과 도의지교(道義之交)를 맺었다.

일찍이 연경(燕京)에서 흰 국화를 보고 읊조렸으니 다음과 같다.

> 온 세상의 화려한 봄꽃은 고국이 아니어든　　海內烟花非故國
> 가련하구나 겉으론 옛 연경을 그대로 품었네. 爲憐名帶舊燕京

손수 강목(綱目 : 주희가 지은 중국의 역사책)을 베끼고, 책 끝에다 고시(古詩)인 "취하고서는 은나라 갑자만을 알았고(醉後獨知殷甲子), 병들고서도 진나라 춘추만을 썼었네(病中猶作晉春秋)."를 써놓고는 뜻을 붙였다. ⑪ 뒷날에 노봉(老峯) 민정중(閔鼎重)의 천거에 의해 선공감 역(繕工監役)에 제수되었으나 나아가지 않았다.

4.3. 유학 임시태(林時泰, 1590~1672)

⑦ 자는 자형(子亨), 호는 옥림(玉林), 본관은 순창(淳昌)이다. ⑭ 진사 (進士) 임회(林檜)의 5대손이다. ⑮ 겨우 8살 때 아버지가 아프시자 자 신의 손가락을 깨물어 피를 마시게 하고, 어머니가 아프시자 또 자신의 손가락을 깨물었다. 학교에 들어가서 책을 읽다가 '충신은 효자의 가문 에서 구하는 것이다.'는 대목에 이르러 부채를 들고 서안(書案)을 두드 렸으니, 부채 자루가 죄다 부서졌다. 일찍이 충효(忠孝) 두 글자를 써서 네 벽에다 붙여 놓은 적이 있었는데, 어떤 사람이 소상팔경(瀟湘八景) 이라고 쓴 것을 주자, 웃으면서 빈 벽이 없다며 사양했다. 단지 충신(忠 臣)과 의사(義士)의 문집만을 볼 뿐이었다.

⑭ 병자호란 때는 종일토록 단검을 갈며 말하기를, "내가 스스로 죽 을 곳이 있노라." 하였다. 유생들이 의병을 일으켰을 때, 날마다 정성껏 불러 모아 거의 힘을 발휘하게 되었으나 중도에 해산하고 돌아왔다. ⑭ 그 이후로 두문불출하고 세상일과 끊었으며, 인의충신(仁義忠信)을 즐 기다가 죽었다.

4.4. 통덕랑 최명해(崔鳴海, 1607~1650)

⑦ 자는 거원(巨源), 본관은 해주(海州)이다. ⑭ 문헌공(文憲公) 최충 (崔冲)의 후예이고, 임진왜란 때 창의한 초토사(招討使)였던 지평(持平)

죽은(竹隱) 최홍재(崔弘載)의 손자이다. 만력(萬曆) 정미년(1607)에 태어났다. ㉯ 기개와 도량은 영웅 준걸이고 정신과 풍채마저 맑고 시원스런데다 효성과 우애도 타고났고 절개와 의리까지 남보다 뛰어나니, 기천(沂川) 홍명하(洪命夏)가 매우 존경하면서 일찍이 말하기를, "남방에서 모범이 될 만한 인물은 최공일 뿐이다." 하였다.

㉰ 병자호란 이후에는 세상일의 뜻은 끊고 두문불출하며 마음을 다하여 독서하였다. 숭정(崇禎) 경인년(1650)에 집에서 죽었다.

4.1과 4.2에서 조수성과 조황은 종숙질 사이임을 알 수 있다. 조굉중(曺閎中, 1529년생)과 조경중(曺景中, 1533년생)이 형제 사이이기 때문이다. 조굉중은 현감을 지냈고 조경중은 군수를 지냈을 뿐만 아니라, 이들 후손인 조수성이 1606년 생원시에 합격하였고, 또 조황이 1624년 진사시에 합격하였음을 은연중에 드러내어 향촌사회에서 가문의 사회적 위상을 높이고 있다. 게다가 조수성은 정유재란 때 어머니를 모시고 배로 피난하면서 일어났던 일화를 통해, 조황은 양친의 상을 당하여 여묘살이 6년을 했다는 사실을 통해 효행의 인물임을 구체적으로 묘사하고 있다. 이에 반해, 창의 사실은 간접적인 진술방식을 택하고 있다. 류훤(柳萱)이란 인물의 말을 통해, 연경을 다녀오면서 주자(朱子)가 찬한 강목(綱目)을 베낀 뒤에 써놓은 고시(古詩)를 통해 창의했음을 인지하도록 유도하고 있기 때문이다. 끝으로 조수성은 김반(金槃)의 천거에 의하여 헌릉참봉에 제수되었어도, 조황은 민정중(閔鼎重)의 천거에 의하여 선공감역에 제수되었어도, 둘 다 모두 나아가지 않았음을 밝히고 있어 창의 후 행적을 알 수 있게 하였다. 한 가지 덧붙일 것은 특이하게 우산 안방준(安邦俊, 1573~1654)과의 관련성을 서술하고 있다는 점이다.

4.3.에서는 임시태가 양친의 병을 치유하기 위해서 단지(斷指)한 사실을 통해 효행의 인물임을 강조하면서, 충신은 효자의 가문에서 구하는 것이라고 하여 의병을 일으켰던 인물로 생각토록 하였다. 그렇지만 인용문에서 보듯 누구와 어떤 활동을 했는지 구체적으로 기술되어 있지 않은 것은 아쉬움을 낳는다 하겠다. 4.4에서는 최명해가 임진왜란 때 창의한 초토사 최홍재(崔弘載)의 손자라 하여, 충신열사 집안가의 후손임을 드러내고 있다. 그렇지만 또한 창의한 사실이 구체적으로 기술되어 있지 않다. 한 가지 특이한 것은 생몰년을 정확히 밝히고 있다는 점이다.

　　요컨대, ≪호남병자창의록≫ 및 다른 창의록의 '개인 사실'을 살펴보면, ㉮ 인물(人物: 이름, 자, 호, 본관, 관직 등), ㉯ 세계(世系), ㉰ 행의(行誼), ㉱ 창의사실(倡義事實), ㉲ 창의 후 행적(倡義後行蹟) 등 5개의 요소가 기본적인 구성 요소임을 확인할 수 있다. 그 가운데 앞서 살핀 바에 따르면 화순인들의 창의사실은 직접적이고 구체적인 진술이 보이지 않고 있음을 알 수 있다. 곧 대대로 쌓아 내려오는 미덕 그리고 벼슬과 행실 등의 내력에 주로 관심을 보였던 셈이다.

　　이는 이미 앞서 초간본 ≪호남병자창의록≫의 간기(刊記)를 살핀 결과, 곧 '병자호란 당시의 의병활동에 대한 관심이 아니라, 그 의병활동 자체 보다는 개별 집안내력에 대한 관심으로 초점이 이동한 것'이라는 것과 동궤의 모습이라 하겠다. 달리 말하면, 의병활동의 자료에 대한 관심이 있었다 해도 그것은 각 집안의 명성을 선양하기 위한 의도에 귀속될 가능성이 높아졌음을 일컫는다. 선조들이 실천한 충의의 발자취가 갖는 그림자를 드러내어 향촌사회에서 가문의 사회적 위상을 높이고 아울러 그 후손들의 영예도 드높이고자 했던 것으로 짐작된다.

【참고】 초간본 ≪호남병자창의록≫ 수록 인물 및 창의 당시 나이

지휘부 : 이흥발(37), 이기발(35), 최온(54), 양만용(39), 류집(52).

옥과도유사 : 양산익(44), 허섬(48), 허정량(46), 김홍서(37), 정운붕(22).

창평도유사 : 남수(62), 조수(50), 류동기(47), 현적(23), 양천운(69), 이
중겸(64), 안처공(61), 남이녕(51), 오이두(31).

광주도유사 : 류평(60), 신필(미상), 정민구(72), 이덕양(58), 고부립(50),
고부민(60), 박종(59), 박충렴(58), 박충정(29), 박창우
(37), 이정태(42), 이정신(44), 박진빈(36), 기의헌(50).

남평도유사 : 최신헌(47), 서진명(46), 서행(44), 윤검(53), 홍남갑(56).

능주도유사 : 양제용(48), 주엽(41), 문인극(49), 위홍원(21).

화순도유사 : 조수성(67), 조황(37), 임시태(47), 최명해(30).

동복도유사 : 김종지(54), 정지준(45), 하윤구(67), 정호민(39).

낙안도유사 : 이순(사실), 류악(사실), 이순일(51).

홍양도유사 : 정운룡(62), 송유문(미상), 정환(미상).

보성도유사 : 박춘수(47), 박현인(사실), 임황(사실), 김선(44), 안후지
(사실), 이종신(사실), 이민신(사실), 염성립(사실).

장흥도유사 : 정남일(49), 김확(58), 위정명(48).

해남도유사 : 백상빈(45), 백상현(42), 윤유익(사실), 윤선계(40), 윤인미
(사실), 윤적(59), 김연지(60).

고부도유사 : 조극눌(66), 최경행(사실), 김지문(54), 김지영(45), 박광형
(사실), 김지서(35).

고창도유사 : 류동휘(62), 류철견(54), 박기호(39), 조첨(37), 류여해(사
실), 류지태(미상).

순천도유사 : 안용(사적), 조시일(31), 조시술(29), 김정두(47).

순천영군유사 : 조원겸(26).

영광도유사 : 이희태(75), 이민겸(미상), 이구(54), 송식(39), 이장(43),
김담(38), 강시억(37), 정명국(32), 김상경(36), 강시만
(34), 강시건(31), 이휘(40), 김경백(29).

함평도유사 : 정색(47), 정적(30).

　　<참고 : 괄호 속의 '숫자' 표기는 나이를 나타내며, '사실' 표기는
원문에 사적이 없음을 나타내고, '미상'은 원문에 사적은 있으나 생몰
년을 확인할 수 없는 것을 나타냄. 나이는 ≪호남병자창의록≫ 원전
뿐만 아니라 인터넷, 대동보, 파보, 세보 등을 통해 확인한 것임.>

참고문헌

1. 자료

광주유림 편, 신해진 역주, 『광산거의록』, 경인문화사, 2012.

김상헌 저, 신해진 역주, 『남한기략』, 박이정, 2012.

남급 저, 신해진 역주, 『남한일기』, 보고사, 2012.

박기상 외 편, 신해진 역주, 『호남병자창의록』, 태학사, 2013.

신적도 저, 신해진 역주, 『역주 창의록』, 역락, 2009.

신흘 저, 신해진 역주, 『역주 난적휘찬』, 역락, 2010.

안방준 저, 신해진 역주, 『호남의록 · 삼원기사』, 역락, 2013.

안방준 저, 신해진 역주, 『우산선생 병자창의록』, 보고사, 2014.

어한명 저, 신해진 역주, 『강도일기』, 역락, 2012.

작자미상, 신해진 역주, 『향병일기』, 역락, 2014.

장경남, 『전란의 기억과 소설적 재현』, 보고사, 2018.

정경달 저, 신해진 역주, 『반곡난중일기』, 보고사, 상: 2016.3, 하: 2016.9.

정경득 저, 신해진 역주, 『호산만사록』, 보고사, 2015.

조수지 저, 이영삼 역주, 『호재진사일록』, 역락, 2017.

최명길 저, 신해진 역주, 『병자봉사』, 역락, 2012.

2. 논문

김경숙, 「李适의 난과 ≪호남모의록≫」, 『숭실사학』 제28집, 숭실사학회, 2012.

김혜민, 「역주 <호남모의록>」, 전남대학교 한문고전번역협동과정 석사학위논
    문, 2016.

신해진, 「<최척전>에서의 '장육불(丈六佛)'의 기능과 의미」, 『어문논집』제35
　　집, 고려대학교 국어국문학연구회, 1996.

신해진, 『조선중기 몽유록의 연구』, 박이정, 1998.

신해진, 「17세기 초 전기소설의 양식적 변모에 대한 일고」, 『한국고전문학논총』,
　　안암어문학회, 한국문화사, 1998.

신해진, 「몽유록에서의 좌정대목이 지니는 의미」, 『한국언어문학』제43집, 한국
　　언어문학회, 1999.

신해진, 「창의록 문헌의 변개양상」, 『국어국문학』제164호, 국어국문학회, 2013.

이영삼, 「역주 <남한해위록>」, 전남대학교 한문고전번역협동과정 석사학위논
　　문, 2013.

<전남대학교 한국어문학연구소 총서 『무등산과 고전문학』 저자>

박준규 전남대학교 국어국문학과 명예교수
나경수 전남대학교 국어교육과 교수
송진한 전남대학교 국어교육과 교수
김신중 전남대학교 국어국문학과 교수
김대현 전남대학교 국어국문학과 교수
신해진 전남대학교 국어국문학과 교수
표인주 전남대학교 국어국문학과 교수
박명희 전남대학교 국어국문학과 강사
조태성 전남대학교 호남학연구원 교수
김아연 전남대학교 국어국문학과 강사
백지민 전남대학교 국어국문학과 강사
고성혜 전남대학교 국어국문학과 강사

한국어문학연구소 총서 8

전남대학교 한국어문학연구소 총서시리즈는 한국의 어문학(교육)
발전에 이바지하려는 연구소 설립 목적을 실천하고자 기획되었다. 학
술적 연구성과를 공유하고 이를 대중적으로 확산하고자 하는 본 연구
소의 총서시리즈에 사회의 관심과 응원이 함께 하기를 기대한다.

무등산과 고전문학

초판 1쇄 인쇄일	2018년 12월 30일
초판 1쇄 발행일	2018년 12월 31일
지은이	박준규, 나경수, 송진한, 김신중, 김대현, 신해진, 표인주, 박명희, 조태성, 김아연, 백지민, 고성혜
펴낸이	정진이
편집장	김효은
편집/디자인	우정민 우민지 박재원
마케팅	정찬용 이성국
영업관리	한선희 정구형
책임편집	우정민
인쇄처	국학인쇄사
펴낸곳	국학자료원 새미(주)

등록일 2005 03 15 제 406-3240000251002005000008 호
경기도 파주시 소라지로 228-2 (송촌동 579-4)
Tel 442-4623 Fax 6499-3082
www.kookhak.co.kr
kookhak2001@hanmail.net

ISBN	979-11-88499-83-0 *93810
가격	29,000원